龍闕 7

目次

壹之章　回京獻俘人氣旺　7
貳之章　小人作祟出昏招　55
參之章　父子相得話政事　97
肆之章　籠絡人才行大道　141
伍之章　恩威並施降山蠻　187
陸之章　一統南夷震四方　235
柒之章　土司示好費思量　283
捌之章　擴張版圖細謀劃　333

壹之章 ● 回京獻俘人氣旺

景安帝的萬壽熱鬧無比，今次秦鳳儀依舊是送了八車時令水果給景安帝賀壽，餘者再無其他，頗是令人瞠目結舌。去歲好歹還有退山蠻之功，這回卻只是水果，可見鎮南王對今上的態度了。而見鎮南王賀禮如此，大皇子更是使出十成十的孝心，將為父皇準備的賀禮整得花團錦簇，極是出彩。

皇家素來有個顯擺脾氣，似景安帝吧，每年過壽都會帶著親近的宗室來欣賞兒子們送的壽禮，以彰顯父慈子孝，今年亦不例外，大家紛紛讚眾皇子所獻之禮，當然，愉親王也不忘說一句：「南夷的蜜橘味道很不錯。」

「是啊，要論這些水果，還是南地的好。」壽王也附和。

景安帝點點頭，道：「鎮南王素來愛這些瓜果，把他封到南夷的確合適。每年朕的萬壽，這些果子都不必內務府另外採買了。」心中卻是覺得可惜，不好將三成紅利往外顯擺。

壽王見景安帝這般，心說，陛下還真是心寬。

壽王私下與愉王叔說起話來，提起了秦鳳儀送壽禮之事。

壽王道：「鳳儀心裡必然是有些委屈的，可自他封鎮南王，一向是要什麼給什麼，陛下也未虧待他。陛下萬壽的日子，他只送些瓜果，陛下心裡沒什麼，咱們一家子都知他的性情，可落在外臣眼裡，怕是有人要多嘴了。」

壽王是好意，景安帝萬壽節，哪個皇子藩王不是挖空心思地送重禮，秦鳳儀卻還是僅送幾車瓜果，這也忒簡薄了些。

「有什麼法子？他那性子，誰能勸得動？」愉親王說來也發愁，又道：「這剛建了新城搬進去，想來他在南夷也艱難。」

想到秦鳳儀封地在南夷，雖則聽聞現下南夷已是舊貌煥新顏，不過，對於一輩子生活在天子之都的愉王和壽王，他們都見過南夷土人族長的，實在想像不出南夷好能好到哪兒去。再加上秦鳳儀這臭脾氣，更是叫人愁得慌。

秦鳳儀完全不曉得有人在為他發愁，他一有空就去各軍營巡視，躊躇滿志，就等著發兵信州了。當然，想發兵也不是一朝一夕的事，戰前準備便非小事，眼下除了屯積糧草藥材，便是籌辦軍備，還時常把公文、文書等要批的政務給媳婦看。

秦鳳儀尋思著，發兵信州他必是要親自領兵的，屆時鳳凰城的事，雖有趙長史在，可倘有要緊事，還是得讓媳婦心裡有數才行。

秦鳳儀覺得怪對不住媳婦的，摸著媳婦已經顯懷的肚皮道：「懷大陽的時候，咱們也沒這麼忙，如今懷著閨女，卻是要這般操勞。」

李鏡放下公文，笑道：「這有什麼操勞的，無非是些瑣事，成天閒著又有什麼意思。」李鏡不認為操勞，倒不是說她愛攬權，只是她生來有這樣的本事，擱著未免可惜。她從不覺得自己是享清福的性子，只看她能鼓勵秦鳳儀去兼任大將軍，便知她不是尋常婦人。

秦鳳儀看媳婦神采飛揚的模樣，才算稍稍放心，又請永壽公主無事多過府來陪一陪他媳婦。往日王府但凡有宴會，外頭主持的是秦鳳儀，內宅便該是李鏡了，不過，自李鏡有了身孕，秦鳳儀擔心他娘一個人忙不過來，便時常請大公主過來幫忙。

大公主都與李鏡道：「皇家的男人加在一處，怕也沒有阿弟這樣疼媳婦的。」

李鏡心中歡喜，嘴上卻是道：「他就是愛瞎操心。」

「妳少得了便宜還賣乖。」大公主望著李鏡顯懷的腹部，「再給大陽生個弟弟吧。」

「我是想要個閨女來著。」李鏡道：「閨女好，閨女貼娘心。」

大公主瞧著閨蜜的肚皮，都有些眼饞了。

秦鳳儀這人有個優點，凡事說幹就幹，很有些雷厲風行的意思。只是，再雷厲風行，凡事也得按部就班，秦鳳儀是想等媳婦生產後再出兵信州的。

待過了景安帝的萬壽，便是中秋、重陽，兩節之後，傅浩的妻兒被接到了鳳凰城。秦鳳儀早已擇好分給傅浩的大宅，連帶一應僕婢侍衛都預備好了。傅太太委實沒想到，丈夫這輩子竟還能得個實在差使，雖則南夷地方偏僻了些，可一路上看商賈往來，熱鬧得緊，便是這座簇新的小城也繁華富足，充滿了勃勃生機。

傅太太一家過來，安置完先得了李王妃的接見。李鏡與傅太太說些寒暄的話，問了傅太太的搬家事宜，說了一路辛勞等話。又問家裡有幾兒幾女，道是有適齡念書的可去官學。

傅太太這輩子跟著一個有名氣的壞脾氣才子丈夫，好在丈夫的壞脾氣不會對著家裡發。傅太太做了這些年的平民，見過的最大的誥命便是知府太太，親王妃啥的，還是頭一遭見，何況李鏡如此平易近人，傅太太深覺榮幸的同時，也知丈夫是得了鎮南親王的重用。而且，見到丈夫現在每天幹勁十足，雖則嘴巴依舊刻薄，但神采不可同日而語，又見家裡有王妃給的各種過日子的賞賜，便也安下心來過日子。

傅浩這樣的人，甭看嘴壞，卻是個實心腸的人，既認秦鳳儀為主，便真的是一心一意投靠。這不，沒兩天就把長子活動到秦鳳儀身邊做了個文書，幹些邊邊角角打下手的活計。

秦鳳儀見傅大郎機靈活潑，全無其父桀驁不馴，與傅浩道：「大郎的性子可不像你。」

傅浩笑得一臉自豪，「的確不像臣。大郎去年中的舉人，原本想一鼓作氣參加今年春闈，臨去京城前，他媳婦生了我家長孫，見著孩子，他就不想去了。我說了，進士什麼時候都能考，不想去就不去吧。今年佳荔節，大郎原想與我同來的，家裡孩子還小，還有他娘身子骨兒也不大好，我就沒讓他來。如今也不必春闈了，春闈後無非就是去翰林做呆子，在殿下身邊做些實務，比春闈強多了。」

傅大郎一副對功名無所謂的模樣，眼神清亮，笑道：「我聽爹和殿下的。」

秦鳳儀道：「嫂子身子不結實，章太醫和李太醫醫術好，我打發他們給嫂子瞧瞧。」

傅家父子很是感激，起身一揖，「謝殿下賜醫。」

秦鳳儀擺擺手，「莫多禮，這是應當的。」

秦鳳儀發現，不怪傅浩這樣的人提起兒子都是一副「老子超自豪」的模樣，人家傅大郎非但早早中了舉人，且文采非常人可比，連趙長史等人提到傅大郎，都是要讚一句的，尤其有他爹傅浩這臭嘴臭脾氣比著，傅大郎簡直就是德智體群美的標竿好孩子。若不是傅大郎已婚，看趙長史對傅大郎欣賞的模樣，必要召傅大郎做女婿的。

連秦鳳儀偶爾來了興致，作首小酸詩啥的，都愛召傅大郎來和上一首，然後，被傅大郎比成了渣渣。秦鳳儀都忍不住說：「原本我覺得我探花的文采也不錯了，如今看來，我猶是人才，大郎則是天才啊！」

傅大郎興許是天資太過出眾，雖作的詩很好，寫的文章也很出眾，但政務上就不及他爹的眼光了，甚至庶務上也不及蒼氏兄弟能幹，秦鳳儀便時常讓傅大郎去官學講講課什麼的。傅大郎的學問，不要說官學了，就是南夷的舉人們，沒一個能及得上他的。至於其他，傅大郎還年輕，慢慢歷練便是。

傅家一家人安置妥當後，李釗之妻崔氏再產一子。

李釗、崔氏和李鏡都很是歡喜，只要是交好的，沒有不為李釗高興的，這年頭多子多孫是福氣。唯有一人，私下跟媳婦道：「大舅兄是不是沒有閨女命啊？壽哥兒不是個閨女還罷，我想著，大陽娶媳婦總要娶個比他稍小些的，怎麼大舅兄這回又是兒子？」

李鏡哭笑不得，「別絮叨了，生兒生女是天意，豈是人定？」

小侄子的洗三禮，秦鳳儀也去湊了個熱鬧。他沒能見著孩子，孩子還太小，縱是南夷地氣暖，這也是入冬的季節了，不敢抱出來，倒是大陽見了。

大陽這孩子實在，當時一見人家小二郎，就感覺醜得閉上眼睛，再不肯看的。

壽哥兒也說：「是不大好看，不過，我娘說等長一長就能好看了。」

大妞一向口齒伶俐，道：「只聽說過女大十八變，他又不是女的，還能變好看不成？」

阿泰道：「醜得嚇人。」

大公主笑，「你們少說別人，你們小時候生出來都是這樣的。」

孩子們驚奇得不得了，跑到壽哥兒屋裡照了回鏡子，再不能信大公主這話。他們都是漂亮寶寶，小時候怎麼可能這麼醜啊？肯定不可能的！

尤其大陽，見過小二郎後，就很擔心自己的妹妹也是個小醜孩兒，回家唉聲嘆氣憂愁半日，他娘問他嘆個啥氣，他還不說。

大陽有祕密都是同爹說的，大陽悄悄道：「爹，您給妹妹取名兒了嗎？」

「取了，就叫阿月。」像月亮一樣美麗的女兒，秦鳳儀只要一想就覺得美呆了。

大陽搖頭，「阿月不好。」

「為啥？」

「該叫大美。」大陽認真道：「叫大美，就生得美。」

秦鳳儀險些笑場，不過，看自家肥兒子一本正經的模樣，秦鳳儀點頭，「我兒說的有理，就給妹妹取名兒大美吧。」

大陽很高興，跑到他娘的肚子前，小小聲跟妹妹說話：「大美大美，美美美！」十分盼著自己的妹妹是個小美人，結果臘月前他娘終於被他念叨得生了個妹妹。無奈，妹妹的相貌，大陽看一眼就哭了，實在太醜了。他決定把大美的名兒收回，給妹妹改名叫大醜算了。

大陽還覺得，他爹的眼神也有問題了，他爹說：「大陽看，妹妹多漂亮啊！」

大陽雖則一直是他爹的馬屁精，但大陽還是個孩子啊，孩子是不會說違心話的，於是，大陽老實地道：「是啊，多像一隻紅皮小猴子啊！」然後，用眼角斜睨妹妹一眼，實在受不了妹妹的醜，跑出去自個兒玩了。

大陽感覺大人們可虛偽了，妹妹明明那麼醜，大人們卻都說好看。跟著虛偽的大人們給妹妹過了洗三禮、滿月酒，接著就是過年了。讓大陽高興的是，滿月過後，紅皮小猴子似的妹妹居然脫胎換骨了。

大陽跑到舅舅家看小表弟，跟大妞姊道：「小醜孩兒們真的變好看了啊！」

大妞也認同，道：「這可真奇怪。」

「是啊是啊！」阿泰聲音響亮地道：「阿美妹妹真好看！」

阿泰家裡就他一個，自從崔氏生了小二郎，李鏡生了大美，初時由於兩個孩子太醜，阿泰不樂意去瞧他們，現在不同了，小弟弟和小妹妹褪去胎皮，一個賽一個的雪白，特別是大美，大陽鼻樑像母親，大美則是從頭到腳都像爹，連髮頂上的兩個髮旋都跟她爹一模一樣。由她爹的美貌值，可推斷出大美的美貌值。

大陽對妹妹的態度也出現了一百八十度的大轉變，由開始的嫌棄，轉為每天起床都要親妹妹兩口，還因為把妹妹親醒，挨了妹妹兩記粉拳。大陽只是摸摸被打的地方，一點也不嫌棄。阿泰更是每天過來看大美，還很機靈地知道帶禮物，秦鳳儀都覺得，有阿泰送的禮物，不用再為閨女置辦玩具了。

阿美這相貌生得，秦太太都說，與秦鳳儀小時候是一個模子刻出來的。不說別人，便是李釗這剛得了兒子的，都相當羨慕秦鳳儀生了閨女，但凡幫兒子買玩具，都會帶一份給外甥女。李釗不止總送玩具給外甥女，遇著秦鳳儀顯擺自家閨女，還會跟著附和幾句：「以往覺得大陽相貌便是出眾了，未料阿美比大陽少時更要俊上三分。」

秦鳳儀雖則也覺得閨女更漂亮些，卻還是叮囑大舅兄：「可不許當著大陽這樣說，大陽很在意自己的相貌。」

李釗笑，「好。」外甥和外甥女都是親的，他一樣疼。

秦鳳儀又與大舅兄道：「是不是想要我家大美做媳婦啊？那得叫壽哥兒和二郎好生學游泳了，我準備了十八道關卡來考驗未來女婿的誠意。」

李釗：……

總之，秦鳳儀現在是有女臭顯擺。

京城景川侯府接連收到崔氏產子與李鏡產女的消息，亦是歡喜不盡，李老夫人還與景川侯夫人商量著去廟裡還願。

景川侯夫人道：「這次還了願，再跟菩薩燒炷高香，保佑孩子們平平安安、順順利利的，尤其是阿鏡，多給女婿生幾個兒子才好。」

依景川侯夫人的意思，李鏡雖是有了長子大陽，仍是要多生幾個兒子方是穩妥，特別女婿又是親王，哪裡會嫌兒子多？

李老夫人笑道：「這話很是。」又跟兒媳婦商量著送到南夷去的東西。長孫媳生產已送過一回，這回是孫女生產，就是長孫媳那裡，亦有捎帶。

朝中也收到了鎮南王的奏章，不論秦鳳儀樂不樂意，都要為閨女上奏章報戶口。

景安帝得了孫女，高興萬分，而且，看過秦鳳儀寫給景川侯那顯擺的信，據秦鳳儀信中所言，天上的嫦娥多半也不比他家閨女漂亮。

景安帝知會了後宮這個消息，按親王嫡女例，令內務府預備賞賜，餘者太后、皇后、貴妃自然都有所表示，連帶著二皇子、三皇子都各令自己的王妃備了一份滿月禮，隨著朝廷的賞賜一併送往南夷。大皇子夫婦自然不肯在這上頭落於人後，讓大皇子鬱悶的是，皇家有所表示便罷，怎麼愉王、壽王這些個宗室跟著湊熱鬧？

聽大皇子妃說，愉王妃還在太后跟前說：「聽說是極俊俏的孩子，女孩兒多像父親，要是像阿鳳，必得是咱們皇家最出挑的皇孫女了。」

裴太后與秦鳳儀關係一般，卻不會遷怒到剛出生的孩子身上。

裴太后笑道：「鳳儀別的尋常，要論相貌，的確出眾。這孩子若是相貌像父親，性情像母親，最好不過。」

愉王妃得秦鳳儀叫過好些天的母妃，雖差著輩分，但這輩子還是頭一回有人叫她母妃，故而待秦鳳儀很不同，笑道：「鳳儀就是有些個強脾氣，其實心裡再懂事不過。」

裴太后不欲多說秦鳳儀，道：「眼下阿鏡在坐月子，待出了月子，叫畫師畫上一幅那丫頭的畫像送到京城來，咱們同看才好。」

愉王妃道：「大陽的畫像也畫，那孩子生得也俊。」

「很是。」裴太后私下還與景安帝道：「鎮南王的事哀家不好多言，他也不承哀家的情，但這孩子是哀家的重孫女，哀家不能不多操一份心。親王嫡長女便是郡主的位分，大陽已封世子，這孩子的郡主銜，一併賞下去也好。」

景安帝道：「母后所言甚是。」

於是，隨著朝廷賞賜一併頒下的，還有大美小朋友的官封：瑞和郡主。

吃過大美的滿月酒，便是臘月了。整個臘月秦鳳儀都沒閒著，各種祭酒、年節的賞賜不斷，基本都是好事。秦鳳儀原還防備著山蠻會不會趁著年下過來偷襲，結果正月裡那次二敗山蠻後，山蠻便沒了動靜。

秦鳳儀消消停停地過了個年，冊大美為郡主的聖旨是年前到的，同時到的還有令鎮南王年後回京城陛見的旨意。藩王三年一請安，轉眼間，秦鳳儀就藩已經三年了。

秦鳳儀旨意都接了，卻是與傳旨的禮部郎中道：「明年我哪裡有空？明年我要征山蠻，回去跟陛下說，別來扯我後腿，回京述職的事，以後再說。」

禮部郎中乍聞此軍事機密，驚得不輕，一時沒反應過來。見鎮南王把兩封聖旨塞進袖子裡了，禮部郎中連忙道：「殿下倘明年沒空，不如寫封奏章讓臣帶回。」

秦鳳儀有些不耐煩，不過，趕上他剛得了寶貝閨女，心情大好。再者，也沒有跟人家禮部郎中發作的理，人家又沒得罪他，還是出於好意。

秦鳳儀道：「知道了，你先去歇一歇吧。」

禮部郎中行禮退下，秦鳳儀令趙長史寫了封給朝廷的摺子，把明年征山蠻的事說了說，回京陛見的事，待征完山蠻再論。

禮部郎中帶著秦鳳儀的密摺離開南夷沒幾天便是過年了，這個新年鳳凰城極是熱鬧。這是鳳凰城建好後的第一個新年，也是親王殿下遷移後的第一個新年，再加上鳳凰城這一年商事繁榮，商賈們別個不說，個頂個的有錢。便是鳳凰城的百姓，在這鳳凰城，哪怕做些個小買賣，也能過上不錯的日子。小買賣之類的，每個月不過交些衛生費，幾百錢罷了，再無其他雜捐賦稅，故而，只要不饞不懶的，日子都還過得。到得年下，城中廟會一連十日，大家手裡有個活泛銀子，再窮的也能打上二斤肥肉，過個熱騰騰的新年。

軍中形勢卻是越發緊張，各官署衙門往年都是初八開工，今年過了初三，大家便都到了衙門報到。糧草輜重的調度、大軍的調撥等等，無一不是重中之重的事。

待過了上元節，吃過湯圓，秦鳳儀便把家交給大陽。是的，秦鳳儀要帶兵出征，城中留守的是誰，哪怕做主的是李鏡、趙長史、章巡撫和方悅等人，但名義上，鎮守城池的只能是世子。秦鳳儀也確實交代了太陽，老爹要去打仗了，兒子把家看好，照顧好母親和妹妹。

大陽很有孝心地拍著小胸脯道：「爹，您在家照顧娘和大美，大陽替您出去打架！」

秦鳳儀道：「你還小，得要多吃飯，待你長得像爹這麼高的時候，爹就不出去，換成大陽出去了，知道不？」

仰望一下父親的身高，大陽鄭重地點了點小腦袋。

秦鳳儀出征之日，大陽還要帶著城中官員去送他爹和大軍出征，李鏡提前教了兒子好幾句吉利話，大陽睡一宿全忘了，不過，大陽很有些他爹的機靈勁兒，站在車轅上，挺著小胸脯對著他爹大聲道：「爹，我在家照顧娘和妹妹，等爹打個大大的勝仗回來！待爹和將士們打勝仗回來，咱們大口喝酒，大塊吃肉！」

秦鳳儀喜道：「好，必應我大陽的吉言！」

摸摸大陽的小肥下巴，秦鳳儀對妻子道：「只管放心就是。」又對章顏、趙長史、方悅和范正四人道：「外務你們商量著來，倘有不決之事，可請王妃裁度。」

四人均正色應了，方悅原想隨軍出征，只是他管著銀錢這一塊，一則離不得他，二則他媳婦駱氏年下診出身孕，秦鳳儀便讓方悅留守，文官帶了大舅兄、傅浩，以及柳舅舅三人。另則武官將馮將軍、潘將軍、張盛、嚴大姊、阿金、阿花族長都帶上了，阿泉族長麾下的近萬土兵留下守城。南夷城也留下近五千人守城，餘者皆隨大軍開拔，與秦鳳儀征信州。

原本大家還為大將軍一事頗多猜度，在秦鳳儀決定親征的時候，人人都服氣了，尤其潘將軍，這位將軍再三要求隨大軍出戰，不為別的，潘將軍身為親衛將領，兩遭退山蠻之戰都沒趕上，看著馮將軍升官發財，當真不是一般的羨慕。馮將軍更是得帶上，這位將軍有與山蠻交戰的經驗。餘者土兵，聽聞秦鳳儀要征山蠻，先私下開了個會，有願意出征的，也有不願意出征的，秦鳳儀均不勉強，如阿泉族長比較愛好和平，便留下他駐守鳳凰城了。當然，這也表明了秦鳳儀對阿泉族長的信任。

秦鳳儀出征前就握著阿泉族長的手說：「今妻兒安危，皆託於將領之手。」把阿泉族長給大大地感動了一把。

至於阿泉族長是否可靠，不是沒人私下同秦鳳儀提過此事，秦鳳儀皆以一句「土漢同等視之」給打發了。

秦鳳儀這裡大軍開拔，京城方接到秦鳳儀的奏章。

景安帝見秦鳳儀奏章中說要征山蠻，頗有些擔憂，還召來鄭老尚書、景川侯、平郡王和嚴大將軍商量了一回。嚴大將軍一聽說這事，瞬間整顆心都提到了喉嚨，無他，他……他閨女被該死的鎮南王夫婦誆到了南夷練兵，過年都沒回家，如今南夷興兵征山蠻，他閨女沒被人坑去打仗吧？一想到親閨女可能要上戰場，嚴大將軍整個人都不好了。

所幸嚴大將軍在御前多年，更兼也是打過陝甘之戰的宿將，雖則一顆老心擔憂不已，倒還穩得住。嚴大將軍是最後一個看鎮南王奏章的，他道：「出兵非小事，且，殿下就藩時間尚短，雖有前番兩卻山蠻之功，信州到底被山蠻盤踞已久，依臣說，當慎重才好。」他回家得立刻打發家將去南夷，就是捆，也要把閨女捆回來。

景川侯道：「怕是晚了。」

嚴大將軍眉梢一跳，「景川，你的意思是？」

「南夷到京城，一來一回便要一個月的時間，鎮南王能把征山蠻之事告知禮部傳旨的郎中，可見他已做好準備，眼瞅就要出兵了。不然，依鎮南王的性子，不會將這樣的事洩露出去。」景川侯道：「若臣所料未錯，怕是這會兒便已出兵。」

平郡王道：「聽聞南夷地氣暖和，四季如春，冬天猶是百花盛開，倘是此時出兵，倒不用擔心節氣不佳。」

嚴大將軍當下調整思路，道：「山蠻兩次進犯南夷，均被殿下所敗，依臣見，雖則出兵之事當謹慎，若此時殿下已出兵，那麼，糧草軍備當去歲便開始籌備了。況，殿下麾下亦有猛將，征信州之事，依臣看，殿下該有七成把握。」

鄭老尚書忽然上前一步，滿面正色道：「山蠻占桂、信二州久矣，這些年，山蠻與朝廷雖有君臣之名，卻是久不來朝。朝廷恩寬，他越發放肆。今南夷為鎮南王封地，鎮南王掌南夷軍政之事，山蠻屢有進犯之心，鎮南王先時寬赦於他，他卻對鎮南王不朝拜不請安不知罪，便是鎮南王不發兵討之，臣也要請朝廷令鎮南王發兵討逆。今鎮南王討伐叛逆，實乃為朝廷分憂，為陛下分憂。」

景安帝微微頷首，「鄭卿所言在理。土人已悉數歸附朝廷，獨山蠻仍盤踞二州之地，鎮南王豈能坐視？朝廷豈能坐視？」

平郡王道：「陛下，要不要著人去南夷，一則向鎮南王請安，二則倘有戰報，也可立即著快馬呈於陛下，陛下也可放心。」

景安帝道：「很是。鳳儀這性子，雖則軍務必是要機密，也該早與朕商議。到底何人為主帥，出兵多少，咱們一無所知，山蠻是當討，朕也難免擔心。」

著人去南夷問詢戰事，這是兵部差使，景安帝便交給鄭老尚書安排了。

景安帝並不大擔心秦鳳儀的安危，主要是景安帝根本沒想過秦鳳儀會親自帶兵出征。景安帝憂愁的是，先時秦鳳儀便是兩遭打退山蠻的進攻，但秦鳳儀打過守城之戰，於攻城之戰卻是無甚經驗。就是秦鳳儀麾下的這些將領，也都是年輕人，還欠歷練。征信州之戰，景安帝著實沒有把握。不過，這些心思，景安帝自不會說與旁人，哪怕心裡擔憂此戰成敗。

景安帝先得給秦鳳儀安個正義之師的名頭，就是鄭老尚書說的，山蠻對朝廷不敬，秦鳳儀是正義之師，故征伐山蠻。其他，就看秦鳳儀自己了，反正秦鳳儀還年輕，便是敗了，過兩年重新來過也無妨。

這麼一想，景安帝心便寬了。

在景安帝的預計裡，以為秦鳳儀還要再準備兩年方會征山蠻，不想動作比他想的更快。

秦鳳儀征山蠻之事，在朝頗是引起了一番討論，不過，整體風評是正面的，畢竟山蠻不馴久矣，秦鳳儀就藩後，山蠻竟敢直接打上南夷城，雖是被秦鳳儀剿滅，但想想就知道這是多麼窩火的一件事了。先時秦鳳儀建新城，騰不出手來，如今有了空閒，自然要有冤報冤，有仇報仇了。便是鄭老尚書給鎮南王張羅的「正義之師」的名頭，大家也一致為很對很好，山蠻早就該討伐了。

說來，最滿意的是戶部，以往哪個地方剿匪打仗，先是跟朝廷要糧草要輜重要兵械，看鎮南王打仗，啥都沒跟朝廷要，說打就打。戶部只需要提前預備些撫恤銀子便是，相對於以往出兵前巨大的支出，撫恤銀子當真不算啥。

朝中還在議論鎮南王征山蠻，此時，鎮南王卻是與山蠻打了足有七八日。

秦鳳儀先時經過兩次守城之戰，這回征信州，並沒有因為戰場上的廝殺有什麼不習慣。便是兵力，對於信州的山蠻，也有壓倒性的勝利。第一天過來，山蠻一見朝廷的大軍到了，當下開城門，迎出一支悍兵，結果，領頭的被潘將軍斬於馬下，餘者也沒能再回城。到第五日，山蠻的象軍再次出動。秦鳳儀對象軍早就見怪不怪了，立刻架出床弩，最後逃回城的大象沒剩幾頭。然後，山蠻直接關城門不出來了。要知道，攻城比守城難多了。

之後，便是秦鳳儀每天攻城，山蠻每天守城。

秦鳳儀一看，光這麼硬攻不是個法子。甭看山蠻都是蠻族，把個信州城建設得挺結實，人家除了刀槍，還準備了石頭、桐油，或砸或燒，山蠻固然守城辛苦，秦鳳儀這邊也沒討到什麼便宜。秦鳳儀便暫緩攻城，然後想了個法子，每天用火箭、石砲騷擾城中，或是佯作攻城，只要山蠻一冒頭，就把大軍撤回來。如此反覆，直把城中山蠻氣個半死。因為很可能你白天精神抖擻地守城，秦鳳儀這裡啥事都沒有，等晚上要歇息，他就開始攻城。你把將士們都叫起來守城，他可能就是做個樣子便回去了。你不當真嘛，他衝車直撞城門，能把城中的山蠻人嚇個半死。

反正秦鳳儀糧食充足，兵將也多，他能耗得起，信州城的山蠻卻是被秦鳳儀搞得疲憊不堪，肚子裡沒少問候秦鳳儀的祖宗十八代。秦鳳儀還命張盛手下的斥候提前探路，看可有桂州的援兵到來。秦鳳儀這麼足等半個月，才等到了桂州的援兵。

秦鳳儀事先令張盛埋伏，打了桂州山蠻援兵一個猝不及防，把援軍打得大亂，一部分援兵被張盛帶的部隊斬殺，另有一部分，張盛率部下緊追不捨。信州的山蠻見狀，立刻開城出兵支援，與阿金和馮將軍等人一番混戰。

是的，混戰。在戰場上，除了你死就是我活，打起來都是不要命的，要命的那種死得會更早。就在這不提防中，阿金手下的數百換了山蠻戰衣的土兵混入其中，隨著山蠻兵拚命往城門跑，到了城門洞，見守城的山蠻兵急吼吼關城門，一群土兵當下蜂擁而上，砍死關城門的山蠻兵，不顧後面的撲殺，一個死了另一個接上，拚死打開城門。

馮將軍、阿金和張盛帶大軍伺機湧入，待馮將軍出來迎王駕入城時，腳下的泥土都浸染了一層濃濃血漬。

秦鳳儀坐在馬上，望兩旁橫陳的屍身，不由想道，戰之功，還是戰之罪？

然而，望向出城相迎的將士們，這些滿面疲憊，渾身血汙，卻又雙眸光亮的將士們，秦鳳儀突然拋開了那些文人的矯情，惡狠狠地想，管他是功還是罪，最重要的是，老子勝了，老子的人活下來了！

秦鳳儀覺得，山蠻實在好打。

只是，這麼好打的山蠻，焉何能盤踞桂信二州數十年呢？

秦鳳儀好奇死了，想著莫不是這信州駐守的都是些老弱病殘，還是怎地？

秦鳳儀暗自盤算著，入城後先行戒嚴，自家戰死的將士就地挖深坑掩埋，山蠻兵死了的都抬到城外一燒了事，半死的沒死的全都視為俘虜關押，留待後用。另則便是全城搜捕山蠻的官員，當然，平民是無事的，秦鳳儀還讓人用漢話與山蠻話告知平民不要驚慌，你們的救世主鳳凰大神殿下過來了，從此你們的日子就安寧富足了，總之是各種安民宣傳。

秦鳳儀發現，蒼家兄弟實在能幹，尤其在宣傳、搜捕山蠻官員方面，著實是一把好手。

秦鳳儀先到山蠻的王府裡安置，是的，據守信州的是山蠻的一個王，不過，這個王現下已經被活捉了。秦鳳儀下令好生看守，連帶這位王的家眷兒女，吃喝上不要委屈，而且要看好了，不要叫人死了。一般來說，現在都沒死，基本上就不是會主動尋死的那種。

阿花族長揪出一位信州山蠻王的漢人手下，秦鳳儀方知具體情形。原來占據信州的一支山蠻，與現在桂州的山蠻是叔侄親戚，只是關係比較遠了，並非親叔侄，所以這次信州遭殃，過來的援兵頗為敷衍。

秦鳳儀笑笑，「真個鼠目寸光。俗話說的好，皮之不存，毛將焉附？唇亡齒寒的道理都不明白。我說怎麼信州這樣好打，原來不過是一座孤城。」又與張盛等人道：「信州亡了，說不得桂州的山蠻還得額手稱慶，說信州這支山蠻倒了大楣呢！」

秦鳳儀現下還不知朝中已遣兵部侍郎過來，他正帶著眾人參觀山蠻的王府。說句實在話，與秦鳳儀那大景朝第一儉樸的王府都沒得比。

秦鳳儀是建王府時銀錢緊張，故而沒用貴重木材，但王府該有的規制還是有的。山蠻王府則不然，蠻人不善建設，這也就是一個稍大些的宅子，裝飾倒很有山蠻的風格，金銀飾物極多。秦鳳儀命人取下清點，包括山蠻王的府庫。莫看小小的一座信州城，山蠻王府也不怎麼樣，但府庫裡當真豪富，再者，山蠻人實在，不是銀子就是金子，除此之外，還有織造局出產的絲綢等物，這些物件俱備上等木料箱存放，可見山蠻人極是寶貝。

秦鳳儀打開一匹織金鳳凰紗，指尖揉了揉這紗的質地，對李釗道：「大舅兄記得查一查，看這些料子是如何來的。」

秦鳳儀讓人將金銀糧草點好，做好城中佈防，直待天色漸晚，軍隊都安置妥當，傷兵們皆得到軍醫治療，方令早些歇息。

第二日秦鳳儀著斥候回鳳凰城報信，一則是給王妃和世子送戰報，二則秦鳳儀說了，再帶些和尚道士來。秦鳳儀發現，土人是一個很有信仰的民族，像在鳳凰城，自從長清道長占據了鳳凰大神的觀宇，許多山蠻被長清道長忽悠得信了道，當然，他們信奉的依舊是鳳凰大神，不過，長清道長說鳳凰大神是道教神明，於是，很多土人便由此信了道教，時常過去燒香禮拜，很令海神廟中的和尚們眼紅。

說到底，山蠻與土人同出一脈，都是信仰鳳凰大神。

如今信州城剛經戰事，正好讓和尚道士過來做做法事、講講經，有助於安撫民心。

之後，便是繼續清點戰利品。

信州山蠻王一家子都被擒了，這一家子的財產自然便是秦鳳儀的戰利品了。

將士們鞏固城防，城中也要做好巡視，把一些個蠻官蠻兵，該抓的抓了，該殺的殺掉。至於城中百姓，秦鳳儀原本剛就藩時見著南夷百姓就覺得夠窮的了，看山蠻王的府庫裡那許多的金銀，還以為信州應該是個富庶些的地方，結果，這些信州城的百姓，過得比以前的南夷百姓都不如。

這麼窮兮兮的百姓，秦鳳儀問阿花族長：「我聽聞漢人在山蠻的地盤如同奴隸，怎麼有許多山蠻人也過得這般窮困？」

「信州不算窮困了，一直都是這樣。」想了想，阿花族長道：「咱們南夷一向不比中原地方富有，是殿下過來南夷後，有了殿下英明的領導，咱們的日子方好過的。先時山蠻發兵南夷城，便是眼紅南夷富庶。」

秦鳳儀見這山蠻的糧庫裡還有些個糧食，索性拿出來分給城中百姓，收買人心。秦鳳儀不缺糧，除了大軍帶的糧草，現下還有鳳凰城中的糧商不停運糧過來，而且，秦鳳儀甭看對俘虜的官員狠辣，對百姓們卻是心軟。這些底層的百姓懂什麼？運道好，遇到好官，他們過些太平日子。遇到殘暴的官員，多是任人魚肉罷了。

秦鳳儀一邊開倉放糧收買人心，一邊讓和尚道士給死去的將士們做道場。麾下的將士要做道場，也給山蠻兵們念了念經，讓他們早死早超生吧。

另則，這信州城中的帳目、文書、戶籍、地形圖之類一一整理出來，自家將士的傷亡情況亦是盤點明白。秦鳳儀令人將府庫中的金銀取出，他自己只留兩成，其餘按軍功賞麾下各將士，人人有份。再者，便是拿出地形圖來，把附近的縣城一掃而空。

之後，秦鳳儀便不令出兵了。

他開始搞建設，諸多俘虜正可補了各營戰死的將士的缺。信州城並不難打，雖說守城的也有上萬蠻山，但秦鳳儀覺得挺好打，關鍵是，山蠻的武器裝備較之朝廷軍隊委實差了一大截，即使他們有竹箭鐵槍石頭桐油之類的守牆之物，可是像竹箭鐵槍，都無法與朝廷軍隊的裝備相比。何況，秦鳳儀的軍隊是一等一的裝備。不是秦鳳儀吹牛，如今便是馮將軍麾下，他也都給換上了最新型的兵甲，然後把馮將軍麾下淘汰下來的，命工房修補好，發給了下頭縣鄉，或是義安府、敬州府，叫他們暫時用一用，以後有好的再給好的。兩府都覺得，這個已是難得了，當然，有更好的，大家也不嫌。至於親王殿下哪裡來的這些個兵械，誰知道呢？肯定是朝廷給的唄。

新城到手，秦鳳儀先得修城牆。先時他用石砲給砸得不輕，他手砸之，他手修之。秦鳳儀依舊是進行當初南夷城的老一套，召商賈們過來。商賈們聽聞殿下打下了信州，早在鳳凰城豎著耳朵打聽消息，聽聞殿下要搞建設，二話不說，全都乘最快的交通工具趕過來了。

信州城的百姓們重新錄好戶籍，發現立刻有活計做了，而且，這活計不似前蠻王一樣，讓他們白出力氣。如今鳳凰大神殿下這裡的工程，非但每天管飯，還有工錢可拿。更別說鳳凰大神殿下先時還發糧米給他們，這位大神殿下是個好人啊！

尤其現在遠方過來的和尚與道士，一個說親王殿下乃鳳凰大菩薩轉世，一個說親王殿下乃鳳凰大神在人間的化身，於是，百姓們很實惠地接受了這位鳳凰大神殿下的領導。

秦鳳儀把這些事情交代下去，閒了便聽一位漢人講解山蠻之間的事務。這位漢人是前信州山蠻王的軍師，說來苦啊，人家家裡以前也是在朝廷做官的，官做得很了不得，還是當年先太子的太傅，姓孔，為孔聖人之後。做太傅的是這位孔寧大人他祖父，孔寧完全是被家族拖累，先太子被先帝連累得死在陝甘，孔太傅也在陝甘壯烈了。孔寧他爹孔繁宣，此人十分會作死，當年摻和到今上與先帝六皇子爭位之戰，不幸炮灰，一家子都被發配到山蠻的地界討生活。說來，這家子真不愧是孔聖人之後，到山蠻這裡竟過得活蹦亂跳。孔繁宣死後，孔寧就接了他爹的班兒，開始教化這些山蠻。

是的，孔寧是這樣說的，他們一家子留在山蠻的地界，給山蠻做官，完全是為了教化山蠻人。這話險些把秦鳳儀噁心吐了，好在孔寧很識時務，問啥說啥，平日裡也不會亂說亂動，反正任誰看，都是一副很想投靠秦鳳儀的模樣。

孔寧還委婉地在秦鳳儀跟前為信州的山蠻王求情，按孔寧說的：「三國時諸葛擒孟獲，便有七擒七放之美談，治山蠻終歸還是要山蠻來治為好。王得殿下赦免，必然忠心。」

「行啦，我不是諸葛，你的王也不是孟獲。」

過來等候戰事消息的兵部侍郎大人，聽聞信州大勝，急吼吼趕到了信州，秦鳳儀相當乾脆地把信州山蠻王一家子交給了兵部侍郎，與兵部侍郎道：「正好你來了，把他們帶回去帝都獻俘吧。我這裡得消停些日子再打桂州，你先回吧。」

兵部侍郎極是殷切，「獻俘之榮耀，該是殿下親領才是。」

秦鳳儀擺擺手，不覺得是什麼榮耀，山蠻又不難打，而且，在秦鳳儀看來，這不過是他封地上的一個刺頭，收拾完了事。

秦鳳儀完全沒有回京城獻俘之心，兵部侍郎見勸不動他，心道，鎮南王別個事情機靈，如何在這件事上倒想不通透了？

見秦鳳儀不為所動，兵部侍郎很有法子，他直接找上了李釗。李釗一聽，妹夫要犯蠢，立刻找秦鳳儀說事。出來三年了，你不想回京，妹妹還想回娘家呢。大陽好幾年沒見過外祖父、曾外祖母了，大美這生了，外家也沒見過。趁著現在沒什麼事，趕緊回京陛見，回來咱們好收拾桂州山蠻了。

秦鳳儀不願意回京，拖拉道：「待奪回桂州，再回京城也不遲。」

「奪回桂州是奪回桂州的事，一碼歸一碼。」李釗道：「殿下這就回鳳凰城吧。」

秦鳳儀實在不情願，傅浩聽說此事，亦來勸他。連孔寧這樣剛剛搞清楚親王殿下身世的傢伙都來摻一腳，這會兒他也不替自己的王求情了。孔寧在山蠻這邊混得久了，說話已全無聖人後代的斯文氣，他道：「只見人避禍，沒見人避功的。有粉不抹在臉上，這不傻嗎？」

連馮將軍等人聽聞，紛紛來勸秦鳳儀親自回京獻俘。

親王殿下親自獻俘與兵部侍郎代為獻俘，這能一樣嗎？軍功就不一樣。

傅浩還道：「將士的血不能白流，殿下回京後，必要細陳咱們戰事艱難。該給補的兵甲器械，可都不能少，待恢復元氣，咱們還得征桂州。還有，將士們的封賞、戰亡將士的撫恤，也得及時發放。再者，信州一地貧窘，殿下與朝廷說說，剛經大戰，還是免一年糧稅，允信州百姓休養生息為好。」

叫傅浩囉嗦得，秦鳳儀都覺得，必須親自走一趟京城了。

去京城前，得先回鳳凰城，秦鳳儀將信州政務託付給傅浩傅長史，留下蒼家兄弟給傅長史打下手。至於兵務則交給馮將軍，嚴姑娘、阿金二人給馮將軍做副手，餘者兵馬隨秦鳳儀回城。蠻王府庫留下的兩成金銀，秦鳳儀並未帶走，讓傅浩看著花用。當然，秦鳳儀也不是一點都沒帶，他挑了些順眼的，準備帶回家給妻兒。他家大陽的生辰他竟然沒趕上，秦鳳儀挑了十顆金蛋，打算回去送給肥兒子補做生辰禮。

然而，秦鳳儀發現，人真的不能將話說得太死。

當初他離京就藩，心裡咬牙切齒地想，再不回京城那等噁心的地方，結果這才三年，就要回去了。倒不是他把生母的事放下了，而是他不是個會為自己低頭的人。如今就藩南夷，他主政一方，頗有成績，亦清楚自己處境不妙。要是他自己，他絕不會回京城，他根本不願意再見到景安帝，奈何現在除了他，還有大陽、大美。有了兒女，顧忌的事情就多了，便是秦鳳儀也明白，要想給兒女謀個安全的未來，最穩固的法子並非稱霸南夷，而是要得到北面的那張椅子。

不論是搶，或是奪，他都要得到。

秦鳳儀一向不是矯情的性子，想明白這一點，他也沒什麼慚愧之意。

慚愧個毛啊，做爹的人，能叫兒女以後戰戰兢兢地看人家臉色過活嗎？

秦鳳儀是為父則強，他回鳳凰城前還是叫來傅浩、馮將軍、嚴大姊和阿金，把信州城的事安排了一回。秦鳳儀道：「信州落入咱們的手裡，桂州的山蠻沒有不來探聽消息的，就是現在城中的山蠻，沒準兒也有漏網之魚，你們都要留心些。把信州守住守好了，待我回來，咱們再商量收復桂州之事。」

另則私下把織金鳳凰紗的事告訴了傅浩，令傅浩留意孔寧，秦鳳儀這才帶著大舅兄、張盛及阿花族長等人回鳳凰城。

回程的路上，秦鳳儀無甚排場，倒是大陽提早坐著花車帶著城中官員出城迎接他爹。秦鳳儀見肥兒子挺著小身子坐在香氣四溢的花車上，心中大樂，過去就把兒子抱起來。章顏和趙長史領著眾官員上前行禮，賀殿下大勝歸來。

秦鳳儀笑道：「不必多禮，咱們回府說話。」

親王儀仗擺大開，氣派十足地進城。

城中人已是聽聞親王殿下大勝山蠻，收復信州之事，不少商賈百姓都出來沿街歡迎大勝歸來的鎮南王與將士。秦鳳儀坐著自己的照夜玉獅子，同街道兩旁的百姓揮手致意，於是，百姓們越發歡騰，無數的絹花與鮮花投向親王殿下。

兵部侍郎跟在秦鳳儀身邊，也很榮幸地被女娘們的花海籠罩起來，雖然面部表情依舊嚴肅，心裡卻很是受用，想著南夷雖是個小地方，但稱得上民風淳樸啦。

等秦鳳儀回了王府，街上依舊流傳著親王殿下威武大勝的各種事蹟。

秦鳳儀回府後，抱著兒子到議事廳先與諸臣說話。秦鳳儀打了個大大的勝仗歸來，大家俱是歡喜，照例先恭賀了殿下一回，秦鳳儀道：「信州並不難打，難的在後頭，得守住了，守好了，信州的百姓臣服朝廷，這才是不枉收復信州之功。」

聽章顏、趙長史等人彙報了近一個月來的工作，除了兵部侍郎過來之外，便是各地組織人手學習紡織之事，餘者並無要事。秦鳳儀當眾表揚了章趙阿泉族長等人一個月來的守城之功，另外說了說信州之戰，便打發眾人下去歇著。

秦鳳儀扛著兒子，一路小跑到內宅，大陽樂得小臉紅彤彤的。李鏡與秦太太秦老爺迎出來，見父子倆這般，皆是臉上帶了笑。

秦鳳儀見著媳婦，見著爹娘，心中歡喜。李鏡一向內斂，秦太太卻是有啥說啥，見著兒子，高興得不得了，道：「你打勝仗的事，我們都知道啦，我兒真是威武！」

「小意思小意思啦！」頭一遭打仗便是大勝，還得了信州之地，秦鳳儀雖然覺得山蠻比較好打是真的，卻也不無得意，尤其他素來愛顯擺，聽他娘讚他，頓時得意到了十分。

秦老爺也道：「一州地盤，哪裡是小事，尋常人再沒這樣的本事。」

「雖然爹說得比較誇大，不過也有理。」秦鳳儀笑嘻嘻地問李鏡：「媳婦，想我沒？」

李鏡笑，「能不想嗎？」

一家子高高興興回屋說話。

秦鳳儀去看寶貝閨女，大美這些天沒見她爹，都有些不認得她爹了。秦鳳儀狠狠親了閨女兩口，大美嚴肅地瞪著她爹瞧了一會兒，轉頭找她哥啊啊啊地說起外星語來。

大陽很會幫他妹妹翻譯，跟他爹道：「大美見著爹，很高興呢！」

秦鳳儀便美得冒了泡。

當天傍晚，一家子吃過團圓飯，秦鳳儀方跟他媳婦說起去京城獻俘之事。

秦鳳儀問：「妳覺得如何？」

「自是當去的。」李鏡道：「辛辛苦苦打下信州，又正趕上回京陛見的日子，何況，活捉山蠻王，正是一樁大事。」

秦鳳儀道：「那咱們便回去一趟。」

跟媳婦商量定了，秦鳳儀第二日方與近臣商議，簡直無一人反對，甚至章顏等人私下更加希望秦鳳儀能與皇上關係緩和一二方好。只是，大家都知道秦鳳儀的性子，嘴上不敢說出來，怕秦鳳儀會翻臉，但對於秦鳳儀進京獻俘之事，那是一千個一萬個支持。

秦鳳儀有這樣遠勝諸皇子的才幹，出身亦正得不得了，憑什麼不讓皇上知道呢？非但要叫皇上知道，還要百官知曉才是。

於是，大家是舉雙手雙腳地支持。

秦鳳儀便開始商議跟他回京的人選，他想把大舅兄帶回去，李釗也想回去，只是眼下信州那裡剛打下來，一些武器後勤供應都要李釗盯著。方悅也離不得，囡囡剛有身孕，而且海運和漕運的事，再有各州縣過來學習紡織的事，都需要方悅張羅。

秦鳳儀還問了方灝的意思，方小弟自從來了南夷，秦鳳儀慣常不養閒人，就把方小弟放到了范正那裡打下手，方小弟眼下也沒空。後來大家商量著，秦鳳儀帶了趙長史，親衛將領便是潘將軍，親衛帶上兩千人，然後攜老婆孩子，以及大公主一家回京。

另則，此次信州之戰的戰功單子、撫恤單子，各將領匯總到傅浩那裡，一併呈上。

等到二月底，秦鳳儀一行人就浩浩蕩蕩回京陛見兼獻俘。一路行程不必細談，相較於三年前就藩時的行路難，起碼出南夷的路十分順利，待至浙地，自臨安走京杭大運河，直上京城，用時不過二十餘日。

朝廷提早接到了鎮南王回京陛見獻俘的摺子，景安帝大喜之餘，令二皇子帶著其他幾位皇子，還有禮部官員到碼頭迎候。秦鳳儀等人到達碼頭，眾人各見其禮。

秦鳳儀哪裡好讓盧尚書行大禮，連忙雙手扶住，笑道：「盧老頭兒，可別這樣啊！」

盧尚書以往對秦鳳儀很有意見，當然，就是現在，盧尚書也不是沒意見，只聽他面無表情地說道：「陛下命臣等恭迎殿下凱旋回京，殿下免臣等大禮，還請殿下稱呼臣的官職。」

盧老頭兒是什麼意思啊？

「好，盧尚書。」秦鳳儀擺擺手令其餘官員平身，與幾位皇子說話。二皇子、三皇子和六皇子與秦鳳儀的關係一向不錯，如今又見著大公主，自然是人人歡喜。

碼頭上風大，秦鳳儀讓潘琛將俘虜的信州山蠻王一家安全護送上車，之後便讓媳婦帶著兒女乘車，他騎駿馬，與幾位皇子一道進宮獻俘。

大陽一慣愛熱鬧，要求跟他爹一道騎馬。秦鳳儀這性子，不要說他兒子要騎馬，就是騎他，秦鳳儀也從來沒一個「不」字。李鏡命人給大陽加了件小毛斗篷，秦鳳儀便將兒子放懷裡坐著了。大陽這樣一折騰，阿泰見了，也要跟他爹騎馬，張盛無法，只得同樣把兒子帶到馬上。明明就一前一後，大陽與阿泰兩人彷彿隔著三五百里般，一個朝後喊「阿泰哥」，另一個朝前喊「大陽弟」。

張盛對兒子道：「大陽他們就在前頭，別喊了，又沒走遠。」
秦鳳儀在前讚兒子：「喊得好！」
大陽喜孜孜地道：「爹，我覺得我嗓門兒更大了！」
「爹也這麼覺得。」
秦鳳儀為大陽介紹幾位皇子，這論起來都是大陽的叔輩，大陽向來嘴甜，叔叔啥的，叫得響亮。大陽還感慨：「爹，咱們家的親戚可真多啊！」逗得旁人又是一樂。
因有獻俘之喜，京城百姓亦是愛熱鬧，永寧大街兩旁俱是看熱鬧的百姓。大陽在南夷經常跟隨他爹出席這樣巡遊的場合，見人人都在看他們，大陽自斗篷裡伸出小手，對街道兩邊的百姓搖著打招呼。他爹在京城有神仙公子之名，後來還有離奇身世，於是，越發得女娘們青眼。如今秦鳳儀回京獻俘，不說出來看熱鬧的，便是那些仰慕秦鳳儀的女娘們聽聞神仙公子回京，便不曉得有多少人提早在茶館飯莊訂了位置，提前等候。如今見到神仙公子依舊是騎駿馬，戴金冠，神采飛揚，不少女娘們都激動得投下絹花、繡帕、玉墜、香包。
三皇子說：「這都好幾年了，還有許多女娘惦記著你啊！」
秦鳳儀笑，「可見我尚未年老色衰。」
六皇子打量了一回山蠻王，騎馬過來，聽見秦鳳儀這話，險些噎著。
六皇子瞧著一隻手揮不過來，兩隻手都在忙的大陽，「大陽真是越長越像皇兄了。」
秦鳳儀差點被六皇子這聲「皇兄」給嗆著，六皇子偷樂一回，便向秦鳳儀打聽起平山蠻的事來。秦鳳儀回京城的心情並不好，只是他好歹做了三年藩王，並不動聲色，而是故意端著架子逗六皇子：「你還小呢，這些打打殺殺的事，不是小孩兒能聽的。」

六皇子最不喜別人說他小，「誰說我小了，我都十好幾了！」

大陽聞言回頭，奶聲奶氣地道：「是啊，我也不小了，我都三歲了！」

六皇子……

大家一路敘些閒章，在兩旁百姓的熱鬧聲中進了皇城。

秦鳳儀要去太寧宮陛見，大陽便跟著母親帶著妹妹去了後宮。

秦鳳儀一走三年，當初景安帝快刀斬亂麻地將秦鳳儀打發到了南夷，人人都以為，秦鳳儀哪怕命好，也就一輩子終老南夷了，結果，這幾年朝中何時少了南夷的消息？似乎秦鳳儀去了南夷，也將全朝人的目光帶到了南夷。且不說一去便修建道路碼頭、重建城池之事，如今竟還有了戰功，這不，還抓了個山蠻王來京獻俘。

不都說南夷是官員生涯的終結站嗎？也不曉得怎麼秦鳳儀硬是從南夷發達了。

秦鳳儀回京獻俘，景安帝平常辦公的場所是暖閣，此時卻是要在正殿召見秦鳳儀，以示鄭重。而此刻在這太寧宮的正殿之中，又不知多少人翹首以待，不知有多少人心思莫測，但在秦鳳儀踏進太寧宮時，整個太寧宮彷彿在這一瞬被點亮。明明幾位皇子亦是皇子之尊，縱是二皇子老實低調、六皇子年紀尚小，暫可不論，可三皇子這樣平日極有皇子氣派之人，在秦鳳儀身旁也被遮去了往日氣勢，一時黯淡了幾分。

穿著玄色皇子服的秦鳳儀進入殿內，沒有走得太快，與二皇子和三皇子並行，似不知不覺間，諸皇子已不自覺成拱衛之勢。秦鳳儀那種天生的耀眼，實權藩王的威儀，混合成一種說不清道不明的氣勢，落入諸臣之眼。
同樣的，亦落入景安帝之眼。
秦鳳儀踏進太寧宮的那一刻，不少人的氣息為之一滯。
見過多少畏畏縮縮、戰戰兢兢的藩王，見過隱忍恭敬的藩王，更見過豪爽疏闊的藩王，亦有八面玲瓏的藩王，但秦鳳儀這樣光彩照人的藩王，太寧宮的諸位委實是頭一遭見。
秦鳳儀原也是個光芒萬丈的人物，倘不是生得出眾，景安帝這等素不以貌取人的，也不會破例點他為探花。當然，現下人多解釋為是神奇的血緣關係所致。秦鳳儀的相貌已是難得一見的俊美，但是再如何俊美，亦不過皮相而已，何嘗有今日的威儀氣派？
更不同於當年離京就藩時的滿腔憤恨與不平。
有些人身處逆境往往一蹶不振、一敗塗地，有些人則恰恰相反，逆境反能激發出過人的天分，由此逆流而上，一飛沖天。
在眾多人看來，鎮南王肯定是屬於第二種。
奈何眾人的判斷在鎮南王開口的那一刻，立刻又陷入了猶豫，因為鎮南王並未向皇上行大禮，只是拱手道：「臣奉旨回京，獻山蠻左親王。」
臣，不是兒臣。
靠！
大家在心裡罵娘。
以為鎮南王性子多少改了些，卻原來還是老樣子。

不少老狐狸暗自搖頭，覺得鎮南王的性子太執拗了。

景安帝的心卻是放回了肚子裡，甚至先時心中那麼一絲莫名的情緒也恢復了正常。這才是他的兒子嘛，要是秦鳳儀恭恭敬敬地山呼萬歲，親親熱熱地叫他一聲父皇，景安帝得以為秦鳳儀吃錯藥，還是有什麼陰謀。依景安帝對秦鳳儀的了解，這種死強頭才是正常的。

景安帝並沒有介意秦鳳儀這種死不低頭的德行，先令秦鳳儀平身賜座，這才說起信州的戰事。奏章上寫過的不算，秦鳳儀還要親自再講一遍，景安帝這才知道秦鳳儀是親自帶兵出征的，景安帝不禁道：「軍中將領無數，焉何要親自帶兵？你一向文弱，倘有損傷，可如何是好？」這是真的擔心了。

秦鳳儀道：「雖是略費些周折，仗也不是很難打。那麼多將士在，怎麼可能會受傷？」人家根本沒當一回事。

當下有朝臣道：「信州不過彈丸之地，且南夷兵多將廣，請陛下安心。」

秦鳳儀一聽這話便豎了眉毛，「我說不難打，那是謙遜，你倒是實在。不難打，你怎麼不去打一打？你是哪個部的？一看就不是兵部的，紙上談兵你都不會吧？蠢貨！」

這話把御史氣得直道：「仗不難打，將士多的話，還不是殿下自己說的。」

「我打下的信州，我能這麼說，你知道個屁！」秦鳳儀道：「你以為攻城跟守城一樣嗎？山蠻人雖是蠻族，也不是你們想的那樣不開化，城牆壘得可結實了，城中山蠻兵照樣有鐵槍利箭，滾石桐油！」

「看殿下不過半個月就拿下了信州城……」

「那是因為本殿下聰明過人，強攻雖然可以攻下，將士一樣是血肉之軀，人長腦袋是做什麼的，不是你這樣把別人的謙虛當實在的。」秦鳳儀撇開這無知小臣，說起信州戰事，秦鳳儀道：「開始不好打，蠻兵第一天很有自信，帶人出來廝殺，結果被潘將軍帶人全殲。第二日就緊閉城門，不肯再出城，我們攻城嘛，他們也不傻，石頭桐油往下砸往下澆，我一看，這還了得，倘這樣攻城，便是勝了，怕也是慘勝，便令將士每日騷擾。待到第五日，山蠻出動象兵，再以強弩殺之。而後，有桂州山蠻過來援手，我令五百土兵提前換了先時殺死的那些山蠻兵的衣裳，雙方廝殺時要他們藉機混在蠻兵之中，命前路的張將軍、阿金等人留了一手，山蠻兵逃回城中時，土兵跟著進城，砍死守城的山蠻兵，打開城門，如此方得進城，進而攻下信州。要是一味死打，焉能這麼快打下一座城池？信州雖不大，也是州府的級別，何況，山蠻盤踞數十年，眼下雖奪信州，尚有桂州在山蠻之手，再者，山蠻中仍有部族盤踞山林，想令其悉數臣服，並非一日之功。」

秦鳳儀脾氣依舊，但其能親自掌兵，將戰場之事說得頭頭是道，依舊令人刮目相看。當然，那個多嘴的小臣便倒了楣，午飯的時間還沒過，就被發派到南夷戍邊了。

當天中午，景安帝設宴。

秦鳳儀不冷不熱的，景安帝卻很是高興，反正秦鳳儀這性子也不可能突然就好了，但想到南夷如今已由貧僻之地轉為繁華，秦鳳儀還能親自帶兵拿下信州，哪怕有些沒見識的說什麼南夷兵精將廣，景安帝卻是門兒清。南夷有什麼兵啊，除了秦鳳儀的一萬親衛，便是南夷本土的將士，再者就是南夷土兵。這些土兵剛剛歸順，想到秦鳳儀要親自帶兵，或有人尚不明白，景安帝卻是心中有數，必是南夷無適合的大將軍，不然，秦鳳儀不至於親自領兵。

不過，最讓景安帝意外的並不是秦鳳儀親自領兵之事，反正秦鳳儀一向膽壯，沒合適的人自己上倒不足為奇。令景安帝驚奇的是，秦鳳儀竟還當真有幾分領兵之才。

秦鳳儀是文官出身，再加上少時為秦氏夫婦撫養長大，耳濡目染，精通商事不足為奇。就是秦鳳儀以鬼神莫測之手段，空手套白狼建了鳳凰城，細想之下，這些手段多是借商賈之力，但帶兵之事就不同了。景安帝認為，這種帶兵的本領，完全就是繼承自己的血脈。

所以，縱然秦鳳儀不大熱絡，景安帝還是賞他御酒，與愉王等人說說笑笑，很是歡悅。秦鳳儀簡直氣個半死，仗是他打的，他還沒高興呢，也不知這人高興個什麼鬼。

秦鳳儀不曉得的是，非但前朝熱鬧，後宮更是歡樂。李鏡不是秦鳳儀這樣的強頭，又有大公主一道回朝，現在大家早不提大公主二婚的事了，裴太后見著孫女、孫媳婦，還有重孫和重孫女、重外孫，焉能不歡喜。不僅是裴太后，還有愉王妃，見到大陽喜歡得不得了，尤其大陽與阿泰捉著小肉手作揖的模樣，極是招人笑。

愉王妃道：「那年離京，大陽還抱著呢，阿泰剛會走，現在都這般大了。」

「是啊。」裴太后接過大美抱了抱，「原我說大陽、阿泰都是俊俏孩子，哎喲，那是沒見著咱們阿美呢！」

愉王妃忙起身過去瞧，亦道：「哎喲，跟鳳儀一個模子刻出來的，怪道叫美字。」

平皇后和裴貴妃等人也讚大美生得好。

大陽連忙道：「這是我給我妹妹取的名字，我妹妹小時候可醜了，叫了我取的名字，才好看起來的。」
見大陽急急地說話，偏生又說不快的模樣，大家都是笑。
裴太后道：「哎喲，你取的啊？」
「是啊！」大陽很是得意。
裴太后點頭，「這名字取得好。」
大陽便越發得意地晃了晃大頭，見永哥兒也好奇看他妹妹，大陽很有些他爹的脾氣，愛顯擺妹妹。剛剛裴太后給他們介紹過永哥兒，說是大伯家的堂兄，大陽就很大方地讓開點位置給永哥兒，說道：「你到我這兒來看吧，我妹妹可好看了。」
永哥兒長大陽一歲多，比阿泰還要略年長些，自幼生在宮廷，已是懂些事了，過去瞧了瞧小妹妹，點頭道：「是很好看。」
「那是當然啦！」聽到有人讚自己的妹妹，大陽美得不得了。
阿泰說：「就是還太小了，要是妹妹大些，就能跟咱們一塊兒玩了。」
裴太后見幾個孩子奶聲奶氣地像大人一樣說話，便令宮人取出許多玩具，讓老成的嬤嬤服侍，讓他們自個兒玩去。
中午是慈恩宮設宴，待得宴後，秦鳳儀在外等媳婦去愉王府安置。
裴太后也沒攔阻，與李鏡道：「原給你們收拾出了華陽殿，他又是這個性子，強留你們，未免不美。你們頭一天回來，定也累了，便早些去你叔祖母那裡歇了吧，明兒個進宮來，咱們好生說說話。」只留了大公主一家在宮裡住下。

愉王妃笑，「我那裡也不是外處。」

李鏡行禮告退，愉王妃也跟著出宮，路上還問大陽：「累不累，要不要曾叔祖母抱？」

大陽每天在家瘋跑著玩，甭看小，精神極佳，道：「不累！」把愉王妃遺憾壞了。

秦鳳儀等來妻兒，還見到了愉王妃，秦鳳儀和張盛忙上前向愉王妃請安。

愉王妃笑，「何須這般多禮？」秦鳳儀道：「阿鳳越發俊俏了，阿盛也英武了。」雖覺得秦鳳儀一家住在宮裡比較好，但能住在他們府裡，愉王妃是打心底高興，望著秦鳳儀道：「阿鳳越發俊俏了，阿盛也英武了。」

張盛只是一笑，他媳婦既然留宮裡，他就跟著住愉王府了。

秦鳳儀與愉王妃是相熟的，歡快地道：「叔祖母還是老樣子。」

「叔祖母老啦！」

大陽嘴甜地說：「曾祖不老，好看著！」曾叔祖母太長了，大陽就給簡略成曾祖了。

這些話不曉得大陽跟誰學的，逗得愉王妃大笑，連侍女嬤嬤們都笑個不停。

秦鳳儀一把將兒子抱起來親兩口，誇讚道：「說得好！」又問兒子中午吃了什麼，吃了幾碗飯之類的話，父子倆一路歡聲笑語出宮去了。

待到了愉王府安頓下來，李鏡問丈夫宮宴的事。

秦鳳儀氣鼓鼓地道：「妳不提我還要跟妳說呢！妳不知道岳父那樣兒，咱們這千里迢迢回來了，他也不說過來跟我說說話，真是白想他了！」

思及此，秦鳳儀越發不滿。

秦鳳儀生了一回岳父的氣，李鏡道：「我又沒問你我爹的事，我是問你陛見的事。」

「那能有什麼事啊，就一個不識趣的御史說信州彈丸之地，好打得不得了，叫我給噴回去了，陛下已經賞他去南夷戍邊了。」秦鳳儀道。

李鏡險些笑出聲來，秦鳳儀道：「妳說，這得多傻的人才能幹出這種事啊？我這正獻俘，他就說信州好打，他怎麼不說陛下腦子不大好使，叫我給蒙蔽了啊？都不知道這種人投胎時是不是忘記帶腦子了。」

大陽咯咯笑出聲，秦鳳儀見兒子直樂，覺得好笑，問他：「你聽得懂嗎？你就笑。」大陽懂個屁啊，他就知道裝模作樣地點小腦袋，拍他爹馬屁，「投胎沒帶腦子，笨！」逗得他爹大樂，把他舉到頭上架著。

大陽道：「爹，扔一個吧！」

「好！」秦鳳儀把兒子往上拋了兩回，大陽向來很喜歡這個遊戲，結果叫大美瞧見，大美立刻伸著小胳膊啊啊啊叫喚起來，大陽說：「爹，妹妹喜歡看，您再拋我兩回。」

秦鳳儀把肥兒子當大沙包拋得手臂發痠，大美已經啊啊啊快急眼了。秦鳳儀放下兒子去瞧閨女，抱了閨女在懷裡道：「怎麼看你妹妹不像高興的樣子啊？」

秦鳳儀不愧是探花出身，見閨女一邊啊啊啊，一邊眼睛往上瞧，腦中靈光一閃，「不會是大美也想拋高高吧？」說著，把閨女往上一送，大美立刻咧開沒牙的小嘴樂起來。

秦鳳儀笑與妻子道：「還真是兄妹，大美也喜歡往上拋啊！」

「你可小心些，別摔著她。」

「看妳說得，我能摔著我閨女？我摔著我自個兒，也不能摔著咱們閨女啊！」大美不過五個月大，抛起來比胖大陽輕鬆多了，秦鳳儀把閨女抛得口水都樂了出來，親閨女兩口，這才抱著閨女往榻上坐了，道：「明兒個我得好生習武了，累得我胳膊疼。」

不待李鏡說話，大陽便狗腿地爬到榻上。他先扒住榻上的墊子，一條小胖腿翹上去，然後小身子往上一縱，整個人便靈活地爬榻上去了。爬到榻上，大陽二話不說就幫他爹掐掐捏捏的，幫他爹按摩手臂，把他爹感動得險些飆出兩升淚，兒子實在太孝順了。

秦鳳儀帶著兒子玩了一會兒，又去瞧過趙長史等人安置的地方，便打發人去景川侯府送了帖子。秦鳳儀素來要面子，還交代小廝道：「就說大陽明兒個過去，不要提本王。」

小廝領命去了，秦鳳儀回頭方與妻子道：「明兒個咱們去向祖母請安。」

秦鳳儀說的祖母自然不是裴太后，而是李老夫人。

李鏡道：「太后叫我明天進宮呢！」

秦鳳儀頓時不滿，臭著臉道：「咱們回來不用走親戚了啊，妳怎麼什麼事都應啊？」

「太后這麼說了，總不好不去。」李鏡很感動丈夫與自己娘家的親密，不過，太后已然發話了，李鏡道：「咱們後日再回我娘家也是一樣的。」

「我已經著人送帖子去了，說明兒個去的。」秦鳳儀道：「這樣好了，明兒個妳進宮，我帶著大陽和大美去看祖母。」

李鏡：⋯⋯

因為媳婦第二天還要去慈恩宮見老虔婆，秦鳳儀十分不給媳婦面子，決定明日自己帶著兒女去岳家，還要告媳婦一狀哩。

秦鳳儀這裡琢磨著自己的小心思，愉王妃打發人過來送蒸奶蛋給大陽吃，怕大陽餓著。秦鳳儀見過來的是愉王妃身邊的貼身嬤嬤，還帶了幾樣小菜。細瞧過，都是秦鳳儀與李鏡愛吃的。秦鳳儀道：「我正想說要再吃點東西呢，宮宴就是吃酒說話，也沒吃好，叔祖母就讓嬤嬤送過來了。叔祖母用過沒？」

嬤嬤道：「王妃已是用過了，這是命奴婢送過來的。」

秦鳳儀謝過嬤嬤，大陽一向愛學他爹說話，他還無師自通地超常發揮，「嬤嬤，妳跟曾祖母說，一會兒吃過飯，我就去看她老人家。」

嬤嬤笑道：「好啊，那奴婢一會兒過來接小殿下。」

大陽點點頭。

一家子又用了一回飯，的確宮宴也沒吃好，不過，大陽在慈恩宮可是吃的不少，但小孩子胃淺，大陽又是個好動的，自然容易餓，吃了一碗蒸奶蛋，還吃了兩塊魚肉這才飽了。

秦鳳儀夾了兩根青菜給兒子，大陽一口都沒吃，秦鳳儀很是憂愁，「大陽這麼不愛吃菜，可如何是好？」

李鏡道：「他小孩子牙口尚且不大好，興許是覺得菜葉子不好咬。」

大陽連忙點頭，「就是這樣，菜葉子我都咬不爛。」

「那下回叫廚下給你煮菜糊糊吃。」秦鳳儀道。

大陽說：「那得加些肉羹才好吃。」

秦鳳儀懷疑他兒子上輩子是窮死的，沒得葷腥吃，這輩子才這般喜歡吃肉。

一家子用過飯，正在吃茶，嬤嬤就過來接大陽了。大陽不怕生，雖沒爹娘陪著，有他的奶嬤嬤和丫鬟跟著，便跟著這位老嬤嬤去了曾叔祖母那裡。

愉老親王下半晌便回來了，先去王妃的正院，就聽到一陣笑聲傳出來，還有孩子奶聲奶氣的聲音。愉老親王不禁快走幾步，都沒待侍女打簾子，便自己掀簾子進去了。就見一個雪團兒般的娃娃，正在榻上跟王妃說話，逗得一屋子侍女都是面上帶笑。

愉老親王道：「哎喲，咱們大陽長這麼大了！」

大陽道：「是啊，我不是小娃娃了。」

愉老親王忍不住又笑，愉王妃指了愉親王問大陽：「你知道他是誰不？」

大陽道：「肯定是曾祖啊，我爹早說了，這回來就住曾祖家。」說著，還站起身，抱著小拳頭向愉老親王作個揖

愉老親王當時就想抱抱大陽，愉王妃忙道：「先洗手先洗手。」

愉老親王笑呵呵地洗了手，換了家常衣裳，抱著大陽問王妃：「阿鳳呢？」

「在他們院子呢，你怎麼這麼早就回來了？」

愉老親王想說，因著一屋子侍女和大陽在，便沒說出口。

愉老親王管著宗人府，這一下午也沒在宗人府，原本用過宮宴就想同秦鳳儀一道回家，結果硬是被皇帝陛下絆在了宮裡，一下午啥都沒幹，就在宮裡聽著皇帝陛下酸溜溜地說酸話了，什麼「鳳儀還是跟王叔更親近」啥的。也就是皇帝陛下了，愉老親王得給皇帝陛下留面子，不然愉老親王還想說呢，當初說好把鳳儀過繼給他的，後來鳳儀知曉自己的身世，陛下

提都不提過繼的話不說，還把人分封到千里之外的南夷去，這會兒又來說這酸話。

愉老親王心道，正因鳳儀這孩子有良心，才來自家這裡住呢！

愉老親王心情極佳，與王妃道：「晚上備得豐盛些，咱們一家子吃個團圓飯。」

雖則愉老親王能理解景安帝的政治行為，當時把秦鳳儀封在南夷，的確是快刀斬亂麻地平息了局勢，可叫愉老親王說，當時是平息了，如今怎麼樣？哪位皇子的才幹能與秦鳳儀相比呢？這還是陛下的元嫡皇子，就算不過繼給他，當初也不該那般草率才是。

心裡為秦鳳儀不平的除了愉老親王，說來大有人在。實在是，秦鳳儀就藩短短三年，便展現了這樣遠超眾人的才幹。當年因為先帝死在陜甘，非但把自己葬送了，還葬送了大半朝中精英，自經先帝陜甘之事，朝中大臣算是長了記性，覺得一帝無能，連累滿朝，所以大多數朝臣，都是希冀後繼之君能有所作為，不然，先帝死了，僥倖還能有今上勵精圖治。倘後繼之君再是一個先帝，怕是大景朝便沒有今上在位時力挽狂瀾的運道了。

縱今上眼下正當壯年，還遠未到要考慮後繼之君的時候，但幾位皇子這裡，不少人已經不由自主開始琢磨了。

還有人私下打聽秦鳳儀，譬如，平郡王回府，平琳就跟他爹打聽：「聽說信州是鎮南王親自帶兵打下來的，爹，這是真的嗎？」平琳的品階太低，未能到太寧宮迎接秦鳳儀回朝。

平郡王道：「如何不是真的？」

平琳道：「他不是文官出身嗎？」

「你倒是武官出身，也沒見你有什麼戰績啊！」平郡王聽這話就來氣，別人能幹出眾無妨，世間有能耐的人多了，但為人不能心胸狹窄，嫉賢妒能。

平琳連忙道：「爹，我就是問問。鎮南王能打下信州，自是大喜事一件，只是我沒料到，他這樣的文人，還能帶兵罷了。」

平郡王緩了口氣，「文人帶兵的雖不多，但也不是沒有。昔孫臏張良都非武功高手，卻也不妨礙他們成為一代軍事大家。鎮南王性子向來機變，我也沒料到他竟會親自帶兵，但只看他能打下信州，便知他有帶兵之才。你見了他，要越發恭敬才是。」

「爹，您放心吧，我曉得的。」

便是平郡王也不禁想，倘鎮南王有命，上天如何會讓他流落民間？倘鎮南王無命，又焉何能在多年後認祖歸宗，還有上蒼賦予的這等出眾天資？饒是平郡王之閱歷眼光，此際也不禁想，世間是否真的有虛無飄渺的命數一說。

平郡王是個理智之人，他看問題素來公允，當然，是人都有私心，但平郡王也清楚地知道幾位皇子的才幹，大皇子縱不算一等的出眾之人，在諸皇子裡也並不遜色，只是如今有秦鳳儀一比，誰還能在秦鳳儀的光芒下不黯然失色呢？

當真是既生瑜，何生亮啊！

鎮南王回朝，對於京城是一件大事。

暫不論鎮南王依舊沒變好的性子，但鎮南王是個有本事的人啊。哪怕脾氣臭，這也是個有本事的臭脾氣。當然，這句話也可以反過來說，縱是有些本事，可是脾氣太臭。於是，宮宴第二日便有鎮南王因功倨傲的話傳出來。

鎮南王並不知此流言，就是知道，依鎮南王的性子，也不會在意。

他現在正將自己收拾得貌美風流，看兒子也是一身精神漂亮的小紅袍子，心中很滿意，再瞧一回寶貝閨女，這才與妻子道：「我們去看祖母啦，妳去宮裡吧。」

李鏡聽到這不滿中又帶著一絲得意的口氣，很是無語。

李鏡道：「我去宮裡請個安就回來。」

「哼哼，妳自己看著辦吧。」秦鳳儀哼唧兩聲，一手抱著閨女，一手牽著兒子，帶著侍從丫鬟嬤嬤們，昂首挺胸地出門去了。

秦鳳儀與岳家一向親近，昨兒打發人送了帖子過來，今天李老夫人早就等著了，連李二姑娘李玉潔也一大早就帶著孩子回娘家。聽著僕婦跑過來通報，李老夫人連忙起身相迎，景川侯夫人扶住婆婆，一大家子接出院門，就見秦鳳儀抱著閨女帶著兒子迎面走來。

秦鳳儀生得好，早先便是商賈子弟時，李老夫人就很喜歡他，不為別個，就因為秦鳳儀待自家孫女心地真誠，且自從成親後，秦鳳儀與岳家越發親近，縱是現在有兩個孫女婿，李老夫人說是一般看待，心裡到底是更偏秦鳳儀。如今好幾年未見，李老夫人瞧著孫女婿，再看看大陽、大美，高興得險些掉下淚來。

秦鳳儀還是笑嘻嘻的模樣，上前道：「祖母是不是太想我了，都出來迎接我啦！」

景川侯夫人笑彎了眼，「昨兒晚上老太太就念叨著呢！」

「丈母娘有沒有想我？」再回到京城，興許是好幾年沒見的緣故，秦鳳儀覺得，縱是後丈母娘也不那麼討厭了。

景川侯夫人笑，「能不想嗎？想你跟阿鏡，還有孩子們。」左右都沒見到李鏡，她不由問道：「阿鏡呢？」

秦鳳儀道：「別提了，她又進宮去了，我先帶著孩子們過來。」接著又與兩個小舅子、兩個小姨子見禮。

李老夫人滿臉笑意，「咱們進屋說話，大美還小，別吹了風。」

一眾人到了李老夫人的屋裡說話。

李老夫人往榻上一坐，秦鳳儀作揖請安。倘是磕頭，必會叫李老夫人不安的。大陽跟著他爹學，抱著小拳頭也一揖，奶聲奶氣道：「給曾外祖母請安。」又對後外婆作了個揖。

李老夫人高興得不得了，令人拿了一對羊脂玉的玉麒麟給大陽。景川侯夫人給的是文房四寶，兩位舅舅和兩位小姨也都有東西給大陽。大陽來外祖母家一趟，收到這許多禮物，心中很是高興。大美也得了很多東西，雖則大美現在只會說外星話，就是請安問好也是嬤嬤抱著來的，但這頭一回見面，也不能少了見面禮。

秦鳳儀把禮單送上，道：「這是我們南夷的土物，給祖母的。」

李老夫人說：「你們回來就好，千里迢迢的，還要帶這麼些東西，豈不費事？」

「費什麼事啊，本就也要帶很多東西回來的。」秦鳳儀道：「我們這好幾年沒回來，別看我們南夷地方偏僻些，真正是個好地方，一年四季，鮮花鮮果不斷。祖母您去住些日子吧，夏天比京城涼爽，冬天穿件夾衣就好。」

大陽在一旁學話，「是啊，曾外祖，特別好。」那真誠的小模樣，逗得人直笑。

李老夫人很喜歡大陽和大美，直誇兩個孩子長得好，大陽又把妹妹長得好看全因他給妹妹取名兒取得好的緣故說了一通。

屋裡還有李二姑娘的兒子桓小郎，桓小郎才一歲多，也是個白淨可人的孩子，只是有些瘦了。秦鳳儀向來喜歡孩子，便抱了抱桓小郎，道：「得叫孩子多吃飯才行，小郎太瘦了。」看他兒子，多肥壯啊！

李二姑娘道：「如今已是好多了，換了個奶娘，這個奶娘的奶好。」

「這麼大還要吃奶啊？」秦鳳儀頗覺驚奇，「大陽一歲多就不吃了。」

李二姑娘奇道：「不吃奶吃什麼？」

「吃飯唄。」秦鳳儀道：「大陽六個月時，除了吃奶，就能一天吃一小碗蛋羹，七八個月時就能吃拌了魚湯的米糊。慢慢的就是吃飯多，吃奶少了。孩子不能總是吃奶，得多吃飯才長得壯實。」秦鳳儀如是與二小姨子交流養孩子的心得。

李二姑娘想了想，「我家小郎平日裡也能吃蛋羹，就是吃的不多。」

「得叫他多吃些米糧，總喝奶怎麼成啊？孩子長牙的時候就喜歡咬東西，為什麼會長牙呢，長牙就說明會咀嚼能吃東西了，而且，五穀養人，給小郎添些軟爛飯食，小郎就能壯實起來了。」秦鳳儀覺得，二小姨子平日裡不錯，每年侯府捎東西，二小姨子都會有自己的一份捎帶，所以在養孩子這件事情上，秦鳳儀也就不跟二小姨子藏私啦。

李二姑娘笑，「那回去也給我們小郎試試，他以後有大陽這樣壯實才好。」

「那是！」秦鳳儀在養孩子上是很得意的，他道：「不是我吹牛，大陽到現在一個噴嚏都沒打過。這麼壯實，都是我養得好。」

大陽便跟著道：「就是就是！」

桓小郎會走路了，就是走不穩當。

大陽帶著桓小郎去看自己的妹妹，問桓小郎：「我妹妹好看不？」

桓小郎乖巧地點頭，大陽就滿意了。

孩子們去玩兒了，大人們說自己的話。

景安帝在宮裡處理完奏章，心裡記掛著孫子和孫女，吩咐馬公公一聲：「鎮南王妃進宮來了，把世子和郡主抱來給朕瞧瞧。」

馬公公早打聽過了鎮南王妃進宮之事，硬著頭皮稟報道：「聽說只是王妃進宮請宮，未帶世子和郡主。」

景安帝想著秦鳳儀素來不喜慈恩宮，亦是無奈，便與馬公公道：「你跑一趟，把世子和郡主接進宮來，朕可是還沒見過孫子、孫女。」

馬公公領命而去。

秦鳳儀正在岳家說得高興，馬公公來了。待馬公公說明來意，秦鳳儀立刻要冒火，李老夫人拍拍秦鳳儀的手，搶先道：「既是陛下有召，這就去吧，咱們有空再說話也一樣。」

景川侯夫人反應慢婆婆一拍，亦是道：「大陽大美還小，大姑爺帶孩子們一道去吧。」

秦鳳儀看馬公公面露乞求之意，想著馬公公雖是那人身邊的內侍，到底沒得罪過自己，不至於遷怒。他是一萬個不想見景安帝，卻不放心兒女，只得應下此事，與李老夫人道：

「明日我再過來陪祖母說話。」

李老夫人笑，「好好好。」她要送秦鳳儀，秦鳳儀哪裡肯，只讓兩個小舅子送他。

馬公公出門很仔細，知道是要接小世子和小郡主，出宮時就帶了車馬。秦鳳儀便帶著兒女上車，一路進宮去了。

景安帝見秦鳳儀竟跟進宮來，還道：「哎喲，你可是稀客！」

秦鳳儀道：「我是不放心大陽和大美。」

「天下父母之心，多是如此。」景安帝一見大陽便喜歡，隔輩親不說，大陽長得也很符合中老年祖父母輩的眼緣。大胖孫子，偏生還不是那等癡肥的，要景安帝說，就是一臉的福相。景安帝道：「這就是大陽吧？」

大陽點點頭，大概是景安帝居高位多年，自有威儀。小孩子其實最是敏感，大陽不禁看向他爹，他爹道：「這是陛下。」

大陽頓時睜大了眼，一副恍然大悟的模樣，道：「原來你就是我祖父啊！」

景安帝大樂，「是啊，過來給祖父看看。」

秦鳳儀就見他兒子顛兒顛兒地跑了過去，三兩下竄到景安帝膝上，稀奇無比地跟景安帝說起話來。秦鳳儀險些吐血，心說，這是誰教的兒子啊？

臭小子，你可真不像你爹的兒子，沒傲骨啊！

貳之章 ● 小人作祟出昏招

秦鳳儀看自家肥兒子簡直不用暖場就跟景安帝親熱地嘀嘀咕咕說起話來，童言稚語把景安帝逗得笑聲不斷。往日秦鳳儀看肥兒子各種機靈可愛，這會兒都化為了一個大大的白眼翻過去。怎麼這麼沒默契啊？肥兒子跟他以前多心有靈犀，今兒個怎麼不靈了？

景安帝看秦鳳儀眼珠子都要翻出去了，便對大陽道：「看你父王的眼睛。」

大陽正同祖父說話呢，以往在南夷都是跟爺爺奶奶在一處，他是頭一回見祖父，很是有些激動。聽祖父這樣說，轉頭便見他爹拿白眼翻他，不禁道：「爹，您眼睛不舒服嗎？」

景安帝道：「興許是得紅眼病了。」

秦鳳儀氣壞了，「我用得紅眼病嗎？大陽可是我兒子！」

大陽反應過來，認真地同景安帝道：「祖父，您說的不對，我爹剛剛那是在翻白眼。」

「哦，原來是翻白眼啊！」景安帝道：「把大美抱過來給朕瞧瞧。」

秦鳳儀不愛搭理景安帝，叫大陽：「過來抱你妹妹。」

大陽不知道為什麼他爹要翻白眼，但看他爹臉色不大好看，便跳下景安帝的膝蓋過去抱他妹妹。景安帝怎能放心叫大陽抱孩子，起身過去，見秦鳳儀依舊是鼻子不是鼻子，眼睛不是眼睛的模樣，也不理他，只是將大美接到懷裡，讚道：「這孩子生得真好。」

大陽一向認為誇他妹妹就是誇他，喜道：「是吧是吧？我妹妹最好看。」

景安帝一樂，「大陽長得也很好。」

「那是，妹妹是像我才長這麼俊的。」大陽得意洋洋，第一千八百回邀功，「妹妹的名字就是我取的。」

馬公公見秦鳳儀站一旁不說話，跟著湊趣：「小世子、小郡主都像殿下。」
景安帝點點頭，「大陽的鼻子像景川。」
大陽立刻與他祖父打聽，「我爹說外公可凶了，祖父，是不是真的？」
景安帝笑，「你外公啊……正好宣他過來，你見見就知道了。」
大陽又道：「祖父，要是外祖父太厲害，您可得給我撐腰啊！」
景安帝大樂，他已有七八個孫子，沒一個有大陽這樣的機靈，「好，朕給你撐腰。」說著還道：「我看你腰也挺粗的。」
大陽掐掐自己的肥肚子，「跟祖父比就不行啦！」
景安帝雖然也喜歡大美，卻更偏愛能說會道的大陽。抱了抱大美，便還給秦鳳儀了，依舊叫著大陽在身邊說話。秦鳳儀心說，先時沒覺得，大陽這小子簡直就是個滑頭啊，以後老了，恐怕還得指望閨女養老，於是，秦鳳儀更寶貝閨女了。
不多時，景川侯到了暖閣。
一見這情景，景川侯還有什麼不明白的。
大陽因有個好爹，他平時所見人物，如他舅、方師兄、趙長史、傅長史、他姑丈，都是一時俊傑，更不必提他祖父還是當朝帝王，但此時此刻，見著他外公，大陽嘴上不會形容，眼睛卻一下子看直了，湊到景安帝耳邊小小聲說：「這是外祖父嗎？」
景安帝點點頭，就見大陽兩條原本在榻上懸空的小短腿嗖地跳了下去，幾步跑到景川侯跟前，抱著兩隻小胖手向他外公作揖，自我介紹道：「外公好，我是您外孫大陽啊！」

饒是景川侯素來淡定，也被大陽這自我介紹給驚著了。

景川侯唇角沒忍住地一翹，回了半禮，道：「大陽好，我是你外公。」

大陽無師自通地反客為主，「外公坐！外公喝茶不？吃點心不？」種種諂媚嘴臉，讓他爹秦鳳儀險些把早飯吐出來。

景川侯對景安帝行禮，景安帝擺擺手，「今天是咱們自家人話家常，坐吧。」

見大陽恨不得親自奉茶給他外祖父喝，景安帝心裡酸溜溜的，心說，大陽這孩子可真是實在，還沒給祖父遞過茶哩。不過，大陽年紀小，馬公公如何敢將茶給他，他倒是很乖巧地拿塊桃花酥給他外祖父吃。

景川侯接了，摸摸大陽的頭，「這孩子可真像他父親。」

當初秦鳳儀橫衝直撞地仗著膽子來京城提親，知道他的身分後，第一句就是自我介紹：「岳父在上，小婿秦鳳儀給您請安了。」如今見大陽口齒伶俐，眉宇又與秦鳳儀肖似，再加上這能言善道的模樣，景川侯心說，真是誰家的像誰。

大陽已是忍不住跟外祖父介紹起他妹妹來：「外公，我妹妹更像我爹。」

景川侯看秦鳳儀抱孩子的模樣，道：「不知你爹讓不讓看呢！」

大陽道：「當然讓看，我爹可好啦！」

秦鳳儀氣呼呼的，「他爹沒名字嗎？還是不認識啊？」

景川侯當初把閨女許配給秦鳳儀時，覺得秦鳳儀性子活絡，如今才算明白，這活絡的人要是強起來，那簡直是比那些個強人更叫人頭疼。

景川侯便道：「不知道愛婿能不能讓岳父看一看外孫女啊？」

秦鳳儀哼哼兩聲，挑挑眉毛，抖抖腿，一臉得意，「不能！」險些把景川侯噎死。

大陽是個實誠孩子，看他外祖父被噎著的模樣，還幫他外祖父說話：「爹，您就讓外祖父看看妹妹吧。您看，外祖父多想看啊！」

「馬屁精，離我遠一點！」

大陽笑嘻嘻地道：「我以後只拍爹您的馬屁，您就讓外祖父看看妹妹吧。」

「好吧。」秦鳳儀大方地把閨女給岳父抱，景川侯見大美一點都不鬧，他一抱還笑了起來，不禁道：「這孩子招人疼。」

「那是，大美最像我了！」秦鳳儀很不客氣地自誇。不是他吹牛，兒女都是像他啦！

景川侯笑，「是。」

秦鳳儀對岳父有很多怨言，哼哼著道：「我還當您裝不認得我呢！」

景川侯道：「哪裡哪裡，我是擔心貿然跟殿下套近乎，怕殿下給我下不了台。」

「我是那樣的人嗎？可是我先給您寫信，您才給我回信的！人家不是說長輩都是心胸寬廣的嗎？我這好幾年不回來，回來了您還不理我。」秦鳳儀心中的不滿，一下子就爆發出來了，還道：「我決定把我送的匾額要回來啦！」

景川侯道：「沒聽說過送人東西還能要回去的。」

「我就能！」

「要也不給。」景川侯笑笑，眼神中透著欣慰，「知道你在南夷都好，文武有所作為，我們便放心了。只是你這性子，莫不是在南夷也這般？」

秦鳳儀翻個白眼，「您去打聽打聽，我有多受百姓愛戴。」

大陽在一旁道：「就是就是！」

景安帝見秦鳳儀與景川侯如此親近，眼中微微一黯，看大陽可愛懂事的模樣，心情方好了許多，笑道：「哎喲，大陽也知道！」

「我們坐車出去，很多百姓都扔花。」大陽想想，打了個比方，「比京城人更熱情。」

景安帝抱起大陽在身邊坐著，問大陽：「京城好不好？」

「還成吧，不如我們鳳凰城好！」大陽實誠地說。

呵！

景安帝一挑眉，這還是頭一個說京城不如別個地方好的。

秦鳳儀得意地昂起下巴，心說，不愧是他兒子，果然有眼光！

景安帝問大陽：「京城哪裡不如鳳凰城好啊？」

「太破了，我們鳳凰城可新了。」想了想，大陽又道：「路也不好走，太顛了。」

景安帝心說，看來鳳凰城是修得不錯，問秦鳳儀：「你那新城，我幫你算著，好則好矣，就是有些小了。照著現在的勢頭，過幾年怕就要有外城了。」

秦鳳儀雖不願理會景安帝，但一碼歸一碼，公事自當公論，他若是在公務上賭氣，就沒意思了。秦鳳儀道：「這個當時修城時也有人提了，那會兒銀子不夠使，我是空手套白狼，要是修個大城，怕是攤子太大，時間拉得長了，有變故就不好了，便先修了個小城。眼下人就太多了，城裡鋪子的租金，還有房舍的價錢一直在漲，我想著得建外城了。」

景安帝問：「還用你先前那法子？」

秦鳳儀道：「那法子也沒什麼不好，這回怕是只要我把建外城的信兒透出去，就有的是人來送銀子了。」

景安帝和景川侯都是一樂。

景安帝道：「過幾天閻王就要來了，你們恐是有一場官司要打。」

「我怕他？」秦鳳儀挑眉，「他那些個事兒，我是不稀罕說，但凡泉州港賺錢的生意，茶絲瓷三樣，哪樣是他不沾手的？他自己不乾淨，還要把髒水往別人身上潑！」

景安帝問：「我怎麼聽說，你那裡有海外夷人過去？」

「我們南夷挨著交趾、暹羅等地，他們有人沿著海岸過來，總是說如何如何仰慕我，想換些茶葉絲綢一類的東西。我這回來，也是想跟陛下商量，先時山蠻占著桂信二州，與交趾互市不大方便，如今信州已是打下來了，我來前交代他們，把海岸一段都清理乾淨。交趾那裡是想與我開個互市的，我想著這也沒什麼，他們那裡的香料木材換我們本土的茶絲瓷器一類，倒是能便宜百姓。」

哪怕有海外夷人過去，秦鳳儀也是死都不能承認海上走私之事。

景安帝想想，又道：「不是什麼大事，你上摺子吧。既要互市，稅要怎麼收？」

秦鳳儀立刻答道：「交趾小國，不過是做些尋常生意，您也知道，我們南夷底子薄，百姓窮，地方更窮。眼下打下信州，陛下不知道，我一見當地百姓那一臉菜色，當時就沒忍住，把山蠻王倉庫裡的糧食都放出來給百姓們分了。他們真是慘，過得什麼日子啊。這互市必然是開在兩國相交之地，那地方屬信州地盤。我想著，但凡有了稅銀，我一分不取，就用這銀子給當地修修路，建建碼頭，也叫這些百姓有個來錢的地方，是不是？」

秦鳳儀說得一臉真誠，那副憐惜百姓的模樣也不似虛假。

景安帝卻是一笑，「你少跟我來哭窮，北安關那裡的榷場，可是朝廷親自派的稅監司，要不，我也給你那裡派稅監司？」

秦鳳儀知道景安帝不好糊弄，便道：「當初可是說好南夷我軍政自理的。」

「這根本是兩碼事。」景安帝完全不為所動，「榷場是一國之事，不是你一地之事，豈可混為一談？」

秦鳳儀只好道：「那您說吧？我們信州既要修路又要修城，想想百姓，真是苦啊！」

景安帝真是受不了他，尋思道：「稅監司由你來設，但每年三成商稅要押解到京。」

「自然是陛下說了算的。」秦鳳儀心疼得不得了，看秦鳳儀那樣，景安帝道：「前三年便罷了，信州一直是由山蠻占著，這些年那裡的百姓也不容易。你不是還說要給當地百姓免稅三年嗎？稅監司前三年的商稅，你便看著如何補貼一下百姓吧。」

秦鳳儀素來心軟，又不貪財，在這方面，景安帝還是很信任秦鳳儀的。

秦鳳儀這才高興了些，「我就代信州百姓謝過陛下了。」

景安帝又問他信州的情形，景安帝道：「聽說漢人在山蠻的地盤境遇不大好？」

秦鳳儀道：「信州還算是好的，漢人少些，做主的都是山蠻，我問了一些漢人，他們多是被擄掠過去的。信州的山蠻左親王倒是很喜歡咱們漢人的文化，漢人在他的地盤也要做工，但還能勉強活著，據說在桂州的漢人形同奴隸。」

景安帝眉毛微皺，道：「你素來心軟，對山蠻不要一味施恩，有恩無威，便是升米恩斗米仇，只會讓他們得寸進尺。」

「這就是我想開互市的原因。信州被山蠻盤踞已久，漢人多不願意去，若能開互市，整個信州都能因此受益。一旦互市開啟，商人必先要過去的，只要漢人多了，山蠻自然會受漢人影響。再者，我必要在信州駐一支強軍的。若是大規模屠殺，難免成了世仇，縱是山蠻再次躲進山裡，怕也會深恨咱們漢人。我想著，眼下拿下信州，等到開了互市，那些投降的山蠻自然能有些甜頭，不說別個，日子就比他們以前好過得多。有野心的，終是一些頭領。這些也不怕，只要生事，便斬殺了事。如此，慢慢地馴服，待過個幾十年，漢人與山蠻融合，也就沒事了。」

景安帝微微頷首。

景安帝終於找到了與秦鳳儀聊天的正確方式，聯絡感情那是別想了，秦鳳儀不是那等會虛情假意的人。這麼說也不恰當，怎麼說呢，秦鳳儀對自己看重的人，絕不會虛情假意。景安帝想到以前秦鳳儀與自己的種種親近，全是發自內心深處的孺慕之情啊，然後突遭巨變，景安帝倒沒啥，他原就對幾個兒子不大滿意，先時不知秦鳳儀是他兒子，就很喜歡秦鳳儀，後來知道，就……就更喜歡了。

只是，他沒啥，秦鳳儀卻是很有啥。

秦鳳儀這性子，都能直接揮拳頭，揍得景安帝好幾天沒能上朝，在宮裡養臉。以往景安帝也聽聞過家裡有子忤逆不孝之類的事，但這種兒子直接朝爹揮拳頭，秦鳳儀還是頭一個。很稀奇地，景安帝當時雖有些面上過不去，後來想想，卻也釋然了。

秦鳳儀原就是這樣的烈性，待到後來，景安帝把秦鳳儀封出去，一則是出自朝局考量，二則也是知道秦鳳儀那會兒的心情，倘拘他在京城，怕是會出事。把他分封到南夷，哎喲，南夷這樣的地方，景安帝原想著，便是秦鳳儀能幹，治理起來起碼也得十年以上才見成效，未曾想到，這才三年，便大有起色。

誰沒虛榮心啊？

景安帝同樣有。

諸皇子之中，景安帝最看重大皇子，可這個孩子怎麼說呢？景安帝當年登基，雖是做過一些虧心事，但景安帝登基後，將他爹葬送的陝甘之地再奪回來，而且，他爹那會兒，死的不只是他爹，大半朝的精英全都死沒了，同時葬送的還有十數萬朝廷將士，那都是一等一的精兵。就這樣，景安帝都能在十年後把他爹當年丟沒的皇室臉面給硬生生揀起來。景安帝不能說沒才幹，這樣的皇帝，他看大皇子，便總覺得欠缺些什麼了。

至於二皇子，以前便是大皇子的複讀機，如今方好些了。

三皇子倒是有個性，但行事太過急躁。說來，三皇子這臭脾氣與秦鳳儀倒是有些相似。四皇子、五皇子亦未有甚出眾之處。至於六皇子，年紀小，有些天真伶俐，奈何年紀尚小，論才幹太早了些。後來出生的七皇子、八皇子，年歲就更小了。

這是在秦鳳儀未橫空出世前的情形。

依景安帝的地位，為什麼挨秦鳳儀一拳都能親自按下此事，也未作大計較，一則是因為帝王要臉，二則便是對秦鳳儀的喜歡了。

雖然景安帝也出過讓愉親王暫且認下秦鳳儀的昏招，那是因為秦鳳儀突然生了個有青龍胎記的大陽，景安帝陡然從秦家夫婦那裡得知了秦鳳儀的身世。當時景安帝覺得太棘手了，他一直很喜歡秦鳳儀，在殿試時就看對了眼，可他也深知秦鳳儀的性情。

在景安帝身邊諂媚的朝臣有很多，秦鳳儀也很會拍馬屁，但景安帝看得出來，諸多人奉承他，是有諸多原因的，唯秦鳳儀是真的很仰慕他這個帝王。無奈秦鳳儀的性子，倘是那時知曉自己的身世，還不得直接爆發了？更何況，青龍胎記之事，景安帝也得為大陽的安危想一想。於是，景安帝臨時想了個過渡的法子，先讓秦鳳儀暫居愉王府，慢慢培養父子情誼……後來發現，這主意真是昏招啊！

再後來，就是把秦鳳儀封到了南夷……

景安帝面上不顯，可隨著南夷一日比一日好，再加上景安帝寬闊的心理狀態，不管秦鳳儀認不認他，他反正認秦鳳儀的。這就是他兒子，兒子有出息，做爹的，哪怕是不被兒子承認的爹，景安帝也很高興。

唯一讓景安帝發愁的，就是與秦鳳儀的相處了。

秦鳳儀這性子，在他跟前就是裝一裝親近也不肯。

景安帝原想著，只要秦鳳儀裝一裝親近，他就有法子把假親近弄成真親近，結果秦鳳儀不肯裝。不過，現在景安帝不愁了，他發現只要不談情分，談公務，秦鳳儀還是肯的。

這也很好。

反正在景安帝看來，兒子有本事最重要，至於其他，皆可後放。

景安帝就是這樣的實在人，別看成天在朝上說些聖人大義什麼的，瞧一瞧對待他喜歡的人，工部汪尚書在景安帝發飆後，給南夷的幾萬嶄新甲械，半年之內便都給備齊了。

景安帝喜歡秦鳳儀喜歡什麼啊，在先時他又不曉得秦鳳儀的身世，他喜歡秦鳳儀，便是喜歡秦鳳儀長得好、聰明、敢做事、能做事，縱是彼時秦鳳儀還有些年輕人的浮躁，但其行事章程已經很有些模樣了。

景安帝以前年輕時候是喜歡跟得上自己腳步的臣子，自從有了些年紀，就很喜歡調理年輕入眼的臣子，所以，如果秦鳳儀只是長得好，景安帝便是看中他相貌，也無非多看兩眼，如何後來連宗室改制之事都令秦鳳儀參與？景安帝不是那樣公私不分之人，他是真的很喜歡秦鳳儀這樣有本事的孩子。待知道秦鳳儀身世後，就……就更喜歡了。

不然，倘若秦鳳儀現在仍是揚州城的紈絝，即便知曉了秦鳳儀的身世，景安帝多半也不會有別個反應。

可如今不同了，誰沒虛榮心啊？

帝王的虛榮心尤其強烈。

景安帝便是壓制著對秦鳳儀的滿意，但秦鳳儀的成就，只要不是瞎子，都能看得到。

唯一讓景安帝有些難辦的，就是與秦鳳儀的情分。

皇室講窮雷霆雨露皆是君恩，到秦鳳儀這裡就不靈了，偏生人有賤相，若是換個人如秦鳳儀這般，景安帝得說不識抬舉了。到秦鳳儀這裡便不是這般，景安帝認為，秦鳳儀生就重情義，也是一時受了刺激，才這樣強著的。

當然，秦鳳儀能強著，景安帝還是要找個跟秦鳳儀正常溝通的法子。

如今，景安帝找到了，那就是與秦鳳儀談公務。

一談公務，秦鳳儀就變回正常人了。

聽聽這小子多精啊，怪道這次藉著獻俘還京，原來是打著開榷場的主意。

交趾，小國耳。

但依秦鳳儀在商事上的才幹，景安帝相信，這榷場定能辦得有聲有色。不說別個，就是織造局，頭一年剛建的時候沒什麼紅利，景安帝是明白的，但第二年便很有些模樣了。

景安帝又問了秦鳳儀織造局的事，秦鳳儀道：「現在辦了兩個，一個在南夷城，一個在鳳凰城。陛下不曉得，我們那裡的百姓吃苦耐勞是真的，人也很聰明，就是這些年路不好走，文教亦是不興。別個地方，哪裡沒一二地頭蛇，就南夷城，我剛去的時候，還想著在當地選些有才子弟入府，結果，當地推崇的淨是些長得好的，會些琴棋書畫的。我又不是去花樓吃花酒，也不用這種啊，後來還是考試選拔，才選了些實幹的人。並不是當地人不肯吃苦勞作，而是地方窮，一則是百姓們多沒知識，二則眼界亦窄，還有許多村落信奉巫醫。就是桑蠶之事，懂紡織的，也只是些尋常技藝，更甭提江南那各種花樣的，一竅不通。織造局頂尖的技藝，自然不能傳出去，但一些江南的尋常技法，各地有派婦人到織造局去學的。我與他們說了，倘只是幾個婦人，學回去亦是單打獨鬥，有什麼意思。她們既學了，也不能白學，回去開個作坊，也能興旺一地百姓。織造局也不讓他們白教，三年裡每年三成紅利要給織造局。就是那些教授技術的織工，也是人人有份的。」

景安帝提醒秦鳳儀：「你那裡既要開榷場，這些技術上的事要留心。那些個小國，一向嚮往我朝技藝。對自己百姓，授予他們桑蠶之術是對的。國外之民，不干咱們的事。何況，他們學會了，還有你榷場什麼事呢？」

秦鳳儀點頭，「我聽說戶部那裡有北安關榷場的各項條例，我們南夷頭一回開榷場，也沒經驗，很是想跟戶部請教學習一二。」

景安帝一樂，「只管過去就是。」

與秦鳳儀說了些南夷州之事，便到了午膳的時間，景安帝命人傳膳，景川侯便一併賜膳了。秦鳳儀把大美交給嬤嬤抱去餵奶，大陽卻是留下與景安帝同席。

景安帝這裡用膳，向來不是一張八仙桌大家團團座，而是一人一案，分案而食的。秦鳳儀見他桌上都是自己愛吃的淮揚菜，也沒說什麼，倒是大陽吃得歡實。秦鳳儀偏愛淮揚菜，李鏡偏愛北方口味，大陽在他爹娘的影響下，變得不太挑食。除了蔬菜，啥都愛吃，而且吃相極佳，那種鼓著腮幫子一副香甜的小模樣，真是人見人愛。

景安帝見著大胖孫子這般能吃，心中大為喜愛，讚秦鳳儀：「大陽養得很是不錯。」

秦鳳儀心說，這可真是廢話，我親兒子，難道我會養不好嗎？

除了魚肉要嬤嬤幫著挑刺外，大陽根本不用人餵，都是自己吃喝，他一邊吃一邊還用油嘴說：「祖父，您這裡的飯真好吃。」
景安帝拿帕子幫他擦擦唇角，笑道：「晚上還跟著祖父吃，如何？」
「好！」大陽張嘴就應下了。
秦鳳儀心中那個恨啊，心說，兒子，以前爹也沒餓著過你，你怎麼能被一餐飯收買啊？哎喲，你這個不爭氣的臭小子！
當天，景安帝留鎮南王父子用午膳之後，又留了他們用晚膳。天家無祕事。
起碼鎮南王一家回朝後，盯著這一家人的便不在少數。
秦鳳儀傍晚吃過飯，便帶著肥兒子回家。因為今天大陽有叛變之嫌，待晚上不想走路，非要他爹抱的時候，他爹死活沒抱。
大陽氣哼哼的，上了車跟他娘告狀：「我爹可小心眼兒了！」
秦鳳儀板著臉瞪兒子，「我看你是皮癢！」
李鏡笑問：「怎麼了？」
甭看大陽人小，很是遺傳了他爹察言觀色的本事。他小孩子實在，說話直接，便道：「爹看我跟祖父好，吃醋啦！」
秦鳳儀揚起巴掌，大陽朝他爹做個鬼臉，也不躲，蹭到他爹懷裡說些甜言蜜語去了。
秦鳳儀懷裡擠進肥兒子，香香軟軟的小身子一入懷，鬱悶就散了一半，等大陽在他爹臉上啾啾兩口，秦鳳儀便笑咪咪地不生兒子的氣了。他不是個會跟孩子說長輩恩怨之事的人，大陽還這樣小，跟他說了他也不明白，反影響心性。大陽又是個實在人，人家對他好，他就對人家好。秦鳳儀捏捏大陽的肥屁股，逕自逗他玩了。

景川侯回府的時間也有些晚，先到自己院裡換了家常衣裳，景川侯夫人還問：「如何這會兒才回來？」

「陛下賜飯。」景川侯洗漱後，接過茶吃了兩口。

景川侯夫人道：「今天大姑爺帶著孩子們過來了，快到中午時，皇上著馬公公來宣，便進宮去了，你見著沒？」

「我們中午、晚上都是一道吃的。」景川侯與妻子略說兩句，便放了茶盞，起身道：「去老太太那裡吧，老太太也記掛著呢。」

李老夫人曉得今日兒子是在皇上那裡用飯，還有秦鳳儀父子及女兒三人，便知這是皇上召了兒子過去暖個場。

李老夫人道：「鳳殿下的性子，我看仍如舊時。」

孫女婿對自家是很親近啦，李老夫人也很喜歡秦鳳儀，覺得這孫女婿簡直是無一不好，但正因為喜歡這個孫女婿，才盼著秦鳳儀能更好才是。

景川侯道：「江山易改，本性難移，人的脾性，豈是輕易能改的？」因屋裡未有外人，景川侯多說了一句：「陛下很喜歡大陽。」

李老夫人頓時心中大定，是啊，秦鳳儀不能與陛下和解，不還有大陽嗎？

李老夫人一笑道：「我看那孩子也叫人喜歡。」

景川侯夫人道：「再沒見過這樣嘴巧的孩子，那性子，我看就像大姑爺。」

這話說得，景川侯都樂了。

景安帝留著鎮南王父子大半天說話的事，自然也瞞不過宮裡其他人，待晚上景安帝去慈恩宮請安時，裴太后還說：「鎮南王妃進宮，哀家沒見著孩子還問呢，聽說是去了景川侯府，不想又被你宣進宮來。如何不到哀家這裡用飯，哀家也看看重孫。」

景安帝道：「說了些南夷的政務，大陽在一旁，倒不吵鬧。」

裴太后見談的是朝政，想了想，道：「南夷那裡有鎮南王在，哀家是不擔心的。他現在勢頭正好，只是如今征山蠻，那山蠻與南夷土人原都是百越之地的夷族，祖上難免有瓜葛。信州打下來自然好，治理信州時，叫鎮南王留意些，小心山蠻與那些新下山的土人勾結，不然如今土兵兵甲裝備這般齊全，哀家擔心土人心大會生事。」

景安帝道：「朕與他說過了，想來他心裡也是有數的。」

秦鳳儀多精啊，信州打下來，留守信州的是馮將軍與嚴家姑娘，還有一位仰慕嚴家姑娘的土人少族長。土人不用不行，不用便不能完全掌控，更不能怕出事便不用了。秦鳳儀能在這時把信州交給下屬，帶著一家子來京，怕也存了要試一試下屬之心。

裴太后並不如皇帝兒子消息靈通，但秦鳳儀能在南夷有所作為，還是這般光芒萬丈地回京，自不會是個笨人。無奈，一想到秦鳳儀對待自己的態度，裴太后不免堵心。

裴太后轉而笑道：「大陽那孩子，昨兒見了一回，真是個招人疼的。」

景安帝笑，「是，大陽這孩子，不論性情還是相貌，都肖似鳳儀。」

裴太后揶揄：「大陽可比他爹性子好一千倍。」

景安帝哈哈一笑，並不是很介意。看大陽就知教養了，要不是平日裡教得好，如何與自己這做祖父的這般親近呢？

其實這真是景安帝自作多情了，秦鳳儀與李鏡都不是會跟小孩子講長輩不是的性子，但也沒有如何讚美景安帝，大陽如此，實在是他天生自來熟啊！

儘管是有些誤會，不得不說，對於景安帝，這委實是個美麗的誤會。

秦鳳儀回家才與妻子說：「咱們大陽就是個馬屁精。」

大陽玩了一日，這會兒早累了，下車時就在他爹懷裡睡熟了。

秦鳳儀抱了兒子回屋，侍女鋪開床鋪，秦鳳儀把兒子脫成小光豬塞到被窩裡去。摸摸大陽的小胖臉，秦鳳儀沒忍住說了一句。

李鏡細問因由，秦鳳儀道：「大陽可會拍陛下馬屁了，他們以前也沒見過啊！還有，妳沒見到，他見著岳父，哎喲喂，顛兒顛兒地跑過去就自我介紹，還讓茶讓點心地張羅。」

李鏡素知兒子脾性，笑道：「小孩子都是鬼精鬼精的，別看都沒念書，可他們最會看人臉色。他是覺得跟陛下和我父親不熟，就格外熱絡，要是熟了，就不這樣了。」

秦鳳儀嘆氣，「也不知這馬屁精的樣兒像誰，我也不這樣啊，妳也不是這性子。」

李鏡去了頭上的鳳釵，悠悠笑道：「我不是這性子是真，你嘛，你想想他是像誰吧。」

「我也不這樣好不好？」秦鳳儀強調，「我多正直啊！」

李鏡從來不睜眼說瞎話的，在侍女的服侍下褪了釵環，換下大禮服，便又道：「今天怎麼在陛下那裡待了這麼久？」

「說了些南夷的事，還有，與交趾互市之事，總要跟陛下說一聲的。」

「互市的事，陛下怎麼說的？」

「應是應了，稅監司也由咱們來設，不過每年三成商稅要押解回京。」

李鏡點點頭，「你明兒個先與趙長史去戶部打聽一下北安關榷場的章程才好。」

「我曉得。」秦鳳儀也是這樣想的，來京城自然事務不少，但正經公務得放在頭一位。

兩人正說著話，嚴大將軍上門了，秦鳳儀忙自榻上起身，道：「定是為嚴大姊之事來的，我過去見一見大將軍。」

嚴大將軍早就想過來問閨女的事，偏生秦鳳儀這回來，公務自不消說，每天不是走親便是訪友，要不就是進宮，嚴大將軍每日也有衙門差使，故而，只有晚上過來了。

真是一家不知一家難啊，嚴大將軍愁死了，他閨女簡直被鎮南王這對夫婦坑死了。

嚴大將軍親至，他是禁衛大將軍，身上亦有爵位，便是愉親王也不好慢怠。秦鳳儀過去時，愉親王也正要過去。見到秦鳳儀，愉親王便道：「你去見見老嚴吧，我便不去了。」結果被秦鳳儀一把抓住，「您可得跟我一道，也好替我說說話。」

愉親王不傻，一甩袖子，硬是沒甩開，道：「好事你就想不著我，你……你自己去。你把人家閨女坑到南夷去，我可沒臉去說。」

「哎喲，我的愉爺爺，我不找您找誰啊？您老可得替我壓壓陣。」秦鳳儀不由分說，連拉帶架地把愉親王一道弄到花廳去。到花廳門口，秦鳳儀方放開愉親王，幫老頭兒整衣冠。

愉親王瞪他一眼，秦鳳儀嘿嘿陪笑兩聲，二人方一道進去。

嚴大將軍一瞧愉親王也過來，不動聲色地行禮。

秦鳳儀上前扶住嚴大將軍，笑道：「大將軍何須多禮，嚴大姊就如同我的親姊姊，您就是我的叔伯輩，切勿如此見外才好。」

嚴大將軍嘆道：「登門打擾老王爺與殿下休息，就是為我那不省心的閨女而來。」

秦鳳儀立刻讚起嚴大姊來，「嚴大姊特別好，特別省心，幫了我不少忙。說來，真不愧是大將軍您的閨女啊，嚴大姊訓練士兵，無人不服。我們打信州城，嚴大姊更是身先士卒，上陣廝殺，那殺敵如砍瓜切菜，厲害極了。這回我們打信州，嚴大姊的軍功在前五之列。」

秦鳳儀正忙著誇嚴大姊，嚴大姊他爹已是一副搖搖欲墜的模樣。嚴大將軍聽到閨女「身先士卒、殺敵如砍瓜切菜」，頓時整個人都不好了。

愉親王攔住秦鳳儀，安慰道：「大將軍放心，令嬡並無事，平安著呢！」

嚴大將軍也曾是馳騁沙場之人，家裡子侄亦多是從武，可聽到閨女上陣，就很有些擔驚受怕。嚴大將軍一時忘了來意，正色問秦鳳儀：「殿下，我家閨女真沒受傷吧？」

「誰能傷得了嚴大姊啊？軍中比她武功高的沒幾個，她可厲害了。我說不讓她上陣，她還跟我拍桌子哩！」秦鳳儀說著，還讚嚴大將軍一句：「真真是虎父無犬女！」

秦鳳儀對嚴大姊的一番誇讚，險些把嚴大將軍給讚哭。

嚴大將軍絕非常人，哪怕覺得閨女算是掉坑裡出不來了，還是細問了閨女在南夷的生活與工作，聽到閨女住在秦鳳儀的王府客院，嚴大將軍才堪堪放下心來。至於閨女的工作，練兵、打仗之事，嚴大將軍謹慎地挑著不是機密的問了。

嚴大將軍問：「當初王妃一封信召了她過去……唉，我知怪不得殿下與王妃，只是她到底是女孩子，難道一輩子就在軍中了？」

別以為武將就沒有謀略了，相反的，孫子兵法、三十六計開始都是戰術書籍，嚴大將軍直接把閨女的終身大事拿出來與秦鳳儀商議了。

秦鳳儀沒聽明白，奇怪道：「嚴大姊很喜歡帶兵啊！」

嚴大將軍不知秦鳳儀是真傻還是裝傻，再點一句：「人有五倫，女孩子終要嫁人的。」

秦鳳儀此方恍然大悟，「這您就放心吧，嚴大姊不是說了，她必要尋世間第一等的英雄人物。不是我說，大將軍，就是現在叫嚴大姊回來，反是誤了她。她若是能相得中京城這些土鱉，早就相中了，哪裡等得到現在呢？我是把嚴大姊當我親姊的，嚴大姊的性情，只有她挑人，沒有人挑她的。她要是哪天相中了誰，只要她開口，親事就包我身上，如何？」

秦鳳儀很小心地沒直接說，我覺得嚴大姊跟土人阿金挺配的。

嚴大將軍能說什麼呢？這個女兒什麼都好，就是誤投女胎，還不肯將就。如今的情勢，嚴大將軍也知道不能把閨女抓回家繡花嫁人，他不能拿閨女的短處去比別人的長處，哪怕世間對女子的要求是貞靜淑德，眼下為了閨女，他也得把閨女的長處拿出來。

他閨女的長處是什麼？練兵！打仗！嚴大將軍每每想起，真是死的心都有了。

秦鳳儀看嚴大將軍一臉嚴肅，又讚了嚴大姊幾句：「嚴大姊當真很厲害的，不是我說啊，大將軍，您家兒子都不一定比得了嚴大姊，這回嚴大姊定能升三品的。」

哪個做父親的會盼著閨女做武將啊？

嚴大將軍憋屈壞了，「為人父母者，只盼她平平安安罷了。」

「放心吧，有我呢。嚴大姊到南夷為我效力，我焉能不顧好了她？」秦鳳儀大包大攬，「現在我們南夷的女子都以嚴大姊為榜樣，我還想著，要不要招募一支女兵。」

嚴大將軍嚴肅道：「女子十六就要議親嫁人，殿下招募女兵，豈不耽擱人倫大事？再者，於地方人口繁衍上亦有不利。」

「是啊。」秦鳳儀道：「唉，就是嚴大姊，我也想她早些嫁人。憑嚴大姊的本事，生出來的肯定都是小將軍。」

嚴大將軍聽這話，好險沒吐血。原來坑了她閨女一個不算，還把外孫和外孫女都算進去了。嚴大將軍正想著還是想法子把閨女弄回來的時候，秦鳳儀卻是心中一動，又說：「唉，我看到大將軍一片愛女之心，就又想到我爹娘了。我爹娘待我的心，跟大將軍待嚴大姊的心都是一樣的啊！」

秦鳳儀一詠三嘆地感慨著，嚴大將軍卻是不好接話了，因為明擺著秦鳳儀嘴裡這個「我爹娘」說的不是陛下。秦鳳儀也沒打算讓嚴大將軍接什麼話，他就是又感慨了一回，「我雖能看顧好嚴大姊，可做父母的，又怎能放心呢，是不是？」

秦鳳儀顧不得喝茶，看著嚴大將軍，一副推心置腹的模樣，「何況，家中女兒在外，總得有兄弟幫扶，大將軍才能真正放心。這樣吧，大將軍家裡要是有什麼不放心嚴大姊非要過去南夷的子侄，儘管與我一道去。一則嚴大姊有兄弟在身邊，到底有個照顧；二則，不瞞大將軍，我們南夷什麼都不缺，就缺人才。」

這下子，連愉親王都目瞪口呆了，想著秦鳳儀真是歷練出來了，原來還打著跟嚴家要人的主意，而且，秦鳳儀還很有理由，不能讓女兒一人在外，得有父兄相伴，哪怕父親抽不出身，兄弟總得派一個吧？

於是，嚴大將軍沒能將閨女要回來，眼瞅著還要搭進一二子侄去。幸而嚴大將軍挺住，沒一口應下。秦鳳儀狐狸一般，自然也知嚴大將軍不可能乾脆應下此事。他要設酒請嚴大將軍吃飯，嚴大將軍婉拒了，「若不是實在擔心我那閨女，本不該此時上門。殿下回京獻俘，事務頗多，待殿下有暇，臣再來請安。」

秦鳳儀笑咪咪地道：「好，聽大將軍的。」他親自送嚴大將軍出門，嚴大將軍絕非倨傲之人，相留之下，秦鳳儀止了步，由王府管事將嚴大將軍送出去。

秦鳳儀回頭送愉親王回房休息，愉親王道：「你那裡人手不足，可以與陛下開口。這是公事，並無妨礙。」

秦鳳儀道：「要的也不是大將，我那裡帶兵的大將是不缺的，只是如今剛平信州，待平桂州時，桂信二州駐守的將領不愁，但州之外尚有各縣，山蠻不懂經營之道，別說縣了，就是信州都弄得荒涼極了。想重建各縣，必然要屯兵。我這裡用的都是低品將領，年紀輕的，正可歷練。我先時也沒想到，是見著嚴大將軍才想起來他家武將出身，族中子弟若有願意歷練的，不妨來我南夷。」

愉親王想起一事，「先時宗學的幾個淘氣小子都到你那裡去了，他們現下如何？」

「還成。要緊事不敢輕付他們，小差使倒能跑個腿兒。」

愉親王身為宗正，對宗室感觸頗深，道：「宗室總是閒置就廢了，倘還可用，不妨多用一用他們，他們年紀輕，正當幹活的時侯。」

秦鳳儀道：「我也這樣想。」

愉親王一笑，又問：「要不要去宗學看看？你走後，不少師生都念著你。」

秦鳳儀調侃道：「我在時罵我的居多，怎麼我這一走，倒成好人了？」

「這話說得，你在時，明白人也不會罵你。你一走，沒個人鎮著，我要忙宗人府的事，宗學實不比當年啊！」愉親王道：「翰林院的學士們與宗室素不親近，宗室的那些小子們，沒個狠人鎮著，就開始淘氣了。」

秦鳳儀知道愉親王是想讓他去宗學刷好感，他又不傻，自然不會放過這個機會，何況宗室書院建立他出過大力氣，對宗學不是沒有感情。

秦鳳儀道：「待過幾日吧，我去瞧瞧。」

送了愉親王回房，又與愉王妃說了幾句，秦鳳儀方回自己院裡休息。

秦鳳儀一夜好眠，與妻子說了幾句向嚴家要人的事後，還得了妻子兩句讚，李鏡誇秦鳳儀機靈。秦鳳儀得瑟地道：「那是。倘不機靈，也不能入娘子的眼啊！」

李鏡一笑，二人便安歇了。

倒是嚴大將軍，回府被老妻好一通埋怨。

嚴夫人簡直是一把鼻涕一把淚，從埋怨丈夫不該教閨女習武開始，一直埋怨到丈夫兒子無能，不能幫閨女搶個好女婿回來。再想到自己嬌滴滴的閨女竟然上戰場砍人，嚴夫人更是想直接一拳捶死這老賊算了。

嚴大將軍道：「妳就別哭了，大丫頭雖未成親，現在也是有官職的將領了。」

嚴夫人拭一把心酸淚，問道：「難道她一輩子就不成親了？」

「也得有合適的人啊！妳說說，現下哪裡有合適的人？」

嚴夫人道：「總得叫她回來才好相看。」

「行了，把妳這心收了吧。」嚴大將軍擺擺手，「咱們大丫頭雖則不會針指女紅，卻是有戰功之人，豈是尋常閨秀能比的？她要是嫁作人婦，只安守內宅，我都覺得可惜。」

嚴夫人想了想，又問道：「總得有個章程吧？」

「鎮南王說，以後只要有大丫頭看中的人，他必然要為大丫頭做主的。」嚴大將軍道。

自從閨女去了南夷，嚴夫人不是沒想過閨女的終身大事，嘆道：「我也不曉得如何說了，咱們大丫頭現在……想要個溫柔賢淑、貞靜自持的媳婦的人家，怕也不適合咱們大丫頭，可如今她在南夷，我瞧著，鎮南王是個有本事的人，只是南夷能有什麼出眾人物，倒是有許多土人。你不是說咱們大丫頭現在練的就是土兵，萬一她看中土人，當如何是好？」

這方面嚴大將軍倒不擔心，他倒了盞茶，慢慢喝了一口，這才道：「她一向眼光高，又不能將就，才拖到了現在。好男兒不論出身，平家往上數五代，也不過就是個種田的。只要是她相中的，起碼人品本事上不會差的。」

嚴夫人擔憂道：「我只擔心她一人在外。雖則與鎮南王夫婦交好，到底只是朋友。再者，鳳殿下與王妃平日裡也有自己的事務。咱們閨女一直在京城，哪裡曉得外頭人的心機呢？我擔心她會被人騙。」

嚴大將軍一嘆，三年前鎮南王尚無此厲害，眼下手段較之先時，已不可同日而語。

「我想著，派兩個子弟過去南夷，妳覺得如何？」

嚴夫人道：「這事兒豈是咱們能做主的？南夷軍政不都在鎮南王手裡嗎？就算咱們願意，鎮南王不應也不成啊！」

「是鎮南王與我說的。」

嚴夫人想了想，「這回獻俘的事，我也聽說了。咱們家本就是武將出身，家裡子弟多了，都在京城擠著，最終能出頭的也沒幾人。南夷那裡，聽人說是極苦的，可咱們大丫頭能去，子弟們也沒有不能去的。」

嚴夫人又道：「可話說回來，南夷是個打仗的地界，先前就每年都有戰事。聽說山蠻這也沒打盡呢，要是著子弟過去，就派幾個能幹的，不然倘去了有個閃失，如何是好？」

「這我曉得，妳放心，我心中有數。」嚴大將軍道：「我必然要先經御前的。」

嚴氏夫妻商量了一回閨女的事，眼下閨女已是退不能退了，普通的婚姻市場標準已不適用於自家閨女。嚴氏夫婦無奈，也只有讓閨女自己去闖出一條路來了。

更讓嚴家夫婦無語的是，待軍功賞下來，大閨女直接升了正三品，比現居從三品的長子還要高半級，待親朋來賀，嚴家夫婦都不知該是個什麼表情應對了。

此乃後話，暫且不提。

鎮南王夫妻剛剛來京，緊接著，回朝陛見的閩王夫婦也到了京城。想到閩王與鎮南王足足打了三年還沒打完的官司，半個朝堂的人都明白，這下子熱鬧來了。

閩王到的時候，秦鳳儀剛好帶著妻兒去方家說話。李鏡那裡自有方大太太招待，秦鳳儀便抱著閨女帶著兒子去見方閣老。當年秦鳳儀離京時，方閣老也沒去送一送，如今秦鳳儀回朝，方大老爺和方四老爺簡直是輪番在自己老爹耳邊嘀咕，把方閣老煩壞了。兩人其實就說些秦鳳儀回朝陛見之事，也不是主動要說的，實在是秦鳳儀獻俘還朝本就是大事，另則，自家老爺子也喜歡聽啊，雖是聽過後表現出一副「說不說皆可」的無所謂樣子，但每每聽過鎮南王還朝之事，老爺子那精神可不是一般的好啊！

方大老爺和方四老爺引著秦鳳儀去父親的書房，悄悄與秦鳳儀道：「父親好幾天前就開始打聽你回朝的事了，只是嘴上不說罷了。」

秦鳳儀對方大老爺這位師兄是很尊敬的，難得說了句正常話：「我也記掛老頭兒呢！」來到書房時，方閣老正在看書，見著秦鳳儀就要起身行禮，秦鳳儀忙把他按著坐回了太師椅中，道：「我現在已是不生您的氣啦！」

聽聽，這叫什麼話，好似方閣老有什麼對不住秦鳳儀的地方呢！

好吧，也不能說沒有。

只是前事已是如此，方閣老當年因政治立場，帶頭上了請封平氏為后的奏章，但那也是皇室宣告柳王妃死後之事了。當然，先前他有沒有推動過平氏立后之事，怕是只有方閣老自己知曉了。唉，說來真是因果循環，後來方閣老收秦鳳儀為入室弟子，如果沒有方閣老的悉心教導，秦鳳儀再有絕頂天資，僅讀了四年書，也中不了探花。

所以，恩恩怨怨的，秦鳳儀不能不說心胸寬闊了，他看的是，生母當年被迫離宮，根子並不是因方家而起。

秦鳳儀笑咪咪地把方閣老介紹給大陽：「這位就是跟你說過的師祖啦！」

大陽很熱情地抱著小拳頭作揖，奶聲奶氣地道：「見過師祖。」又問：「師祖，您就是大妞姊的曾祖嗎？」

方閣老這樣的年歲，能混到閣老致仕，還教出一個狀元孫子、一個探花弟子的人，謀略和心境樣樣不缺了，更不是個心軟之人，可看到大陽這肖似秦鳳儀的相貌，聽著大陽的童聲稚語，方閣老依舊有些個不是滋味，抱了大陽在膝上道：「哎喲，這是什麼輩分啊？」

大陽現在還不能理解輩分這樣複雜的東西，秦鳳儀道：「隨便叫唄，孩子們都在一處玩，難道讓大妞對大陽喊叔啊，大妞還大他兩個月呢！」

方閣老取下腰間的一塊玉給了大陽，摸摸他的頭，又看過大美，笑道：「天地有大美而不言，大美這名兒取得好。」

大陽眉開眼笑，深覺這位師祖有眼光。在別個長輩那裡，他都要介紹妹妹的名字是他取的，長輩們才肯讚他。師祖不一樣，師祖都不必他介紹，就說他給妹妹取名兒取得好。大陽不是那種為善不欲人知的低調人，他挺著小胸脯道：「師祖，妹妹的名兒是我取的！」

方閣老頗為詫異，又有些驚喜，問秦鳳儀：「大陽已經開蒙了？」

這孩子可真有靈性啊！

秦鳳儀擺擺手，「哪兒啊，一個字都不識。大陽還小，念什麼書，他是隨便取的。」

「妹妹剛生下來很醜的，改了名兒才好看的。」

大陽深信他妹妹的美貌來自於他幫妹妹取的名字好。

方閣老不愧是做過內閣首輔之人，拈鬚道：「這名字取得大氣。」

大陽更是樂不迭了。

方閣老給了大美一個小匣子，不知道是什麼東西，大陽代妹妹接了。

秦鳳儀讓嬷嬷把大美抱到內宅給媳婦帶著，一屋子人這才說起秦鳳儀回京獻俘之事。

方閣老問：「禮部定了日子沒？」

「吉日得五天以後了。」

方閣老道：「閩王也是今年回京陛見，待閩王來了，也能趕上這一盛事。」

秦鳳儀想到閩王就忍不住撇嘴，方閣老道：「你與閩王的封地正好挨著，他乃宗室長輩，也不能太過得罪於他。」

「我哪裡是要得罪他，只是他太霸道了，恨不得飯全歸他一人吃。我與您實說吧，我與他不好調和。您也知道，信州與交趾接壤，我打下信州，是想與交趾開互市的。」秦鳳儀分析道：「泉州港那裡，來往的商船多是交趾、大食、暹羅等地的商船。先前他誣我那裡有海運走私，依我說，無非就是他在泉州港刮地皮刮得太狠，市舶司那裡的商稅一年不比一年。先時我未就藩，他沒個好由頭，這會兒我在南夷了，他便把屎盆子扣我頭上，叫我頂缸。」

方閣老心說，這睜眼說瞎話的本事見長啊！

方閣老這樣的老狐狸，什麼沒見過，他縱是是秦鳳儀的師傅，也信閩王的話，秦鳳儀必是在南夷截了閩王的胡，如今又要開互市，可見秦鳳儀是要繼續斷閩王的財路了。

方閣老便不再提不要得罪閩王的話，這與秦鳳儀接下來的發展思路不一樣。

方閣老道：「你自個兒心中有數便好，就是與交趾互市，一個交趾，於泉州港的生意能有多大的影響呢？」

「若都是您老這樣的明白人，世上就沒有煩惱了。」

方閣老主要是就信州治理上給秦鳳儀提個醒，當然，也要小心閩王，尤其現下南夷越發紅火，甭看南夷窮鄉僻壤時沒人理，人紅是非多，何況秦鳳儀這身分，本身是非更多。

方閣老在朝多少年，對秦鳳儀頗多點撥。

說完正事，方大老爺沒忍住問了一句：「他們兄弟在南夷可還得用？」

秦鳳儀道：「好著呢。阿悅幫了我大忙，就是阿思，現在也是老范的左膀右臂。」又跟方大老爺解釋了回范正的身分，秦鳳儀道：「阿思剛去時，不大接地氣，他以前是念書的人，哪裡曉得庶務？如今歷練了一年多，也很好了。原本想他們跟我一起回來，也回家來瞧瞧，可惜阿悅那裡事務太多，再者，還有一件喜事要與師兄說，囡囡有喜了。」

方大老爺和方四老爺都是滿臉喜色，連方閣老都頗覺欣慰。

秦鳳儀笑道：「所以，阿悅就沒與我一道回來。阿思那裡，手裡也是一攤事，說是沒空。我想著，什麼時候有來京城的差使，再打發阿思一道回來瞧瞧便是。」

方四老爺忙道：「還是公事要緊，知道他能賣力當差，就算沒辜負你。」

秦鳳儀道：「若還有想歷練的，只管叫他們與我一同去南夷。只要不怕吃苦受累，我們南夷正是用人之際。」

方閣老道：「人貴在精，不在多，就讓他們哥兒倆先幹著吧。你現在是一地藩王，行事莫要護短，必要一碗水端平才好。」

「不護短不護短，阿悅剛到南夷沒幾天就替我出了趟遠差，阿思先時是真呆啊，一言一行都按聖人那一套來。哎喲，把我愁得，後來我想了想，把他擱刑房了。什麼地方沒有犯事的人呢，何況南夷如今外來人多，犯事的人更多。阿思在刑房，先是跟著老范整理卷宗，審案記錄什麼的。刑房那裡素來打點的人極多，也就阿思這樣的風骨能把持得住。」秦鳳儀還打趣道：「他可真不像師傅您的孫子。」

方閣老笑，「阿思往昔在家念書，不大通曉世事，讓他見一見這世間的惡，以後自己不作惡，又有識惡之能，方知道正路要如何走。」

「對了，」方閣老道：「鳳凰城現在還是縣城制嗎？」

「這無所謂，什麼縣城府城的。」

「這次多半就要升為府城了。」方閣老道：「信州那裡的知州位，朝廷應也要提一提的，你要有個心理準備。」

秦鳳儀一家人中午自然在方家用飯，待用飯的時候，才曉得今天閻王進城。

秦鳳儀舉杯笑道：「都是叫師傅念叨的。」

方閣老道：「我念不念叨，閻王也是這幾天來。」

及至午後，秦鳳儀單獨同方閣老說了一個時辰的話，方帶著妻子兒女告辭回去。

方大老爺親自送他們出門去，秦鳳儀還與方大太太道：「師嫂就等著今年抱孫子吧。」

方大太太笑，「定要應你這話才好。」這年頭世人多是重男，如方家這樣的大戶還好些。不過，方悅本就成親晚，如今尚未有子，方家自然盼他生下嫡子。

上了車，李鏡問丈夫：「師傅的氣色如何？」

秦鳳儀道：「好得很，別看上了年紀，精神頭兒足著呢！」

李鏡笑，「那就好。」

大陽給他娘看師祖送的玉佩，李鏡道：「這是長輩給的，可得好生收著。」

大陽點頭，「我知道。」

回到愉王府，一家子先去了愉王妃那裡，愉王妃笑，「回來得巧，我正說呢，再不回來，就要打發人去尋你們了。」

愉王妃說著對大陽一伸雙臂，大陽便跑過去同這位曾叔祖母膩在一處了。

李鏡問：「叔祖母，可是有事？」

愉王妃一邊餵大陽喝水，一邊道：「也不是什麼大事，今天不是閩王一家到了嗎？內侍剛剛過來，說晚上有宮宴，叫咱們都過去。」

李鏡笑，「我們與閩王倒是前後腳。」

愉王妃也笑，「是啊！」

大陽咕咚咕咚喝了兩口水，這才問道：「曾祖母，什麼是宮宴？」

愉王妃道：「就是去宮裡吃飯。」

大陽無師自通地造句：「我昨天、前天、大前天都去宮宴了。」

他爹聽得直翻白眼，「真個沒見識，就吃頓飯，也值當拿出來說。」

大陽道：「我覺得祖父那裡的飯很好吃。」

秦鳳儀嗤笑，「貪吃。」

大陽拍拍小肚皮，「吃的多才能長得快啊！」

秦鳳儀簡直是服了他兒子的厚臉皮。

傍晚穿戴好，秦鳳儀一家與愉王夫婦一道進宮。愉王妃同李鏡帶著孩子們去了慈恩宮，秦鳳儀與愉王到了太寧宮。然後，眾人以為的閩王與鎮南王會互掐之事，就在閩王極為和善而友好地拍了拍秦鳳儀的肩之後開始了。

因為，閩王第一句話就是：「早先我就覺得，鳳儀你這通身的氣派，渾不似小家子出身，果然是我們皇室的大好男兒啊！」

只這一句，就把秦鳳儀噁心壞了。

要是三年前，秦鳳儀聽了這話就會直接轉身走人，現在秦鳳儀心頭掠過一絲不悅，面上卻是不動聲色，笑道：「孔聖人說，以言取人，失之宰予；以貌取人，失之子羽。要我說，孔聖人都不如您老這以氣派取人。您老是不是就因我這通身的氣派，才左一本奏章右一本奏章地往朝中參我啊？」

時下宮宴是在太寧宮舉行，但宴未開始時，也得讓赴宴之人有個落腳的地方，如秦鳳儀與愉王這樣的身分，便先來偏殿見景安帝。秦鳳儀剛行過禮，閩王兜頭丟來一句，秦鳳儀也是半分不讓，當下與閩王過了一個回合，他方坐到壽王下首。

按理，秦鳳儀應該與皇子們坐一處，秦鳳儀卻坐在壽王下首，平郡王上首。他是藩王，這麼坐也不算錯，只是叫旁的人瞧著，當真是心驚肉跳，生怕兩人直接幹起架來。

閩王的心情也不是很好，原本秦鳳儀曾是宗室改制的主力軍，當年在京城，閩王硬是被秦鳳儀氣厥過去的。雖然不知是真厥還是假厥，但由此可見兩人之間的關係。直至秦鳳儀就藩，兩人還是鄰居，唯一讓閩王欣慰的是，秦鳳儀的封地乃天下第一窮的地界。

結果，更他娘的倒楣的是，閩王的泉州港是天下有名的富庶之地。就憑泉州一港，閩王把個泉州建設得與淮揚有得一拚，可是，秦鳳儀就藩南夷後，大開私運之門，這混帳東西簡直就是直接在截他的生意啊！

閩王氣得給朝廷上摺子參了秦鳳儀一本，原本閩王想著，這混帳東西哪怕是皇子出身，但就憑柳王妃一條，這身分就尷尬死了。何況，朝中還有大皇子一系，焉能看秦鳳儀如意？誰知秦鳳儀回頭參他十八本，兩人的官司到現在還沒打完呢。

秦鳳儀坐在壽王身畔，隔著愉王，對閩王露出一個燦爛至極的笑容來，讓閩王越發心塞了一把。閩王道：「不見鳳儀你參我，我都不知道你胡編亂造的功力這麼深啊！」

「哪兒啊，跟閩王你一比，我可是差得遠了。」秦鳳儀接過宮人捧上來的香茶，喝一口方道：「再者，那也不是我編的，都是我打聽出來的，人證物證俱在。誒，閩王，你這回來京城，不是投案自首來的吧？」

闔王的眼神冷了三分，「皇上雖是你父，卻也是我侄，鎮南王，你還是慎重些的好。」

「說句實話就不慎重了？虧得這是在京城，這要是在閩地，你再說這話吧。」秦鳳儀撣撣袍子，一副氣死人不償命的模樣。

閩王果然被氣得不輕，「你敢對天發誓你在南夷沒有走私？」

「我走私給誰啊？走私給你啊？」秦鳳儀道：「你別腦子不清楚了。我們南夷的瓷器，苦哈哈地送到你們閩地，不給你一成潤手錢，你就要多徵一成商稅，以為我不知道啊？」

「胡說八道！」閩王大怒，「分明是你利用海運走私，令泉州港的生意大減！你可真有本事，居然還反咬一口！」

「我拿什麼走私？我是有船，還是有港？朝中出八百萬兩給我建港口了嗎？」秦鳳儀振振有辭地道：「你少血口噴人！」

「當我不知道？你用小船駛到海中，如此交易貨物！」

「虧你閩地也是臨海的，海上什麼樣，你到底見過沒？都說無風也有八尺浪，漁船敢到深海嗎？我說你是不是上了年紀，腦子也不好使了啊？要是什麼船都能到深海，當初你們泉州為什麼還要花八百萬兩建港？」秦鳳儀忽地一笑，「不過，虧得閩王你給我提了個醒兒，你不是說我走私嗎？我這回來京，就是要朝廷也給我們南夷投幾百萬兩銀子，我們也建個港，光明正大地做生意，免得讓你們多想。」

閩王當下臉色都變了，轉頭看向景安帝。

景安帝道：「倒沒見你的奏章。」這話自然是對秦鳳儀說的。

秦鳳儀道：「我是見著閩王，才有此靈感的。」

閩王只恨自己一見秦鳳儀怎麼沒壓住火，這會兒巴不得自己就是個啞巴算了。打官司事小，秦鳳儀大搞走私，雖令閩王恨得咬牙切齒，但也比南夷當真建港要強多了。實在是，南夷位在閩地以南，倘南夷建港，如大食、交趾、暹羅等地商船，到南夷比到泉州近的多。

愉王為兩人打圓場，「行了行了，建港乃國之大事，你們封地原是挨著的，正該做好鄰居才是，怎麼一見面還拌起嘴來？」

大皇子溫聲道：「這其中怕是有什麼誤會。」

秦鳳儀長眉一挑，「我剛就藩三天半，就有人參我走私，這是誤會？」

閩王為自己辯一句：「我可沒說你走私，是聽聞南夷有走私之事。」

「是啊，你沒說，只是，我沒就藩時沒人參南夷，我一就藩便有人參了。我就是能掩耳盜鈴，朝中可是個頂個兒的耳聰目明呢，你那跟直接說有什麼分別啊？」

「你不是也參我十八本？」

「嘿，只許你參人不許人參你，世上有這般的道理？」秦鳳儀理直氣壯。

只要南夷不建港，閩王也不想與秦鳳儀死磕了。

閩王看向愉王，愉王繼續做老好人，「既然都是誤會，如今便講開了，一會兒陛下賜宴，你倆多喝幾杯才好。」

秦鳳儀笑而不語，閩王無奈道：「只恐鎮南王瞧不上老朽啊！」

「您這都倚老賣老了，我還敢瞧不上您啊？」秦鳳儀見閩王先低頭，心中頗覺解氣，遂一笑道：「一會兒我必多敬伯祖父幾杯，您可得給我面子。」

閩王知是秦鳳儀遞了臺階，倘別人遞的臺階，不下也就不下了，秦鳳儀此人，素來是個混帳脾氣，閩王早有領教的，這會兒也只得接了秦鳳儀這臺階，笑道：「早想你與吃酒，只是咱們都是藩王，不能擅離封地。今兒藉著陛下賜宴，是得多吃幾盞。聽說你征信州大勝，我做伯祖父的還沒恭喜你。說來，咱們這些藩王，不要說我這上了年紀的，就是在你這年歲，亦是不及你的。」

秦鳳儀笑，「您真是客氣，你們誰的封地也不似我們南夷，明著我那封地是又窮又大，結果就做一半的主。」

景安帝打趣，「怎麼，還嫌朕給你封地給得不好了？」

秦鳳儀不稀罕搭理景安帝，可此人慣會見縫插針，秦鳳儀剛想說話，就聽大皇子道：「南夷的確是貧瘠了些，若是鎮南王不喜，父皇不如另斟酌著給鎮南王一塊富庶些的封地。」

這話何其昏頭！

大皇子一副兄友弟恭的模樣說出這話，令眾人大吃一驚，便是閩王都有些不敢相信，大皇子居然說出這般話來。

平郡王連忙道：「封地已定，怎好輕改？何況，南夷剛有起色，正需要鎮南王治理。殿下若心疼兄弟，南夷頗有戰事，兵甲糧械供應必要及時，就是殿下身為長兄的關愛了。」

景安帝是不會讓閩王看笑話的，所幸平郡王圓場圓得及時。

景安帝笑道：「是啊，信州有戰事時，大皇子很是擔憂南夷，畢竟山蠻盤踞已久，待信州傳來好消息，大郎還說，也就是鳳儀了，就藩三載便能平定信州。」

大皇子見父親、外祖父都這般說，心知自己提的事難成，便順勢接話道：「我聽聞鳳儀你親自領兵，確實是很擔憂。你是親王之位，切不可以身犯險。」

秦鳳儀一肘搭在座椅的扶手上，側著身子看大皇子一眼，笑笑，「嚇我一跳，我還以為是瘦田無人耕，耕好有人爭呢！」

此話之厲害，不說大皇子大為不悅，便是平郡王，亦是掩去眼底一絲悵然。平郡王能及時為大皇子圓場，秦鳳儀這話，平郡王卻是不能替大皇子接了。大皇子強忍著方未動怒，面上卻不是很自然地淡淡道：「什麼瘦田肥田的，天下都是父皇的，就是藩王，也不過是替父皇鎮守一方罷了。」以為自己什麼東西啊！

秦鳳儀何等樣人，焉能被這話逼退？

秦鳳儀道：「自來得道者多助，失道者寡助。另有一說，叫得人心者得天下，失人心者失天下。江山自然是陛下的，可這江山也曾是前朝皇族的。我等藩王自然是要聽陛下的吩咐，易封地算什麼，先帝時還險把江山易了呢！」

「你大膽，敢對先帝不敬！」大皇子厲聲喝道。

「這算什麼不敬？陝甘之失，也不過二十幾年而已。先帝失土失命，史書上都要記上一筆，還不叫人說了？」秦鳳儀道：「我是說，做皇帝有先帝的做法，也有今上的做法。大殿下你是皇長子，皇后娘娘嫡出，你可要以史為鑒才好。」

大皇子臉都氣青了。

景安帝冷下臉來，「都少說兩句！今天是迎閩王回京，不是叫你倆拌嘴的。」

壽王連忙道：「難得這回巧得很，鎮南王與閩王趕一起了，你倆又是鄰居……」想到這兩鄰居剛幹過一仗，壽王都不知該說什麼好了，壽王簡直是硬著頭皮暖場，「還有我等，也是久不見你們，陛下可是拿出了珍藏三十年的御酒，咱們一會兒多吃幾盞酒才是。」

愉王也跟著說了幾句和緩話，大家有默契地絕口不提公務，方把場子給圓過去。

好在大家都是有身分的人，及至宮宴開始，便又真真假假的一團和氣了。待宮宴結束，住在外頭的藩王大臣們都告辭離去，秦鳳儀也帶著妻兒與愉王夫妻出宮，壽王等亦是住在宮外，壽王悄悄同秦鳳儀說一句：「你這嘴兒也太厲害了。」

秦鳳儀道：「這可不是我挑的頭兒。」

因是在外，壽王不好多言，拍拍秦鳳儀的肩，辭別愉王，與壽王妃上馬車。到了車上，壽王妃才問：「怎麼了？看你們臉色都不大好。」

壽王嘆，「怎麼好得起來啊？」好玄沒當場翻了臉。

宮宴一散，大家積存在心裡的話終於能放開說了。

鎮南王以一敵二，幹翻閩王與大皇子之事，簡直有太多談資了。

此時此刻，說閒話的暫不去提，偏殿之內，景安帝面如寒霜，一雙眼睛深沉如淵，盯著大皇子，問他：「你究竟發哪門子的昏，焉何說出令鎮南王換封地的話來？」

大皇子原叫秦鳳儀擠兌得一肚子的火，宮宴雖是糊弄了過去，對秦鳳儀卻是越發惱恨，如今被他爹這冷臉一鎮，心頭那簇邪火方略緩了些，大皇子強辯道：「兒臣是看鎮南王說南夷封地不好，才想著他既不喜，給他換個喜歡的也無妨。」

「什麼叫無妨？」景安帝大怒，如果大皇子直接認錯，自陳過失，景安帝都不會這般惱怒，景安帝幾乎是震怒了，馬公公讓內侍又退得遠了些，景安帝怒問大皇子：「你也是朕手把手教養到這麼大的，自幼教你政務，你何時看到過有藩王易封地的？」

大皇子被他爹這怒火嚇著，訥訥的不敢說話，更不敢承認自己的私心。

景安帝怒喝：「誰給你出的主意？」

大皇子額冒冷汗，咬牙道：「真的就是話趕話，父皇，兒臣絕無欺瞞！」

見大皇子還不肯說實話，景安帝抬手將矮几上的官窯瓷盅拂了下去，哐啷一聲，砸了個粉碎。大皇子直接跪下了，哀求道：「兒臣知錯，求父皇別氣壞了龍體！」

景安帝不想再看到這個兒子，直接道：「給我滾出去！」把人攆出偏殿。

大皇子看他爹氣狠了，便是出了偏殿，也不敢回自己的宮裡，而是在外面的青磚上跪了下來。景安帝揉著胸口許久，將心頭的千般思緒壓了壓，方喚了馬公公近前。

馬公公奉上一盞清茶，勸道：「陛下消消氣，大殿下還在外頭跪著。」

「朕簡直……」景安帝沒吃茶的心，道：「你讓他進來吧。」

大皇子再次被宣進偏殿時，神色中不由帶上了幾分惶恐。

景安帝看他一眼，冷冷地道：「朕要聽實話！」

大皇子委實未見過他爹如此震怒，囁嚅良久，方道：「兒臣是想著，鎮南王在南夷，與闖王時有衝突，且非但有走私之事，江西亦有奏章說，有南夷私鹽流入江西境內。父皇，雖則鎮南王征信州有功，卻有走私和私鹽之事，總該查一查的。」

「海運走私之事，難道沒人查過嗎？戶部、翰林均著人到了南夷，他們難道都是瞎子不成？再者，私鹽之事，江西有證實與鎮南王有關嗎？你就這麼急嗎？是不是比朝廷平信州、征桂州之事還要急？」

景安帝氣得不輕，他自認為政尚算英明，今日看一回鎮南王壓倒性地氣翻闖王，看得正爽，大皇子便在宗室們跟前犯了一回大蠢。依景安帝之脾氣，如何能不惱？

景安帝把話挑明：「你心裡對鎮南王的想頭兒，朕都清楚，鎮南王的性子，也不是個軟和的，但這是你們兄弟間的私怨，你將私怨置於國事之上，對得起朕對你多年的教導嗎？」

景安帝又道：「鎮南王的話不大好聽，可他有一句是對的，帝王有帝王的做法，你以為先帝是朕的父親，是你的祖父，朕不提，你不提，朝中就沒有人再提先帝之過嗎？史書上是怎麼寫的，你可以去看看。這還是我朝史官之筆，待後世評說，難聽的話且多著。你不肯說祖父之過，這是你的好處，可你心裡要明白，先帝之過，險葬江山，若朕的祖父地下有靈，焉知能不悔傳位非人？這是咱們父子私下之話，你自己好生琢磨去吧！」

景安帝之話，其意深矣。

大皇子面色慘白地退下。

景安帝氣得輾轉反側，大半宿沒睡好。

今日宮宴原是個熱鬧事兒，結果宮宴後也沒見著皇帝兒子到自己這裡來問安，裴太后便知有事，著人去問了一回。原本御前之事沒有這般好打聽的，只是秦鳳儀與閩王、大皇子的摩擦，當時在場的人不少，故而，不一時，裴太后就得了信兒。

裴太后當即令宮中禁口，不得再說此事。

參之章 ● 父子相得話政事

秦鳳儀回府後也氣個好歹，不過，他沒吃虧，倒還按捺得住，先把孩子們哄睡了，這才與李鏡說起今日之事來。秦鳳儀道：「閩王那老東西，我知必要與他打個嘴仗的，只是沒料到大皇子這般沉不住氣。妳說，他是不是昏頭了，竟然說要給咱們換封地？」

便是依李鏡的智謀，也沒料到大皇子會出這等昏招。

李鏡問：「陛下如何說的？」

「不待陛下說，平郡王就幫大皇子圓回去了。哼，平郡王雖是老狐狸，說的倒是人話，說大皇子擔心南夷戰事，不妨多在軍械兵甲上供應咱們南夷足些。他倒是好心，可他也不看看，大皇子那是擔心南夷戰事的樣兒嗎？不過是看咱們這幾年把南夷捋順了，有個樣兒了，這就要摘果子了！」秦鳳儀頗氣憤，「不知是大皇子的意思，還是朝中有人這麼想了？」

李鏡擺擺手，「朝中這麼想的，不過是些昏頭小人罷了。陛下還不至於此，不說別個，桂地還在山蠻手裡呢！」

「叫他們說得我都不敢去平桂地了，這要是把桂地平了，人家還不立刻翻臉叫咱們走人啊？」秦鳳儀涼涼地道。

「這是哪裡的氣話？」李鏡道：「起碼，陛下不是這樣的人。」

「不說這昏頭貨了，妳在慈恩宮可還順利？」

「有什麼不順利的，就是大陽說太香了，打了好幾個噴嚏。」李鏡笑，「女人多的地方，脂粉氣濃了些。」

秦鳳儀道：「再有宮宴，我帶著大陽吧。他一個男孩子，不好總跟女人混在一處。」

李鏡原想著兒子還小，但也覺得兒子雖小，卻要教些事理了，不然若是如大皇子這般昏頭貨，真是塞回去重造都不能，只剩心塞的。

李鏡遂道：「也好，男孩子還是要跟著父親的。」

「那是！」秦鳳儀得瑟了一回，夫妻倆說了會兒話，便早早安歇了。

秦鳳儀身為今日暴風眼中的三人之一，大概是睡得最早的。大皇子回書房後枯坐半夜，方在內侍的勸慰下安歇。至於閩王，閩王原本被秦鳳儀壓著狂噴，結果大皇子解了他的圍，讓他看了皇室的一場笑話，他心中偷樂許久，還做了個好夢，第二日早早上朝去了。

閩王還以為早朝時能見著秦鳳儀，不料沒看到秦鳳儀的人，事後打聽方曉得，原來秦鳳儀來京陛見，是從不上朝的。

閩王見大皇子精神不大好，故作善意地勸了大皇子幾句。

景安帝卻是下了朝便召秦鳳儀進宮見駕，還賜他早膳。

秦鳳儀在家剛剛起床，內侍過來召他進宮用飯，秦鳳儀便知景安帝這是要安撫他。原本景安帝是秦鳳儀最不想看到的人之一，不過，今時不同於往日，秦鳳儀眼珠一轉，便收拾收拾準備進宮，看景安帝的笑話去。

大陽聽說他爹要去宮裡吃飯，他對祖父的印象很好，也喜歡跟祖父一起吃飯，便想跟他爹同去。李鏡道：「你爹進宮是有正事，在家吃不也一樣嗎？」

大陽這年紀，哪裡懂得正事不正事的，他道：「我想跟祖父一塊吃，我覺得祖父那裡的東西更好吃。」

秦鳳儀瞪兒子一眼，「就知道貪吃！」

大陽腆著胖臉央求道：「爹，您就帶我一道去吧。」

秦鳳儀覺得兒子有些嘴饞，卻是個慣孩子的爹，最終還是答應帶大陽進宮。大陽高興得不得了，爬上椅子對著他娘的妝鏡照了一回，確認自己圓潤可愛，這才跳下來，牽著他爹的手，跟他爹去了宮裡。一路上對他爹更是百般巴結，不知說了多少甜言蜜語。

景安帝自是要安撫秦鳳儀的，他被大皇子氣個半死，想著秦鳳儀性子烈，而且，他與秦鳳儀關係剛剛好轉，被大皇子這麼一攪和，縱秦鳳儀不多心，也怕小人多嘴。故而，景安帝上朝時就吩咐馬公公，著人宣秦鳳儀進宮用早膳。

景安帝剛下朝，秦鳳儀就到了。

讓景安帝高興的是，秦鳳儀帶了大陽一道來。景安帝欣慰極了，想著秦鳳儀雖是一直不能釋懷柳氏之事，到底是個明事理的人，知道此事只是大皇子一人胡鬧罷了。

景安帝先稀罕了大陽一回，抱著大陽在自己身邊，方與秦鳳儀說了昨日之事。

景安帝道：「大郎那裡，朕已訓斥過他了。我朝自太祖立國，從未有藩王更換封地之事，你只管安心便是。」

秦鳳儀今日一召便至，亦沒安什麼好心，他成心笑話景安帝來了。

秦鳳儀笑笑，「那是。人家都說，狡兔死，走狗烹。南夷尚有桂地在山蠻之手，總還有用我之處。我琢磨著，大殿下不會是想把我調開南夷，叫平家人去南夷平叛山蠻吧？」

景安帝臉色微沉，「不許胡說！」

「他也不想想，現在朝中還不是他說了算呢！」秦鳳儀根本不怕景安帝的冷臉，他冷哼一聲，「你也少拿這話糊弄我，他是訓斥幾句便能好了的？要是我把南夷靖平之後，他再起此心，我還能說一聲，雖則心窄，也不是沒有心計。如今南夷只平一半，他就迫不及待換我封地，真不知是哪位神仙給他出的主意，你好生問一問他吧。」

秦鳳儀說著便是一陣笑，「誒，說實話，你這人的人品是有些問題，但做皇帝還是有自己的一套，只是大殿下真是你親自教出來的嗎？我真是不敢信啊，你這教導水準真不怎麼樣。你可得再與閩王說不會換他封地，我倒不會多心，有你在的一日，我還能自在一日，閩王可不一樣，他與你本就隔了一層，他的泉州港是那麼大的一塊肥肉，明兒我得去嚇唬嚇唬他，我也不說別的，我就說朝廷想他與康王換封地。」

秦鳳儀說著又是笑，真是笑死他了，景安帝手把手教出來的儲君，平家人豁出老臉給大皇子爭取來的嫡皇子之位，結果，大皇子便是這樣的貨色。

真不曉得現在平郡王是個什麼樣的心情啊！

秦鳳儀幸災樂禍了一回，還與景安帝道：「你兒子可不如我兒子啊！」

景安帝多年帝王，待秦鳳儀得意夠了，淡淡地道：「朕也不止一個兒子。」

秦鳳儀立刻收了笑，露出一副要咬人的凶狠神色。

景安帝唇角勾起一抹笑意，吩咐馬公公：「傳膳吧。」

秦鳳儀原是要來刺景安帝幾句，出口惡氣的，結果被景安帝噁心得不輕。

景安帝把秦鳳儀噁心一回，自己痛快得很，還幫大陽攪了攪碗裡的粥，叮囑他涼一些再喝，不要燙著，又夾了個翡翠燒賣給大陽。大陽屁事都不曉得，小嘴兒吧嗒吧嗒吃得賊香。

秦鳳儀遷怒，「不許吧嗒嘴！」

大陽兩腮鼓鼓地看他爹，景安帝摸他的頭，「沒事，怎麼舒坦怎麼吃。」

大陽這沒骨氣的傢伙，立刻覺得景安帝是好人。

秦鳳儀簡直要氣壞了。

秦鳳儀吃過早飯就把大陽拎走了，景安帝怕是沒噁心夠秦鳳儀，看他把大陽夾在腋窩下很不像個樣子，還道：「別虐待我孫子啊！」

秦鳳儀對著大陽的肥屁股啪啪兩下，都打出響聲來了。大陽「啊啊」兩聲，景安帝頓時臉色不大好看，大陽已是嘻嘻哈哈笑起來，還沒臉沒皮地跟他爹道：「不疼不疼！」

秦鳳儀又拍他兩下，大陽笑得越發歡實。

景安帝：……

不待景安帝有什麼表情，秦鳳儀已帶著大陽走遠。

先把大陽擱家裡，秦鳳儀就往戶部去了。

趙長史這幾天都在戶部抄錄陝甘榷場的一些律法規矩，他與戶部魯侍郎是相熟的，便是魯侍郎指了個主事，專門負責此事。秦鳳儀到了戶部，因程尚書有事在忙，魯侍郎還特意過來打招呼。他先時去南夷，秦鳳儀親自接待他，魯侍郎對秦鳳儀頗有些好感。

秦鳳儀打趣道：「記得老魯你去歲離開南夷時還頗有福態，如今怎地瘦了？」

魯侍郎笑道：「微臣去歲自南夷回京，大家都說微臣是享福去的。」

「馬上就是六月佳荔節了，你若有空，只管再去，佳荔節時更熱鬧。」秦鳳儀笑，「現下南夷較去歲更好了。」

魯侍郎道：「倘有外差，微臣義不容辭啊！」又問起與交趾互市之事來。

秦鳳儀道：「現在也只是先籌備，今年不知能不能開得起來。」

「有殿下在，問題不大。」魯侍郎親自倒了新茶奉上，秦鳳儀道：「坐下說話。」

秦鳳儀主要是打聽陝甘互市的規矩，還有陝甘互市的規模，每個榷場能交上多少稅銀之類的事。這些其實是朝廷機密，魯侍郎不好全透露給秦鳳儀知曉，揀著能說的說了一些。

兩人正說著事，程尚書請秦鳳儀過去說話。

秦家與程尚書不是尋常交情，程尚書親自來請，秦鳳儀便去了。

秦鳳儀道：「閩王世子過來做什麼？便是市舶司的季銀交割，也與閩王府無干啊！」

程尚書沒答秦鳳儀這話，而是道：「現在市舶司也是一年不比一年了。」

「唉，守著金山竟然要了飯，這話要不是程叔叔您說的，我都不能信。」秦鳳儀道。

程尚書看他一眼，秦鳳儀挺著一張坦白無私臉，程尚書道：「聽說，現在南夷城和鳳凰城兩處都很繁華啊！」

「這得看跟哪裡比，說繁華，那是跟以前的南夷比。不說別個地方，較之兩湖、淮揚，還差得遠，更不必說京城了。」秦鳳儀嘆道：「何況，現下雖熱鬧些，程叔叔，您知道南夷怎麼熱鬧起來的嗎？但凡現在百姓家裡養雞養鴨的稅我都革了，進城做個小買賣，挎籃的都不收銀錢，趕車的一車十個銅板。等閒小商小鋪，每個月不過六七百錢，也無非就是收個衛生治安費，讓巡城的那些番役們得些實惠。這上頭不要說我，就是府裡縣裡也不沾的。我是想著，不能苛待百姓，先得讓他們放開手腳，總不能放個屁都徵稅啊，這樣把百姓們都徵得一窮二白，地方上難道就有好處不成？唉，這樣養了兩年，南夷方好些了。」

程尚書悠哉地聽秦鳳儀訴了一通艱難，方道：「這些都是仁政，殿下做的對。」

「程叔叔，您是明白人才這樣說的。」秦鳳儀先堵程尚書的嘴，「若是那些個只看會表面的，哎喲，一看我們南夷城裡城外來往的人多了，就以為我們發財了。唉，其實不過是個虛熱鬧罷了。」

「那今天我們就來說說這虛熱鬧吧。」程尚書唇角一翹，「不瞞你，我也曾主政一方。酒樓茶肆，百業百工，按理都要收商稅的。南夷是殿下主持軍政，殿下又仁慈，殿下說的建設不易，臣當年主政一方時，亦是深有體會。那些個小商小販，殿下減了苛捐雜稅，實是殿下的仁政。微臣也不是說他們那幾個辛苦錢，微臣想說的是，茶、絲、瓷、酒四樣，這都已經好幾年了，莫不是殿下的南夷城沒有這幾樣的稅銀？」

秦鳳儀低頭四看，程尚書不解，「殿下找什麼呢？」

「我不是在找什麼，我是在看我怎麼這麼腿賤，過來戶部幹什麼？」秦鳳儀起身道：「您是一部尚書，日理萬機，我不好多打擾，我便先走了。」

程尚書道：「殿下要是走，明兒我就在大朝會上說一說這事，如何？」

秦鳳儀氣得又坐回去，「誒，程叔叔，您這可不道地啊！」

「不是我不道地，殿下將心比心。您這就藩三年了，我可曾提過此事？先時知道殿下剛就藩也艱難，何況南夷初時的確是個困窘地方，百業不興，故而未提。自去歲魯侍郎回來，我這心裡總是思量著這事，想著殿下建設南夷不易，只是便是有天災的地方，朝廷也不過免稅三年，而今三年將過，殿下也得為朝廷想一想。殿下收攏的那些個上兵，要吃要喝要兵要甲，這些哪個不要錢呢？」程尚書細細分析道：「再者，我也不是不講理的，要是殿下實在拿不出，我也不能逼迫殿下。如今南夷既然一日好過一日，此事終是有人要提的。與其別人提，倒不如我來提，是不是？」

秦鳳儀道：「只看到我要這兒要那了，沒這些個裝備，拿什麼去征信州呢？」

程尚書道：「凡事總得有來有往，如今交趾互市，陛下又免三年商稅，這難道不是陛下仁慈？殿下也替朝廷想一想吧，朝廷不容易啊！」

秦鳳儀嘆道：「我知道朝廷不容易，程叔叔您也是大大的忠良，只是，就那麼三瓜兩棗，尚未成規模，豈不涸澤而漁？」

「我不是要涸澤而漁，是你兩個織造局都建起來了，還說什麼三瓜兩棗？你少跟我耍滑頭。我可把話撂下，這半年就算了，你說的那些個提籃拉車的小生意也不算，就這四樣，茶、絲、瓷、酒，年底啊，要是沒有半年的商稅押解到京，咱們也別論什麼交情不交情的，朝堂上見吧！」程尚書還低聲說了一句：「你就知足吧，鹽我還沒給你算上呢！江南西道參南夷私鹽流出的摺子早到了內閣，現在閩王恨你恨得眼裡滴血，你再不出點血試試！」

靠！

這也是一部尚書說的話？

秦鳳儀簡直是目瞪口呆，程尚書已是面色如常。

程尚書整整案上的公文，悠悠說道：「年下就等殿下好消息了啊！」

秦鳳儀離開戶部時都覺得心口疼，程尚書還說：「這眼瞅都要中午了，我請殿下去明月樓吃好吃的。」

秦鳳儀擺擺手，「我可吃不起你們戶部的飯。」一邊揉著胸口一邊走了。

景安帝知曉此事後哈哈大笑，讚了程尚書一回，道：「還是卿知朕啊！」

程尚書道：「眼下南夷兵事開支委實不少，先時殿下剛到南夷，南夷窮，殿下也不容易，故而前三年的商稅我便沒提，原本也沒多少。如今既然南夷發展得不錯，這上頭的事便不好輕忽，此乃臣分內之責。殿下到底是個知事明理的人，可惜殿下行事天馬行空，非尋常人可學習一二，不然何愁天下不富啊？」

景安帝微微頷首，對於秦鳳儀生財的本事還是很贊同的。

程尚書又私下說了市舶司之事，「越發不像話了，如果今年市舶司的稅銀不足百萬，就請陛下取締市舶司吧。」

景安帝思量片刻，想著戶部是要趁著秦鳳儀與閩王不睦，且二人都在京城時，擺閩王一道了。景安帝道：「朕看這個主意不錯，不行就在南夷建海港，鎮南王比較會做生意。」又吩咐程尚書：「把這件事透給閩王知曉。」

閩王還不曉得馬上就要入程尚書的套，此時他正在為剛打聽來的事琢磨著。閩王自己琢磨不出個所以然，拉來世子一道琢磨，閩王道：「難不成，換封地的事是真的？」

閩王世子濃眉緊鎖，「鎮南王也是王爵，不會拿這樣的大事兒戲吧？」

閩王還找愉王問，愉王也不知道，關鍵是，秦鳳儀沒在家，他出門還沒回來，於是，閩王也不管了，第二天直接問到了景安帝那裡。

閩王是有證據的，閩王道：「是鎮南王親口與我那世子講的。」

景安帝氣極，沒想到秦鳳儀真能幹出這事來。

景安帝道：「既是鎮南王說的，伯王便去問鎮南王吧，朕是不曉得的。」

閩王便知自家兒子被秦鳳儀這傢伙給戲弄了，閩王心裡把秦鳳儀祖宗八代問候了一回，語重心長地與景安帝道：「鎮南王雖則年輕，畢竟也是親王之尊，陛下，您得說說他呀，不好這樣信口開河，倘叫別個藩王知道，豈不心裡存了事兒？」

景安帝道：「伯王也替朕說一說他吧。」

閩王苦笑，「老臣笨嘴拙舌的，何況他豈是能聽老臣的？」

景安帝只得應承下「說一說」秦鳳儀的事，閩王這裡剛從景安帝那裡得了準話，便又聽聞了戶部惱怒市舶司無能，稅銀一年不如一年，有請旨裁撤市舶司之意。

這下子，閩王是真的急了，暗罵姓秦的這是要釜底抽薪，斷我生路！

正在駱掌院家拜訪的秦鳳儀，張嘴打了個打噴嚏，駱掌院還以為他感冒了，「京城氣候與南夷不同，留心身體。」

秦鳳儀揉揉鼻尖兒，「興許是誰在想我呢！」

秦鳳儀只知被程尚書算計了一遭，卻不曉得程尚書藉著他與閩王不睦之事又算計了他一回，很是加深了閩王對他的仇恨值。好在，秦鳳儀本就與閩王看不對眼，仇恨不仇恨的，秦鳳儀根本沒將閩王放在眼裡。

秦鳳儀過來駱家，一則為看看駱掌院，二則就是跟駱掌院夫婦說一說囡囡小師妹的事，為人父母的，哪裡有不記掛兒女的。三則雖然已將方悅和囡囡的禮物早早送了過來，還有書信，秦鳳儀不想假他人之手，親自帶了來。

秦鳳儀還是那一套，「原想帶阿悅和囡囡一道回來，不想囡囡查出身孕，不能遠行。」這喜訊方家早著人過來說了一回，如今再聽，駱太太仍極是歡喜。閨女成親好幾年了，只生了一女尚沒有兒子，駱太太就盼著閨女再給女婿生個小子才好。如此閨女以後有依靠，也能在婆家站住腳。駱太太歡喜得直念佛，問：「大妞和女婿可好？」

秦鳳儀笑，「都好。阿悅現下幫我管著一應錢糧等事，大妞更招人喜歡，孩子們都很喜歡她，搶著跟她玩。大妞說話別提多伶俐了，只比大陽大兩個月，大陽說話還磕巴的時候，大妞已經說得流利極啦！」

駱太太笑，「女孩子多是比男孩子嘴巧些的。」

幾人無非就是說些家常話，駱掌院一向大公無私，倒是駱小弟對信州打仗之事很好奇。秦鳳儀素來口才極佳，跟駱小弟說得那叫一個天花亂墜，秦鳳儀還道：「我們南夷六月有佳荔節，師弟你還沒去過吧？」

「沒。」駱小弟道：「盧小郎去歲去了，說是極為熱鬧的。」

「正好囡囡有了身孕，你這個做弟弟的也該去看看姊姊。待我回南夷時，你與我一道去吧，既看望你姊姊，也到我們南夷見識一回，如何？」

秦鳳儀熱情相邀，駱小弟看向他爹。駱掌院正端著茶來吃，沒說什麼。

秦鳳儀道：「駱先生，您就應了吧，跟著我一路也沒什麼不放心的。待佳荔節結束，就到了押解夏糧進京的日子，我必要派人來京城的，屆時將小師弟送回京城，沒半點危險的。對了，師弟，你再去問問有沒有朋友要一塊去的，待我回南夷，你們都隨我的大船南下，省得你們自己行遠路，叫人不放心。」

駱小弟問：「爹，成不成啊？我也想大姊，想大妞妞了。」

駱掌院道：「你們這都安排好了，還問我做什麼？」

秦鳳儀笑與駱小弟道：「這就是應啦！」又與駱太太道：「師娘，您這幾天就預備預備，把給囡囡捎帶的東西都備好，到時讓小師弟帶著。」

駱太太笑，「成，就是又要麻煩你。」

「這有什麼麻煩的，我們南夷的佳荔節，就是請各地朋友去吃荔枝的。荔枝在京城多貴啊，而且想吃新鮮的更貴，到我們南夷可以隨便吃，不要錢。再者，現下我們南夷與以往也不一樣了，佳荔節後還有書畫節，就是請各地才子一展所長。去歲我們選出的佳作，現在就在書畫廳裡掛著，只要是進學的學子們過去參觀，都是免費的。小師弟眼下就有秀才功名，秀才到我們那兒食宿都有補貼，要是舉人進士，還有免費的院子給他們住。」秦鳳儀道：「我們南夷什麼都不缺，就缺人才啊。駱先生，您有沒有認識那種不大得志，但很願意幹些實事的，介紹給我吧。」

駱掌院好笑，「怎麼還得是不大得志的？」

「得志的誰去啊？」秦鳳儀道：「當初李布政使上了年紀，致仕回朝，我就等著新布政使呢，結果足足等了一年多。頭一個是聞了讓他去南夷的風聲便摔斷了腿，第二個是家裡老娘重病，說是要回家盡孝，硬是把官辭了，後來是桂布政使去了。以前他們是覺得南夷地方不好待，做不出政績，有去無回。如今不一樣，都是怕跟我扯上關係，以後沒了前程。要我說，這些個人，不要說他們不樂意去，便是他們樂意，我還不稀罕。」

駱掌院道：「你就是這性子不好，太刻薄了些。」

「我這是實話實說。」秦鳳儀道：「先生，您身邊要有這樣的人，不妨問問他們的意思。我也不用什麼舉人、進士，舉人進士的，人家家裡給孩子設想的前程也不一樣。到我那裡，要是耽擱了人家，我於心亦是不忍的。」

駱掌院道：「你那裡現在還缺人嗎？」

「原本堪堪夠用，如今打下了信州，各縣就得一縣一個縣令、一個主簿是起碼的吧？再者，以後還要征桂州，用人的地方多。」

駱掌院道：「你呀，我知你用人向來不拘一格，但你該多想一想，科舉取士便有科舉取士的道理。這世間能幹的人有許多，譬如你建新城便沒少用商賈，可你監工商賈建城，就要用官員用吏員。殿下不拘一格原是好事，但這天下，士農工商自有其道理所在。就如朝中，固然有那等膽小狹隘之人，難道就沒有當用之人、當用之官了？你用的趙長史、阿悅、你大舅兄，還有章巡撫，哪個不是科舉出身之人？就是你自己，當年亦是正經春闈進士考出來的，難道科舉就全然是壞處？那些個沒眼光不欲去南夷的，你當慶幸，這等小人便是去了，也做不好事做不好官。你呀，我勸你一句，如傅浩那樣名滿天下而科舉屢次失利的大才子，到底是鳳毛麟角，你得一人已是運道，難不成還想著弄個十個八個？不是我說，才子要是氾濫成這樣，也就不是才子了。」

秦鳳儀得了駱先生的一番教導，在駱家吃過飯後，回家同媳婦道：「別說，駱先生雖則一直說話不大中聽，但他說的話也不是沒有道理。」

李鏡笑，「你以為翰林掌院是誰都可以當的？」

秦鳳儀道：「要是把駱先生弄到南夷去就好了。」

李鏡哭笑不得。

李鏡問：「獻俘之事準備得如何了？」

秦鳳儀躺在床上，蹺著二郎腿道：「這是禮部的差事，到時我露個面就成。」

大陽正在捏妹妹的小臉，然後被妹妹撓了一爪子，剛要跟他爹告狀，聽他爹說什麼獻俘的事，大陽還不大懂這些，但一路上也聽人說了許多回，小孩子好奇心最旺盛，便爬到他爹肚子上坐著，問：「爹，獻俘是啥啊？」

秦鳳儀對兒子素來有耐心，道：「就是打信州抓來的山蠻左親王，要把他獻給太廟。」

「太廟是哪裡？」

「是擱祖宗牌位的地方，叫皇家祖宗們知道咱們打了勝仗，把俘虜給他們瞧瞧。」

大陽問：「爹，熱鬧不？」

「還成吧。」秦鳳儀哪裡知道熱不熱鬧，他也是頭一回幹這事兒。大陽是個愛湊熱鬧的，當下懇求道：「爹，我跟爹一起去。也帶阿泰哥一道去吧，阿泰哥說，在宮裡可悶了。」

秦鳳儀笑，「成，就帶你們一道去。」

李鏡道：「那可得提前學規矩禮儀。」

秦鳳儀道：「把阿泰接出來玩玩，孩子們雖是在京城出生，那會兒哪記得什麼事。如今來了京城，便各處逛一逛，光在宮裡悶著有什麼意思。」

李鏡道：「這也是。」

獻俘之事，既是要帶孩子們一道去，秦鳳儀就打發人去禮部說了一回。禮部這夥酸生，還說他們做不得主，把秦鳳儀氣得親自去找盧尚書。

盧尚書道：「人數都是定了的，皇子裡皆是成年皇子，陛下未說要讓皇孫參加。」

秦鳳儀道：「盧老頭啊盧老頭，你說你，真是數十年如一日的笨。」氣得盧尚書把秦鳳儀攆了出去，盧尚書心道，你還不是數十年如一日的不會說人話。

秦鳳儀要讓兒子和外甥參加獻俘儀式，只好進宮同景安帝說一聲。

景安帝道：「孩子們還小吧？」

「小就小，怕什麼，不過是叫他們跟著見識一二，又不是女孩兒，難不成要成天關在屋裡繡花？」秦鳳儀道：「對了，也把阿泰算進去，阿泰也很想參加。張大哥還是打信州的主力呢，那什麼，張大哥和大公主的事，您還不給個名分啊？」

景安帝道：「獻俘之後再說吧。」
秦鳳儀沒什麼事要說的了，便要告辭，景安帝道：「還有一事。」
秦鳳儀又坐回椅中，景安帝道：「鳳凰城現在人口十來萬戶，還是縣城制便不合適了，禮部已經上表，請復鳳凰城為府城。」
秦鳳儀沒有意見，景安帝道：「知府是正五品，之下還有同知、通政之職要設。另外，信州也要有一應官員的安排，你是個什麼意思？」
秦鳳儀想了想，答道：「鳳凰城那裡，我看范正就不錯，既是由縣升府，范正便一道由知縣升知府就是。餘者同知、通政之職，我回去把單子呈上來。信州那裡，我一時沒有合適的知州人選，現下是傅長史和蒼家兄弟管著政務，另則駐兵是馮將軍一支，還有土兵一支。傅長史終要回到我身邊的，蒼家兄弟年紀尚輕，他倆可暫居同知、通判之位，一則他們是戰後便接手信州安撫之事，對信州之事比較熟悉，待新知州來了，也好輔助新知州；二則，信州畢竟還不大安穩，同知、通判都是從六品，就當臨危受命，官職略高些也無妨。至於信州知州之位，還是吏部薦個得用的官員吧。」
「也好。」景安帝點點頭。
秦鳳儀道：「薦就薦個好的，可別再叫我等上一年了。」
景安帝笑，「布政使那事是個意外。」
秦鳳儀翻了個白眼。
景安帝既是允了大陽和阿泰參加獻俘儀事，便不忘在給禮部的條子上加上了大皇子嫡子永哥兒的名字。大皇子已然如此，景安帝打算看一看孫子的資質。

此一舉，總算給惶恐不安的大皇子一系吃了顆定心丸，便是平家聽聞此事，亦是不免心下為之一鬆。

景安帝點名讓嫡長孫永哥兒參加獻俘儀式之事，後宮平皇后聽聞，拉著兒媳婦小郡主的手道：「好了好了，可見陛下氣消了，可得讓永哥兒好生準備。」

小郡主自然不敢含糊此事，道：「母后放心，我央殿下給永哥兒請個禮部官員，先教一教永哥兒的禮儀。」

「這話很是。」平皇后頗為欣慰，又令兒子藉此時機多孝順景安帝，也好緩一緩父子關係。大皇子覺得長此以往，南夷必然坐大。他說給秦鳳儀換封地之事，亦是出自公心，但既是父皇不喜，大皇子自然不會再提。如今父皇點了自己的嫡子參加獻俘儀式，他還是很感動的。當然，這種感動在知道大陽和阿泰也參加時，去了大半。阿泰參加倒沒什麼，那不過是外甥，倒是大陽參加，令大皇子礙眼堵心。

即便再如何的礙眼堵心，好人大皇子還是會做的，大皇子道：「孩子們都小，又都是頭一回參加獻俘大典，媳婦還跟我說，該尋個禮部官員教一教孩子們的禮儀，不若把大陽也宣進宮，叫孩子們一起學學。他們年歲相差無幾，又都是兄弟，正好做個伴。」

景安帝愛聽這話，「你去安排吧，屆時叫孩子們在朕這裡學一學。」

大陽對於進宮學禮儀的事還是很積極的，早早起床就跟他爹進宮了。他和阿泰早在一起玩慣了的，跟永哥兒不大熟，不過，永哥兒性子不錯，知道要照顧弟弟們。

大陽也懂些禮儀，像磕頭、作揖他都會的，只是人小，做起來不大正規。學了一會兒，大陽就兩隻小胖手插著腰直喘氣，道：「哎喲，我腰都要折了！」

禮部官員：頭一回知道三頭身也有腰。

阿泰也覺得有些累，永哥兒倒是沒說累，但他額間有一層薄薄的細汗。

大陽與禮部官員道：「我們得歇一歇。」

禮部官員能說什麼，只得讓幾位小殿下歇歇了。

小殿下們一歇，立刻有大宮女上前服侍著喝水、吃水果。

秦鳳儀送大陽進宮時見到的永哥兒，他雖然很討厭大皇子，但還不至於遷怒一個孩子。只是想到自己的獻俘禮，他兒子大陽參加是應該的，阿泰也可以參加，畢竟信州之戰，阿泰他爹是出大力氣的，結果竟叫大皇子一系跟著沾光，秦鳳儀如何能心服。

秦鳳儀眼珠一轉，並未直接出宮，而是去了景安帝那裡。

景安帝說：「若是沒事，就去禮部看看獻俘太廟的事準備得如何了。」

「我才不去呢，昨兒我剛跟盧老頭兒拌過嘴。」秦鳳儀接過馬公公奉上的茶，道：「我得給你提一個意見。」

景安帝端起茶盞喝一口，有些好笑，「什麼意見？」

「我剛剛送大陽到偏殿學禮儀，皇孫就只有大陽和永哥兒兩個啊？」秦鳳儀道：「二皇子家的皇孫、三皇子家的皇孫就不是皇孫啦？」

景安帝心中一琢磨，便知秦鳳儀這話所為何來，果不其然，秦鳳儀道：「就是大皇子家，難道只有永哥兒一個孫子？還是說，只允許嫡出的去，庶出的就不能去？您這可真夠掩耳盜鈴的，您當年也不是嫡出啊！」

景安帝將茶盞放到案上，動靜有些大，面上已是不悅。

馬公公的一顆心提溜了起來，秦鳳儀繼續道：「擺什麼臉色啊，這本也是實話。什麼嫡嫡庶庶的，您還在乎這個？先帝倒是嫡出，可是做皇帝的本領不及你的一半。行啦，別臭著個臉了，我就一說，你愛答應不答應唄，反正我家大陽是有份的，我也只是替別個皇孫說一句，小孩子哪個不愛湊熱鬧，就這幾個能去，別個不能去？又不是什麼要緊事，至於嗎？」

「行了行了，都去都去。」景安帝被秦鳳儀那句「先帝倒是嫡出，可是做皇帝的本領不及你的一半」說得心中熨貼，何況皇孫不同於皇孫，景安帝對皇孫們都疼的，還特別吩咐馬公公一句：「去與孩子們說，是鎮南王幫他們說情的，叫他們承鎮南王的好才是。」

秦鳳儀根本不理景安帝這打趣，撇嘴道：「這本也是事實。」

景安帝一笑，「你那點小心眼兒，還是收著些吧。」

秦鳳儀哼哼兩聲，「不及陛下多矣。」

誰還不會做好人呢？

見景安帝應了此事，秦鳳儀便起身告辭。他也沒即刻就走，又去了一回偏殿，不一時就見一群大孩子小孩子都過來了，各帶各的伴當內侍，熱熱鬧鬧齊聚一堂。大家見到秦鳳儀，知道這位漂亮得不像話的叔伯便是鎮南王後，都過去見禮，奶聲奶氣地叫叔叔或是伯伯。秦鳳儀摸摸他們的大頭，令禮部官員好生教導，此方出得宮去。

待大皇子曉得所有皇孫都可參加時，初聞永哥兒參加獻俘大典的喜悅與感動已是蕩然無存。又在得知這事是秦鳳儀從中作梗後，更是氣得牙根癢。

倒是二皇子、三皇子知曉此事，與秦鳳儀道了一回謝。

秦鳳儀道：「這又不是什麼大事，小孩子都愛湊熱鬧呢！」

二皇子是個老實人，心裡記著秦鳳儀的好，嘴上卻是不會多說。

三皇子則是道：「愛湊熱鬧是愛湊熱鬧，只是若非你替咱們說話，哪裡輪得到他們？」

秦鳳儀道：「你若去說，陛下也會允。陛下心眼兒是有點多，但皇孫還不都是皇孫？」

三皇子與他爹關係一般，且他性子如此，與大皇子一系隔閡亦多，自不會為這事去向景安帝討情。秦鳳儀與三皇子不同的是，秦鳳儀什麼話都敢說，他一旦尋著機會還愛在景安帝的肺葉子上戳上一戳，刺上一刺，就是不想景安帝太痛快。

秦鳳儀勸三皇子道：「當年我離開時心裡暗暗發誓這輩子再不回京城，也再不見陛下，可這幾年我忽然明白過來了，你說，我不回來豈不是叫旁人得了意？這京城多少人想著盼著念著我不要再回京，我便是為了不令小人得意，我也得回來。」

三皇子道：「也有人這樣勸過我，我……我就是不似你嘴巧，許多話我說不出口。」

秦鳳儀拍他肩膀一下，「別說這些掃興的事了，我看到你家小崽子了，軟乎乎嫩乎乎的，說話慢，性子乖，跟你可不一樣。」

三皇子笑，「我家大郎啊，天塌了他也急不起來。」

秦鳳儀又是一陣笑，在三皇子這裡混了一日，待晚上接了大陽回家，便問大陽：「禮儀學得如何了？」

大陽從來都是自信得不得了的，拍著小胸脯道：「都學好啦！」

第二日便是獻俘大典。

其實這大典也沒什麼，無非就是把抓到的山蠻左親王一家押送到太廟，大家再祭一祭太廟裡供奉的列祖列宗罷了，但當景安帝身著大禮服，帶著諸皇子、王公、重臣在雅樂的伴奏下走進重簷列脊、蒼柏遮日的太廟時，便是秦鳳儀之性子跳脫，亦不禁油然而生一股莊重肅穆之感。禮部的祭詞寫得頗是華麗，好在篇幅不長。裡面歌頌了太平盛世，也歌頌了鎮南王征信州之功。待念完了祭詞，便由秦鳳儀拈香，大皇子捧香，景安帝親自給祖宗上香，然後領著諸子孫、重臣向大景朝的列祖列宗行大禮。

祭禮結束，景安帝自祭肉上割了兩塊，一塊給永哥兒，一塊給大陽，讓他倆吃。大陽經常吃祭肉，自從他長了牙之後，他爹搞什麼祭祀活動，都會割下祭肉給他吃。

大陽熟門熟路地問：「祖父，有鹽嗎？」祭肉從來不放鹽的。

景安帝自然不會隨身帶鹽，不過，馬公公真不愧是景安帝的貼心內侍，他竟然尋來一小碟鹽巴，給永哥兒和大陽的碟子裡分別倒了些。大陽沾著細鹽，把祭肉吃光了。永哥兒是頭一回吃祭肉，見大陽沾了鹽吃，便也拈了些鹽粒放在祭肉上，覺得祭肉的味兒不大好，倒也吃光了。景安帝十分高興，摸摸兩人的頭，帶著眾皇孫們到太廟的蒼柏樹下，一邊乘涼，一邊給皇孫們講太祖皇帝開國的故事。

待歇息片刻，景安帝便令起駕回宮。回程時，讓永哥兒、大陽與他同乘。

永哥兒深覺榮耀，在御輦中坐得筆直。大陽第一次見御輦，話可就多了，不停地道：「祖父，您這車可真大真威風啊，比我爹的車大多了！」

景安帝笑，「你爹頭一遭見我的御輦也這樣說。」

大陽好奇地問：「祖父，我頭一回見這麼大的車，我能看看嗎？」

景安帝一笑，「當然能。」很大方地表示：「隨便看。」

大陽還叫著永哥兒一道看，永哥兒比大陽大一歲多，懂事亦比大陽早，永哥兒斯斯文文地道：「阿弟，我就不看了，你看吧。」

大陽便自己來回參觀了一回御輦，像個小土鱉似的，這裡摸摸那裡看看，還找到了好幾個暗格，裡面既有茶盞茶具，還有放筆墨紙硯的地方，大陽深覺有趣。

景安帝看他一個人玩得滿頭汗，便喚了大陽道：「要是覺得累了便歇一歇，看你熱得都流汗了。」說著幫孫子擦擦額間的汗，又問他要不要喝水。

大陽點頭，馬公公倒了盞蜜水給大陽，又倒了一盞給永哥兒。

大陽喝過水，就要脫衣裳，道：「我太熱了。」

景安帝只幫他鬆開頸間的兩粒小玉扣，道：「你好生坐會兒，咱們輦車裡有冰盆，一會兒就能涼快了。」

大陽神祕兮兮地兩隻小手趴在景安帝耳邊道：「祖父，我給您放個臭彈吧。」

景安帝還沒明白什麼是「臭彈」，大陽一脫靴子，一股臭腳丫子味兒險些把景安帝熏昏。

大陽哈哈大笑，景安帝也哭笑不得，拍他的小腿，「怎麼這麼淘氣？」

大陽晃晃小胖腿，又把汗濕的臭襪子脫了，「這靴子穿著好熱，我平時都穿紗做的鞋，可是，我爹說，不穿靴子就不能來參加獻俘禮了，我早想脫啦！」

大陽還道：「習慣就不臭了。」

景安帝也不能把親孫子扔出去，只得命人把大陽的臭鞋臭襪子拿出去，再打開車窗來透氣。大陽道：「我爹的腳也臭，有一回我跟我爹蹴鞠，我爹一脫鞋，把我給臭暈了。」

永哥兒感慨，「那得多臭啊！」大陽弟這個已是臭得他頭暈了。

大陽想了想，加了個形容詞：「特別臭！」

大陽又問：「阿永哥，你腳不熱嗎？我腳都是汗。」

永哥兒畢竟年紀小，他雖覺得這時候像大陽似的脫鞋脫襪不雅觀，卻也不會說謊，永哥兒道：「還好吧。」

「你的腳臭不臭？」

永哥兒道：「不如你的臭。」

「你脫了，咱們比一比。」

永哥兒畢竟年少，就是再如何懂禮，也不過比大陽年長一歲多罷了。永哥兒看了看皇祖父，景安帝適應了大陽的臭腳，還給兩個孫子打氣，「比一比，比一比吧。」

永哥兒便也把靴子脫了，大陽吸吸鼻子，做出判斷，「沒我的臭。」

永哥兒道：「也挺臭的，咱們還是把靴子穿上吧。」

大陽道：「我不穿了，多熱啊！」

永哥兒道：「外頭那麼些人看著，不穿多不好。」

大陽晃著兩隻粉嫩嫩的小胖腳，「那可怎麼啦，反正大典都結束了。」

待回宮後，下輦車前，永哥兒還是把靴子穿上了，這是個要面子的小朋友。倒是大陽不一樣，大陽像猴子一樣竄到祖父懷裡，要祖父抱他下去，他懶得穿鞋。

官場中向來是皇室放個屁，他們也要思量再三的。

原本這獻俘大典只有大陽與永哥兒兩個皇孫參加時，大家便思量頗多，待得秦鳳儀直接把所有皇孫都弄來，大家遂換了種思路。及至所有皇孫都可以參加，結果，景安帝割了兩塊祭肉，不給別個皇孫吃，只給大陽和永哥兒吃，這落在眾臣眼裡，自然便多了一層含義。等到景安帝還點了這兩個皇孫同乘御輦，眾臣的想法就更多了。最後御駕回宮，永哥兒自己扶著內侍下車，大陽卻是被景安帝抱下來時，眾臣簡直要抓狂了，心說，你們皇室到底是要鬧哪樣啊？這是要咱們猜謎不成？

在猜度皇室心思的諸臣覺得，腦子都要被皇家累炸了。

景安帝顯然是玩弄此道的高手，不說別個，分祭肉、讓兩個孩子同乘御輦，都是景安帝的主意。秦鳳儀對此頗不以為然，想著景安帝就愛弄這些神神鬼鬼的，虧得他不在京城，這要是在京城，得要得神經病了。

這不，看在大皇子眼裡，都要滴血了。

嘖！

不就是我兒子被皇帝抱了，至於如此嗎？

秦鳳儀對景安帝的手段瞧不上，對大皇子的心胸同樣瞧不上，想著，這兩人真不愧是父子，都不是什麼好人。

秦鳳儀一瞧就明白大陽怎麼被人抱下來了，小胖腳光禿禿的，定是他嫌熱把靴子甩了。再加上這小子是個眼神不好的，拿著景安帝當好人，又愛撒嬌，才被景安帝抱下來的。唉，想想兒子實在是年紀尚小，很容易遭人哄騙，或是以貌取人，覺得長得好的就是好人。

看來，兒子的智力教育得提上日程了。

景安帝打發了眾臣，一路抱著大陽回了偏殿，令諸皇子們各帶各家孩子回去休息。大皇子帶著永哥兒告退時，便是極力掩飾，奈何秦鳳儀正關注他，雖未看到大皇子低垂的眼睛是什麼神色，但那緊抿的唇角，可不像是高興的。

秦鳳儀也等著領自家兒子回去，景安帝卻發話了，「大陽要與朕沐浴，你也一起？」

秦鳳儀嘴角一撇，「大陽還是與我回家吧。」又問大陽：「你不是最喜歡爹的嗎？爹帶你回家，咱倆一起洗，好不好？」

大陽抱著景安帝的脖子，道：「晚上再跟爹一塊洗，我今天要跟祖父一起，洗完我倆還要一道吃飯呢！」大陽想了想，還勸他爹：「爹，咱們爺仨一起洗多好。」試圖把他爹留下。

大陽此話甚合景安帝心意。

秦鳳儀算是看出來了，拉下臉來說大陽：「好小子，你竟然叛變了！」

大陽一向是個用得著朝前，用不著朝後的貨，還試圖遊說他爹：「祖父的池子大。」

秦鳳儀直接被大陽給氣跑了。

大陽看他爹板著臉走了，有些擔心地同景安帝說：「怎麼辦，我爹生氣了。」

景安帝道：「你回去哄哄他就好了。」

大陽嘆氣，一本正經地道：「祖父，我爹就是太離不開我了。」

景安帝：⋯⋯

秦鳳儀一路氣回家，回家與妻子道：「妳說，養兒子有什麼用，還不如養條狗呢！」左掃右看，又問：「咱們閨女呢。」

「這是怎麼了？」李鏡道：「大美在叔祖母那邊。」

秦鳳儀把大陽叛變的事說了，說得直搖頭，「妳說說，我平日多疼那小子，一個大池子就叫人糊弄了。大池子有什麼稀罕，咱們南夷還有大海呢，池子能有海大？」

「小孩子好奇罷了。」李鏡道：「你也值當為這點小事生氣？」

「一點風骨都沒有。」秦鳳儀說兒子。

李鏡不愛聽這話，「你不是說你小時候還跟人家官宦子弟在一處玩，沒眼色地跟人家去泡溫湯，結果叫人家戲耍了，有沒有這事？」

夫妻多年，秦鳳儀還是個愛唧呱的，後果便是，在媳婦跟前簡直一點祕密都沒有。

「我也沒叫他們占著便宜，我把他們的衣袍都扔茅廁去了。」

「你那會兒不比大陽大多少，大陽就是像你。」李鏡道：「小小孩童，才三歲多，怎麼就扯到風骨上了？虧你這二十好幾的說得出口。叫你高興了，就好得不得了，叫你不高興了，就不如養條狗。你養條狗去吧，別跟我兒子玩了。」

「哎喲哎喲，我就隨口一說，看妳，還真惱了。」秦鳳儀也不敢再生氣了，連忙先哄媳婦，道：「主要是，我覺得我小時候不這樣。」

「自己看自己，都覺得好得不得了。」李鏡一眼就看穿了秦鳳儀，「我還不知道你，大陽平日裡要是說喜歡娘超過喜歡爹，你肯定事後威脅恐嚇外加收買大陽，是不是？」

「哪有這事，再沒有的！」秦鳳儀死不承認，「大陽本就跟我最好了！」

李鏡輕哼一聲，秦鳳儀忙轉移話題：「那啥，有吃的沒，我餓了。」

「就知道吃。」李鏡命人去小廚房將給丈夫留的飯菜端來，問他：「獻俘大典如何？」

「就是祭一祭太廟罷了，也沒什麼，只是有人心眼兒忒多。」秦鳳儀嘖嘖兩聲，李鏡細問其事，秦鳳儀便把分祭肉、乘御輦，還有大陽被景安帝抱下輦車的事說了。

秦鳳儀道：「陛下這人素來心眼兒多，大皇子前番說了那昏頭話，這回信州大勝獻俘，難免就把咱們抬了起來，只是，大皇子畢竟是他心愛的，雖則大皇子是馬尾巴串豆腐，實在提不起來，自然就要把目光放在永哥兒身上了。他一向會弄這些個霧裡看花的事兒，大陽才多大，哪裡知道陛下的心思。這獻俘太廟要穿禮服，這會兒都夏天了，雖是紗的衣裳，層數多了也熱。大陽圓潤，要是在咱們南夷，這會兒就要颳海風了，不會這般熱，京城正是熱的時候，大陽多半是一上御輦就把小靴子脫了，他那愛撒嬌的樣兒，必是叫陛下抱他下來。妳不曉得，大皇子見咱們大陽被陛下抱下來，臉都綠了。」

不得不說，秦鳳儀絕對是親爹，竟然將大陽車上之行為推斷了個八九不離十。

話到最後，秦鳳儀想到大皇子臉色不快的模樣，幸災樂禍了一回，「就大皇子這心胸，不是我說，大陽跟永哥兒都是孩子，見這個就生氣，那以後他生氣的時候還多著呢！」

李鏡道：「你哪裡知道他的心思？自小在宮裡，皇子們便要事事以他為先的。他這樣的性子，從來都是排第一個，乍然叫人比下去，心中自然不高興。」

秦鳳儀哼一聲，放下筷子，接了媳婦遞過的茶漱口，道：「不走正道！陛下原就珍愛他，可我看他還不如閩王呢！」

「這話稀奇，閩王是陛下的伯父，大皇子與他差著兩輩。」

「妳不曉得，閩王當年為了建泉州港，一連三十天，每天寫賦給先帝，拍先帝馬屁，那泉州港建了十年，每年要花朝廷八十萬兩白銀。妳想想，這便是八百萬兩銀子啊！」秦鳳儀語重心長地道：「所以說，想要討好一人，無非是投其所好了。妳看大皇子那嘴臉，就是怕失愛於陛下罷了。他若是擔心這個，就當投陛下所好，陛下喜歡聽啥他說啥，陛下喜歡什麼樣的人，他便去做什麼樣的人，用得著看一個孩子眼氣嗎？」

李鏡道：「你說得容易，要是討好陛下這般簡單，那些各懷心思的官員早去討好了。」

「這有什麼難的？」秦鳳儀不贊同妻子的想法，「陛下看著高深，也愛弄些雲裡霧裡的手段，其實多看看就曉得，他這人還是極有抱負的人。妳看，先帝把江山都快葬送沒了，他是憋著心氣地收復山河，待這件大事做完，就開始整頓宗室，這不是很明白嗎？他是個做實事的人，什麼都沒有他的江山重要。不用他打個噴嚏你就要各種思量，得從大事的角度看，才能看出一個人的為人來。打個噴嚏放個屁什麼的，那不過是小節。」

秦鳳儀似乎天生有這種化繁為簡的本領，李鏡聽他這一番話，暗道，要是大皇子有你這本事，他還用看著大陽眼氣嗎？

秦鳳儀巴啦巴啦跟媳婦說了一通，又道：「我一直想去酈家走走，上午總是沒空閒，咱們就這會兒去吧。再耽擱下去，還不曉得要等到什麼時候。」

李鏡道：「沒提前送個帖子，這樣好嗎？」

「這可怎麼啦，又不是去看別個人，只是去瞧瞧酈老夫人罷了。當年我初到京城跟岳父提親，酈家可是幫了我大忙。」秦鳳儀這人，恩怨分明，酈家待他的那些好，他始終記得。

酈家沒料到鎮南王會親自上門，但也沒有把鎮南王晾門外的道理，連忙大開中門將人迎了進去。待酈老夫人得了信兒，帶著兒女、兒媳出迎時，秦鳳儀已進了二門。

秦鳳儀道：「您老出來做什麼，我又不是不認識路。」

酈老夫人笑道：「殿下親臨，如今已是失禮。」

「您老可別這樣，這樣就生疏了。」秦鳳儀隨手扶了酈老夫人一把，他素來有眼力，這也不過尋常，但他如今身分不同，落於人眼，自然不同。秦鳳儀道：「我早想帶著媳婦過來，可這來京，不是這事就是那事。按理應早上過來，可這左一天右一天的，再拖下去，就更不知哪一日了。今日有空，便今日過來了。」

酈老夫人道：「講什麼上午下午，咱們又不是外處，什麼時候得閒，只管過來就是。」

酈家乃公府之家，因秦鳳儀上門突然，且非休沐日，故而家裡成年男子都不在家，不是去衙門當差，便是去學裡念書。酈老夫人令人將兒子酈悠和孫子酈遠自衙門叫回來。

秦鳳儀道：「不必了不必了，我們什麼時候說話不成？他們又都在衙門當差，我就是過來看看您老人家，咱們可是好幾年沒見了。」

「是啊！」酈老夫人亦是感慨。

秦鳳儀跟一屋子女眷聊得熱絡，待晚上酈家男人們回家，分置酒席，大家一起吃過了酒水，秦鳳儀方帶著妻子告辭回去。

大陽已是先一步被內侍送了回來，這會兒兄妹倆都在愉王妃屋裡玩。見到爹娘回家，大陽很是歡喜，跑過去撲到他爹懷裡，舉著個胖手問他爹：「爹，你聞我香不香。」

秦鳳儀拍兒子屁股一記，「香！」

「祖父那裡的薔薇水。」大陽得意洋洋地顯擺道。

秦鳳儀惡狠狠地在心裡回肥兒子一句：香個屁！

大陽今日玩得很高興，非但參加了獻俘大典，雖然他不是很明白這是個什麼差使，但是覺得很榮幸，還跟祖父一起在大池子洗澡，又吃了晚飯，大陽覺得可歡喜了。

殊不知，他今日還是京城無數權貴心中的小焦點，不知多少人深夜無眠地分析著大陽被景安帝抱下御輦的舉動。

連平琳棒瘡尚未大好，都扶腰跟他爹說：「陛下頗愛鎮南王長子。」

平郡王一聽這話，險些再給這兒子一頓。

平郡王冷冷地道：「我有孫子十人，都是我的骨肉，怎麼，我愛哪個不愛哪個，是不是還要經過你們的同意？」

平琳見他爹又要發飆，當下不敢再多言。

平郡王真是快氣死了。還是被親兒子氣死的。

要不是平嵐剛剛回家，平郡王還得再給平琳來一頓棍棒，或者乾脆打死這個不肖子。平嵐攔著祖父，將祖父勸回房休息，平郡王道：「去書房說話。」

平郡王直嘆氣，「不曉得是不是前世不修，才修來這等不省心的孽障。」

平嵐道：「不如給四叔尋個外差？」

平郡王道：「在京城起碼有我看著，到了外頭，不曉得他會幹出什麼事來。」

平嵐是剛自北疆回來，親自倒了盞茶給祖父，勸慰道：「祖父暫且息怒，四叔如今在家養傷，何況……要我說，陛下正值盛年，不要說四叔存的那心，就是大殿下被陛下疏遠，怕也是因此心之過了。」

平郡王嘆道：「陛下不是這等心胸狹隘之人，皇子對大位有想頭，不是什麼了不得的事。身為皇子，哪個不想呢？想是正常的，陛下心裡有數，但不能發昏啊！」

重重一掌擊在太師椅的扶手上，平郡王又道：「只要是用心當差，陛下看得見，焉何要放著正路不走，偏要動些小人心思？你不曉得，這回他們犯了大忌諱。」

平郡王把大皇子說的易封地的餿主意說了。

平嵐面色一凜，「大殿下如何會動這樣的心思？」

「哼！」平郡王冷冷一哼，復道：「簡直混帳至極！」

平嵐便知四叔這頓打由何而來了。

平郡王道：「南夷那地界，向來為百官所棄，以往便是讓誰去南夷做官，人家都不願的。陛下將南夷封給鎮南王，這才三年，南夷已是大變樣，鎮南王生生建了一座新城，沒用朝廷一兩銀子，你想想，這是何等的才幹？如今連一向不願臣服的土人，都下山為鎮南王所用。桂信二州，素為山蠻所據，今鎮南王征信州，大勝而歸，活捉山蠻左親王，獻俘太廟，便有人沉不住氣，想給鎮南王換個封地，真是發的好個白日夢！」

至今說起來，平郡王猶是怒意不減，「南夷現在的攤子，不要說鎮南王肯不肯交，就是交出來，朝中誰人敢接，誰人能接？大殿下也是耳根子軟，如何就聽信這樣的饞言？你回來得晚了些，不知當時的針鋒相對。」

平嵐雖未見到，但想一想秦鳳儀與大皇子的性情，不由道：「大殿下從來都是眾星捧月地長大，鎮南王可也不是吃素的。」

「豈止不吃素啊？」平郡王道：「你與鎮南王向來交好，這番回京，不妨一見。」

平嵐苦笑，「他那張嘴，怕是沒什麼好話的。」

平郡王端起茶喝一口，讚道：「說來，鎮南王真是天縱英才啊！」

平嵐未料到祖父對秦鳳儀的評價如此之高，平郡王道：「別看鎮南王平日裡不拘小節，正經大事上卻一點也不含糊。他本是文官出身，此次征信州大勝，你知道是誰帶兵的嗎？」

平嵐眉心一動，「不會是鎮南王吧？」

「就是鳳殿下親自領兵的，也是他的計謀，方能在半月內大破信州。」因孫子剛回來，平郡王便將征信州的一些細節說了，不吝讚美道：「你想想，第一次帶兵的人，等閒不要說用計了，就是把兵帶過去，強攻城，能把城攻下來，這便是已有領兵之才了。此次信州之戰，不過半個月便奪了信州。這攻城不比守城，攻城難，守城易。還有個不開眼的文官說是信州容易打，故而鳳殿下打得快，你說說，何其無知？」

「鳳殿下的性子，不像是好武的。以往覺得他有些嬌慣，如何就親自領兵了？」

「這也簡單。」平郡王雖未至南夷，卻是成名老將，南夷戰事一猜便中七分，「南夷本地兵馬有限，鳳殿下的親衛兵也只有一萬。他收攏了不少土兵，征信州必然要用到土兵的，土人與朝廷兵馬不見得多融洽，自然要殿下親自領兵，主持大局。」

平嵐亦是極明敏之人，不禁道：「記得七八年前，他初來京城，為提親事，就頗不與常人同。如今他能不懼危難，親自領兵，此番大勝，南夷兵將歸心。」

平嵐在軍中，深知軍中事。不要以為你官職高，將士們便會服你的。軍中將士只會服一種人，並不是比他們官高之人，而是能征善戰之士。秦鳳儀親自領兵，得此大捷，自然軍中兵將咸服。此一舉，收盡南夷將士之心。

平郡王亦是感慨道：「這幾年，雖則鳳殿下遠去南夷，南夷的消息卻是不少。當年他就藩時，多少人以為他此去南夷，怕就此終老南夷。短短三年，已有獻土之功。陛下鮮少讚鎮南王，可誰有這樣的兒子能不高興呢？你瞧瞧你四叔，陛下不過是抱了鎮南王世子下御輦，他就像火燒了尾巴似的。」

平嵐道：「鎮南王大功還朝，陛下親近孫子也是人之常情。」

「他要是有你一半的明白，我能多活二十年。」平郡王道：「我就擔心，鎮南王會疑心咱們平家要謀南夷之功。」

平嵐已是明曉祖父之擔憂，大皇子出的這個昏招，顯然與他四叔脫不開干係，而南夷情勢，征信州之後，依秦鳳儀的性子，必然要再征桂州，徹底掌握南夷之地。大皇子要給秦鳳儀換封地，那麼接下來的桂州之戰要怎麼打，要誰接手？依四叔的眼光，怕是許下大皇子平家人平桂地之事的。

平嵐心中暗凜，四叔行事何等糊塗？平家在北面經營日久，已是烈火澆油、鮮花著錦之勢，為何還要謀南夷之地？且南夷之地已是鎮南王之禁臠，豈容他人覬覦？

平嵐暗自抱怨平琳糊塗，心裡思量片刻，卻是道：「鳳殿下一向聰明，極富眼光，應該不會誤會咱們家。不過，此事還是要與他解釋一二的。」

「就是這話。」

平嵐與秦鳳儀是有交情的，故而，秦鳳儀那裡，他倒不太擔憂，平嵐擔心的是景安帝會不會誤會平家。待平嵐說出心中憂慮，平郡王道：「陛下那裡，我已解釋過了。」

何況，當時大皇子此話一出，第一個反駁的不是秦鳳儀，而是平郡王，這便大大避免了平家的嫌疑。

平嵐行事一向俐落，既已決定向秦鳳儀解釋此事，自然不會拖沓。

秦鳳儀見著平嵐的帖子還有些吃驚來著，想著平嵐不是在北疆嗎？待見到平嵐才曉得他回京述職。秦鳳儀令廚下設酒招待平嵐，二人分賓主落座，秦鳳儀笑道：「這可真是巧，你要是再晚幾天回京，咱們就見不著了。」

平嵐與秦鳳儀已是三年多未見，今見秦鳳儀，不由令平嵐暗暗驚嘆。倒不是秦鳳儀換了模樣，俊美依舊是那般俊美，性子依舊是帶了些跳脫，但舉手投足間卻是多了種淡淡的威儀，平嵐明白這是久居上位才有的氣質。

平嵐讚了一句：「殿下越發有威儀了。」又道：「怎麼，這就要回南夷了嗎？」

秦鳳儀點頭，「這回過來就是獻俘，順道陛見，公務辦得差不多了。南夷那裡還有一攤事呢，京城不能多待。」

見秦鳳儀完全沒有多在京城停留之意，平嵐更覺大皇子心胸狹隘，目光短淺。倘大皇子如秦鳳儀這般將心思放到國事上，莫行那些個短淺手段，陛下焉何會惱怒至此呢？便是與大皇子有親緣關係，平嵐仍不掩對秦鳳儀的欣賞，一笑道：「我是回來才曉得信州大捷的，殿下真是文武全才，以文入武，打起仗來，比我們這樣的武將子弟更勝一籌。」

秦鳳儀素來愛聽好話，卻不是個因聽幾句好話便昏頭的人，秦鳳儀笑嘻嘻地道：「你可別奉承我，不瞞你說，我這也是大姑娘上轎頭一回。唉，這親自帶兵去打仗，跟在城牆上看著將士們出城迎戰，感覺可是完全不一樣啊！」

平嵐笑道：「自是不同的。」

秦鳳儀繼續道：「在城內時總是有些底氣的，待到攻城，可就不一樣了。」

「有什麼不一樣？守城為被動，攻城卻是主動。」平嵐想了想，又道：「不過，殿下第一次領兵，微臣說句不恰當的話，自然要大勝方能立威信。」

秦鳳儀嘻嘻一笑，伸手往平嵐肩上一捶，「還是阿嵐你知我。」

平嵐道：「殿下過獎了。」

這種事自然不難猜的。秦鳳儀身上的威儀感，不是平白而來的，這是由日復一日的發號施令，權握一方而來，更是由一場又一場的勝利累積而來。故而，秦鳳儀平靜、自信、威儀，而且越發的溫和了。

相對的，大皇子則是小心眼、狹隘，又急不可待。

平嵐心中一嘆，面上卻是不動聲色，轉而將話題轉到了自家四叔犯的蠢事上。

平嵐十分愧疚，「我知你是個明白人，祖父在家已是重懲了四叔，我在這裡，還得替家裡跟你賠個不是。」平嵐話未說完，秦鳳儀便是一陣笑，平嵐以為秦鳳儀是冷笑，結果秦鳳儀是真的暢快大笑。待笑了一陣，秦鳳儀方擺擺手道：「不必了，這事我已知道了。」

秦鳳儀笑道：「那天大皇子發昏，我就想到多半是你家裡人給他出的主意。可你家裡人多了，族人好幾千，我想著到底是誰呢？初時以為是你那位給大皇子做伴讀的堂弟，後來聽聞平琳受了杖責，我便曉得是他了。」

秦鳳儀說著又是一陣笑，拍拍平嵐的肩道：「真不必跟我道歉，快樂死我了。你四叔能辦出這事，我倒不奇怪，只是，倘是不明底理的，還得以為他是被我收買的奸細呢。我半點也沒生他的氣，你也知道，我與大皇子的關係不咋地，平琳叫大皇子犯了蠢，不就是替我報了仇嗎？哈哈哈，我謝他都來不及，哪裡會氣他呢？」

平嵐……平嵐不曉得要說什麼好了。

秦鳳儀卻是洞若觀火，問道：「定是老郡王叫你來的。」

平嵐坦然道：「瞞不過你。」

秦鳳儀道：「要不都說，財白兒女爭不得氣。依陛下之英明，竟然有大皇子這樣的兒子；依老郡王之精明，竟然有平琳這樣的兒子。他們翁婿，有異曲同工之妙啊！」

話到最後，秦鳳儀又笑話了此四人一回。

平嵐嘆，「祖父惱極了四叔，只是他若親自過來，未免叫小人多思量了。」

「他來幹什麼呀，我又與他無甚交情。」秦鳳儀道：「再者，這事一看也不是老郡王能幹得出來的。你家在北面帶兵，南邊的事不一定有我清楚。別說現在還是陛下做主，就是有朝一日大皇子繼位，他讓你家人去，你家人也最好尋思一二。老郡王怎麼瞧也不像發昏的人，這一看就是平琳自己的主意。」

平嵐忽略秦鳳儀話中的「有朝一日大皇子繼位」，道：「殿下英明啊！」

秦鳳儀笑，「你少拍我馬屁，你要是不來，這事兒便如此罷了。你既是來了，就得說說，怎麼補償我？」

平嵐瞠目結舌，他頭一回見著這樣直接要補償的。平嵐想著，莫不是秦鳳儀相中自家什麼東西了，平嵐道：「殿下想要什麼，只要是平家能辦到的，自無二話。」

秦鳳儀顯然是早就想好的，他道：「聽說老郡王在寫兵書，就拿這個補償我吧。」

平嵐立刻應下：「殿下不棄，我明日便送來給殿下。」

秦鳳儀未想到平嵐這樣乾脆，還有些懷疑地用小眼神瞅著平嵐，「可不許藏私啊！」

平嵐笑，「藏什麼私啊？書寫了本就是給人看的，殿下又不是外人。」

秦鳳儀見平嵐應得爽快，高興地道：「要世上都是阿嵐你這樣的，該有多好。」

平嵐謙道：「我較殿下，天壤之差，雲泥之別。」

「我才不跟泥做朋友呢！」秦鳳儀一向坦白直接，「咱們能說到一處，是因為咱們都是聰明人，都不會犯蠢。」

因為平嵐答應把平郡王寫的兵書送給秦鳳儀，秦鳳儀甚是喜悅，在家招待平嵐，兩人吃酒直至夜深，秦鳳儀吃到七分醉，平嵐喝的也不少，此方告辭離去。

秦鳳儀回屋還不忘跟媳婦通報這個好消息，李鏡幫他擦了臉，再叫他漱口，換了衣裳，身上的酒氣總算散了些，才問他：「如何想到兵書上去了？」

「咱們南夷以後打仗的時候不少，馮將軍等人亦有良將之才，只是礙於出身，書念的也有點少。再者，我以後要帶兵，也得多看幾本兵書啊！」秦鳳儀話未說完，便打了個哈欠，摟著媳婦睡著了。

至於平嵐，回府時祖父歇下了，是第二日與祖父說的這事。

平郡王長嘆一聲，「明白人做事，沒一樣不令人熨貼的。」便親自命平嵐將自己這些年的作戰心得送去給秦鳳儀。

秦鳳儀收到平嵐送來的兵書，然後回了一份棒瘡藥，讓平嵐帶回去給平琳。秦鳳儀還極是大方道：「雖則我覺得有些笨人教也教不明白，不過，阿嵐你對我這樣好，這個就給平琳帶回去吧，就說是我嘲笑他的，讓他知恥而後勇唄。」

平嵐心說，秦鳳儀還有一樣好處，就是完全不說謊。這藥他帶回家，肯定四叔得認為是秦鳳儀在嘲笑他啊！

平嵐道：「要是四叔能就此明白過來，便是他的造化。」

平嵐在北疆忙不過來，他家裡四個叔叔，二叔、三叔亦是在軍前效力，小叔雖是只任閒職，卻是癡迷書畫，不問俗務，更不會給家裡添亂。唯獨四叔，倒是很用心做官，只是這官做得，平嵐真恨不得他四叔別這般用心了。

秦鳳儀還跟平嵐打聽了不少打仗的經驗，說是待回了南夷要學以致用，若是有用，以後請功也有平嵐一份，讓平嵐聽了哭笑不得。

秦鳳儀跟平家要兵書之事，連景安帝都聽說了。

景安帝還問秦鳳儀：「平郡王這兵書寫得如何？」

秦鳳儀道：「只看了兩頁，瞧著還成。」

景安帝道：「你素來是個大方的，這是平郡王多年的戰事心血，別什麼人都給看。值得看的，再給他們看無妨。」

秦鳳儀道：「您就放一千個心吧，看孫子兵法的人多了，也沒哪個成兵聖的。四五六大家都讀過，不也三年才三百進士？書是好書，經是好經，也得看什麼人讀，哪個和尚來念。」

景安帝停了手中的朱砂筆，抬頭問秦鳳儀：「那個孔寧是什麼經啊？」

「孔寧？他家祖上不是被您發配到南夷的孔繁宣的後人嗎？」秦鳳儀道。

「孔繁宣的父親原是先帝榮慧太子的太子太傅，後來孔太傅於陝甘隕身，孔繁宣就投靠了逆王，是朕親自發配他們一家去南夷的。」景安帝道：「別什麼人都收攏，那個孔寧能為山蠻效力，便是寧彎勿折之人。他家這一支，自然是仇視朕的，你心裡要有數。」

秦鳳儀道：「剛打下信州時，因暫時要用個熟悉信州城的人，便留下了他。再看吧，他要是能放寬了他的心，自是他的福。若是還念舊怨，也是他自尋死路。」

景安帝見秦鳳儀說話間還算明白，便未再多言，又問道：「江西道巡撫說有自南夷流入的私鹽，是怎麼回事？」

秦鳳儀道：「江西與兩湖、徽地、浙地皆有相鄰，他那裡有私鹽流入，怎麼就說是我們南夷流進去的啊？這要是沒證據，就是汙衊。」

「江西巡撫敢這樣說，自然是有證據的。」景安帝盯著秦鳳儀，「你且收一收手。」

景安帝的音調並不太高，卻無形中有股威懾之意。

秦鳳儀不吃這套，一雙大鳳眼只管回瞪過去。

景安帝低聲道：「不然，就把漕運那些個苦力提幾個來京審一審如何？」

秦鳳儀翻個白眼，知道必是有把柄叫景安帝抓住了。他心思靈活，轉念便有了主意，拉著椅子到御案前，說道：「戶部剛打劫我一筆銀子，我這日子本就難了，要不，咱們就像織造局那般三七分，保准不少你半分銀子，如何？」

景安帝嗤笑，「這麼點銀子，就敢與整個鹽課體系論輕重？你前番說大皇子發昏，我看你這昏發的也不少啊！」

秦鳳儀吃到了私鹽這口肥肉，委實不想鬆口，但看景安帝這嘴臉，他要是不鬆口，怕是景安帝會翻臉。南夷剛有個樣兒，秦鳳儀不想現下與景安帝鬧翻，他咬著指尖，抖著腿思量片刻，忽地一笑，「好吧好吧，看你這小氣樣兒，算了，我原也是想著江西不是什麼富裕地界，鹽那麼貴，百姓哪裡吃得起，才替他操了操心。」

景安帝聽這無恥話，險些要吐了。

秦鳳儀卻是說得無比自然：「看他還上京告御狀，那就算了。」

秦鳳儀應得實在爽快了些，景安帝不大敢信了，「真收手？」

「你不讓我往江西走，我便不去勞民傷財了，划不來。」秦鳳儀左手靈活地在御案上敲擊幾下，十分痛快地應承下來。

景安帝狐疑地看著秦鳳儀，想著這小子可不是能把到嘴的肉再吐出來的性子。不過，秦鳳儀向來是說一不二的，景安帝略一思量便道：「你不會是想把鹽往海上走吧？」

「哎喲，我的天，海上的人能缺鹽嗎？再沒鹽，舀兩瓢海水煮一煮也能煮出鹽來。」秦鳳儀鄙視了景安帝一回，「這要不是親耳聽到，我都不能信這是陛下想出來的餿主意。」

景安帝亦是絕頂聰明之人，輕聲道：「交趾？」

「不對不對！」秦鳳儀是死都不會認的。

景安帝說：「你是不是傻啊？鹽可是戰略物資，你低價往交趾去賣？」

「誰傻還不一定呢！」秦鳳儀不服道：「你剛剛不是還說，私鹽那點小利不能與整個鹽課體系來比？從交趾走，難不成賣給交趾朝廷？這得多沒腦子的人啊！賣自然是賣給交趾的私鹽販子，叫他們的鹽亂一亂總沒事吧？」

景安帝伸出一個巴掌，「五五分。」

秦鳳儀眼珠子險些掉出來，「頂多三成。你想想看，交趾也是臨海小國，他們那裡的鹽多半不會太貴。」

「煮鹽成本太高，而且，海鹽多雜質，不然，你以為人人都是傻的，就不曉得海水是鹹的嗎？」景安帝對鹽上頭的事也是門兒清。

秦鳳儀道：「來，咱們算算這個帳。信桂二州被山蠻占據了幾百年，你知道那個路是什麼樣的嗎？說是路都委屈路。還有，各水脈就沒個像樣的碼頭。就是州府，戰事之後，需要修整的地方豈是一樣兩樣？要不，我就去學學鄰居老閩，私下收些黑錢，叫你市舶司只剩些西北風？別以為你跟程尚書商量著拿我威脅閩王的事我不曉得，閩王得了銀子是進自己的腰包，我得了銀子還不是用在修橋鋪路上？像南夷，忽悠些商賈叫他們投錢可以，因為南夷州人口還算可以，生意起來後，商賈們投的銀子能收回來，可桂信二地就是收回來，漢人能有幾個呢？短時間內得以投降的山蠻為主了。這兩地想繁榮起來，一時半會兒怕是不易。要建設這兩地，商賈們的錢便不好弄了，那些商賈們個頂個黏上毛兒比猴兒還精，可是，路不修，人更不來了。我就得先投入，待桂信二地有些樣子了，人口多了，生意起來了，將來再收起商稅來，一樣能給朝廷進銀子不是？你可不能照著老實人欺負啊！」

「罷了罷了，看你說得這麼可憐，三成便三成吧。」景安帝也不會把秦鳳儀逼得太緊。

秦鳳儀又說：「開始可能進項不是很多，你有些心理準備，別以為我給你弄假帳什麼的，畢竟我這裡得留足了自己百姓吃的鹽，有餘下的才能往外銷。」

「你看著辦吧，你的信譽，朕還是信得過的。」景安帝道。

秦鳳儀「嘖」了一聲，根本不信這鬼話，想著景安帝竟然知道自己用漕幫販私鹽之事，定不知在南夷安插了多少探子。

秦鳳儀簡直不想在景安帝這裡多待，便說了回南夷之事。

景安帝還怪不捨的，問道：「不再多留兩天了？」

秦鳳儀道：「我剛打下信州就來朝，心裡其實不大放心，這獻俘也獻好了，就回吧。還有交趾互市之事得開始安排，再者，信州雖平了，也只是一座州城，信州所屬各縣鄉，仍有在山蠻手中的。另有征桂地之事，我得開始籌畫了。」

景安帝似是感嘆，「難得回來一趟……」

秦鳳儀真受不了景安帝這故作深情的模樣，嘖嘖兩聲，景安帝果然立刻改口：「朕倒不是捨不得你，實在是大陽招人喜歡。」

秦鳳儀立刻得意起來，「招人喜歡又如何，那可是我兒子啊！」

景安帝似笑非笑地看秦鳳儀一眼，「我兒子也招人喜歡。」

秦鳳儀把景安帝慣用的茶盅砸了，轉身走人。

景安帝挑挑眉，令內侍收拾乾淨，竟是什麼都沒說。

馬公公咋舌，想著鎮南王怕是第一個敢在陛下跟前摔茶盞還完好無損的人了。

肆之章 ● 籠絡人才行大道

秦鳳儀雖則要走，但走之前，各路親戚那裡還是要辭上一辭的，尤其是岳家，現在他已經跟岳父大人和好了，秦鳳儀拉著岳父大人的手道：「我最捨不得的就是岳父啊！」

景川侯拍拍女婿的手，就聽大陽在一旁奶聲奶氣學著他爹的話：「捨不得，岳父啊！」

景川侯唇角抽了抽，「大陽，你得叫我外公。」

大陽點點頭，上前學他爹的樣子，也去拉他的手，還搖了搖，「捨不得，外公啊！」

景川侯望著一大一小兩張酷似的面容，想到大陽如今還是個小文盲，半字不識，半點詩書未讀，就很為外孫的將來發愁。景川侯罕見地把大陽抱到腿上說話，秦鳳儀直勾勾地盯著他岳父，實在是想像不出他岳父竟然還有如此溫情的一面。

秦鳳儀心說，我的天，王母娘娘冷面神，竟然還會抱小孩兒？

景川侯見秦鳳儀盯著他膝頭看，以為秦鳳儀犯什麼病，打趣道：「要不要來坐一坐？」

秦鳳儀的臉皮厚度在今日創了紀錄，他兩步過去，就要坐下去。景川侯實在受不了，隨手給他屁股一下。秦鳳儀笑著跳開，逗得人一樂。

大陽也跟著咯咯笑，秦鳳儀道：「你笑個屁啊！」

大陽道：「笑爹你挨揍了唄！」

秦鳳儀屈指敲大陽的大頭一記，大陽自己揉啊揉的，不滿地道：「不准敲腦門兒！」

李鏡不得不道：「好好地坐下說話。」

現在坐也是坐了個亂七八糟，按理，該是秦鳳儀與李鏡抱著大陽坐上首的，如今是李鏡與李老夫人坐榻上，秦鳳儀坐他岳父上首，他岳父抱著大陽，而後一家子再按次序坐。

秦鳳儀道：「小舅子們跟我們去南夷玩一圈吧，你們很少離開京城，上遭出遠門還是到揚州。我們南夷六月的佳荔節熱鬧得不得了，那什麼，駱掌院家裡的小師弟、盧老頭兒家的孫子，還有酈家的一個孫子，都說要去參加佳荔節，你倆年紀又不大，一塊去熱鬧熱鬧。」

大陽點頭，「嗯，特有意思！」

李欽和李鋒還真有些個心動。

李欽道：「在家倒也沒什麼事。」

李鋒道：「我學裡的課業也不忙。」

景川侯一笑，「想去就去。」

二人連忙謝過父親。

三姑娘李玉如也想跟著哥哥們同去，只是她近來在議親事，就有些猶豫，李鏡道：「三妹妹若無事，也一道去吧。也就成親前能出門走走，成親後就得看婆家的意思了。」

景川侯夫人問：「什麼時候能回來呢？」

李鏡道：「佳荔節在六月，七八月押送秋糧，可隨押送秋糧的車船回京城。」

景川侯夫人與李老夫人商量：「這也耽擱不了多少功夫。」

李老夫人笑，「三丫頭也一起去吧。」

李玉如很是高興。

大家在李老夫人這裡敘些離別之語，過了一會兒，景川侯便叫秦鳳儀去書房說話。景川侯主要是安慰女婿幾句：「對於大殿下提的換封地之事，你不必理會，於桂地之事，更不要踟躕不前，行些個婦人心思。」

「岳父，您這話，我媳婦定是不愛聽的。」

「我是說你，又沒說你媳婦。」景川侯道：「南夷這些年，一直為土人、山蠻之事困擾，今土人歸順，待你靖平山蠻，整個南夷方是你的封地。這是自小處說，自大處講，因著南夷和雲貴皆是百越之地，朝廷鞭長莫及，這些地方更需要教化。在南夷練一支強兵，一則有利你治理藩地，二則內可震懾雲貴兩地土司，外有益於與交趾、暹羅、天竺等小國來往。」

秦鳳儀想著，他岳父是那人心腹中的心腹，看來這是那人的意思了，又暗暗心道，那人瞧著跟平家有翁婿之親，怕是平家在北面手握重兵，那人也不見得多安心，故而他岳父直接就說練一支強兵……秦鳳儀原也是這樣的打算，依他的性子，既是就藩一方，再不能為人所掣肘的。既然岳父也這樣說，秦鳳儀便道：「我在兵部看了輿圖，雲貴兩地，地方不小，焉何現下還是土司主政？」

景川侯道：「這兩地雖是地方不小，所居人口卻是以當地土人居多，他們多是不通漢文化的。當年前朝在位時，他們便歸順前朝，後來我朝太祖立國，他們便歸順了我朝。其土司倒也識些禮儀，比山蠻要強些。」

翁婿先說了一回朝中政務，之後下了兩盤棋，待到午飯齊備，便一道去用午飯。景川侯把珍藏多年的好酒拿出來，於是，秦鳳儀一下子就喝多了，然後抱著他岳父說了不少的心裡話，什麼覺得岳父「小心眼兒」、「不大度」、「不與他好」之類的，嘟嘟囔囔抱怨許多，景川侯很懷疑秦鳳儀是故意藉酒裝醉來指責他。李欽和李鋒卻是被大姊夫肉麻得不輕，覺得大姊夫這都做藩王了，怎麼還這般愛撒嬌啊？

真的，景川侯府兄弟姊妹加起來有六個，都沒有秦鳳儀這樣愛撒嬌。

秦鳳儀這說回南夷，一時半刻走不了，親友這裡辭一辭，另則宗學那裡，愉親王還給他安排了一次演講，這明擺著就是想替秦鳳儀收買人心。大皇子很聰明地把幾位年長的皇子都叫上了，名義上也是鼓勵宗學的學子們，實際上是斷不肯讓秦鳳儀專美於前的。

秦鳳儀根本沒大皇子想的那麼多，愉親王早便跟他提過去宗學看看的事，秦鳳儀自來京沒一日得閒，方耽擱到現在。不過，大皇子直接把別個皇子張羅來，秦鳳儀又不傻，不必思量都看出大皇子的用意來。

秦鳳儀還與妻子道：「妳說，大皇子是個什麼意思？」

李鏡笑，「我不信你看不出來。」

「他呀，就是個慣愛出風頭的，也出慣風頭了。別人略要壓下他一星半點，他便心中不痛快呢！」秦鳳儀心如明鏡一般，卻不再多言大皇子之事。他馬上就要回南夷，仍是有不少人上門。有些人，秦鳳儀令趙長史幫著接待，有些舊交，卻是要秦鳳儀親自出面，而且，秦鳳儀發現，相較於先時南夷用人的窘境，這回竟是有不少人家想送子弟到他身邊來。

這回來的，就是個必要親見的人。

此乃桓國公府的桓世子，與桓世子一道過來的是其三子桓衡，也就是秦鳳儀的連襟，娶了李鏡的二妹李玉潔，婚後還鬧出桃色新聞的那位。當然，現下桓衡已是一副好人模樣了，與媳婦長子都生了。

桓世子是想讓三兒子跟著秦鳳儀去南夷謀個職司，桓世子說得客氣：「叫他跟著殿下跑跑腿，也好長長見識。」

秦鳳儀道：「我那裡正是用人之時，衡弟肯去，我高興還來不及，只是咱們不是外人，醜話得說前頭，我那裡百廢待興，何況，南夷是什麼地界，想來您也打聽過。我的鳳凰城六月有佳荔節，不謙虛地說，現在鳳凰城雖還差揚州一些，但也差不了太多。不過，用人的地方可是苦地方。那鄉下地方，我頭一回去還挨螞蝗咬，衡弟可受得？」

桓衡跟他爹過來，自是做好準備的，「殿下都可去，我更不能懼辛怕苦。」

秦鳳儀看向桓世子，桓世子正色道：「倘殿下礙於親戚關係便給他安排些清貴職司，我便不來求殿下了。阿衡這樣的年紀，正需要歷練，殿下且瞧著，只要是他能做的差事，不論大小，不論艱難，只管叫他做去。咱們既是親戚，他更當給殿下做臉。」

秦鳳儀笑，「既如此，我可就不客氣了。」

「您可千萬別客氣。」桓世子道：「我想著，屆時就叫他媳婦隨他一塊去。」

「這樣好，夫妻總歸是要在一處的。」秦鳳儀道：「正好，小舅子們和三妹妹也要與我們同去的，這回他們兄弟姊妹在南夷就齊全了。」

桓世子笑道：「這可好，我聽聞這次不少人要隨殿下一道去參加佳荔節。」

「是，再有兩個月便是六月了，他們隨我去，我總能看顧一二。待得佳荔節後，七八月間便要押解秋糧，他們可隨車船回京。」秦鳳儀點頭道。

把桓衡去南夷的事情定下來，略說幾句閒章，因著秦鳳儀馬上要回南夷，必是忙的，桓家父子未曾多留，便起身告辭，秦鳳儀親自送至大門。

秦鳳儀回頭與媳婦道：「差使什麼的，咱們南夷有的是。阿衡這樣，不怕別個，可得叫二小姨子看好了他。要是在咱們的地盤上，二妹夫出什麼不雅的事可不好。」

李鏡道：「這個不必你擔心，我自會同二妹妹說。」

秦鳳儀點頭。

接下來，襄永侯府及酈國公府都有子弟想謀個實缺，秦鳳儀有些受寵若驚了，晚上與妻子道：「我這還沒去宗學講演，怎麼這些個豪門就來真的了啊？」

李鏡覺得好笑，「你這就是當局者迷了，你便是去宗學講演，與京城豪門又有何相干呢？他們送人過來，無非就是先在咱們這裡下上一注罷了。」

秦鳳儀挑眉，「我這都是藩王了，虧得他們還敢下注。」

李鏡道：「京城豪門，哪家不是族人上千上萬，就是直系子弟，各家總有三五個兒子，十來個孫子的。待到重孫輩，更不知凡幾，別必提旁支了。他們到了南夷，起碼都是實缺，只要肯幹能幹，以後也不愁前程。若是都留在京城，也不是各家子弟都能安排到好差使，與其在京城弄個虛銜，還不如去南夷搏一搏。咱們那裡，別個不說，以後戰事就少不了，正是用人的時候。你不必將他們太放在心上，得用便用，不得用再打發回京。」

秦鳳儀大半日就是接待來客了，待第二天穿戴整齊，便與愉親王去了宗學。

秦鳳儀抵達的時候，大皇子幾人亦是到了的，六皇子還帶著有些懵懂的七皇子，連閩王聽聞風聲，也帶著世子來了。另則便是一些主動過來的宗室與宗學的先生們，這些人多是翰林院的翰林，秦鳳儀是翰林出身，多是相熟的。有幾個面生的，一打聽，卻是後來幾屆的翰林。倘自春闈科考論先生，還得對秦鳳儀叫一聲前輩。

大皇子既是到了，秦鳳儀自然是請大皇子為先的。

大皇子謙虛道：「我們今日是來湊個熱鬧，鎮南王與他們說一說吧。」

秦鳳儀道：「還是殿下先請，您可是皇長子。」

愉親王與閩王也道：「該以大殿下為先。」

大皇子先謙讓了閩王和愉王二位長輩一番，這才當仁不讓了。

秦鳳儀與其他幾位皇子坐在一旁，宗室及宗學的先生們各有座位，大家一起聽大皇子跟宗學的小學生們講些忠君愛國的章程。秦鳳儀心說，大皇子這話，還真是換湯不換藥。三年前宗學開張時，說的就是這些陳腔濫調，如今再聽一遍，記憶更深了。

秦鳳儀發現，這不失為洗腦大法啊！

大皇子大概想別苗頭，講的頗是不短，足講了半個時辰。這會兒已進夏日，眼瞅著太陽升起來，秦鳳儀暗道，幸虧有個大禮堂，不然他就不用講了，曬也曬死了。

待大皇子講完，秦鳳儀見小學生們都要睡著了，他方起身上去。

秦鳳儀笑咪咪地道：「三年內剛進學的學生，應該不認識我。在宗學念書三年以上的，咱們可是好久不見了呀！」當即就有人笑出聲來，底下的小學生們還交頭接耳說起話來，有些膽大的便說：「我們聽說大執事你打了勝仗，都為你高興來著。」

秦鳳儀哈哈一笑，「以前你們沒少背地裡罵我，如今看來，咱們還是有些情分的。」

這年頭，做先生的，身居上位的，哪有秦鳳儀這般愛說說笑笑的？宗室子弟不同於寒門子弟，他們算起來都是太祖皇帝之後，故而，哪怕如今各家爵位不同，在這宗學亦是有幾分傲氣的。秦鳳儀一說一笑，小學生們也便不綳著了，氣氛頓時活潑不少。

秦鳳儀繼續道：「我就藩前，在宗學上所用的心血最多，故而這次回京陛見，就想見一見你們，再來宗學看看。愉爺爺說，讓我跟你們講一講話，我想著要講什麼呢？剛大皇子一講，我一聽，呵，他把我想說的都說完了，我就更不曉得說什麼了。」逗得小學生們一陣笑。

秦鳳儀道：「我在外面這幾年，經了一些事，也見到了一些人，有些感悟，正好我這年紀比你們長幾歲，這便與你們說道說道吧。」

「我就藩的地方在南夷，要是年紀小的，怕是都不曉得這是在哪裡。我告訴你們，那是比閻王的封地更要往南的地方。就藩前，京城裡有人說，南夷啊，那是個連瓷器都沒有的地方，人們吃喝用的都是土碗陶罐。待我去了，發現瓷器還是有的，就是略粗糙些罷了，吃穿用度也是不愁的。最愁人的是，本王的封地號稱全國最大封地，結果，本王一去，只能做一半的主，另一半還被山蠻占著呢！」

秦鳳儀說得風趣，小學生們更是哄堂大笑。

見小學生們笑得歡，秦鳳儀話鋒一轉，「這便是此次本王回京獻俘的緣由了。」

給這些小學生們能講什麼呢？

講大皇子說的那些個大道理？可那些大道理孩子們哪裡聽得少了，秦鳳儀便給大家講了講信州之戰，講了講國泰民安之外，還有戰火硝煙之地。

秦鳳儀口齒伶俐，把一樁戰事說得引人入勝。

待講過信州之戰，秦鳳儀方道：「以往我總是想，大丈夫當建功立業，可這幾年我在南夷因屢有戰事，我這想頭與往時也不一樣了。我等在外征戰，為的是什麼呢？為的就是讓你們過上安穩的日子。昔日我為宗學大執事，盼著你們以後能有一番作為，能有大出息，現下見到你們，卻是想說，在這太平歲月間，你們可以讀書，成為一方名士，亦可以習武，保家衛國，也可以沉浸於琴棋書畫，成為一代才子。就是什麼都不想做，只想做紈絝，也希望你們成為紈絝中的翹楚，莫要給紈絝丟臉才是。我在外面征戰，就是為了讓你們能在這太平時光中恣意成長。」

秦鳳儀最後說的頗是煽情，他的講演很短，也就一炷香的時間，卻是聽得小學生們無比嚮往，聽得小學生們頗是感動。主要是，秦鳳儀這等容易兒女情長的，委實稀罕。

秦鳳儀最後道：「咱們這麼久沒見了，光我一個人說也沒意思，你們有什麼想知道的，只管問來便是。」

孩子們好奇的就是信州戰事，還有一些南夷的傳說，如佳荔節什麼的。另則亦有人打聽景雲凡、景雲睿等投奔到南夷去的幾人之事。

秦鳳儀道：「雲凡在學裡時成績是拔尖的，現下勉強可做個文職，今次征信州，他在後勤幫著調運糧草。先時他無品級，信州大勝，他可得七品職。雲睿念書不大成，不過，他武功湊合，此次征信州，斬首五人，可得百戶銜。」

景雲凡任文職還罷，大家聽說景雲睿斬首五人，驚訝得不得了，紛紛讚嘆起來。

秦鳳儀將手壓了一壓，底下聲音便小了些。

秦鳳儀道：「我還沒說完。他們頭一年去，先幹了一年巡街，白天巡街，晚上還有課業要學。為什麼這次只有他二人得了實職，因為他們四人之中，獨他二人完成了我交代的課業。別以為景雲睿斬首五人，威武得不得了，他身中兩刀，現在還養著傷呢。他娘知道他受傷的事，眼睛哭得像爛桃兒。如果他的武功能再好些，何止斬首五人？所以，你們以後想征戰沙場的，武功必要操練起來，不然一到戰場，刀槍無眼，自個兒壯烈了，旁人也沒法。」

秦鳳儀過來隨便講演了一回，半句沒提讓小學生們上進之事，結果，據說現在整個宗學向學之風昂揚得不得了。

讓秦鳳儀更意外的是，除了一些豪門要往他這裡塞人，有些宗室都準備大包小包跟他一道去南夷了。秦鳳儀原還以為自己魅力大至於此，後來方曉得，人家是另有理由。

諸多宗室請求與他同去南夷，想去的人數雖不少，但相對於整個宗室的龐大數目而言，也不算什麼，只是這也忒邪性了。宗室們要是想去富庶之地為官，想在朝中謀個好缺，秦鳳儀是能理解的，但是去南夷……秦鳳儀當然覺得自己的封地很好，奈何現在大多數人還是對南夷有偏見，不然秦鳳儀也不必這樣抓住時機便大肆宣傳南夷了。否則，你看蘇杭之地，誰還特意來宣傳啊，人家都知道是好地方。

秦鳳儀為了宣傳他的南夷，都很想改一改宣傳詞，譬如，人們以往都說：上有天堂，下有蘇杭。秦鳳儀就想給改成，上有天堂，下有鳳凰。

他倒是想改，就怕人家蘇杭不答應。

如今見許多宗室要跟他一道去南夷，秦鳳儀暗道，難不成我這宣傳得太成功，還是他們都被我的講演給驚呆住啦？

秦鳳儀向來很有自信，還有些臭美，可到底還未自信到昏頭，拿這事與趙長史商議時，趙長史道：「宗室裡除了諸藩王，許多人都沒有實職，他們是不是想去南夷謀個實缺？」

秦鳳儀道：「若咱們是蘇杭之地，這倒是有可能。咱們南夷到底還是貧窮的地方多，好地方少。鳳凰城、南夷城是好，可也沒有差事給他們幹啊！」

趙長史聽了這話，心先放下一半，他就擔心一旦宗室去了南夷，秦鳳儀為拉攏宗室，要予他們官職。不得不說，趙長史正經春闈進士出身，對於予宗室以實權之事，還是有些彆扭的。尤其是鳳凰和南夷二城，都是南夷的中樞所在，要是旁個地方，趙長史並不是個心胸窄的，但秦鳳儀身邊，趙長史不希望有太多宗室干涉。先不說這些宗室是否各懷心思，一旦宗室群體手握重權，這些個人還都是姓景的，趙長史少不得要多想。

見秦鳳儀根本沒有要重用宗室的意思，趙長史道：「自去歲佳荔節後，往咱們南夷去的人就漸漸多了。這些宗室之所以去，無非三個目的，一是去瞅瞅，二是為財，三是為功。」

秦鳳儀心思機敏，很快便明白趙長史的意思。

為功很好理解，今天下靖平，要說戰功，除了北面，就是南夷了。北面現下並無大的戰事，南夷接下來卻是有征桂地之戰，宗室想跟著去立些功勳並不稀罕。

為財的話，秦鳳儀笑道：「咱們與交趾互市尚未開始，他們這也忒早了些。」

趙長史哈哈一笑，「去歲咱們的鳳凰茶揚名後，多少人家心急火燎打發人去南夷買茶山。他們也不想想，咱們鳳凰茶的名聲都能傳到京城來，哪裡還有茶山等著他們來買？如今交趾互市在即，焉能不早些過去？」

秦鳳儀想了想，「他們去也好，信州等地正是缺少人口的時候。」

趙長史沒想到秦鳳儀竟要以宗室充盈信州人口，不由一樂。

秦鳳儀又問了趙長史，互市的事可在戶部打聽清楚了。

趙長史道：「各條例我都令人謄抄了一遍，我也細看過了。在戶部倒是遇到一位主事，姓薛，單名一個重字，頗是幹練。」

秦鳳儀問：「多大年紀了？」

「今年三十有三。」

「三十出頭便是戶部從五品主事，他出身哪家？」

「冀州薛家，說來家裡也算是官宦之家，不過，祖上未有人任高官，薛主事的父親是七品縣令上致仕的。此人是兩榜進士出身，頗是能幹，娶的是鄭相家的孫女。」趙長史要向秦鳳儀推薦，自然已將薛主事的身分來歷打聽清楚。

秦鳳儀道：「你是說，把他挖到南夷去？」

趙長史道：「互市之事，總要有個懂行的才好辦。這個薛主事，年富力強，為人精幹，臣看他不錯。」南夷條件還是比較艱苦的，但要新開榷場互市，更是從無到有，從頭建設，這便需要不僅是能幹之人，還要身子骨健壯的才成。

秦鳳儀道：「你有沒有問問他的意思？他現在可是有大好前程，鄭老頭兒把他留在朝中，又進了六部，明擺著是要把他往尚書之位栽培的。」

趙長史笑，「多少大臣，一輩子能做到侍郎位的都是鳳毛麟角，更何況尚書位？薛主事雖則精明強幹，但他如今三十三歲，至少還要再熬二十年。這二十年，若是想謀尚書進相位，只在京城熬資歷是不成的。觀內閣相輔之位，哪位相輔之臣是沒有外放過呢？」

「他的意思呢？」秦鳳儀想著，趙長史若無把握，應該不會向自己推薦此人。

趙長史搖頭，「薛主事是朝中之臣，臣焉能私下挖角？」

秦鳳儀以為趙長史是想讓自己親自去請薛重，便道：「那本王什麼時候問他一問，你的眼光，斷然不會錯的。」

趙長史繼續搖頭，「臣向殿下舉薦薛主事，舉薦得堂堂正正，殿下想要此人，與陛下說一聲便是，何須私下行事，倒落個結交外臣的名聲。」

對於有本事的人，秦鳳儀很有些折節下交、親自延請的好態度。他主政藩地，文武皆有作為，但這些政治上的細緻事兒，便不及趙長史了，由此亦可見趙長史之老練。

秦鳳儀想了想，道：「也罷，這麼些個宗室想隨咱們南下，本也要與陛下說一聲的，便順道問一問吧。」的確，景安帝那些個心眼兒，秦鳳儀是知道的，想著這人一貫城府深沉，與其私下挖牆角，不如直接開口要人。

趙長史笑道：「就是這般。殿下乃赤子之心，行事必要光明正大，不要做出任何令人猜忌之事。」趙長史為秦鳳儀效力，先時多少是因著柳王妃之故，後來一道去了南夷，而南夷有了今日之氣象，趙長史對秦鳳儀便有了更多的期冀，而且，趙長史期冀的是英明主君，而非妒賢嫉能、滿腹陰謀算計的君上。

秦鳳儀回屋後，與媳婦提了一句諸多宗室要隨行之事。

李鏡道：「雖則宗室改制了這好幾年，宗室在朝中的地位猶是不甚樂觀，想南下倒也沒什麼，隨他們去就是。只是，倘他們想謀實職，便要多留心了。自來正經科舉之官，與宗室是不大一樣的，再加上豪門子弟，人多了，形勢就複雜，可得調和好這三者之間的關係。」

秦鳳儀道：「南夷到底是咱們的封地，自是咱們說了算。放心吧，我心裡有數，如阿衡這樣的親戚，我都要掂量著用，何況是他們。」

秦鳳儀又與李鏡說了薛重之事，第二日，秦鳳儀一早便進宮了。

秦鳳儀沒有半句寒暄，開門見山就直述來意：「……老趙在戶部好幾天，瞧著他不錯，跟我說能挖就挖過來。我想著，既要與交趾互市，是得要個懂行的。他是鄭老頭兒的孫女婿，又是戶部主事，現在年紀亦輕，不過三十出頭，依他現在的位置，說不得他自己、他岳家對他的仕途都有所安排，也不曉得他願不願意。我瞧著他頗是不錯，要不，您幫我問問，他要願意，便隨我去南夷。」

「你這眼光不錯啊！」別看薛重官職不高，但他這樣的年紀，能任戶部的五品主事，景安帝自然是知曉此人的，「你既相中他，自己問就是。」

「現在不還是你的人嗎？你面子大些，我要是問，人家不樂意，我多沒面子啊！你開口一問，他就是不樂意，他多半也不敢拒絕。」秦鳳儀道。

景安帝哭笑不得，心中對於秦鳳儀沒直接去戶部挖人有些熨貼的。他固然喜愛秦鳳儀，但秦鳳儀現在是藩王，景安帝不希望他與朝臣來往過密。

景安帝問：「就看中這一個？」

「那倒不是，駱掌院啊，程尚書啊，我覺得都不錯，要不，您把他們也派給我？」

景安帝笑斥：「你好大的口氣！」

景安帝又道：「宗室那裡，究竟是哪些人要隨你南下，你問明白了，再與愉王報備。」

秦鳳儀道：「想去的人不少，不過，我估計他們養尊處優慣了，留下來的怕是有限。到了南夷，每個人都要辦身分文書，屆時我再打發人送來吧。」

景安帝頷首，秦鳳儀又道：「大公主的爵位、張大哥的駙馬爵位，您到底什麼下旨？」

景安帝道：「沒見過這樣直接要的。」

「我可不是那些虛頭巴腦的傢伙，就是看在阿泰這些天叫您外公的面子上，您也該痛快一些，怎麼倒磨咕起來？」秦鳳儀道。

「行了行了，朕明日賜宴，令張盛同往便是。」

「依什麼身分？」

景安帝只得道：「今天就復他們爵位，行了吧？」

秦鳳儀還說景安帝：「真是得了便宜還賣乖。」

「放肆。」景安帝笑，「朕越好性，你倒越發無禮了。」

秦鳳儀不願與景安帝說笑，既已是無事，便要起身告退。

景安帝道：「等一等，你不是想要薛主事去南夷嗎？」當下令人宣了薛重來見。

薛重不曉得是什麼事，結果，景安帝劈頭第一句便是：「鎮南王喜你才幹，想讓你去南夷主持與交趾互市之事，你可願意？」

薛重驚得抬頭看了這父子二人一眼，這……這事沒人跟他說過半句啊！

景安帝見薛重神色，便知秦鳳儀的話不假，可見薛重是不知的。見薛重不說話，景安帝倒是很有耐心。薛重回過神來，連忙道：「臣……臣聽陛下的，只是臣手裡的差事……」

景安帝道：「朕與程尚書商議。」

薛重還能說什麼呢，倒是秦鳳儀說了一句：「你這就回家收拾一下行李，大後天與本王一道往南夷去吧。」

薛重退下時，心裡跟揣了七八十隻兔子似的，思緒混亂。他當然是對鎮南王一系有好感了，尤其是聽聞大皇子說了給鎮南王易封地一事後，薛重便覺得，大皇子雖據嫡長之位，才幹委實尋常。相對的，鎮南王就藩三年，南夷便大有改變，今又有征信州之功。

薛重與秦鳳儀根本不認識，不過，薛重這樣的年紀，說聲青年得志亦不為過。後來，趙長史過來打聽北疆榷場之事，薛重因趙長史為鎮南王心腹，薛重本身對鎮南王又有好感，故而對趙長史幾人頗為照應，對於榷場之事更是有問必答，結果，就被趙長史給看上了。

薛重實在未料到，鎮南王直接要他到南夷外任。

一時間，薛重說不出心裡是個什麼滋味。

雖則秦鳳儀讓薛重回家收拾行李，薛重依舊是回了戶部，他固然要外放南夷，但手裡的差事必然要有個交接的。眼下，薛重便要先整理一番，準備交接才是。

秦鳳儀把人要到手，心裡很是高興，還多與景安帝說了一句：「這薛主事長得不錯啊！」因他自身貌美，對於別人的相貌也是比較看重的。

景安帝道：「做君上的，要先看才貌，後論容貌。」

秦鳳儀心說，當初你還不是看我生得俊才點我做探花？想到當年與景安帝之事，秦鳳儀有幾分膩味，遂不再多言，告退出宮。景安帝不忘說：「明兒把大陽送到宮裡來。」

秦鳳儀裝聾作啞地三兩步走遠了。

景安帝感嘆，「真是用得著朝前，用不著朝後啊！」

馬公公幫皇帝換了一盞新茶，笑道：「誰還沒個彆扭脾氣，待明日小世子進宮，陛下一見小世子，還有什麼不歡喜的呢？」

景安帝不必見著大陽，只要一想到大陽，便不禁露出笑意來，「大陽這孩子，委實叫人喜歡。」景安帝喜歡的還不僅是大陽的性情，而是見著大陽的天真活潑，便知秦鳳儀的心胸，終是不肯讓父子之間的隔閡影響大陽的成長。景安帝偶爾看著大陽也忍不住多想，秦鳳儀小時候是不是也這般漂亮討喜、天真可愛。

秦鳳儀回家抱怨：「總是要看咱們大陽，咱們大陽是免費給人看的嗎？」

李鏡好笑，「怎麼，不免費，你還要收錢怎地？」

景安帝與秦鳳儀之間的疙瘩自不消說，薛重卻是經歷了人生中一次大的轉折。

因馬上要外放，薛重傍晚帶著妻子回了一趟岳家。鄭老尚書聽著孫女婿說皇上著他外任南夷之事，亦是驚詫，挑眉問：「你以前與鎮南王相識？」

薛重道：「我認得鎮南王，乃因他是朝中名人，可鎮南王不認得我啊！」

「那怎麼突然點你去南夷主持交趾互市之事？」鄭老尚書靈光一閃，又問：「你與趙長史相處得不錯？」

薛重道：「我正分管北疆榷場商稅，趙長史去戶部請教榷場之事，我所言所行，從未有過他意。」當然，他對趙長史一行也的確比周全更周全了些。

鄭老尚書想了想，「應是趙長史向鳳殿下舉薦你的。」又問孫女婿：「你怎麼看？」

薛重道：「既是陛下吩咐，今日程大人已命我將手裡差事交接給祝郎中。說到交趾互市，鎮南王頗精商事，而且，鎮南王極具雄心，眼前打下信州，接下來必是要征服桂州。交趾互市，怕也只是個開始。」

「這話有深意。」端起茶盅啜一口香茶，鄭老尚書道：「說說看。」

薛重顯然已做過思考，很流利地道：「南夷、雲貴之地一直是頗多土族部落，故而，朝廷鞭長莫及，更甚者力有不逮。因當地土人文明不興，商事更是不發達，一向被人視為蠻荒之所，但其實依其地理位置來看，周邊有諸多小國相鄰。一個交趾，商事著實有限。憑鎮南王的才略，必然還要自陸路聯通相鄰各國的。」

鄭老尚書放下茶盅，道：「那就去吧。鎮南王相中了你，陛下又是親自點將。原本我也想著你還年輕，外放一兩任也無妨。」

「是。」薛重亦是有雄心之人，不介意跟隨一位有才幹的藩王。外放幾年，既能攢些實歷，還有些個，不能訴諸於口的念頭。都說大皇子是嫡長，可從薛重知道一些皇家隱祕，陛下一直未提鎮南王生母，但不少人都知道，鎮南王生母便是陛下元配柳王妃。退一步說，若大皇子天縱英才，再加上他有那樣強勢的母族，大家不會多說什麼，含糊著也能過去，可鎮南王一回京，大皇子便大放昏招，在薛重這樣的年輕臣子看來，大皇子才幹較之鎮南王大有不如，所以，薛重得說，大皇子長則長矣，嫡則未必。

對於薛重這樣年輕又有能力的官員而言，皇帝春秋正盛，尚未到立儲之時，多看一看，亦無害處。今日他特意帶著妻子過來，既是為了跟岳家說一說即將遠行之事，也是想聽一聽太丈人的意思。雖則太翁婿二人都未將話說得十分明白，薛重仍是自鄭老尚書的話語間聽到了些不一樣的意味。

如果當年秦鳳儀就藩時，帶著數萬人入南夷，是許多人難以想像的事，那麼今日他們便可以親眼見到了。當然，跟隨秦鳳儀去南夷的，沒有上萬之眾，但除了秦鳳儀的兩千親衛及家人隨從外，還有那些想謀缺的豪門子弟、說去長長見識的宗室，以及諸多一道去參加佳荔節的官宦富家子弟。另有眾多想跟隨鎮南王殿下南下的商船，這些商船大部分是沿途供給的商船，這也是秦鳳儀的主意。數千人南下，路上需要供給的東西多了。

秦鳳儀卻是未帶供給船隻，也不打算讓手下操持這些，只要屬下把好關，一路全憑這些商賈們運送。如此他省了事，商賈們得了銀子，還能跟著順暢南下。若是伶俐的，回程時自南面販些貨物回京，亦是有不少利潤。

正是因此，秦鳳儀只要收拾好自己的東西，便能說走便走。走之前，光是辭行，就辭了三天。

親戚朋友那裡自不消說，宮裡因有大公主復爵、張盛賜爵之喜，宮中亦有宴會。另外便是秦鳳儀回南夷，景安帝與兩宮頗多賞賜。景安帝賞起秦鳳儀來還是在親王例之內的，但給大陽的賞賜，卻是遠超親王世子的例，只比秦鳳儀略遜一線罷了。

聯想到當初景安帝親自抱大陽下御輦的舉動，再次令有心人多思啊！

其實景安帝賞賜大美的東西也不少，但大美是女兒家，相形之下，自然是景安帝對於大陽的寵愛更著人眼。

景安帝大肆賞賜鎮南王世子，連阿泰也跟著沾光，得了不少物件，不過，較之大陽的就遜色多了，但有大公主與張盛復爵賜爵之喜，再加上阿泰得的賞賜，故而亦頗為榮光。

景安帝賞賜起來不手軟，裴太后也看不出端倪，至於平皇后那裡，甭管心裡怎麼想，平王妃親自進宮勸了閨女好幾日，再加上先時大皇子犯的蠢，平皇后再如何不喜鎮南王一系，賞賜時卻是不敢有半點小氣。

宮中三大巨頭都這般了，皇子之間，親戚之間，自然也少不了有儀程相贈。這個其實就是禮尚往來了，秦鳳儀本身為人便不是個小氣的，就是對景安帝如何不喜，陛見時也送了景安帝一些東西。當然不是瓜果梨桃，是從信州的戰利品中挑的，如合浦大珠。因山巒占桂信二州，合浦珠久不見於朝中了。這個不用錢，秦鳳儀從山蠻王的府庫裡挑了兩箱帶到京中做人情。其實合浦珠論起來不一定比東珠珍貴，只是藉著獻俘之機，還有戰利的彩頭，景安帝頗是喜歡。再有別個綢緞茶葉等物，雖都是土物，也都是上等物事。秦鳳儀送了不少親朋，如今他要回南夷，親朋們自然各有回禮。

秦鳳儀一行是自通縣坐船南下的，彼時情形，幾百條大中小船順江而下，浩蕩壯觀，不少人都說鎮南王氣派十足。這話到底是個什麼意思，就不得而知了。

反正，景安帝並未多想。

不論秦鳳儀自帶的兩千親兵，還有那些個追隨著秦鳳儀去南夷的形色各人，便是一路跟著供給的商船，都不會是個小數目。人多是正常的，人少才不正常。

先時對於秦鳳儀就藩時忽悠數萬人去南夷還有懷疑的人，如今全都沒想法了，人家鎮南王就是有這樣的氣派啊！

秦鳳儀帶著妻兒揮別親友，大陽還問：「爹，咱們什麼時候再回來啊？」

「還沒走呢，你就盼著回來啦？」秦鳳儀道：「咱們家在南夷，又不是在京城。」

大陽道：「祖父說，皇宮才是咱們家。」

「別聽他瞎說，那都是糊弄你的。」秦鳳儀立刻糾正兒子。

大陽有些不明白，為什麼他爹說祖父是瞎說，不過，他沒有多想。因為好久沒有跟阿泰在一起玩了，大陽跑去找阿泰哥敘情誼了。

秦鳳儀則是先歇了一日，便召了薛重過來問他關於榷場之事，兩人一談便是三日，之後秦鳳儀要來一些榷場交易的物品，以及榷場的商稅條目。

秦鳳儀在京城很出名的一點便是安民撫民，大家都知道南夷是個精窮精窮的地界，一個地方，州窮得直接降格至縣城，天下多少州府都沒發生過的事，就在南夷發生了。這地方也不是別處，便是鳳凰城的前身番縣。後來，秦鳳儀就藩南夷，把這地方建設得據說很不錯。其中很有名的撫民之政便是革除苛捐雜稅，這也不是什麼祕密，像許多府城州城，進城還要收進城錢，如南夷，只是車輛進城收錢，單個人是不收進城錢的，另則一些小的養雞養鴨之類的稅賦，悉數取消。這也是秦鳳儀為許多清流稱頌的原因所在，薛重以為秦鳳儀看這些商稅條目是為了減些條例，沒想到，秦鳳儀一邊瞧著，一邊與薛重道：「咱們南夷啊，你沒去過，不曉得日子艱難哩！」

講演時，秦鳳儀多講些花團錦簇的事，如今薛重都跟他一道去南夷任職了，秦鳳儀也就不吝於把實話跟薛重講一講了。

秦鳳儀道：「不過，揮灑的空間大。榷場之事，全由阿重你做主，我這個外行也聽你的。只是，信州不同別處，尤其是榷場，更要注意安全。我想著，起碼得駐兵五千，所以，治安費這個得算上。對了，你拿枝筆幫我記一記，治安費算半成。」

薛重取筆墨寫了，秦鳳儀道：「還有，這經商的地方，人多了，治安自是要緊，我最煩地方髒亂，打掃衛生的也得有，衛生費記上，每戶每家按店面大小算，一間鋪面的這種，每個月是一兩銀子，兩間的二兩，依此推算。另則，城中的建設費，說來城剛建起來，自然是新的，但一年年的，總有這裡那裡要修繕的地方，不要等到要修的時候，再臨時抱佛腳徵稅，那多不人道啊，平時就徵起來，慢慢攢著就是。還有啊，我看看，這些個商品目錄，不能一刀切，不同的商品得收不同的稅才是。來來來，咱們合計一二。」

這一番商議，薛重聽得臉色都有些泛白，想著，鎮南王那些個輕徭役薄賦稅的事到底是不是假的啊？是不是鎮南王一系鼓吹出來的，怎麼看這都不似輕賦稅的主啊？

薛重越想覺得，自己可能是誤信流言，然後被坑了。

提著一顆忐忑的小心臟，薛重先聽秦鳳儀交代過種種徵收的稅賦條例之後，秦鳳儀還問趙長史：「老趙，你幫我參詳一二，看還有沒有什麼落下的沒？」

趙長史道：「殿下想的已頗是周全了，臣想著，還有一樣，這榷場畢竟是開在我朝境內，得與交趾商量交趾商賈停留我朝專用的身分文書，除此之外，凡在我朝境內做生意，只限於榷場小城，不得往旁處去。另則，凡來我朝做生意的商賈，依其停留時間長短，也要徵一筆居留費才好。不必多，幾十錢、幾百錢，但要有這個錢，以示我朝尊嚴。」

「有理有理。」秦鳳儀笑著吩咐薛重道：「這筆也添上。」

薛重越發覺得自己是上了賊船。

秦趙二人又商議了一回，想著暫無可添之處，秦鳳儀便與趙長史、薛重道：「回了南夷，給阿重你派個嚮導，你就帶著嚮導，帶著風水師，先去尋個適宜開榷場的地界。不拘是邊境小城還是哪裡，一則要適宜人生活，二則交通地理看一看，必要易守難攻之地才好。」

薛重連忙應了，秦鳳儀道：「還有榷場的一應人員配置，駐兵這邊我自有主張，你手底下要用哪些人，給我一個單子，咱們商量著好做安排。」

「是。」薛重想著，這還真的是百廢待興。

因著懷疑秦鳳儀是個面子貨，薛重對於秦鳳儀平日間的舉動很是關心。要說儉樸，這位親王絕不是那等吃糠嚥菜的儉樸人，不過，這也很好理解，秦鳳儀雖少時未在皇室長大，卻是長於大鹽商之家，據說撫育他的鹽商家資豪富，故而，秦鳳儀飲食頗是講究。所幸秦鳳儀吃穿上講究些，卻不奢侈，更不浪費，便是路上夜間停靠休息，或是上岸補給，秦鳳儀也很注意約束親衛不得擾民，薛重還自妻子那裡打聽了一回王妃的為人。

薛重是帶著妻子南下的，秦鳳儀這裡與薛重商議榷場之事，李鏡也沒閒著，帶著妹妹們招待幾位近臣的妻子，時常請她們過來說話吃茶什麼的。

薛太太道：「王妃很是和氣，雖則年紀小我幾歲，一言一行卻極是端方。」

薛重此方稍稍有些擔憂，而讓薛重徹底放下這樁心事的，還是到了南夷，秦鳳儀的王駕進城時，鳳凰城百姓沿街歡呼的熱鬧，還有無數人向王駕拋擲鮮花、絹花，那氣氛真跟過節差不多，而且，鳳凰城的百姓並不稱秦鳳儀的官稱鎮南王，而是稱他為鳳凰殿下。

南夷氣候溫暖，現下正是夏時，秦鳳儀的王駕經過改裝，不是密不透風的車子，而是四壁垂紗的花車，秦鳳儀一家坐在花車內，當然，郡主還需要王妃抱著，但這一家人所受百姓的愛戴，只要不是瞎子，都能看得出來。

薛重自然不是瞎子。秦鳳儀因為貌美，在京城也常引得癡心女娘時時駐足，但與鳳凰城這種百姓出自內心的擁戴，是完全不同的。

薛重騎在馬上，四周歡呼聲不斷，他的一顆心，不知因何，忽然就安定了下來。

秦鳳儀回到鳳凰城，自是大小官員出城相迎，李鏡帶著閨女回了內宅，秦鳳儀則帶著兒子去了議事廳，見了章顏一干人。秦鳳儀是帶著宣旨的官員們來的，一應征信州的賞賜，此次吏部和戶部都沒有摳摳索索，景安帝亦是很大方地給大家加官進爵。

在鳳凰城的，如阿花族長等人，官職都有升遷。再有，如鳳凰城自縣制恢復到府制，范正等人皆高升，這又是一樁喜事。另外依舊在信州城的眾人，得等欽差去信州傳旨了。

傳過聖旨，秦鳳儀與大家說了幾句話，尤其介紹了薛重給章顏等人認識。

秦鳳儀道：「阿重是我特意從戶部挖角挖過來的，花了大價錢，很叫程尚書坑了我一頭。以後阿重就負責與交趾互市之事，阿重剛來，老章和老趙你們是前輩，咱們南夷的事務規矩多跟阿重說一說。阿重，你們暫居客院兩日。」又與秦老爺道：「爹，老傅旁邊的那處大宅給阿重住。」秦鳳儀一向知人善任，他爹也沒叫閒著，一直幫他管著內府的事。

眾人各自應下，秦鳳儀道：「還有你們各家的東西和家書，都給你們捎帶來了。你們各自去忙吧，我回去歇歇，明兒開始正式理事。」

大家均是一笑，秦鳳儀便扛著肥兒子回內宅休息去了。

這是團聚的一天，京城固然很好，但只有在南夷，秦鳳儀才有家的感覺。他見了爹娘，晚上吃團圓飯的時候，說起京城的事來。

秦鳳儀道：「回京城就是各種人情走動，沒一天是閒著的。」

秦太太笑，「久不回去，自然是這般的。」又問起親家景川侯一家可好，秦鳳儀道：「當然好啦，我都原諒他了，還能不好？」

秦老爺道：「親家對你可是沒有半點不是的。」接著問愉王夫婦可好，覺得愉王夫婦對自家兒子也很照顧。

秦鳳儀說：「都很好，就是我們回來，叔祖母頗是捨不得大陽和大美。」

大美正坐在一邊給她特製的嬰兒椅中由嬤嬤餵米糊，聽到她的名字，雖不會說話，卻是晃著小拳頭「啊啊」叫兩聲，大陽幫他妹翻譯：「妹妹說，她也很捨不得曾祖和曾祖母。」而後，大陽道：「曾祖母還哭了，我說明年再去看她，爺爺和祖父也給了我很多好東西。」

秦老爺笑道：「那大陽可得好生收著。」

大陽點頭，跟他爹說：「爹，我也要單立個私庫。」

「你才有幾樣東西，值當單立私庫？我替你收著好了。」

「不要，我自己存著。」

「好吧。」秦鳳儀對兒子是有求必應，「過幾天叫人把你的東西單給你分出來存著。」

大陽很有雄心地道：「我也想替妹妹存著。」

「你妹妹有我呢。」秦鳳儀道：「你先把自己的東西存好了，不要沒存個三天半，就丟到腦後去才好。」

大陽對於他爹的不信任有些不滿，「我一準兒存得好好的。」

秦鳳儀道：「下個月我要檢查啊，要是存不好，就全都沒收。」

大陽一聽存不好就要被沒收，登時急得，肉丸子都顧不得吃了，梗著小肉脖子道：「我定是會存得好好的！」

李釗道：「你別逗大陽了。」

「哪裡是逗啊，我說真的。」秦鳳儀還與壽哥兒道：「壽哥兒，我岳父，也就是你祖父，也讓我給你捎了不少東西，你也自己存著。到時我檢查大陽的私庫時，也一併檢查你的。你要是存不好，也要沒收的。」

壽哥兒連忙應了，心中想著，明天得清點一下自己的財產了。

壽哥兒又問：「姑丈，我讓我爹替我寫給祖父和曾祖母的信，他們給我回信了嗎？」

「回了，曾祖母早就寫好給壽哥兒的信了，唉，就是你祖父先時還不肯寫哩，還是我催他，他才給你回信。」秦鳳儀道。

壽哥兒問：「是不是祖父特別忙啊？」

「不是，主要是姑丈我是個好人。」秦鳳儀很會在孩子面前胡說八道地刷好感，孩子他爹都聽不下去了，李釗道：「你少胡說。」又與兒子道：「沒有的事，你姑丈說笑呢，祖父定是一早就寫好回信的。」然後問妹妹家裡可好。

李鏡道：「祖母、父親、太太皆安康，大哥無須惦記。」

「這回該把壽哥兒一起帶回去的，先時我想著，回京城必定事多便沒提，再有下遭，必要帶壽哥兒一起走。」秦鳳儀道：「岳父可喜歡孩子了，還抱大陽坐在腿上。誒，真看不出來呀，岳父竟然喜歡小孩兒。大舅兄，岳父抱過你沒？」

這話當著孩子如何好說，何況李釗還是家中長子，李釗道：「父親一向嚴肅。」

李欽也附和道：「大陽是隔輩的，自然就親近了。父親待我們可不似待大陽、壽哥兒他們這般軟和。」
秦鳳儀得意地道：「小時候我上學有時懶得走路，都是我爹抱我去，或是背我去的。」說著，笑嘻嘻地看向秦老爺，「爹，是不是啊？」
秦老爺笑道：「那會兒你還小呢！」
李欽等人都心說，憑秦家叔叔這般溺愛，大姊夫竟然沒被養成個紈絝，當真是世間一大未解之謎啊！
大陽聽了這話卻道：「爹，那以後我上學，您也得抱我去啊！」
秦鳳儀險些嗆到，李釗等人俱是忍俊不禁。
秦鳳儀道：「我上學是在外頭，你上學在家裡，哪裡還用人抱啊？」
「那我以後也在外頭上學。」大陽提議道。
「好吧好吧。」反正，對兒子的要求，秦鳳儀只會用「好」字來回答。
吃過團圓飯，天色漸晚，李釗帶著妻兒告辭，還準備讓兩個弟弟去他那裡住。
秦鳳儀道：「小舅子們剛來，先在我這裡住幾日再過去不遲。」
兩家本就親近，李釗亦不是拘泥之人，笑道：「那便先讓他們在你這裡住幾天吧。」又叮囑了兩個弟弟和妹妹幾句，方帶著妻兒回家去。
待得第二日，秦鳳儀正式理政。
章顏細稟了這兩個月來南夷的政務，南夷並未有什麼大事發生，倒是信州那裡有幾場不大不小的戰事。

秦鳳儀皺眉道：「細說來聽聽。」

章顏道：「一則是清剿信州各縣之戰，二則有桂地山蠻發兵信州，為馮將軍、嚴將軍和金將軍所敗。」

秦鳳儀問：「信州城內有無生亂？」

「只有幾場市井風波，並未鬧大，亦無人員傷亡。」章顏道：「要不要令傅長史、馮將軍回來面見殿下細稟？」

秦鳳儀道：「不必了，過幾天我去信州瞧瞧。」

章顏大致說了說南夷境內之事，接著便是李釗與方悅各說了自己分內事務。

秦鳳儀與方悅道：「自六月起，茶、絲、瓷、酒的商稅的帳目要做起來，商稅自來是朝廷得七成，三成我們地方截留，年底把商稅押赴進京。」

章顏等人都有些驚訝，因為以往南夷的經濟情況，基本上是沒有商稅可徵的，故而，這幾年大家就是徵了商稅，也沒有往朝廷送的意思，主要是南夷現在雖算是一富庶之地，但用錢的地方多。如今秦鳳儀提及商稅之事，驚訝之後，大家也釋然了。自秦鳳儀就藩，這也三年了，朝廷現下提商稅之事，已算是厚道。

秦鳳儀道：「阿重，你辦差的屋子有沒有準備好？」

薛重道：「已是備好了，就挨著方大人的房間。」

論年紀，方悅較薛重小幾歲，而且方悅總理的是整個南夷的財務，薛重先時亦是在戶部當職。不論年紀還是資歷，倘是按朝廷的演算法，都是薛重為上的，不過薛重沒有半點不滿，還道：「互市之事本就關聯各方財賦，與方大人相近，我也可時常請教。」

方悅自謙道：「榷場之事，薛大人是行家。薛大人剛來，要是南夷這裡有什麼事，只管問我便是。」不同於秦鳳儀先時不認得薛重，方悅與薛重先時是認識的。方閣老是鄭老尚書的前任相輔，鄭老尚書以前是給方閣老做副手的，後來方閣老退下來，鄭老尚書繼首輔之位，方鄭兩家早有交情。薛重身為鄭家的孫女婿，方悅乃方閣老的長孫，二人先前關係較尋常還略好些，只是一直未曾深交罷了。

秦鳳儀道：「阿悅，來的路上我都與阿重說好了。榷場的細緻條規，阿重有空整理一下。另外便是榷場選地之事，你們先取來信州輿圖看一看，咱們再實地勘察。對了，還要準備一場考試，阿重，你將要用的人手數目，還有各司職位給阿悅看看。你們商量著出些題目，榷場大比，擇優錄用。」

當然，要緊的幾個有品階的職務，秦鳳儀心中已有人選，只是還要與方悅、趙長史和章顏等人商量再說。

秦鳳儀又與范正道：「老范，衙門那裡的牌匾先換了，從此便是府衙了。另則，通政和同知的人選，你有沒有合適的人，可與我舉薦。」

范正道：「自是由殿下做主。」

秦鳳儀道：「這以後是你的副手，自然是要你用著放心的。」

范正道：「那一會兒臣擬出名單，再呈予殿下。」

待這些事務交代完畢，秦鳳儀問：「還有沒有別個事？」

大家倒也無事，就是阿泉族長懇求，下次再有戰事一定要帶上他，他也很想為親王殿下征戰來著。說來，上遭征信州，阿泉族長不大願意出力，怕被秦鳳儀當槍使。秦鳳儀向來不強迫人，便讓阿泉族長帶兵留守鳳凰城。當時，朝廷兵馬齊出，令土兵留守鳳凰城，秦鳳儀的老婆孩子都在鳳凰城呢，可見對土兵的信任了。

阿泉族長一向多智，他想的是，山蠻素來彪悍，怕是不大好打，結果，親王殿下沒幾天就把信州城打下來。且不說朝廷的賞賜和官職的升遷，聽說只要參與信州城戰鬥的各戰部論功行賞，再者，信州山蠻左親王的府庫，親王殿下只取兩成，另外八成皆是由各部將士論功勞大小給瓜分了。這下子，把阿泉族長饞得狠，還受了不少族人埋怨。

阿泉族長早就想同秦鳳儀表一表參戰的決心了，只是秦鳳儀去了京城，一去兩個月，如今秦鳳儀回來，阿泉族長便按捺不住心中的澎湃。

秦鳳儀笑著安撫阿泉族長兩句：「放心，只要你願意出戰，下次征桂地必有你的份。」

阿泉族長大喜，連連向秦鳳儀作揖行禮。

打發了眾人，秦鳳儀留下李釗與柳舅舅說話。秦鳳儀連服侍的人皆屏退，這才問起這兩個月後勤的供給，以及柳舅舅那裡的兵器出產情況。

忙完了南夷這一通，秦鳳儀方有時間尋思如何安排那些與他同來南夷的豪門子弟。

秦鳳儀還沒決定怎麼安置，不少宗室便藉著親戚的名義找上門來。他們實在不大滿意，秦鳳儀這裡只要有功名的，都能免費分得宅院住，他們皆是宗室，太祖皇帝之後，難道不是秦鳳儀的親戚，反倒要自己租賃宅院，這是個什麼道理？

這豈不是親疏不分了嗎？

秦鳳儀知道來南夷的人多了，必多是非，卻也沒想到是非來得這麼快。對於宗室，秦鳳儀不是沒有計較。宗室裡人口之多，形勢之複雜，秦鳳儀早有耳聞。再加上，秦鳳儀當年是宗室改制的先鋒軍，還不知有多少宗室記恨他，所以，他回南夷有這麼多宗室跟隨，秦鳳儀還覺得奇怪。

他是觸動過宗室整體利益的人，如景雲凡和景雲睿在內的毛頭小子，年紀輕，有熱血，會過來不奇怪，可那些有爵位的宗室，不缺家財，一個個養尊處優多少年了，居然會過來南夷討實缺。南夷多是百廢待興，等待建設之地，哪裡有肥缺呢？便是有如交趾互市之事，榮養多年的宗室可幹得了？

秦鳳儀心裡早防著他們，卻是沒想到，竟是這樣低級的開頭。

秦鳳儀與趙長史道：「瞧瞧吧，來了。」

秦鳳儀帶著趙長史過去，宗室們在花廳裡坐著說話，秦老爺因為幫兒子管著內庫之事，所以，如官員分派房舍之事，都是秦老爺在料理。像薛重一來，秦鳳儀便是讓秦老爺分套宅子給薛重，如今這些宗室說秦鳳儀待他們不公，秦老爺陪著吃茶，這茶吃得不如何和氣。

秦鳳儀到門口，就聽屋裡有人陰陽怪氣地道：「這人的命還真不好說，你一介商賈，得以撫育皇子，現下也能與我等平起平坐啦！」

還有人道：「咱們的事，還得秦鹽商你幫著多美言幾句啊！」

秦老爺笑嘻嘻地道：「我一鹽商，不過是藉著殿下的光，才得已幫著殿下管管內庫之事，別個事，哪裡有我插嘴的份呢？我更不好與諸位同座，這樣吧，諸位先吃茶，我幫你們瞧瞧殿下去。」這些沒眼力的傢伙們，秦老爺還不願意相陪呢！

秦老爺準備要出去晾一晾這些傢伙們，就見秦鳳儀帶著趙長史進來。

秦鳳儀道：「爹，您出去做什麼？在咱們家裡，咱們是主，他們是客，只聽說客隨主便，沒聽說有客人來，主人家便要躲出去的理。」

秦鳳儀見左右下首皆有宗室坐了，便吩咐近侍：「再搬兩張椅子來。」就放到秦鳳儀寶榻兩旁，令秦老爺與趙長史坐了，二人皆不推辭，幾位宗室的臉色頓時越發難看起來。

秦鳳儀道：「剛剛誰說我爹命好了？你們的命也不差啊，要不是投胎到了景家，仗著是太祖皇帝之後，怕也不能人模狗樣地在我這裡來充親戚了，對不對？」

侍從捧上茶，秦鳳儀不疾不徐啜了一口，下頭宗室已是氣得臉色鐵青。

坐於末座的一人道：「我們原就是正經宗室，皆有爵位在身，鎮南王您雖貴為親王之尊，論起輩分來，卻是我等的子侄輩了。較之老國公，您都是侄孫輩。莫不是因長於荒野，教養於商賈之家，便不識禮數了？」

秦鳳儀道：「依你們這樣說，我的王位要不要換你們來坐？」

為首老者連忙道：「殿下息怒，我等焉敢有此不敬之心？」

秦鳳儀將手中茶盞啪地擲於手邊桌案，冷冷地道：「沒有最好，有我也不怕！我倒是要看看，你們是受誰的指使，敢在我這裡耀武揚威？」

秦鳳儀喚來親衛，吩咐道：「把這些人全都給我攆出去！」

一幫如狼似虎的侍衛立刻上前，這些人嘴裡剛要說什麼，就被一人一塊布巾塞嘴裡，擰了雙臂趕出府去。秦鳳儀又喚來潘琛，下令道：「把那幾個人奪了身分文書，攆出南夷。」

潘琛見秦鳳儀面如寒霜，不敢多言，連忙去辦了。

於是，一起過來的宗室，這七八家，昨兒個剛來落了腳，今兒就被連人帶行李的攆出了南夷，而且，秦鳳儀還吩咐了，這些人永不許再入南夷。

趙長史很盡職盡責地替秦鳳儀寫了一封告狀的摺子，命人八百里加急送去了京城。

不少鳳凰城的官員原本還擔憂這麼多宗室過來，要侵占文武官員的地盤了，沒想到第二天這些人便把秦鳳儀得罪狠了，被秦鳳儀掃地出門。章顏等人大放其心，待得打聽這些人是對秦老爺無禮，章顏連勸都沒勸，這不是作死嗎？就算秦老爺不是親爹，章顏是在揚州任過知府的，秦家夫妻拿秦鳳儀那樣寶貝，親兒子這樣的都不多，何況人家老夫妻沒別個孩子，待秦鳳儀實心實意。這些人都不能稱之為不長眼了，簡直是不長腦啊！

章顏又提醒秦鳳儀：「來的宗室不少，若是有懂事的，殿下還是略安撫一二。」

秦鳳儀道：「這不急，等等再說。」

秦鳳儀直接把那幾個尋事生非的攆出南夷，在南夷的其餘宗室登時老實得不得了，連之前嚷嚷著要秦鳳儀安排房舍的都不再提了。景雲睿和景雲凡兩人都在信州，景雲宣幾人現下在知府衙門。是的，以前是縣衙，現在縣衙升府衙，他們也就是在知府衙門當差了。

景雲宣家裡爹娘是來了的，他家只是個五品將軍的爵，故而景父不敢拿大，那些人攛掇著去王府講理時，原是要拉著他一道去，景父多了個心眼，半路尿遁了。待得知去王府的那幾位被秦鳳儀驅逐出境，險些嚇出一身冷汗。

景父還說：「幸虧我沒跟著一塊去。」

景雲宣道：「他們可是沒安好心眼，咱們家這麼個微末爵位，還想拉著父親一道，無非是想著我在南夷有個小差使，拉著父親去給殿下添堵罷了。」

景父頗是慶幸，景雲宣道：「父親，您知道他們為何要去殿下那裡尋釁嗎？」

景父道：「他們說是陛下太過怠慢宗室，聽說在鳳凰城，便是七品小官都能分個三進宅子住。這麼些宗室來了，殿下竟不聞不問什麼的。」

景雲宣道：「哪裡有三進宅子？七品職便是尋常的四合院了。」

「那也不錯了。」景父道。

景雲宣道：「那是指在鳳凰城任職的官員，來的這些個宗室又沒在鳳凰城任職，憑什麼要殿下白出宅子給他們住呢？」

景父悄聲道：「我聽說一個戶部的從五品主事跟著殿下過來，便分了套四進大宅。」

景雲宣道：「那必是要重用的。剛開始跟著殿下的一些大人，得的都是大宅，不是四進便是五進的宅院。殿下用人，向來唯才是舉。只要有舉人或是進士功名，過來南夷都會提供住宿，或是食宿補貼。要是宗室裡有這樣有才學的人，不必說，殿下就有安排了。他們這樣上門要宅子，要是殿下今兒個給了宅子，明兒個他們不得要地，後兒個就得要官了。這明擺著去找收拾的，殿下又不是軟弱之主。」

景父嘆道：「這樣直接攆了人去，未免也太過嚴厲了。」

景雲宣卻是個細緻之人，「這麼些個宗室過來，殿下未嘗不是要拿他們立規矩。」

景雲宣再三道：「爹，您切莫再聽人挑唆。那幾人之中，有不少有公侯爵位之人，他們難道還缺宅子住了？說不得也不是安的什麼好心。」

景雲宣問：「爹，這事是誰起頭的？」

「就是三等子爵景彥舒。」

景雲宣轉頭就把這個消息跟秦鳳儀彙報了，秦鳳儀道：「你前程同他們不一樣，別與他們混到一處去。聽說你爹娘也來了，叫他們也警醒著些吧。」

景雲宣連忙應下。

秦鳳儀未將宗室之事放在心上，他眼前大事多的是，哪裡顧得上幾個閒散宗室？秦鳳儀先時說了下半年的商稅要交納給朝廷之事，可具體如何，方悅還得討秦鳳儀個示下，實在是甭看南夷繁華的地方也就南夷城與鳳凰城兩處，但秦鳳儀大開走私之門，每年的商稅可不是小數目。

可能有人問了，既是走私，如何還有商稅？

這可真是廢話，一碼歸一碼，海運這麼樣的一張大餅，先時規模小時，秦鳳儀自己就能幹了，也是要有稅的，無他，秦鳳儀補貼的是巡撫衙門。想建設地方，也是要有銀子的，更不必提如今生意規模一年比一年大，秦鳳儀一人吃不下，便要引進其他商賈，這裡頭的關係就更複雜了。不過，生意是生意，稅是稅，這些稅收是收了，秦鳳儀卻是自己留一半，給巡撫衙門一半，而今朝廷要奪這裡面的大頭。

按規矩，商稅的大頭，七成要押解回京。

雖則知曉朝廷早晚要提商稅之事，章顏和方悅等人也表示理解，但這許多銀子要押解回京，秦鳳儀這裡無妨，他有茶山、瓷窯、織造局三座金山在手，還有南夷的糧、酒之類的大生意，秦鳳儀沒有直接插手，但秦老爺在裡頭都有份子，所以，這些商稅，秦鳳儀固然有些個不捨，但也沒太當回事，不然不會那樣痛快地應了戶部。

不捨的是章顏，理智上能理解，情感上覺得，一旦七成商稅入了戶部，巡撫衙門還能分到多少呢？章巡撫不是貪財之人，只是地方上需要建設，還有下頭的州府縣城，要錢的地方多著，總不能什麼銀子都從秦鳳儀的私庫出吧？

所以，章顏與方悅過來，就是說商稅之事。

三人密談，章顏說了眼下南夷的艱難，章顏道：「主要是，咱們南夷大部分的地方還是極窮的，用錢的地方頗多。」

秦鳳儀道：「是啊，以後信州那裡更是處處都是用錢的地方。」

章顏早將前程押在秦鳳儀身上，也沒什麼不敢說的，章顏輕聲道：「按理，咱們這裡要修橋鋪路，上摺子到朝廷，等著戶部撥銀子是一樣的，只是，這樣的銀子，依臣的經驗，戶部是很難撥下來的。」

方悅道：「這稅銀與織造局的三成紅利還不一樣，稅銀斷瞞不過人眼，若是令朝中有心人知道咱們南夷稅銀的數目，怕是咱們這裡不得安寧了。」

秦鳳儀想了想，與他二人道：「酌情減些便是。」

方悅問：「減至多少呢？我得有個準備，帳目上也要有數。」

秦鳳儀看向章顏，章顏道：「我曾在揚州任職，便是揚州之富，不算鹽課，每年商稅不過百萬兩銀子。咱們這裡能有揚州的一半，便足以令人震驚了。」

秦鳳儀道：「那就按五十萬兩左右來做吧。」

方悅領命，章顏趁機道：「殿下，給我們衙門的銀子，可得跟往年持平啊！」

秦鳳儀覺得好笑，「我說老章啊，你也是堂堂狀元出身，以往是清風明月一般的人物，如何現下滿嘴阿堵物了？」

章顏笑道：「狀元也得過日子吃飯呀！」

秦鳳儀道：「我原想把剩下的都給你，既如此，還是按老例吧。」

「別別別！」章顏大喜，「還是殿下說的主意好，臣原就想著，殿下不差這兩個小錢，就全都給臣吧。」

君臣三人說笑一回，秦鳳儀令方悅以後便把剩下的商稅悉數入巡撫衙門。

章顏頗是歡喜，想到他爹信中提及的大皇子發昏一事，越發覺得自己眼光不錯。

秦鳳儀發了一回飆，宗室皆不敢擅擾於他，倒是李鏡那裡，不少宗室家眷遞帖子送禮，兼要上門請安。

秦鳳儀對待宗室的態度，很令在南夷的宗室緊張。不要說宗室，便是其他在南夷的幕僚都說秦鳳儀太過不留情面，因為幾乎在所有對秦鳳儀有更高期冀的人看來，秦鳳儀想取得更高一級的地位，必然要團結宗室，而現下秦鳳儀一言不合直接逐人出境了。

不過，相對於要團結的宗室，大家也不介意秦鳳儀先給宗室立一立規矩。畢竟雖要團結宗室，但沒有什麼比一個光明正大的藩王更重要，如趙長史，如章顏，皆是正經科舉出身，他們受儒家的教導，希望自己的主君走光明道路，而不希望秦鳳儀陷於陰謀小道之內。

所以，秦鳳儀先給宗室一個下馬威，哪怕那些宗室回京之後可能會說些對秦鳳儀名聲不利的話，也沒有人去阻止秦鳳儀，或是給宗室臺階。整個南夷官場，便這樣冷冷地看著那幾個刺頭宗室被逐出藩地。

果然，威不是白立的。

如今宗室老實不少，也沒人敢嘟嘟囔囔要求秦鳳儀給他們安排房舍了。更有些機靈的，不敢到秦鳳儀跟前，便讓自家婆娘遞帖子進府，去向李鏡請安，亦有人求到了大公主跟前。

李鏡與秦鳳儀說起時，問秦鳳儀：「是現在見她們，還要再晾她們幾日？」

秦鳳儀道：「見一見也無妨。我都攆走那些人了，應該有些人不忿於我，自動離去，怎麼還有人賴著不走？見一見她們，看她們打的是什麼主意。」

李鏡便應了此事。

李鏡請了大公主過來，一併見這些個宗室婦人。

李鏡也不說先時被秦鳳儀攆走的那些人的事，只是和氣地問她們可安置下來云云。這些人過來請安，還帶了幾樣或珍貴或稀奇的禮物獻給李鏡，李鏡令人收了，直說幾人客氣。

大家寒暄幾句，李鏡問她們可住得習慣，為首的襄陽侯夫人笑道：「我們以往多在湖北，後來去了京城，這來了南夷才曉得，南夷這地界可真是不錯，大暑天竟是一點暑氣都無。」

餘下幾人亦是稱讚南夷如何如何好，李鏡笑道：「這是妳們還沒見著颱海風的時候，這颱起海風來可厲害著呢！」

大家說說笑笑，及至中午，李鏡命人設宴，傳了府中女樂，一起樂呵了半日，這些個婦人方起身告辭。

頭一回過來，無非就是兩邊拉一拉關係，誰也沒有真說點什麼。

還是大公主那裡先得了信兒，過來與李鏡笑道：「我要不說，包妳想不出來。」

李鏡問：「我可是真想不出來，先時想著，他們或是為功，或是為財，要不，就是如先前那幾人，為了給咱們添堵來的。」

「這為財是說對了。妳猜猜，他們是想發哪注財？」

李鏡尋思半晌，方道：「這城中最大的生意也就那幾樣，茶、絲、瓷，可這幾樣，別人早他們好幾年，他們要是想在這三樣上頭發財，怕是不易。」

「不是。要不是襄陽侯夫人同我打聽，我也想不到，他們其實是為著外城而來的。」

大公主這話一出，李鏡才算明白過來，「外城的確是要建，只是，他們能做什麼呢？」

大公主對李鏡使眼色，李鏡打發了屋內的侍女，大公主悄聲道：「妳先讓阿鳳心裡有數，這一夥人是求財來的，我猜他們是打著外城工程的主意。」

李鏡皺眉，「他只管在這些工程招商時參加就是，何必要到妳我這裡來探口信？」

大公主道：「妳想想，鳳凰城興建的時候就花了好幾百萬兩的銀子，如今城內已是擁擠得不成了，人人都猜著必要建外城的。鳳凰城那時候，阿鳳緊巴緊巴的，都是幾百萬兩的大工程，現下可不一樣了，大家都知道南夷有錢了，這回建外城，總也有幾百萬兩的工程量。他們說不得到時會來妳這裡討個差事什麼的。譬如建城牆，這就得上百萬兩的工程吧？」

李鏡已是知曉這些宗室打的是什麼主意了，怪道要跟著南下，原來是要攬外城的差使。這些個事，李鏡也是司空見慣的，譬如京城每年工部那些工程，修路修屋修河修壩，預算何曾少過？那些銀子花下去，能做個實誠活計，就得說是實心任事的了。如今這些宗室過來，看來是要攬著外城的工程，譬如建城牆，二百萬兩銀子的城牆，他們起碼能賺一半，另拿出一百萬兩交由商賈來建城牆，這一轉手，便是百萬兩銀子入帳。而一旦外城開修，又何止是二百萬兩銀子便能打住的事？

李鏡笑道：「他們可真是打的好主意啊！」

「誰說不是呢？」大公主也覺得好笑，這些宗室以往與秦鳳儀有什麼交情呢？竟有這麼大的臉來打聽建外城的工程。

李鏡道：「咱倆都統一口徑，她們再來，咱們也只含糊著便是。這原是外頭男人們的事，咱們哪裡曉得呢？就是做壞人，也叫他們去做才是。」

大公主不由一樂。

秦鳳儀也未料到，他這外城圖紙都還沒出來，宗室就打上了外城的主意。

秦鳳儀直接一句話：「要是打這主意，叫他們只管滾回去便是。」

秦鳳儀仍舊把建外城之事交給趙長史負責，不過現今正在風季，雨水亦多，並不是建外城的時機，但提前安排下去無妨。風水師兼圖畫大家，精通建築、風水，自從來了南夷，建了鳳凰城後，秦鳳儀還賞了他一套五進大宅，身兼五品職，就在秦鳳儀身邊行走。

李鏡道：「人家又沒直說，你只當不知道便是，這並不影響咱們什麼。」

秦鳳儀道：「我有正事要與妳商量。」

「什麼事？」

「我想要去巡視信州。」

李鏡皺眉思量道：「是為了互市之事嗎？」

秦鳳儀點頭，「一則為了互市，二則信州到底怎麼樣，非得我親自去瞧瞧方曉得。還有，信州現在人口不足，各縣到底是個什麼情況，如果實在是人口太少，就得考慮直接駐兵，然後，屯兵了。」

李鏡道：「現下信州剛打下來，你可得多帶些人手。」

「放心，我帶著馮將軍和潘將軍，還有，叫阿衡跟我一道。」秦鳳儀道：「文官便是傅浩及薛重、孔寧，再加上易風水、阿朋哥這五人。」

李鏡道：「不要只帶阿衡，把京城裡跟著來的豪門子弟都帶上，叫他們先熟悉一二。」

「這也好。」秦鳳儀拉住妻子的手，「只是，我這一去，又得妳看家了。」

李鏡笑，「這有什麼，信州這裡你心裡有個數，巡視一圈，也能再靖平一下信州境。待信州安穩，不妨想想征桂地之事。」

秦鳳儀說是要巡視信州，卻是一時走不得。出巡不是小事，兵馬上的各種安排，原本秦鳳儀想著，帶著潘將軍過去信州，再由馮將軍帶一支千人衛隊便也夠了。未曾想到，阿泉族長聽聞秦鳳儀要出巡，死活要跟著護衛，秦鳳儀只好再加上一千土兵，心中想著，看來沒能參加信州戰事，阿泉族長悔得不輕啊。不過，信州多年為山蠻所占，阿泉族長是土人出身，帶些土兵未嘗不可。

秦鳳儀與趙長史、章顏商量出巡之事，先是說了一回政務，之後章顏建議道：「這回隨著殿下來南夷的宗室不少，殿下要不要帶幾個宗室一道出巡？」

秦鳳儀有幾分驚訝，「你們不是一向不喜宗室的嗎？」

趙長史笑道：「殿下說話就是太實在了。我等也不是不喜宗室，我等不喜的是無才無德之人。這麼些宗室跟著殿下南下，固然有無禮之人，但想來也不乏有能吃苦耐勞的宗室。如今他們見到了咱們鳳凰城的繁華，也不妨看一看信州那些需要治理的地方，倘有可用之人，我等絕非不能容人之輩。」

秦鳳儀道：「我先見一見他們再說吧。」

打發了那些個刺頭，剩下的起碼都是識時務的，故而秦鳳儀請他們到王府坐一坐時，大家都很和氣，也沒人再在秦鳳儀跟前擺什麼宗室長輩的架子了。

秦鳳儀道：「前兒聽王妃說，你們已經安頓下來，我便放心了。本來想著沒什麼好說的，老章和老趙他們卻說，有些話不說不明，倒叫人誤會了我。我想著也是這個理，先時雍國公帶頭過來，說是我的祖父輩，過來指點我怎麼治理南夷，還說你們這麼大老遠跟來，我不給宅子給地給官職很不像話……哎喲，這要是不知道的，還得以為是哪路祖宗下凡了。我實不知，你們是怎麼想的？」

襄陽侯連忙道：「殿下莫誤會我等，我等只要略懂道理，都不能有這樣荒謬的想法。」

餘者亦是跟著附和：「簡直匪夷所思啊！」

「是啊，真是匪夷所思。當初，你們在京城也沒跟陛下要宅子要地，到我這裡就這般拿大，我先時都尋思著，你們是不是欺我年少了。」秦鳳儀說著。

大家又是一番表白，襄陽侯暗道，真不愧是曾把閩王氣暈，跟順王兄幹過架的強人，這位殿下的口齒也忒凌厲了些。

秦鳳儀笑道：「如今見著你們，咱們彼此的誤會倒是解開了。宗室們雖對我有頗多誤解，當年宗室改制我也是參與人之一，革了宗室的銀米，想來有不少人恨我怨我，但京城宗學亦是我主持修建的，我還擔任過大半年的執事，宗室考試授爵授實缺之事，亦是我宣導的。今日諸位到我南夷，不知你們是個什麼想法？若是過來做客，我熱烈歡迎，我們南夷可是四季如春，最是養人的地方。若是過來想謀實缺，南夷雖不比京城繁華，但我這裡只要是想任事，能任事之人，我絕無二話。」

襄陽侯道：「不知我們能做些什麼？」

「襄陽侯問我，其實我也不曉得，便是我身邊之人，亦是要先行遴選，或是先得個差使試一試方好。」秦鳳儀笑道：「這樣，過幾日我要出巡信州，你們若有意的，不妨與我同去，也賞一賞南夷的風景。」

眾人見秦鳳儀雖是詞鋒銳利了些，卻不是個會糊弄人的，直接就邀請他們一塊出巡，於是，大家紛紛應下來。秦鳳儀便與他們商定了出巡日期，然後當天設宴，請諸位宗室吃酒。一日熱鬧下來，皆大歡喜。

接著，諸多宗室經歷了這輩子打娘胎裡出來後，最為艱險的一次旅程。

什麼是坑，這才是坑啊！

伍之章●恩威並施降山蠻

秦鳳儀出巡信州，並未帶張盛，而是將鳳凰城防的事務交給了張盛。不過，張盛向秦鳳儀推薦了十二名少年隨行，這是自童子軍裡挑出來的。先時那些隨著秦鳳儀來到南夷的乞兒們，秦鳳儀多是讓他們從軍。

說是從軍，但彼時年紀小，與尋常兵士不同的是，他們另有文化課，也就是說，這批孩子們自小都是念書識字的。如今挑出來的這十二人，皆是童子軍中的佼佼者，秦鳳儀也識得他們，因為秦鳳儀向來很重視軍隊，有事沒事都會去各軍營遛達，自然不會落下童子軍那裡。

打頭的少年姓邵，以前還不是孤兒時在家中排行老大，便叫邵大郎。秦鳳儀令邵大郎做這十二人的首領，與他一道去信州巡視。

秦鳳儀出行前，照例把家交給了大陽看著。大陽年僅三歲，但對於看家的重任習慣了，他帶著大臣們將他爹送出城，還叮囑他爹在外頭好好吃飯，早些回家。他爹聽得感動至極，抱著大陽親好幾口，看得大陽他舅唇角直抽。

秦鳳儀道：「好兒子，把家看好，爹一兩個月就能回來了！」

大陽點著小腦袋，「爹，您放心吧，我一準兒看好家！」

父子倆又互親幾口，秦鳳儀此方依依不捨地揮別肥兒子，帶著由宗室、豪門、地方官、親衛軍，以及士兵們組成的隊伍，浩浩蕩蕩西行而去。

秦鳳儀去往信州，潘將軍等人沒覺得如何，因為信州就是他們打下來的。阿泉族長亦是精神奕奕，神清氣爽，暗道以後一定要跟緊親王殿下的腳步。這回因阿泉族長要隨行，留待鳳凰城守城的便是張盛與阿花族長所屬的軍隊了。

張盛倒沒什麼，阿花族長卻是不大滿意，不過，先時信州之戰，就阿泉族長這支沒有參加，阿花族長便體諒阿泉族長。當然，背地裡沒少笑話阿泉族長這支人膽小就是。

秦鳳儀叫了薛重一車和阿泉族長在身邊，與他們說起先時征信州之事來。沿路的地理，哪裡是哪裡，秦鳳儀一清二楚，再加上他口才好，便是山野景致，也說得令人頗是神往。

宗室們便不同了，他們自京城南下，便是自江西入南夷，一路上也是車來船往，頗是熱鬧。待到鳳凰城，更是覺得地方雖則小些，更不好與京城的氣派相比，但這座小小的新城卻是建得精緻漂亮，城中亦是繁華不遜淮揚，更較他們先時各自封地老家強上許多。

結果，這一出鳳凰城往西行，沿途看到的多是荒野之地，心便涼了半截。及至天黑，秦鳳儀命軍隊就地紮營，便是襄陽侯也頗覺不可思議，想著焉何不尋個驛站安置？不過，他們都見識過秦鳳儀的性子，連秦鳳儀這堂堂親王都不挑住宿，他們自不會多言。

秦鳳儀還與他們道：「你們怕是沒吃過這樣的苦，可還受得？」

襄陽侯等人答道：「殿下這般勤勉樸素，我等自當向殿下學習。」

秦鳳儀出門在外並不飲酒，但他是個財大氣粗的，手下將士的吃食很是不錯，再加上有運糧的商隊隨行，還有各式肉蔬供應，雖則多是醃肉，也是每人有一份醃肉、一份菜蔬，只是，米飯不大好，有些粗糙。

襄陽侯以為是秦鳳儀給他們的下馬威，未曾想秦鳳儀也是吃同樣的吃食，再往外一瞧，全軍上下都是吃這個。襄陽侯真是服了，秦鳳儀縱不是在皇家錦衣玉食長大的，少時在鹽商家也是金珠玉寶般的，難得秦鳳儀能吃得了這個苦。

襄陽侯把一肚子的話悉數壓了下去，看兒子幾乎沒動那些飯食，也沒多說什麼。

待得第二日，依舊是露營住宿，襄陽侯便曉得，秦鳳儀並不是刻意不想在驛站休息，看來是沒有驛站了。

秦鳳儀與薛重道：「這路上原是有兩個縣城，但在先時山蠻來犯時，兩個縣城的人都被山蠻劫掠。我思量著，今信州已平，這兩個縣城還是要遷些人口過來的。」

薛重道：「臣看這往信州的官道，似也不能與鳳凰城到南夷城的官道相比。」

秦鳳儀點頭，「這條官道未修整過，先前不是山蠻來犯，就是我征山蠻，又有建鳳凰城的事，這條路便沒顧得上。其實本是有水路可走的，無奈那邊的碼頭也尚未修繕。」

秦鳳儀問風水師道：「易大師看看，這一路上重建縣城可好？」

易大師說：「待南夷城至信州的官道暢通，路兩旁當會人聲鼎沸。」

秦鳳儀笑，「借你吉言啦！」

一直行軍五日，方到信州城。

傅浩等人已聞信接出城外，秦鳳儀見到他們幾人，笑道：「多日不見，諸君安好。」

眾人鄭重行禮，秦鳳儀扶起傅浩與馮將軍，嘴上還道：「不必多禮，嚴大姊那裡，阿金你替我扶一下。」

嚴大姊笑說：「殿下一見到臣等，必要打趣幾句的。」

「不是打趣，是好幾個月沒見，我心裡想著你們呢！」秦鳳儀自小便有著甜言蜜語的本事，與臣下等人說起這些話來，絲毫不勉強，也半點不覺尷尬。

傅浩等人請秦鳳儀登車進城，秦鳳儀出巡向來是騎馬的，不過，入城不同，秦鳳儀便換了傅浩等人帶來的馬車，同時吩咐道：「老傅、老馮，你們兩個上來。」

二人上車，秦鳳儀問了些信州城的情形，傅浩道：「大事就是幾場戰事了，這上頭還是讓馮將軍來說吧。」

馮將軍與傅浩共事這些日子，頗是相宜，馮將軍便先說了幾場戰事，除了在山蠻嚮導的帶領下進行各縣城的武裝解除外，桂地山蠻竟然組織人手過來攻打信州城。

馮將軍道：「約莫來了兩千餘人，留下了一千多，餘者逃回桂地去了。」

秦鳳儀眯眼，「桂地山蠻很有自信啊！」

馮將軍道：「大概是信州之失令他們不安了。」

秦鳳儀冷笑，「不安還在後頭呢！」又問傅浩：「這些天城中如何？」

傅浩道：「我軍從不侵擾百姓，便是城中百姓的家財地產，該是多少還是多少，只是要到衙門重辦個文書便是。這些天還在修城牆，因著每天有工銀可領，山蠻也很樂意幹。他們這裡山上亦有茶樹，我從鳳凰城請了幾個懂行的茶農教他們管理，再者，與他們說了三年免稅之事。現下城中雖遠不能與鳳凰城相比，但他們的日子較之先前左親王主政時好上不少。百姓們嘛，只要是太太平平的日子，且過得比原來好，他們便只管自己過日子的，倒是我們抓了一些不大安生的山蠻族小頭領。」

秦鳳儀微微頷首，與他想的差別不大，接著問：「孔寧這些天可還安分？」

傅浩道：「頗是安分。」然後又說：「此次殿下身邊多了不少生面孔。」

秦鳳儀道：「我去京城這一趟，有些人是我請來的。咱們打下信州，原不是想著交趾互市之事？阿重是我自戶部挖過來的，互市之事就由他來主持，這回我帶他來信州走一走，也讓他熟悉一下，另則還有些親朋、宗室。咱們南夷正是用人之計，我帶他們一塊來看看。除了信州城，餘下縣城，我也要走一走。」

秦鳳儀補充一句：「他們的住宿得安排一下。」

傅浩道：「王宮裡屋子有的是，知道殿下要來，臣已令人提前打掃出來。」

秦鳳儀點點頭，掀起車窗紗簾看車外街景，見雖有軍隊巡邏，百姓們來往出行並未有不便之處，而且城中還算熱鬧，秦鳳儀道：「就是破舊了些。」

傅浩笑，「這已是不錯了。」

秦鳳儀問：「山蠻中有沒有選出有德望的明理之人來？」

秦鳳儀說的明理之人，就是說，肯歸順於他的人了。

傅浩道：「有一位長者，名喚李長安，很是通情達理，在山蠻平民中亦有威望。」

「他的名字與咱們漢人一樣啊？」

「是，他們其實都是漢姓，名字亦與漢人無甚差別。」傅浩道：「山蠻雖是以族群聚居，其實也經過了一些漢文化熏陶，故而名字多是從了漢姓，而且，山蠻中不止一族，這裡頭又分了許多族群，臣看下來，光是咱們信州城，山蠻若是細分，足有三十多族。」

秦鳳儀扶額，「聽著就頭暈。」

「他們縱是同一族，也有不同分支，這個說來便複雜了。」傅浩不愧是才子出身，不過兩個月，便對山蠻的文化有了相當深入的了解。

秦鳳儀問：「這麼多族群，就只有這一位樂於歸順的長者嗎？」

「那倒不是，先時山蠻左親王那一批的親貴倒灶後，如今大家的日子好過，都樂意歸順殿下。還有幾人，只是不如李長安穩重。」

「你記著提醒我，回城後見一見這些山蠻的新頭領。」待回到王宮，秦鳳儀略說幾句，便令大家各自去安歇。

秦鳳儀這幾天亦是車馬勞頓，先去泡了個澡解乏。洗完澡出來，傅浩已是在外候著。秦鳳儀一看便知是有要事，擦乾頭髮就讓傅浩進來說話。

傅浩對秦鳳儀使個眼色，秦鳳儀打發了侍從，方問：「什麼事？」

傅浩謹慎地出門瞧了瞧，見侍從站得頗遠，即便如此，他也沒直接說，而是取了案上筆墨，悄悄寫了一行字。秦鳳儀一見這行字，眼睛就亮了。原來自秦鳳儀走後，傅浩整理山蠻王的機密文書時發現，山蠻王在大山裡竟然有一處銀礦、兩處鐵礦。

傅浩發現這事，沒敢跟第二個人說，憋到秦鳳儀回來，此方親自過來稟報秦鳳儀。

秦鳳儀看完這行字，取了筆，寫道：「暫莫聲張。」

傅浩點了點頭。

秦鳳儀算是知道為什麼在大軍打下信州城後，桂地山蠻還要著人強攻，試圖奪回信州城了，怕為的不止是這座城，恐怕還有這幾座礦。

秦鳳儀極力平復著狂跳的小心臟，輕聲問：「我讓你查的鳳凰紗的事，可查清楚了？」

傅浩道：「孔寧乃山蠻左親王心腹，我問過他，他說來是桂地山蠻王打發人送來的，的確也找到了這紗的紀錄。我又提了幾位左親王的近侍問過，孔寧所言的確為真。這紗我悄悄同方賓客打聽過，方賓客說，鳳凰紗向來是皇家專用，便是咱們的織造局裡，也從不敢織這般圖樣的紗。」

秦鳳儀垂眸思量片刻，方道：「此事暫且按下，以後再說。」

秦鳳儀又道：「細與我說一說現下城中山蠻的情況，尤其是幾位山蠻中比較有威望的，他們先時都是做什麼的？」

傅浩道：「先時臣與殿下說的，山蠻裡亦有不同的族群，他們這幾支多是不得勢的，在左親王主政信州時，做的是些低下勞碌的差使。」

傅浩說的基本都是活幹的最多，還最受欺壓的那一群。

秦鳳儀唇角一翹，「這也是風水輪流轉了。」又問他們如今都做些什麼事。

眼下城裡也沒什麼工作，最主要的工作便是修城牆。因著每天幹活管兩頓飽飯，還有幾十個銅板拿，山蠻現在幹得很起勁兒。

秦鳳儀想了想，說道：「這還不夠，想要他們忠心不二，就要讓他們的利益與咱們的利益捆綁在一處。」

傅浩正想聆聽秦鳳儀的意思，秦鳳儀卻是未再多言，而是轉移話題道：「晚上的席面準備得豐盛一些。」秦鳳儀頭一天來信州城，晚上必是要設宴的。

傅浩向來是個嘴毒的，道：「剛進城時臣便想說，又擔心叫人聽到多心，瞧著跟隨殿下過來的那些個貴人，面色可不是很好。」

秦鳳儀隨口道：「他們在京城養尊處優慣了，在鳳凰城又是樣樣方便，這一路上自然覺得不大適應，我相信這情況會改變的。」

結果，秦鳳儀這話說得很自信，然後待他自信州出發巡視各縣時，跟他來信州的宗室足足病了三成，全都是被嚇病的。老天爺，信州已是不能想像的窮山惡水之地，信州轄下的縣城又會是什麼情形？許多宗室便是自己先祖封地是尋常地界，也沒有這般糟糕啊！

大家來南夷，甭管是為了什麼，總之不是為了吃這種苦頭。

襄陽侯父子倒是沒走，只是宗室裡這許多人病遁，令打頭的襄陽侯極沒面子，還得硬著頭皮為這些不爭氣的東西打圓場：「興許是頭一遭出遠門，他們有些水土不服。」

這話假得，饒是依襄陽侯的臉皮都禁不住微微發燙。

秦鳳儀微微一笑，大度且寬容道：「我想也是，那便讓他們留在信州城吧。」

望著秦鳳儀這種幾乎稱得上聖潔的微笑，襄陽侯心頭不由一凜，暗嘆，這位殿下果真好手段，簡直是不費吹灰之力便刷下了這些人去。

秦鳳儀來信州的晚宴準備得相當豐盛，傅浩等人瞧著宗室與豪門子弟那一通大吃大嚼，都有些傻眼。無他，這些人因為出身的緣故，很有些眼睛長在頭頂上，而且，因國家太平許久，這些傢伙更是各種規矩禮儀必要優美，言語必要斯文，飲食必要食無言，何曾有過這種八輩子沒吃過飽飯的樣兒？

若非他們是跟著秦鳳儀一道過來的，如傅浩等人，就依著這些人吃飯時狼吞虎嚥的糙樣兒，便得說，這是哪裡來的騙子？

不過，這些人還真不是騙子。

之所以這般，吃飯急了些，主要是路上太艱苦了，而且，要是在別處如此艱苦，這些人哪怕面上不說，心裡必要抱怨的。此次與秦鳳儀來信州不同，路上是吃得不大好，但秦鳳儀與大家吃的都一樣。論身分論爵位，秦鳳儀比他們高出三座山去，秦鳳儀卻是同樣的伙食，故而哪怕這些傢伙覺得此生從未挨過這種辛苦，卻是滿肚子的苦楚無處訴。

如今好不容易有頓好飯吃，他們倒也想顧一顧形象，奈何聞到這精烹細調的羹食之美，便是心裡想矜持一二，身體卻做出誠實的反應，如襄陽侯都是不自覺吞了吞口水。

襄陽侯還能把持得住，但襄陽侯之子就很實在地在秦鳳儀舉杯後狼吞虎嚥起來。主要也是跟隨秦鳳儀南下的多是年輕人，像先時雍國公那樣擺長輩譜的也不過五十歲左右，當然，這種人已是被秦鳳儀攆回去了。

現下爵位最高的襄陽侯，不過三十幾歲，未至不惑之年，他家長子也年僅十七歲，路上還曾嫌飯食不好，初時根本吃不下營中飯菜。襄陽侯未曾多理，餓了兩日，這位襄陽侯世子就啥都吃得下了，還吃得很香。

眼下來了信州城，見到滿桌魚肉，原本該是食不厭精、膾不厭細的貴公子們，個個吃相堪比餓死鬼，襄陽侯都覺得臉上火辣辣的，所幸秦鳳儀很照顧他，似明白襄陽侯心中所想，對襄陽侯道：「孩子們平日不常出門，怕是頭一回吃這樣的苦，慢慢歷練就好了。」

襄陽侯道：「他們一個個，小的比殿下小不了幾歲，殿下在他們的年紀，已有舉人功名。

他們都是家裡嬌慣得太厲害，跟著殿下耳濡目染，便能有所長進。」說著，舉杯敬秦鳳儀。

酒宴結束，眾人各自安歇不提。

秦鳳儀並非直接就從信州起程巡視各縣，他這人喜歡逛街，來了信州，必要在城中走一走，逛一逛的。這回便是蒼家兄弟相陪，秦鳳儀還與蒼家兄弟說了對他倆的任命。

秦鳳儀道：「知府是正五品，若是提你們，吏部那裡得有話說，故而，你二人，一人為通判，一人為同知。待知府到任後，你二人輔助知府，必要治理好信州才是。」

二人正色應了。他二人不過是進士功名，卻是投靠秦鳳儀投靠得早。當然，算起來也不很早，是去歲佳荔節過來的，但相對於傅浩的彆扭不同，這兄弟二人年輕不說，還是奔著秦鳳儀來的。秦鳳儀對他二人亦是不薄，秦鳳儀那會兒身邊人少，這兩人一到，固然比不得趙長史、章顏、李釗、方悅等人，但征信州之戰，秦鳳儀便用了他二人。待信州打下來，安民撫民，亦多交代了他們。如今，正六品的同知和通判都到手了。

蒼家兄弟倆覺得，雖不是在秦鳳儀身邊，但以後征桂州，信州便是大後方，信州的重要性不方而喻，何況還有與交趾互市之地，親王殿下也是準備開了交趾境的。今令他二人留守信州，授予實官實職，足見對他二人的信重。

秦鳳儀又問起近些日子信州城的事來，蒼岳道：「信州城剛剛收復，因要修城牆，便有商賈過來。修城牆的事倒沒什麼，有些道路實在不大成，也一併修了。只是，有些商賈過來想低價收購山蠻人的茶山桑田，這還是在他們到衙門辦理過戶手續時才知道的。信州城不知咱們那裡的消息，現下茶山桑田最是值錢不過，我們與山蠻裡一些有德望的長者說了此事，他們方不再輕易出售這些田產了。」

秦鳳儀尋思道：「若我是商家，必然要先立下契約，付出一大筆訂金。倘是山蠻毀契，便要求雙倍賠償訂金。」

蒼岳笑道：「大人神機妙算，商賈精明，更是無恥，他們在契上約定，其中一方毀約，就要償還十倍訂金。」

秦鳳儀當下臉沉了下來，蒼岳道：「不過，有官府出面，那商賈還是識趣的，只是收了兩倍訂金，這事便罷了。」

秦鳳儀道：「你們做的對。商賈趁著信州百姓消息不靈通，過來收購茶山、桑田和樹木，這無可厚非，商賈逐利嘛，但咱們若是想徹底收信州百姓的心，唯有一條路可走，那就是讓這些百姓們過上好日子。讓他們明白，跟著咱們，比以前跟著那什麼左親王更有好日子過，他們自然會忠貞。」

蒼岳道：「他們雖然有茶山，卻多是野茶，以往未當回事。桑田倒是打理得不錯，卻不通紡織。我們自鳳凰城請了些懂行的農人和工匠過來，慢慢教他們如何打理茶山，還有繅絲、紡織之術，如此他們以後日子肯定不會難過。」

秦鳳儀問：「左親王的田產山地都整理出來了嗎？」

蒼山取出一份輿圖及一匣子田契地契，同秦鳳儀說起左親王的產業來。

當初左親王的府庫大家瓜分了，秦鳳儀不過取二成，剩下的八成，大頭給軍中，如蒼家兄弟這樣的文官，也得了一注橫財。秦鳳儀如今看著這些田地山頭，直接又給大家分了。

秦鳳儀留下一些田地，要知道，左親王可不是不懂行的，自從南夷的茶值錢後，他的產業裡頗有幾處不錯的茶園。這些茶園，秦鳳儀一處未留。另則山頭、桑田之類，連帶在鳳凰城守城的章、趙、李、方、阿泉族長幾人，也每人得了些田地，只是不能與參與信州之戰的諸人相比罷了。蒼家兄弟自然也各有各的產業，秦鳳儀與他們道：「這些田地，三年後該怎麼交稅怎麼交稅，別來隱田那套啊！」

蒼家兄弟連忙道：「臣等萬萬不敢如此，那豈不是辜負殿下信重之恩？」

這二人原以為左親王的田產要歸親王殿下的，沒想到親王殿下連這個都分了。縱是蒼家兄弟出身世宦門第，而且，他們這樣的年紀自是理想高於物質，但秦鳳儀此舉，無疑令他們更生出幾分追隨之心。

這分田地的事，秦鳳儀是交代給傅浩辦的。

傅浩是個直性子，感慨道：「殿下委實大方得很。」

秦鳳儀道：「你們跟著我辛苦一場，將士們又拿命來換，待打下桂州，還有更好的。」

分田地不過是小事，秦鳳儀雖沒自己做過生意，但自小跟著秦家夫婦養大，秦家夫婦委實未想過讓秦鳳儀恢復皇子身分。倒不是不想，而是夫妻二人有自知之明，再者，他二人拿秦鳳儀當命根子，捨不得秦鳳儀涉險。當然，秦鳳儀自小到大，也沒表現出什麼明慧的性格來，反是越長越紈絝，所以，秦老爺玩命地為兒子掙家業，沒少同兒子念叨生意經。

秦鳳儀沒做過生意，於人情世故上卻是有些眼光。雖然征信州啥的，有不少譬如「為國征戰」之類的口號可喊，可歸根究底，得叫手下人得到實在好處，他們方能繼續效力。

若是指望著朝廷那些個三瓜兩棗，誰肯賣命啊？

再有，田地之事，便是秦鳳儀都攏在自己手裡，也得有人耕種。信州人口尋常，也就勉強叫個州，而將這些田產分賜部下，得了田產的想有收益，必然要著人耕種。便是不願耕種的，隨便他們買賣，接手之人必也要耕種，反正這些在籍田產，田稅定要有人交的。

至於茶園、桑田等產業，如今都是金餑餑，分到誰手裡，誰能不打發人好生打理呢？

分田地的事情交代下去後，秦鳳儀與傅浩另有事情商量。

秦鳳儀道：「這匹鳳凰紗留下一半，另一半，我想著寫份密摺，著人送去給皇上。這既不是咱們這裡的東西，那必是宮裡的東西。」

傅浩道：「這也好。如鳳凰紗這樣的物件，出產、進上、賞賜都有紀錄。」

秦鳳儀問：「咱們南夷織造局來的不也是有些年頭的匠人，他們能認出這鳳凰紗嗎？」

傅浩道：「有一位四十歲的老織工說，這種九彩鳳凰紗便是他們也沒織過，現下都是用五色來織。我猜想這是不是前朝時的織紗？先帝在位時，頗喜華彩奢侈之物。」

秦鳳儀道：「還是讓朝廷去查吧。」

傅浩很認同將這紗交給朝廷的做法，秦鳳儀道：「你把這事原原本本寫份奏章，寫好後我簽個名遞上去。」

另一方面，嚴大姊與家裡的兄弟見了面，雖然嚴三哥與嚴小弟對於妹妹（姊姊）正被一位土人追求的事頗為不滿，奈何秦鳳儀準備要起程到縣裡巡視了，他們皆要跟隨，顧不得反對什麼。倒是阿金，找到了秦鳳儀，請秦鳳儀為他在三大舅子和小舅子跟前說些好話，秦鳳儀很痛快地應了。

襄陽侯則是快要被宗室一干人氣死了，他兒子提前跟他報信，襄陽侯世子道：「好些人死活不願意再跟著鎮南王往縣裡去，說是太苦了，不是人過的日子。」

「放屁！鎮南王比咱們金貴百倍，他都沒叫苦，你們就受不了了？」襄陽侯氣得發暈。

襄陽侯世子道：「喊苦的可不是我，我是好意跟爹您說一聲。」

襄陽侯細問此事，然後挨家挨戶去勸，結果，待秦鳳儀出發前夕，仍是有三成宗室以各種藉口為由，不打算隨行。秦鳳儀一句話未曾多說，便帶著傅浩、馮將軍、孔寧、山巒裡的長者，以及能跟上的宗室、豪門，繼續往縣鄉而去。

那些個經由襄陽侯勸說繼續跟隨秦鳳儀的宗室，悔得腸子都輕了。當秦鳳儀到達第一個縣城大荔縣時，倒下的不止是宗室，還有一部分的豪門子弟。

大荔縣離信州城頗近，並不算是窮縣，先時秦鳳儀剛就藩時，也親自帶著近臣去臨近的縣城巡視過，彼時鳳凰城的前身番縣比大荔縣好不到哪兒去。秦鳳儀不以為意，他見慣了，南夷有好地方，也有窮困的地方，這根本不算什麼。

然而，秦鳳儀安之若素，旁人可不這樣想。

原本眾人以為再苦苦不過信州城，結果，到了大荔縣他們才發現，破破爛爛的信州城簡直可稱得上繁華，畢竟信州城裡日常物件的供給還是很方便的，不論吃食還是用具，哪怕不是上上等，但起碼是有的。到了大荔縣，吃飯的館子僅有一家，除此之外，竟無別個店鋪。聽聞市集十天一次，大家也多是以物易物。

他們這些人，吸取了自鳳凰城到信州一路上的教訓，此次出信州，各自都帶了不少肉乾點心之類的吃食，可這些東西也有吃完的一日啊。待這些吃完，也只好去吃大鍋飯了。大鍋飯還沒啥，可秦鳳儀除了視察縣城的城防，聽取新縣令的工作彙報外，還要去外面的田間親自瞧瞧農田的情形。秦鳳儀是往田間去過的，知道會有螞蝗，故而渾身上下裹得嚴實，他還特意著人提前跟宗室與豪門子弟說，明天要去田裡，讓他們穿得嚴實些，尤其是褲腳靴筒要紮好。無奈就是有那種二百五，你說什麼他都當聽不到。運氣好時沒什麼，可如今正逢夏時，可不就有人中招了嗎？

這回可真是把人嚇慘了，險些直接厥過去。當天回縣城，第二天就沒能起來。所幸秦鳳儀出門，李鏡別個事不操心，一定要他帶著太醫。其實對方就是被螞蝗咬了一口，然後嚇著了，好在有太醫診治，並無大礙。可許多宗室終是心生怯意，覺得這不是人待的地方。

更讓他們覺得自己與鎮南王絕對不是一個品種的事件是，當地山蠻宴請鎮南王的宴會。我的天，那都是些啥玩意兒啊，蛇蟲鼠蟻都能上桌？

其實這些人也忒誇張，起碼是沒有螞蟻的，就是鼠，也只是竹鼠而已。蛇的話，蛇羹是鎮南王的最愛。

秦鳳儀與李長安、大荔縣的山蠻們道：「這做蛇羹還是你們的手藝最好。當年我與阿泉族長他們一道狩獵，是炙蛇肉來吃。後來，我去山上，阿錢族長請我吃蛇羹，自嘗過這蛇羹之鮮，我隔三差五就要吃一回，連我兒子也很喜歡。」

山蠻們頓覺親王殿下很有品味，與親王殿下說起做蛇羹的大蛇來。

山蠻人阿森道：「今日蛇羹用的是一條兩米多長的大青蛇，這樣的肥蛇也不多見。想是因殿下親至，鳳凰大神賜予我等，讓我等用來招待殿下與諸位貴人。」

秦鳳儀哈哈一笑，「這是自然。鳳凰大神的觀宇就在鳳凰城，你們有空可去朝拜。」一聽說親王殿下竟然為鳳凰大神建了觀宇，這些人高興得不得了。秦鳳儀還說起自己與鳳凰大神的淵源，總而言之一句話，他自己就是鳳凰大神在人間的分身。

說到興處，秦鳳儀還用山蠻話歡呼兩聲：「鳳凰大神在上！」

一屋子山蠻便高興得像過節似的。

宗室與豪門子弟直勾勾地盯著秦鳳儀用那漂亮得如同玫瑰花瓣的嘴唇慢調斯理地吃著蛇羹，嚼著尺長的蜈蚣。那蜈蚣是先醃過再炸，秦鳳儀覺得這樣咬著不大適口，便剝了蜈蚣最外面的那層殼，與山蠻人道：「這殼有些硬，蜈蚣抓來先燙一燙，然後掐頭去尾剝出肉來，用調料醃過，再用油炸，如此更是入味又可口。」

山蠻們大是佩服，道：「殿下不愧是殿下，這法子更講究了。」

當然，人家山蠻準備的不止這些，還有在山間打來的野味，剝皮烤來吃，味道很不錯。不過，許多宗室子弟可能被比較罕見的蟲蛇類嚇著，便是烤肉也吃得有些難以下嚥。

這一回宴飲，山蠻們倒是沒什麼，他們覺得受到鳳凰大神庇佑的親王殿下是個好人，給他們土地，允他們耕種，還有三年不必交稅，更說了要傳授他們養蠶的技術，讓他們過好日子。但對於宗室與豪門子弟完全是另一種翻天覆地的感受，他們認為，秦鳳儀絕對是另一個物種。天啊，漢人怎麼能吃下那些東西，還吃得津津有味，毫不作偽？

據說，當天宴飲時，好幾人都退出去吐了一回。

這下子，待秦鳳儀再出發時，宗室直接少了四成。就是前頭有金山等著他們，如果是要與這種吃蛇蟲鼠蟻的山蠻打交道，縱有金山，他們也不想要了。另有幾個豪門子弟深覺自己受不了這等苦楚，便未隨秦鳳儀一道繼續往南行，準備打道回京了。

那些求去的宗室，襄陽侯卻是未再勸解，事實上，連襄陽侯自個兒也嚇得不輕。他先時不過是閒散宗室，因思維靈活，會辦事，與順王還是堂兄弟，自小關係不錯，在順王那裡很有些顏面。待宗室改制，聽聞順王有子侄入宗學，襄陽侯搭了個順風車，他家老三也跟著到宗學念書。後來，襄陽侯乾脆把家搬到京城去，準備在京謀個實缺。無奈，文官們防宗室防得緊，襄陽侯在京大半年，沒能等到好缺。然後，就趕上秦鳳儀回京。

襄陽侯在順王那裡聽聞過秦鳳儀的名聲，一則宗室改制，罵秦鳳儀成了宗室的新風尚。以往大家見面都是問你吃了嗎？後來宗室改制，革了無爵宗室的銀米，按理與襄陽侯這等有爵宗室無干，但宗室改制還關乎爵位繼承，於是，宗室們見面除了問「吃了沒」，第二句就是你罵了沒。後來，秦鳳儀再聞名於宗室，便是因其身世了。

襄陽侯聽順王提及過秦鳳儀，別看兩人掐過架，順王對秦鳳儀的評價竟是很不錯，順王就說過：「以後他必為股肱之臣。」

及至秦鳳儀身世揭開，順王反是沒再說過了，但襄陽侯下決心跟隨秦鳳儀南下時的那一夜，忽然就想到了堂兄順王對秦鳳儀的評價。

襄陽侯一樣是養尊處優的宗室，他也沒吃過苦，到信州一路上吃大鍋飯，那米粗得襄陽侯都覺得刺嗓子，可襄陽侯有一樣好處。秦鳳儀比他年輕，比他身分更高，秦鳳儀能吃，他便能吃。如今襄陽侯見著山蠻人吃的那些東西，未嘗不噁心，可相較於秦鳳儀能面不改色地欣賞品嘗山蠻人的吃食，襄陽侯並不如那些怯懦的宗室想要轉頭離去，襄陽侯反是很敬佩秦鳳儀。這人的確不是尋常品種，尋常人哪裡有秦鳳儀這樣的本領。

襄陽侯甭看年紀比秦鳳儀大十幾歲，但他此生辦過的實差也就是一些宗室裡的事了。不過，他也不是白活三十幾年，襄陽侯處事相當通達。他先時隨秦鳳儀過來南夷，原是想發點財，這不是聽說南夷又要建外城嗎？可眼下襄陽侯的想法改變了。他沒做過實差，可他不是笨蛋，當自己不優秀時，跟著優秀人的步伐便是。

秦鳳儀除了與當地縣裡的山蠻宴飲，還請山蠻們參觀了他的軍隊。既有當地兵馬，還有土人兵馬，不必秦鳳儀說什麼威懾之語，這些健壯將士、雪亮長刀，足以說明他的實力。

襄陽侯跟著秦鳳儀的時間長了，許多話也敢說了，襄陽侯便私下說過：「殿下，您這樣的身分，何須對山蠻這般客氣？他們只是尋常的山蠻罷了。」

只這一句話，秦鳳儀便知道，尋常宗室都被朝廷榮養成什麼樣子了。

要說宗室裡還有人令秦鳳儀另眼相看的，襄陽侯絕對是其中一個。襄陽侯是眼前追隨秦鳳儀的宗室裡爵位最高的，而且，襄陽侯頗有些領導力，宗室裡的一些小狀況，都是他主動去解決安撫的。對於這一點，秦鳳儀很滿意，只是，連襄陽侯都會問出這種在秦鳳儀看來很幼稚的話，可見如今宗室的水準。

這些想頭也只是在秦鳳儀心中一閃而過，秦鳳儀並未表現出任何不滿，而是耐心道：

「正因他們是普通山蠻，我才會對他們這般客氣。山蠻的右親王，早在前年帶兵犯南夷城時便被我殺了，左親王又被活捉獻俘。基本上，信州的山蠻貴族，不是殺了便是囚了。如今這些是先時不受左親王待見的，還有便是與左親王的關係不大親近的山蠻旁系。」

襄陽侯有些明白秦鳳儀的意思，卻還是提醒秦鳳儀：「山蠻畢竟非我族類。」

「襄陽啊，你知道什麼地方最窮嗎？」秦鳳儀顯然未要襄陽侯回答這個問題，他自問自答道：「我少時在揚州長大，後來到了京城，現在又到了南夷。揚州之富，富在鹽商，可揚州的鹽商大多非揚州本地人，揚州的鹽商多是徽州人。待到了京城，京城更是天子之都，較揚州的繁華更甚，而在京城，本地的京城人又有多少呢？而不論經商的，還是做官的，反多是外地人。待我到了南夷，發現這裡太窮，窮得只剩南夷本地人了。至於南夷當地人，許多人在外頭有了出息，頭一件事就是把家裡人都搬到外頭的好地方去生活。這小到一城，沒有外來人的城，會是最窮的城。」

「再說大到一國。昔日我讀史書，秦王要逐客卿出秦，後李斯上《諫逐客書》，裡頭有一句話，泰山不讓土壤，故能成其大；河海不擇細流，故能就其深；王者不卻眾庶，故能明其德。」秦鳳儀道：「別說什麼非我族類，其心必異的話。一個人如果夠本事，自能令眾人折服。若是無能之輩，莫說外族，便是身邊之人，也會擇木而棲。我是南夷的王，這裡的漢人、土人和山蠻，一樣都是我的子民。」

秦鳳儀這話，襄陽侯覺得有些幼稚了，但是轉念一想，倘不是有這種一視同仁的幼稚想頭，秦鳳儀焉會啟用宗室呢？

這般一想，襄陽侯便感慨地道：「殿下英明。殿下此言，令臣茅塞頓開。」

秦鳳儀笑笑，未再多言。

襄陽侯覺得秦鳳儀幼稚，秦鳳儀覺得襄陽侯人情世故上不錯，但腦子真不算聰明，便是不說那些大道理，只要想一想他這藩地的名字——南夷。帶了個夷字，便可知道，他封地上必然是百族混居的狀態。換句話說，非漢人居多。難不成就因著不是漢人，便要防著殺了不成？先不說這種行為人不人道，把人殺完了，他這封地是清靜了，可這不是自絕生路嗎？

要說秦鳳儀就藩以來最大的感觸是什麼，並不是南夷窮困，或是有山蠻作亂，而是缺人啊，人口實在太重要了。

因為南夷人少，秦鳳儀簡直是珍惜這片土地上的每一個人類。管他是山蠻、土人，還是漢人，只要是人，秦鳳儀都稀罕得很。何況，山蠻這些人並非不開化的野人，他們只是書讀得少了些，各方面落後了些，整體還是很識時務的。

秦鳳儀與襄陽侯暢談了一番，襄陽侯認為秦鳳儀是個可跟隨的人，畢竟秦鳳儀對山蠻都十分優容，何況是宗室呢？而秦鳳儀則恰是相反，秦鳳儀認為襄陽侯在宗室裡算是比較懂事出挑的，唯獨腦子有點笨。

不過這也很好理解，除了雍國公那等刻意過來給他添堵，如襄陽侯這樣的，倘是身後無人，自己主動過來的，一般都是在京城混得不大好的，不然，若能搭上大皇子的線，恐是不會跟他不遠千里地來到南夷。

秦鳳儀感慨了一回腦子有些笨的襄陽侯，便準備自大荔縣起程，繼續巡視之旅。

那些準備回城的宗室與豪門子弟，雖然他們皆有隨扈，秦鳳儀仍是派個百戶護送他們回信州城，同時，秦鳳儀還令人把他的愛馬小玉的媳婦踏雪送回城。原本秦鳳儀想著，這趟出門路遠，帶著踏雪，還能替換一下小玉，結果出門才發現踏雪有了身孕，秦鳳儀便不讓踏雪行遠道，讓人把牠送回信州。秦鳳儀還寫了封手書給蒼山，要蒼山著人把踏雪安穩地送回鳳凰城待產。小玉與踏雪皆是名駒，生出來的小馬自不會差。

不說別個，馮將軍就很垂涎。

秦鳳儀道：「第一匹你是別想了，第一匹小馬是給我家大陽的，你可以排第二。」

馮將軍連忙道：「臣不敢與世子爭，能排第二也很好了。像小玉和踏雪這樣的名駒，該多生些小馬才是。」

「誰說不是，我都盼多少年啦！」秦鳳儀想到小玉要當爹，心中很是高興，拍拍小玉的頭道：「自從我當了爹，我就盼著你也當爹呢！」

小玉用鼻子蹭蹭主人的俊臉，彷彿聽懂了主人的話語一般。

馮將軍道：「咱們這裡，兵已是不少，馬匹卻十分有限。」

只要是男人，沒有不喜歡馬的。

要說馮將軍，自從跟了秦鳳儀，官位一路高升，且因信州之戰，還得了個小爵位。雖只是個三等子爵，卻是正經爵位。馮將軍如今在秦鳳儀麾下將領中，亦是個拔尖的，可馮將軍仍有樁小小的憾事，他十分羨慕親王殿下的親衛將軍潘琛，倒不是別個，而是潘琛營中有兩千匹駿馬，而且，這幾年亦有小馬誕下。小馬數目不多，也足夠馮將軍眼紅的了。潘琛麾下一萬精兵，便有兩千駿馬。馮將軍麾下兩萬人，也只有五百匹馬罷了，其神駿還不能與潘琛麾下軍馬相比。

秦鳳儀道：「先時自信州剿獲五百戰馬，你獨得兩百匹，怎麼還見著馬就兩眼放光？」

馮將軍道：「咱們南夷因水路多，不大適合養馬。就是信州這些馬，其實也不是信州本地的馬。聽說雲南產矮腳馬，我看信州得的馬都個頭不高，多半是自雲南得來的矮腳馬。」

「可見山蠻與雲南土司有不少關聯。」秦鳳儀道：「我們這邊兵強，騎兵卻是有限，若是對上桂地的騎兵，馮卿想過要如何應對嗎？」

馮將軍想了想，答道：「騎兵的衝擊力、機動性都是第一的，想要對付騎兵，紙上談兵的法子有許多，但到實戰，臣還真沒有太好的辦法。」

「閒時不妨想一想。」秦鳳儀道。

馮將軍恭敬地領命。

秦鳳儀取出一本書遞給馮將軍，「給你一本書看。」

馮將軍雙手接過，翻開來竟是兵書，不禁望向秦鳳儀。秦鳳儀擺擺手，看小玉去了。

馮將軍想著，大概待信州之地安穩後，殿下便該征桂地了。

秦鳳儀離開大荔縣的時候，邀請大荔縣的幾個年輕山蠻頭領一同巡視各縣。這些山蠻對秦鳳儀很有好感，再加上阿泉族長乃土人族長，很是與山蠻們介紹了一回他們在鳳凰城的好日子，當然，其間更是對秦鳳儀多有讚頌。何況，秦鳳儀說得天花亂墜，他們也想與這位俊美得宛若神祇的親王殿下多親近，以觀其人品。

離開大荔縣不過兩日，信州地界的路實在難走，走也走不快，秦鳳儀倒也不急，難走慢行便是，奈何遇著山蠻流民就有些意外了。這些山蠻，持槍帶棒自山頭衝下，並沒有衝擊到秦鳳儀。秦鳳儀在前頭騎馬，他這好幾千人，隊伍能拉出二里地去，這些個山蠻衝擊的是後頭的糧車。運糧的皆是商賈，所幸商賈們處事靈活，見這些人過來搶糧，命比糧更重要，很是讓他們搶了一車。

秦鳳儀聽聞此事，還問阿森道：「你們生活這般貧苦嗎？」

阿森苦笑，「我們這些能在縣城裡生活的山蠻還好些，原能填飽肚子，後來聽聞左親王，不，趙輝那傢伙跟殿下打仗，一去就沒見人回來，他便下令要我們進獻馬匹、糧食和銀兩，以及青壯，組成他的衛隊。有許多人知道是要與殿下打仗，又聽說殿下的刀能劈開高山，殿下一怒，便可山崩海嘯，我們都不敢去，許多族人便逃回山裡了。」

秦鳳儀道：「你們受苦了。若早知你們受此欺凌，我當早些過來。」又對這位大荔縣的山蠻頭領道：「從今往後只管安心過日子，從今年開始，三年之內種田免稅，三年後每畝向朝廷交一斗穀便可。」

阿森兩眼放光，「當真？」這話一出口，便覺不妥，連忙又道：「我等謝殿下！」

「這有何好謝的？這原就是朝廷的農稅。如果有人要多徵稻穀，儘管去鳳凰城找我，我自會為你們主持公道！」秦鳳儀義正辭嚴道。

桂信二州被山蠻占據久矣，這裡的山蠻與南夷山中的土人還不一樣，南夷的土人如阿泉族長這樣的，不懂種田。桂信二州的土人則不一樣，他們與這裡的漢人學會了耕種，故而這農稅的規矩，秦鳳儀也要與他們說一說的。

秦鳳儀道：「若是你認得山中的族人朋友，只管把我這話告訴他們。我不會抽調你們去當兵，你們的田產，如你先時是有田的，這些田還是你的，別人欺不了去。如他們若是無田，也可與我說，我會給予他們田地，所納糧稅都是一樣的。倘是頭一年沒有種子，我可租賃給他們，待第二年收成再還我便是。」

阿森當天就為秦鳳儀想了個主意，他讓秦鳳儀早些紮營休息，然後說是去林子裡打些野味。阿森甭看是個山蠻，很會辦事，他是叫著阿泉族長與十幾個士兵一道去的。之後，便打了兩頭大野豬、十幾隻兔子和山雞回來，而後向秦鳳儀回稟了先時搶糧食的山蠻狀況。

阿森與他們不同族，先時也不認識，不過都是同一州的山蠻，七拐八拐地一算，竟還是親戚。阿森說：「他們在山裡的日子很不好過，只有野菜野果可吃。他們沒有家私，雞兔都不好逮，我勸他們歸順殿下，他們說要想一想，明天再給答覆。」

秦鳳儀笑，「好，無妨。」又誇阿森有才幹，問他可願意在自己身邊做官。

阿森雖然覺得能在親王殿下身邊做官很榮耀，卻還是說要回去與家裡商議再決定。

秦鳳儀笑咪咪地道：「我等著你的答覆。」

阿森是個好學的青年，時常與阿泉族長交談，打聽鳳凰城裡土人的生活。

阿森道：「以前覺得你們在山上日子過得不如我們，沒想到竟被你們比下去了。」

阿泉族長道：「這都是鳳凰大神的庇佑。」

阿森不愛聽這個，「我們也是鳳凰大神的子民。」

「你不知道吧，殿下可是鳳凰大神在人間的化身。」阿泉族長道：「我族的白孔雀，見到殿下便翩然起舞。」

第二天，秦鳳儀便等來了歸順的山蠻，連帶著被搶去的糧食，也全都帶了回來。

秦鳳儀道：「這些糧食送給你們，你們帶著吧。」

這些山蠻很高興，把大袋糧食分成小份，一人扛二十斤跟著大部隊走路，薛重還悄悄同傅浩道：「他們也不怕累啊？」

傅浩道：「他們餓怕了，便是重些，扛著糧食也覺得安心。」

秦鳳儀一路南下，沿途收服了不知多少山裡流竄的山蠻，待到上思縣時，秦鳳儀麾下將士兩千，山蠻卻已多達五千餘人。

秦鳳儀問薛重：「這裡如何？」

薛重道：「背山臨海，且與交趾接壤，是好地方。」

秦鳳儀道：「就是縣城破舊了些，這縣城得改建。」又與風水師道：「易先生好生幫著歸置一二，起碼是一座能容十萬人的小城。」

薛重道：「殿下，是不是太大了？」在薛重看來，能容一萬人便足夠了。

「不大不大，慢慢來。」秦鳳儀挽著薛重的手，與薛重說起榷場的建設來，「我要的並不是一個擺攤賣東西的地方，這裡既是榷場，又是一座兵防城。對交趾人，生意是生意，但當防還是要防的，所以，阿重啊，你不僅要對榷場的事心裡有數，也要學著關心治安問題。」

秦鳳儀正說著自己對於榷場的安排時，阿森與阿泉族長連袂而來，兩人面色頗是古怪，秦鳳儀問：「什麼事？」

阿森道：「邕州的李吉祥打發人過來向殿下請安。」

秦鳳儀道：「邕州？」

傅浩道：「上思縣原屬邕州，只是人們久不提罷了。」

秦鳳儀問：「邕州也是一州嗎？」

傅浩道：「在前朝算是一州。」

阿森道：「李吉祥有約萬數族人，他原本與信州的趙輝是遠親，這次打發人過來，想是聽聞殿下威名，過來歸順的。」

秦鳳儀道：「那便請他的使者過來吧。」

秦鳳儀委實沒想到，他的威名原來傳得這麼廣。於是，靠著「威名」，秦鳳儀收了一州。說是一州，要按朝廷的規定，絕對算不上州，頂多算是個縣，還是中下等的縣。

待秦鳳儀靠著「威名」和「仁德」再拿下壺城的時候，桂地的山蠻都要罵娘了：這些無恥的傢伙，說都不說一聲就全都投降了！你們都降了，老子要不要也降了啊？

桂地山蠻是很想投降，但阿泉族長、潘將軍和馮將軍很是不願意他們投降。若是桂地山蠻再降，他們打什麼仗啊？不打仗，哪裡來的戰功？

借你們一百個膽子，你們投降試試！

邕州來降還有道理，畢竟秦鳳儀要修榷場的上思縣離邕州頗近，他估量著，是他到上思的消息傳到了邕州，那裡的山蠻聞了信兒，過來歸順，但壺城那麼遠的地方，秦鳳儀沒想到這些山蠻也如此消息靈通。

秦鳳儀到了邕州，心中感慨，虧得這些山蠻臉大，好意思稱其為州。等見到塌了一半的城牆，秦鳳儀終於明白，邕州山蠻為啥上趕著歸順了。

秦鳳儀與歸順的李邕道：「這城你們住多少年了？」

李邕自豪地道：「總有一百多年了。」

秦鳳儀問：「你們只住不修啊？」

李邕繼續自豪，「我們是貧困地兒，每年都指著桂王撥銀子撥糧米，沒錢修。」

秦鳳儀道：「窮成這樣，你得意個啥啊？」

李邕搔搔頭，「我聽說殿下很聰明，會帶著我們過好日子，稅也只是每畝一斗，還不會強迫我們去打仗。」

秦鳳儀不禁暗道，原來山蠻人的要求這樣簡單。

秦鳳儀看看那塌了一半的城牆，又問：「你們也不喜歡打仗？」

「誰喜歡誰是孫子！」李邕鄭重道：「其實桂王和信王也不是用自己的族人打，他們都是徵調我們的族人，有什麼不好的事，先讓我們的族人做前鋒，好事就輪不到我們了。」

秦鳳儀拍拍他的肩，「來，跟你說說本王的政令。」

秦鳳儀拉著李邕，說了些李邕關心的話題，還道：「我觀你們這裡物產豐富，你們可以種田，也可以養蠶繅絲織布。壞了的城牆，我會幫你們修好。你們想當兵便當兵，若是當兵，一個月有一兩銀子的餉銀。一家若是有人當兵，可免此家百畝田稅。如是不願當兵，我亦不會勉強，我手裡的兵足夠多了。」又說了養雞養鴨隨便養，若是養馬，亦可用馬抵稅。要是賣給官府，官府亦不會虧待。

秦鳳儀說的不是虛言，他的話，有跟隨的山蠻人作證，而山蠻人中的李長安，論起來還是李邕的堂叔。李邕一拍大腿，他族裡還有人在壺城，李邕道：「壺城那裡的日子也不好過，他們還欠桂王三百頭羊。壺城現下做主的是我媳婦的哥哥，殿下一併把壺城也收了吧。」

李邕是個講義氣的人，有好事不忘大舅子。

秦鳳儀也是個與大舅兄關係好的，見李邕如此，看他頗順眼，「壺城有多少人？」

李邕道：「比我這裡人多，得有三萬多。」

秦鳳儀尋思道：「也好，反正本王出來一趟，咱們好商議以後如何過日子的事。」

「就是就是！」李邕便問秦鳳儀什麼時候去壺城。

秦鳳儀道：「明日便起程。」

李邕道：「我與我媳婦的哥哥可好了，我們就像親兄弟一樣。我隨殿下一道去，他一準兒會聽我的話。」

「成。」秦鳳儀一笑，「不過，去之前你得跟我講講你那城牆的事。」

李邕是個二十幾歲，皮膚有些黑的青年。個子不高，相貌稱得上忠厚，眼睛很明亮，此時那張忠厚的臉上卻是閃過一絲迷茫，「什麼城牆？不是殿下要幫我們修城牆嗎？」

「你連我們一畝田要一斗穀的田稅都打聽得如此清楚，你這樣年輕，正是幹一番事業的時候，如何會眼看著半面城牆倒了，還沒有半點要收拾的意思呢？畢竟我征信州的事，你應該更早便清楚了吧？」秦鳳儀笑，「若我所看不錯，你可是個滑頭。別搗鬼，快說！」

李邕有些不好意思地搔搔頭，「怪道您能活捉了信王，果然是個聰明人。」

李邕便如實說道：「自打您來了，我們日子便不好過。先時桂王發過一次兵，聽說去了好幾千人，結果一個都沒回來。我們不比他勢大，更不比他人多，他戰敗後要我們供糧供馬，還要抽調我們的青壯。我們邕州本就人少，自己的糧食也不夠吃。因我族是小族，他素不將我族當一回事。有一回，他來徵糧徵馬，我們的馬實在不夠，他的徵馬官竟打了我爹一頓，我爹受了重傷，就此過世了。」

李邕說著，臉上淨是憤恨，又嘆道：「我有心為我爹報仇，可我們部族的人太少了，也打不過桂王。我是沒法子了，便趁著前年大雨，讓族人往城牆下種豆子，之後城牆就塌了。桂王那裡的人再來，看我們都窮成這樣，就不死命徵東西了。我時常過去哭窮，桂王還能給我們族人一些東西，他還以為我把殺父之仇忘了。自打今春殿下打敗了信王，占了信州，我便留神打聽著殿下的消息了。殿下要是說話算話，以後我們就跟著殿下了。」

秦鳳儀聽李邕這一番話，自是感動，他相信李父之死約莫是真的，只是，秦鳳儀道：「你還是沒說實話。李邕啊，你太急了，太急著把我往壺城引了。」

李邕不可置信地瞪大雙眼，「這您都看出來啦？」

李邕心說，大舅兄，我這把實話說出來，你可不要怨我，這位親王殿下忒聰明了啊！

既然被人看出來了，李邕便也不再隱瞞。其實也不算什麼大不了的算計，秦鳳儀是朝廷的親王，麾下兵強馬壯，他們不與桂王那支山蠻是同支，而且，桂王對他們頗多剝削……所以，他們就另尋思一條路罷了。若秦鳳儀真能打敗桂王，又能履行他說的那些承諾，他們跟誰不是跟呢？

秦鳳儀應下李邕去壺城之事，卻讓傅浩、馮將軍、潘琛以及薛重、易大師擔憂了一回，大家都覺得這太冒險了。秦鳳儀令傅浩尋出輿圖來瞧，道：「壺城離桂地還遠著，咱們若能拿下壺城，便在此駐兵三萬，藉此籌備征桂地之事。」

薛重道：「殿下千金之體，斷不可涉此險。不若臣等為使，先去壺城看一看。倘是壺城山蠻誠心歸順，殿下再去不遲。」

馮將軍和潘琛亦是同樣的看法。

傅浩卻是道：「若殿下不能親去，山蠻必然懷疑咱們的誠意。」

「放心吧，這有什麼？今天在邕城你們也看到了，普通山蠻的口子並不好過，再者，到壺城還要經過三五個縣城，正好本王一道過去瞧瞧，也好讓這些百姓知道朝廷的德政。」秦鳳儀道：「你們也跟著本王一塊去，讓此地的山蠻、漢人都看看何為王者氣派。」

秦鳳儀平日裡很能聽取大家的諫言，但他並非沒有主見之人，什麼事他拿定了主意，人家也就不必反對了，因為秦鳳儀是絕不會更改主意的。

秦鳳儀在邕城休整一日，便帶著大軍隨李邕去往壺城了。

襄陽侯等人並不曉得壺城是什麼地方，只是在半個月後到了一座比邕州稍微好些，但遠不及信州的城池。城門緊閉，城頭都是巡邏的兵士，手持鐵刀鐵槍，與信州山蠻相近。

秦鳳儀對李邕道：「想來他們還不知咱們到來的消息，阿邕，你先與傅長史一起進城去打個招呼如何？」

李邕並不推辭，「這是應當的。」

傅浩向秦鳳儀行了一禮，與李邕過去叫門。

李邕是壺城城主的妹夫，他一叫門，沒等多久，城門便打開來，請了他二人進去。襄陽侯此時方曉得，原來這個叫壺城的地方不是秦鳳儀的地盤，他頓時整個人都不好了。

襄陽侯悄悄問秦鳳儀：「殿下，這……這壺城不是咱們的地盤嗎？」

我的天，秦鳳儀不是說要巡視各縣嗎？怎麼來打仗了啊？

秦鳳儀道：「如何不是？這原就是我的封地。」

襄陽侯心說，誰家封地是藩王到了被關在城門外的，你騙鬼的吧？

實在受不了襄陽侯那懷疑又焦急的小眼神，秦鳳儀便道：「他們以前不曉得本王，所以被偽王所欺，如今本王過來跟他們講一講道理，他們便知曉自己錯了。」

襄陽侯一聽這幼稚話，險些厥過去。

襄陽侯抓著秦鳳儀的手，低聲道：「您趕緊先回信州！我的天，您要是有個好歹，整個南夷就完了！天啊，您說，您這也忒實在了！這是關乎地盤的大事，豈是上下兩片嘴能講清楚的？太祖皇帝的江山怎麼得來的，那是打下來的，不是講下來的！」

完蛋了！他先時覺得秦鳳儀是個能跟隨的人物，如今看來，這是分明是個嫌命長，特意出來找死的人啊！

秦鳳儀安慰襄陽侯：「你儘管放心就是。」

襄陽侯哪裡放得下心，襄陽侯絮絮叨叨地勸秦鳳儀「千金之子，不坐垂堂」，何況秦鳳儀何止是千金之子，他是萬金之子啊！

見襄陽侯嘮叨個沒完，秦鳳儀道：「你要實在害怕，就先回去，別囉嗦了。」

襄陽侯簡直是氣壞了，「我幹嘛要走？我才不走！我也是堂堂太祖皇帝的子孫，我……我能怕這個嗎？」

秦鳳儀心說，你嚇得都快尿褲子了。

算了，愛走不走吧，反正秦鳳儀是覺得沒什麼危險，不然，就憑他們站在城下，壺城裡早該派兵出來打仗了。

實在是壺城的地理位置太過重要，秦鳳儀才願意冒此風險。

秦鳳儀一直從早上等到晚上，方見傅浩與李邕出來。

李邕有些不好意思地道：「我哥說，要請殿下進去詳談。」

傅浩頗為猶豫，「方壺說，殿下只可帶十名親衛。」

襄陽侯立刻道：「今日天色已晚，還是明日再說吧！」

馮將軍和潘將軍亦道：「殿下萬金之體，焉能孤身入壺城？臣等再不能放心的。」

秦鳳儀想了想，說道：「來都來了，有什麼好怕的？本王相信方壺的信用。」又與傅浩及李邕道：「還是你二人隨我進去如何？」

傅浩道：「自當如此。」

馮將軍與潘琛、薛重立刻道：「臣等懇請隨殿下一塊入城。」

「你們在外面等著就好。」

秦鳳儀擺擺手，選了十名親衛，便騎著小玉，跟李邕進了壺城。

秦鳳儀還以為方壺要有什麼為難，譬如要提前定下契約之類，沒想到他一進城，方壺已帶著城中諸山蠻之首在城主府迎候。

秦鳳儀微微一笑，「自阿邕那裡聽聞城主之名，我盼城主久矣。」

方壺是個身量瘦削的青年，眼窩微深，鼻樑高挺，較之李邕，相貌中多了幾分俊秀。他按著山蠻人的禮節施一禮，不卑不亢地道：「殿下不要怪我等太過謹慎小心才好。」

請秦鳳儀入內，一句條件沒談，而是設好酒宴，請秦鳳儀飲酒賞樂，及至宴飲結束，已是夜深，方壺方道：「今日天色已晚，殿下不如留在我城中休息如何？」

秦鳳儀泰然一笑，「有何不可？」便在城中安枕。

傅浩自詡狂生，今次真是服了秦鳳儀。他失眠大半宿，就見秦鳳儀在裡間安眠。興許是這幾日連續趕路，秦鳳儀睡得頗熟，還打起小呼嚕。傅浩輾轉到天明，方闔眼片刻。

傅浩並不惜身，唯擔心秦鳳儀罷了，結果，秦鳳儀熟睡一宿，第二日一大早見傅浩兩個黑眼圈兒，還問：「老傅，你沒睡好啊？」

傅浩心說，還不是擔心你啊？

秦鳳儀拍拍傅浩的肩，安慰道：「別擔心，我看方壺並無惡意。」

傅浩真想問問秦鳳儀怎麼看出來的，他怎麼就看不出來？他就知道，現下他們在人家的地盤上，生死皆懸於他人之手。

所幸方壺未令傅浩擔憂太久，第二日用過早飯，方壺嘆道：「難怪殿下可大敗左右親王，殿下膽色，方壺敬佩。」說著還拱了拱手。

秦鳳儀笑說：「我相信自己的眼光。」

方壺有些深邃的眼窩裡透出決斷之意，正色道：「我想我們可以談談歸順的條件了。」

秦鳳儀做個請的手勢。

如今要談的，無非就是歸順後的各種待遇，包括方壺要求他的駐兵必須在壺城，而且看方壺的模樣，很不希望朝廷有軍隊長駐壺城。

秦鳳儀問：「你的軍隊有多少人？」

方壺道：「精兵上萬。」

「來時我看你下面各縣都無兵丁駐守。」秦鳳儀道：「你駐兵壺城自無妨礙，我還可以封你為壺城知府，讓你一人領軍政二職，但是要我說，你眼下人手自是夠用，可以後城中人口超過十萬，你這些人還夠嗎？」

方壺道：「短時間內不可能有這許多人。」

「上思縣那裡，我會重新建城。你知道上思縣我按多少人口建的城嗎？」秦鳳儀道：「十萬人口，那還只是一個縣城，而壺城這裡是州府的規制，且觀其地理，這裡水脈發達，不論是自北向南，還是自南向北，以後船隻水路必經壺城。這裡的人口，以後何止十萬？」

秦鳳儀握住方壺的手，誠懇地道：「眼下由你駐兵無妨，可阿壺啊，先時我征信州，當時漢人兵馬齊全，士兵也用了大半，你知道我留下守城的軍隊是哪支嗎？便是如今跟隨我身畔的阿泉族長。我外出征戰，妻兒皆留鳳凰城，保護我妻兒百姓的便是士兵。」

秦鳳儀此言，便是方壺也為之動容。

秦鳳儀繼續道：「先時他們都住在山上，後來他們下山歸順於我，我賜予他們土地田產，他們的土地就在鳳凰城外近郊之地。我們漢人有一句話，叫疑人不用，用人不疑。他們既歸順於我，便是我的子民。我們那裡有織造局，往時他們不懂桑蠶之術，我便讓他們族中向學之人去織造局學習。信州城歸順之後，城中百姓淳樸，有商賈欲用低價購買百姓的茶園，是我的官員發現後，與百姓講明白茶園的價值，避免他們的利益受損。阿壺，以後你們也是一樣。我見過你們的族人，知道他們勤勞、善良、樸實，可我想，他們也有許多需要學習的地方。漢人的許多技藝，你們都可以去學。你們的許多本領，漢人也要向你們學習。我是這一方的王，我並不需要你們向我叩拜，向我朝供，畏我懼我，我希望的是，我的子民能過上安穩富裕的生活，不能再叫人說起咱們這片土人便露出鄙夷之色。」

秦鳳儀又道：「壺城是你們祖輩棲身之地，我並沒有要竊取這裡的意思，因為你們與這片土地人上的所有人都一樣，是我的子民。你要世代駐守這裡，這是我希望看到的。我們要一起努力把這裡治理好，以使百姓過上比現在好百倍、千倍的日子。」

方壺是個精明人，秦鳳儀說的這些話，他有些感動，卻不會感動到如他那傻內弟一樣，看那眼淚汪汪的蠢樣。方壺道：「殿下寬厚，允我們世代駐守壺城，只是，還請殿下派有學識的官員，幫我們一道治理這裡。」

秦鳳儀心說，倒還算有些誠意。

秦鳳儀便指了指傅浩道：「你看我這位長史如何？」

方壺是與傅浩打過交道的，知道這是位精明的官員，方壺立刻道：「傅大人不計較我昨日的無禮才好。」

秦鳳儀挑眉，看向傅浩與李邕，問方壺：「你昨天怎麼無禮他了？」

方壺未料得傅浩竟未與親王殿下說此事，頓覺傅浩心胸寬廣。

傅浩笑，「沒什麼，昨日我們一見如故。」

李邕在秦鳳儀耳邊嘀嘀咕咕把事情說了，就是方壺讓傅浩用脖子賞鑒了一回他的寶刀。秦鳳儀看傅浩的脖子，未見傷痕，可見只是嚇唬了一回。

方壺起身對著傅浩作揖，傅浩連忙扶起方壺，回施一禮，「以後有勞城主照應了。」

「還得請傅大人指點。」方壺恭敬地道。

雙方草擬契約後，方壺親自與傅浩出門，請秦鳳儀大軍入城。

馮將軍、潘琛和薛重、襄陽侯等人，見著秦鳳儀方才放下心來。如桓衡、崔邈，都是面露激動，提心吊膽了一宿，這顆心總算放回肚子裡了。

秦鳳儀與眾人說了壺城歸順之事，同時商議上思縣與邕州駐兵之事。李邕說了，先得幫他們把城牆建好才行。以前不怕，現在他都投降親王殿下了，就怕桂王知道後會派大軍來殺他。要是城牆還這麼破半邊，他可是覺都睡不好的。

秦鳳儀手裡有建過鳳凰城的商賈，在他看來，邕州的城牆不算什麼大工程。

秦鳳儀道：「測量完我便著人前來。」

李邕大喜。

秦鳳儀再令易大師為上思縣設計建城的圖紙，之後，秦鳳儀就與傅浩商量調兵駐守上思與邕州之事。邕州那裡，李邕有青壯四千左右，秦鳳儀打算再調六千兵馬，給他湊一萬人，李邕完全沒有意見，至於上思縣，五千兵馬即可。

眾人商議半日，秦鳳儀看大家面有倦色，便打發他們各自去休息。

襄陽侯卻是留了下來，有事與秦鳳儀說。

襄陽侯面有愧色，秦鳳儀問：「怎麼了？」

襄陽侯道：「實在沒臉同殿下說，只是不好不讓殿下知曉。」當下把這一日外頭的事和盤托出。秦鳳儀孤身入城，留大軍在城外等候。秦鳳儀久不出城，便有宗室覺得秦鳳儀算是完蛋了，肯定是被扣到城裡去了。他們生怕要打仗，連累到他們的性命，便自行偷偷離去。

秦鳳儀還當是什麼事，秦鳳儀問：「走了多少？」

襄陽侯老臉微紅，「隨殿下南下共十八人，如今只剩九人。」

「走便走了，隨他們去吧。他們原也不是我的手下，是走是留，皆隨他們的意。」秦鳳儀笑說：「你沒走便好。」

襄陽侯哼道：「臣豈是那樣的人？」又忍不住勸秦鳳儀一句：「殿下以後可千萬莫行此險招了，簡直是嚇死臣了。」

秦鳳儀搖頭笑道：「我也是有媳婦有兒子的人了，豈會犯險？這也只是看著險罷了，我心裡有數。」又安慰了襄陽侯幾句，看他熬得眼睛通紅，怕是一宿未眠，便讓他去休息了。

襄陽侯走後，桓衡方過來，與秦鳳儀說了裴國公府的一位三公子隨幾位宗室逕自離去之事，秦鳳儀道：「天要下雨，娘要嫁人，這便罷了。」

人走人留，秦鳳儀根本未曾在意。他帶這些人出來，原也是要看看這些人的品行，跟他南下的宗室，能留下九人已是足夠，至於豪門子弟，有三五個得用的便可。

秦鳳儀在壺城停留五日，方率大軍回程。

傅浩則留在了壺城，一起留下的還有桓衡與百位親衛軍。

之後，薛重與易大師留在上思，一同留下的是五千山蠻。對，就是那些被秦鳳儀一路收攏的山蠻，薛重都讓留在了上思，以後修城建城，少不了需要人手。

秦鳳儀回到信州城，先是撥調兵馬入駐上思、邕州兩地，再是組織商賈們過去建城。這一回建城，秦鳳儀沒招商，直接找信譽好，做工程品質好的商賈，而且，此次的銀款與以往不同，先建城牆，二十天能把城牆建起來是一個價，一個月是一個價，倘若超過一個月，便是另外的價碼了。

待幾家銀號知道秦鳳儀要建榷場時，連忙上門請安，打聽榷場之事。聽聞是與交趾的榷場，如閩商興趣就不大。閩商銀號是以海貿起家，在他們看來，交趾地小且狹，這小國也不大富裕，即便開辦榷場，收益十分有限。相對的，他們對鳳凰城外城的建設更感興趣。

此時老牌銀號的眼光就展現出來的，晉商的何老東家與徽商的康老東家私下往上思投了一筆銀錢。上思所建不過小城，論規格遠不能與鳳凰城相比，故而投資數額不大，再者，這回有長期投資、短期投資兩種，其間種種複雜，條款就有半尺厚。

秦鳳儀把這些事都安排好，鳳凰城的佳荔節就要開始了。這一回的佳荔節，秦鳳儀卻是被桂地山蠻狠狠添了一回堵。

桂地山蠻派了使者過來，其中非但有桂王的親筆信，還有數位宗室與裴三的親筆信。秦鳳儀大怒，叫襄陽侯來問：「那些混帳東西不是回京城了嗎？」

襄陽侯見著這些信件，亦是大驚失色，「他們自壺城離開，確實是說要回京城啊！」

秦鳳儀怒不可遏，「簡直混帳至極！沒本事還不曉得老實待著，走路都能被桂地山蠻擒了去，這是怎樣的蠢貨？」

襄陽侯問：「殿下，您得拿個主意啊！」

「我拿什麼主意？難不成我拿金子去贖他們？他們休想！」秦鳳儀將信一摔，方道：「這事我再不能為他們兜著的，得有個人回京城向他們各家送信，也要到陛下那裡說一說。你與崔邈收拾一二，帶著這些信回京城，看他們各家是個什麼意思。誰家要是願意出銀子，就叫他們帶著銀子來贖。若是沒銀子，便讓他們各安天命吧，反正我這裡是一個銅板都沒有。還有，與他們各家說清楚，本王去壺城談歸順之事，他們在外便以為本王死在裡頭，自己先跑了，所以，誰都不必來我這裡求情，我這裡沒情面給他們。」

秦鳳儀險些氣暈，依他的性情，平日裡最見不得這般窩囊廢。原本那些人半途逃跑，秦鳳儀便很是瞧不起，他是那種活便活得堂堂正正，就是死也要死得轟轟烈烈的人。他還是商賈出身時，要是有誰看不起他，他自己都要氣個半死。像這種跟著他南巡中途跑路的，秦鳳儀都不稀罕記得這些人姓甚名誰，叫秦鳳儀說：「跟死人也沒什麼差別。」

這話是秦鳳儀與李鏡親口說的。

秦鳳儀一出門都快兩個月了，李鏡沒有不惦念的，待回了鳳凰城，李鏡不得問問，尤其二妹夫桓衡怎麼沒回來。

秦鳳儀把對桓衡的安排說了，李鏡並不擔心桓衡，反是說秦鳳儀：「你太冒險了。」

秦鳳儀道：「我心裡有數。有數萬人守在城外，方壺敢將我如何？何況，我早就對他有所了解。」他為什麼要帶著信州城幾個有德望的山蠻一道巡視？他雖未做好南下收服山蠻的準備，但對於李邕、方壺幾人，卻是聽李長安等人說起過的。

「人心難測，倘方壺與桂地山蠻關係緊密，你要如何？」

秦鳳儀握住妻子的手，笑道：「他又不傻，難道為了桂王就敢對我下手？那他可就真的完了，朝廷便是出盡大軍，也要將壺城夷為平地的。這算什麼涉險，咱們為強，他為弱。強弱有別，方壺也不過是試一試我罷了。」

秦鳳儀頗順心的，出去一趟，把邕州、壺城皆收服了。二地雖不是什麼富裕地界，但其地理位置皆是交通要衝。

跟媳婦說了一回後，趙長史、章顏等人又私下諫了秦鳳儀一回，說他太過涉險。

秦鳳儀對大舅兄道：「聽得我耳邊嗡嗡嗡，嗡嗡嗡的。」

李釗道：「你這事兒辦得本來就很玄。你都是一家之主了，做事前先想想媳婦孩子。」

「嗡嗡嗡，嗡嗡嗡。」秦鳳儀做出掏耳朵的怪樣，還道：「大舅兄，你可不是這樣的俗人啊，快別說這個了，我給你在佳荔節上留了個頂頂好的位置呢！」

李釗道：「我又不愛看歌舞。」

秦鳳儀轉移話題道：「小二郎還沒取名吧？我給他取個好名。嗯……今年必征桂王，二郎的名字不如就叫大勝吧。」

秦鳳儀剛為小二郎取了個土鱉名字，桂王那裡就給他送消息過來了。你們的宗室和一個國公家的公子都落在本王手裡，需要贖金若干，還要求秦鳳儀退出信州，從此秋毫無犯。

秦鳳儀接到這信時，當時的臉色就甭提了，所幸他強忍沒當著桂王使者的面發作。打發那使者退下後，秦鳳儀將案上的一套梅子青瓷盞拂到地上，他從來不是憋著的脾氣，當下大罵道：「這些無能無才，貪生怕死的東西！」

趙長史等人見秦鳳儀大發雷霆，心中亦是覺得晦氣，他們早知有些跟著秦鳳儀巡視的宗室和豪門公子吃不得苦，中途返回。對於這些人，大家只是暗暗鄙視，便沒再多留意。委實未料到，竟還有人被桂地山蠻捉了去。

趙長史硬著頭皮道：「這事得殿下拿主意。」

「我有什麼主意？我又不是他們的爹他們的娘，難道要我替他們交贖金不成？」秦鳳儀怒道：「讓他們自家爹娘想法子去吧！上輩子不修，修來這等蠢才，他們是怎麼叫山蠻捉去的啊？路都不會走嗎？」

別說，現在的道路情況，倘不是有嚮導，秦鳳儀多半也不曉得路怎麼走，但對於這幾個人被桂王抓住，大家也都百思不得其解。就是原路返回，也不當如此啊！

趙長史相貌比較有親和力，這幾天他就負責接待桂王使者，然後從這位使者嘴裡套出了這幾人是如何被桂王所俘的。原來秦鳳儀一路南下巡視，待山蠻頗為優容，沒糧的給糧，願意歸附的便為順民。這幾人在秦鳳儀進壺城談歸順事宜時，真心認為秦鳳儀回不來了，本是想著逃命，但從山裡跑出一小股山蠻，他們聽聞有朝廷高官免費發糧，過來領糧食。

秦鳳儀對山蠻優容，不代表這幾個宗室與裴家公子便對山蠻優容。這一小股山蠻還想著領糧食，宗室幾人帶著護衛，可沒有半點要分糧食給他們的意思。這幾人想著，抓幾個山蠻回京城，就當是戰功了。

他們幾人一動手，山蠻都傻了，想著，原來發糧啥的是假消息啊！

待鎮定下來，山蠻們都被捆了起來，只捆了手，串成一條繩，腳沒捆，還得走路呢。然後，山蠻們發現，這夥兒人好像迷路了。山蠻雖然被領糧食的事坑了，不過當真不笨，立刻想一招，先提條件，只要讓他們吃飽，他們就給指路。

好吧，一提這條件，又被揍一頓。這回條件也不敢提了，乖乖地幫著指路，結果，這一指，就指到了桂州去。

待趙長史稟明其間原由，秦鳳儀直接就宣了襄陽侯與崔邈過來，把桂使的信給他們，讓他們回京城去跟朝廷說一說這丟人現眼的事。

秦鳳儀親自寫了封奏章給景安帝，大罵這幾個宗室與裴三無能，他明說了，別指望這幾個東西扯他平定桂王的後腿。

殊不知，這會兒景安帝也正為秦鳳儀打發人送來的那九色鳳凰紗陷入了陰謀論。無他，當年他老娘便送了平氏一匹這樣的鳳凰紗。秦鳳儀大概還不知曉此事，一旦秦鳳儀知道，豈不是讓剛好轉的父子關係再度轉為冰點嗎？

當然，這是景安帝自個兒認為他與秦鳳儀的父子關係有所好轉。

鳳凰紗的事，景安帝安排人去查，接著秦鳳儀便又打發了襄陽侯、崔邈回京，同時帶回的還有桂王的信件。景安帝一看這信，當下氣得不輕，問了襄陽侯、崔邈事情的來龍去脈。這兩人皆是隨秦鳳儀出巡的，秦鳳儀孤身入壺城一事，親近的人聽了都覺得險，但在襄陽侯和崔邈看來，秦鳳儀當真是膽量過人，真乃大丈夫也。

甭看襄陽侯當時勸秦鳳儀莫要去壺城，還擔心得白了好幾根頭髮。這頭髮白好幾根，是因為襄陽侯擔憂秦鳳儀所致。就是秦鳳儀犯險入壺城，這要是敗了，自然有一大笑話可看，可人家秦鳳儀硬生生把事辦成的，這便是大丈夫所為之事。

在這兩人眼裡，秦鳳儀簡直就是智勇雙全的化身。

兩人當下把事情始末說了一遍，而且不帶一分誇張，襄陽侯道：「殿下真是大智大勇，不發一兵一卒，便收復兩城。臣隨殿下回信州後，借了輿圖一觀，發現邕州和壺城皆是要衝之地。殿下此舉，省去了多少兵戈。」

景安帝身為秦鳳儀的親爹，雖然行事向以「兩害相權取其輕，兩利相權取其重」為首要原則，但因景安帝看重秦鳳儀，難免道：「這也太險了，你們如何沒勸他？」

襄陽侯道：「臣等勸得嘴皮子都磨薄了。」

景安帝一笑，「也是，那小子慣是個不聽人勸的。」

景安帝對他二人道：「你們都不錯，朕聽聞山蠻所居之地林深路險，你們能隨著鎮南王同去，可見都是能吃苦的。」對於那些中途退出的，景安帝都不想再提了。

襄陽侯連忙道：「殿下千金之體，都可南下巡視，何況我等？今見殿下風姿，方覺得臣以往三十多年真真是白活了。」

敘完話，景安帝便讓兩人暫先歇著去，至於那些被俘的宗室與裴三，景安帝也不打算為這些人出贖金。我兒子去城裡跟山蠻談歸順之事，你們以為他有死無生，先行撤走，這與逃兵有什麼差別呢？

各家事，你們各家人自己想法子吧。

景安帝把那些宗室的家人召來一說此事，當真是震驚了半個朝堂。

當然也有人說：「既是在南夷發生此事，還需要鎮南王將人救出才是。」

說這話的，倘遇著個正直的，便得被人給撅回去：「又不是鎮南王讓他們走的，自己走，還能走到桂王那裡去，怨誰啊？」

這事兒當真是沒臉啊！

最毒的便是朝中文臣，他們原就反對宗室任實職，這回叫他們逮著機會了，便有御史當朝道：「聽聞還有中途跑了的，彼時鎮南王知道他們要回城，還著侍衛護送。如今這幾個，是鎮南王去壺城談歸順事宜，鎮南王不在，他們私自離開，這能怪得誰去？怪他們路途不熟，被山蠻騙了。可見非但人品有問題，腦子也不大好使。」

這一回，全朝文官都支持鎮南王。

幾家宗室找愉王哭訴：「孩子們固然是有不對的地方，到底都是太祖子孫，總不能眼睜睜看著他們落在蠻子手裡。再有不是，叫他們回來，咱們自家教訓就是。」

愉王問：「這可怎麼回來？你們準備好贖金沒？」

然後，幾家太太奶奶們進宮求太后，還有人說：「不說我們幾家的小子，就是裴三公子，可憐見的，我一想到孩子們在蠻子那裡，真真是心如刀割啊！」

這話把裴太后噁心壞了，裴太后義正辭嚴地道：「是啊，這起不爭氣的，我早與裴國公說了，隨他死去！」

裴三的事，裴太后不是自景安帝那裡知道的。

倒不是景安帝有意瞞著老娘，只是這事兒忒傷臉面，叫老娘曉得，無非是添堵罷了。裴太后是從裴國公夫人那裡知曉的，宗室女眷過來求情之前，裴夫人已來過一遭。

裴夫人初時說起家裡孩子被山蠻擒去的事，裴太后還不大明白，便問：「不是說跟著大軍巡視？既是跟著大軍，如何能叫山蠻擒去？南夷並無戰事傳來啊！」

裴太后一句話就問到了要害，縱然秦鳳儀與她不大對盤，但秦鳳儀還不至於把裴家人算計到山蠻那裡當肉票，尤其裴三是跟著秦鳳儀在南夷巡視，這裴三出事，就是秦鳳儀的責任啊，故而，裴太后頗是不解。若是裴三叫人抓了，必是戰事所累，可也沒聽說南夷打仗。

裴太后這般問，裴夫人不敢隱瞞，方吞吞吐吐地把事情的前因後果說了。裴太后當即氣得變了臉，說道：「老三如何這般糊塗？他如何就敢離大軍而去？」

裴夫人拭淚道：「我聽聞南夷那地兒苦得很，孩子膽子又小，當初就不該讓他南下。」

裴太后怒道：「早知他這樣沒出息，是不該叫他南下！」

裴太后氣得頭疼，這位女士好強了一輩子，如今被娘家侄孫打了臉，怎一個憋屈了得？裴太后一頓話把裴夫人噴出宮，待晚間景安帝過來請安，問及此事，景安帝道：「我沒與母后說，就是怕母后生氣。」

裴太后長嘆，「我生什麼氣，財白兒女爭不得氣。見到人家南夷有戰功，便狼一窩狗一窩地要去南夷。我都與國公說了，既是要打發人去，就打發個有本事的。你瞧瞧，這都什麼孩子啊？先時我聽說有人從南夷回來，我還說這些人矯情，如今竟有這樣的事出來，他們還不如先前那些提前回來的。人家好歹有自知之明，他們這算什麼？鎮南王都不懼危險去城裡談歸順之事，他們卻先跑了。虧得沒讓他們上戰場，就是上了戰場，他們也得是逃兵。這事該如何便如何吧，總要以平定南夷為要。」

不得不說，裴太后這以退為進的手段非常高明，景安帝道：「再看吧，如果有商榷餘地，能把人救回來，還是要救一救的。只是如今他們陷於人手，端看自身運道吧。」

老娘通情達理當然很好，但相對於整個南夷的地盤，幾個宗室與一個裴三，顯然分量太輕，景安帝根本就沒考慮過桂王信中所言讓秦鳳儀退出信州之事，那是癡心妄想。

裴太后擺擺手，「別說這幾個不爭氣的了，倒是鎮南王，於南夷進展頗為迅速，我看，收復桂地不遠矣。」

景安帝露出一絲笑意，「是啊，就是他膽子太大了些。」

「少年人有些鋒銳之氣才好。」裴太后道：「待收復桂地，又能為朝廷立一大功。」

景安帝現在看秦鳳儀自是無一不好，尤其是有宗室和豪門子弟這些沒出息的做對比，秦鳳儀簡直就是傑出人物的代表。沒想到，裴太后下一句道：「那鳳凰紗的事，不妨與他直說。先帝在位時，素愛奢侈，這鳳凰紗一年也織不了一兩匹，當年能得此紗的，必是在御前有些體面的人。鎮南王畢竟年少，要讓他小心陰私之事，不要被人利用才是。」

景安帝應了一聲。

其實景安帝多慮了，當初裴太后給平氏鳳凰紗的事，秦鳳儀早便知曉了，只是秦鳳儀一直以為那時給的是鳳凰錦，而不是鳳凰紗，所以見著這鳳凰紗，他也沒有多想。

陸之章

一統南夷震四方

襄陽侯和崔邈在京城廣為宣傳鎮南王不費一兵一卒收復兩城的壯舉，讓襄陽侯出了一把風頭，他這輩子都沒這麼有人氣過，不知有多少宗室近親來找他打聽南夷之事。倒不是人家想去南夷，除了第一撥被鎮南王攆出南夷的人，第二撥回來的人提起南夷的恐怖，直說那些山蠻根本是野人，於是再沒人想去南夷，大家都是來打聽那些宗室與裴三被俘之事。

眾人實在是太好奇了，怎麼就叫山蠻捉了去？

他們雖是自鎮南王給朝廷的奏章中多多少少知道一些原委，但也沒有襄陽侯、崔邈這種親自經歷的知道得清楚，兩人少不得現身說法。

崔邈是襄永侯府出身的，算起來是李釗的小舅子，此次南下，也算是家裡的政治投資。更令家族滿意的便是，相對於那些中途退出的，還有被山蠻逮去的，崔邈這平平安安的，被襯托得多麼出眾啊。雖然他到了南夷啥都沒做，只是跟著秦鳳儀出巡了一回。

不過，人與人之間就怕比較。

這麼一比，崔邈簡直就是宗室子弟裡的上等人物。

他一回來，他娘襄永侯世子夫人是可著勁兒給兒子補身子，她還問兒子：「我聽說南邊吃的東西很不像樣，什麼蛇蟲鼠蟻都吃，是不是真的？」

「哪裡有這般誇大？」崔邈笑道：「一地有一地的飲食習性，南夷是與京城不大相同，卻也沒有外頭傳得那般邪性。」

襄永侯世子夫人問：「我聽回來的人說，還吃老鼠，吃蛇，吃蜈蚣，是不是真的？」

「不是老鼠，是竹鼠。蛇和蜈蚣說來都是藥材，有什麼不能吃的？」崔邈這次是鍛煉出來了，回想起來還道：「味道其實不錯，就是咱們北地人不大吃，才覺得稀奇。」
襄永侯世子夫人私下同丈夫道：「我怎麼覺得咱們兒子也跟半個野人差不多了？」
襄永侯世子道：「在外吃些苦是好事，他以往這不吃那不吃，這次回家什麼都吃了。」
吃食方面，襄永侯世子並不擔心，再怎麼也餓不著兒子。襄永侯世子又叮囑了兒子幾句，讓兒子回南夷後好生跟著秦鳳儀幹。襄永侯世子是多麼老辣的人物，聽兒子說了一回南巡之事，他有什麼想不明白的？鎮南王為什麼要帶這些養尊處優的宗室與豪門公子哥兒去巡視各地，無非就是過篩子，把不成器的篩下去。如今自家兒子過了頭一遍篩，只要堅持下去，就不怕沒有前程。
崔邈道：「爹，您就放心吧，就是看著姊姊、姊夫，我也不能做那丟臉的事。」
襄永侯世子難免又問了一回閨女、女婿，崔邈道：「殿下還給小二郎取了名字。」
「取了什麼名字？」二外孫在南夷出生，襄永侯世子夫婦至今沒見過，不禁好奇了些。
「叫大勝。」
襄永侯世子默了默，方道：「這名字倒是吉利。」
也只有這麼誇了，不過亦可見鎮南王如今的志向。
崔邈問：「爹，您說，這事最後會如何處理啊？」
在崔邈看來，那就是一群作死的傢伙，而且，當初殿下讓他與襄陽侯回京城時的臉色，絕對稱不上好看。
襄永侯世子道：「再如何處理，也不會影響南夷平叛大事。」

幾個閒散宗室、一位國公府的公子，難道就叫鎮南王退出信州，與桂地山蠻議和？這是絕不可能的。不要說鎮南王，就是朝廷也不會答應。

崔邈道：「那我們何時能回南夷？」

「快了，這不是能拖著的事。」襄永侯世子笑笑，「怎麼，很想回去啊？」

崔邈道：「南夷苦是苦了些，但比在京城有意思。」

崔邈雖沒參與大事，但譬如秦鳳儀收復一城，他也是真心跟著高興的，尤其是秦鳳儀犯險入壺城之事，當時不要說秦鳳儀的近臣，就是崔邈他們這些拐著彎的親戚也真是擔心得恨不能一夜白頭。待秦鳳儀自壺城出來，他們心中那種喜悅簡直難以形容。

要崔邈說，這與他得了一匹好馬、一籠好鳥，完全不是同一個檔次的喜悅。

崔邈覺得，還是在南夷有意思。

襄永侯世子不由一樂。

襄陽侯那裡也得到了壽王的招待，這實在是叫襄陽侯倍感榮幸。壽王主要是打聽了秦鳳儀在南夷的一些情況，也沒有問別的，就是帶著軍隊巡視各縣之事，而且，問得相當詳細。問過之後，還請襄陽侯吃了酒。

壽王這事是找愉王商量的，壽王想要打發一個兒子過去。

愉王對壽王道：「王弟的兒子，世子必襲王爵，其他諸子亦少不得一個公爵。」

壽王道：「阿叔掌宗正寺，自然知道現下宗室的情形與以往不同了。世子我並不擔心，他必有王爵的，至於其他幾個小子，我不得不多費些心。」

什麼「其他幾個小子」的話，愉王聽著真是酸溜溜的，好在愉王溫厚，與壽王道：「那你可得打發個懂事的去。這回的事你也見著了，宗室那幾家且不提，無非閒散宗室罷了。那裴家還是太后娘娘的娘家，如今何其沒臉？你更是不同，你是當朝親王。」

「這我也想好了，就讓二郎去，他年長些，人也穩重。這些話，我自然提前與他說好，要是有這樣沒臉的事，別指望家裡給一個銅錢，我也不會去贖人，丟臉還不夠啊！」壽王想到京城這些無能子弟也是搖頭，「按理，就該有鎮南王這麼個人能整治一二才好。」

愉王笑，「這得罪人的事，你就別總想著他了。」

壽王正色道：「鎮南王是個敢於任事的，難得的是，他還有這份本事，能夠鎮得住。」宗室裡說大話的人多了，真正能做事的卻寥寥無幾，壽王還是很欣賞秦鳳儀的，不然也不會想著要把二兒子派過去。

愉王道：「你這事，還是與陛下提一句才好。」

「王叔說的是，我也這樣想。就是先時拿不定主意，還是得跟王叔商量一下。」

愉王笑說：「行啦，少奉承我，我就盼著咱們宗室多出幾個得用的人才好，朝中那些個文官是越發刻薄了。」

壽王嘆口氣，「誰說不是，可偏生又出了這樣沒臉的事，正叫文官拿住了把柄。鎮南王那裡，怕也正因這事生著氣。」

壽王此番卻是猜錯了，秦鳳儀生什麼氣啊，縱是生氣，氣過之後便罷，被抓走的又不是他親戚。雖然按血緣算，那些人都與他沾親帶故，但秦鳳儀向來認為自己是姓秦的，宗室暫且不提，他又與裴太后不睦，這回裴三被擒，秦鳳儀越發鄙視這一家人了。

秦鳳儀氣過之後，便著人去清理自信州到壺城的道路，開始準備迎接佳荔節了，連帶著桂王使者，秦鳳儀也請他一起過節，秦鳳儀道：「你們怕是只聽說過本王的佳荔節，還沒親自參加過吧？既然來了，便與本王同樂如何？」

使者自打來了鳳凰城就驚得不輕，原本這番縣他也聽人說起過，說是比他們桂州差一大截的地方。如今這不過是換了個名兒，改叫鳳凰城，怎麼就真是好比那飛上枝頭的雀兒，鳥槍換炮了哩？使者也很想參加佳荔節，更想多在鳳凰城留些時日，好為桂王偵察些機要。於是，秦鳳儀這般一提，使者便順勢應承下來。

秦鳳儀則暗中吩咐幾位將領，必要外鬆內緊，加緊練兵。

秦鳳儀帶著妻子兒女參加佳荔節，上一次佳荔節還沒大美呢，這回添了新成員，可見親王殿下兒女雙全，以後也是子孫繁茂的好命數。世情就是這般奇怪，如秦鳳儀，當然，現下秦鳳儀人還年輕，遠論不到子嗣上頭去，但他有兒有女，在眾人心中便是極好的兆頭。

大美現在已經能自己坐了，不用爹娘抱著她，她穿著一身小紅紗繡袍子，頭髮還沒長起來，雖然用大陽的話說「妹妹像禿子」，不大中聽，好在她爹會幫她打扮。秦鳳儀讓人用絹花編了個小花環給他閨女戴在頭上，而且禁止大陽再說「妹妹像禿子」這樣的話，為此，秦鳳儀還打擊了大陽一回，道：「你小時候也是這樣。」

愛美的大陽哪裡受得了這樣的打擊，他看著妹妹頭上那又細又軟連個小辮子都梳不起來的頭髮，照了兩天的鏡子才平復心情。

大美完全不曉得自己被哥哥嘲笑過髮型，她正坐在她爹身邊，一雙大大的桃花眼眨巴眨巴地望著街道兩旁熱鬧的人群。孩子都愛熱鬧，大美還不理解這種熱鬧是因何而起，但她直覺能感受到這種歡欣的氛圍，於是，白嫩嫩的小臉跟著露出笑容來。

大美是個含蓄的孩子，她身邊的哥哥就不同了，大陽最喜歡這種熱鬧的場合，每次坐花車巡遊，大陽都恨不得把小手搖飛。大陽自己揮手還不算，更會拉起妹妹的手跟著揮兩下，讓妹妹跟大夥兒打招呼。

大陽鬧騰了一路，秦鳳儀與李鏡都看得暗自好笑。

佳荔節乃南夷盛事，去歲便熱鬧足有數日，今歲依舊如此。

正經佳荔節比賽只有三天，不過，今年參加的人數太多，延長至六日。這場盛事，連桂王使者私下都說：「想來天宮歡宴，莫過於此。」心中竟覺得那些人背叛桂王，投效朝廷，也不是沒有原因的，原來朝廷的日子這麼好過。當然，要是能把這樣的好地方和好女人都搶來讓自己的族人享用，那就更好了。

桂使發了一回好夢，卻不忘問秦鳳儀，他們王的信，鎮南王怎麼回覆？

秦鳳儀道：「已打發人去他們各家問了，本王又不可能替他們出贖金。佳荔節後便是書畫節，不如與本王同賞諸才子的書畫。」

待得一系列的節慶過完，秦鳳儀方回覆桂使，可以回桂地了。

桂使道：「想來殿下已有答覆予我王。」

「對，你去告訴你的王，那幾個傢伙愛打打愛殺殺，就是剁成包子餡餵狗也無妨，因為本王會親率大軍，前去為我宗室報仇雪恨。」

當下著人逐桂王使者出城，然後秦鳳儀率領大軍直取桂州。

發兵的名義便是：平叛逆之地，報宗室之仇。

秦鳳儀說要發兵，那就是快的，一則是因自征信州之後，便一直做著征桂地的準備，武器兵械糧草早早開始籌備，朝廷還派人送了一批兵器來給他，至於糧草，景安帝就讓秦鳳儀自籌了，到時朝廷直接用銀子結算。二則秦鳳儀還真沒想過這麼快征桂地，他原是想著放一放，先把信州經營妥當了，再去征桂地，誰知宗室不爭氣，被桂王生擒了。

李邕和方壺知道桂王擄了幾名宗室之事，心裡也覺得玄，生怕秦鳳儀因著自家親戚去跟桂王議和，那不就坑死他們了嗎？再者，秦鳳儀雖未把這幾個宗室放在眼裡，但他們被桂王給抓了，如果秦鳳儀無所反應，豈不是會被人譏笑膽小無作為？

秦鳳儀心裡一思量，反正上回征信地也沒損失多少兵將，如今兵械糧草俱全，而且雨季過去倒是個西征的好時機。關鍵還是那個蠢兮兮的桂王使者，成天自作聰明地在城裡打探消息。秦鳳儀見到這人就煩，索性出征桂地，想著早打完早好。

於是，攆走桂王使者，秦鳳儀就打算率大軍出征了。

出征前鬧出個矛盾事兒，幾位將領誰都不想留城，紛紛私下找秦鳳儀表達了要出戰的決心。將領們想出戰，這也是好事，只是得有人守城啊！

秦鳳儀本來想讓阿泉族長依舊守城，主要是阿泉族長有經驗，上回就是他守城，可這回阿泉族長死活不肯留守。這要都是朝廷兵馬倒好調度，可秦鳳儀手下兵馬複雜，有朝廷派給他的親衛，有南夷地方軍，還有士兵。

秦鳳儀倒也有法子，讓各家出兩千人守城，剩下的都隨他去征桂州。這下子人人高興，除了被留下來的。不過，大佬們已經決定，底下小嘍囉也沒法子就是。雖然被留下的六千兵馬實不算嘍囉，秦鳳儀甚至把嚴家派來的兩兄弟留下來，結果讓他們趕上一樁天大幸事。

秦鳳儀出征，此次征桂地因事務要緊，秦鳳儀便把趙長史也帶走，留下章顏、方悅和柳舅舅主理王府事務。當然，名頭上仍是世子大陽留守，大事不決問王妃。

李釗主管後勤，自然要隨秦鳳儀出征。原本李欽和李鋒兩個小舅子很想跟去，秦鳳儀卻是沒帶他倆去。秦鳳儀端著大姊夫的威嚴道：「我跟大舅兄這一走，家裡只剩你們大姊姊、二姊姊和三妹妹及大嫂子，她們都是女人，沒個男人照應不成。」

兩人一聽，也覺有理，不能男人們都去打仗，家裡一個男人也沒有。於是，被大姊夫說服，都乖乖留在家裡了。

秦鳳儀又跟媳婦交代了一回，這才帶著大軍西征。

秦鳳儀已有征信州的經驗，第二次帶兵，只有比第一次更純熟的。何況，他先時做足了探查，故而一路順遂，就是遇到小股在外遊蕩的山蠻，也不曉得是民是兵，反正都先抓起來再說。桂王那邊則比較倒楣，桂王實在是沒料到秦鳳儀會這麼快出兵，他那使者剛回城，秦鳳儀的大軍隨後便到。

桂王命人把宗室掛出牆頭，秦鳳儀一見，靠，竟然敢掛人！

他大吼一聲：「我等正該為宗室報此血仇！」然後下令開戰，不管牆頭被掛之人死活。

桂王一看秦鳳儀如此生猛，慶幸的是，他的先手已出。

至於桂王的先手是什麼，待秦鳳儀足打了一個月，快把桂州城攻下來的時候，桂王又著使者傳信。使者還是先時的使者，只是如此更叫秦鳳儀生厭罷了，實在是這使者臉上的賤笑太招人眼，而使者說出的話更令秦鳳儀火冒三丈。

這使者賤笑道：「好叫殿下知曉，殿下大軍一出，我王就派了上萬精銳，自小路密潛至鳳凰城，而今王妃與兩位小殿下怕都在我軍手中了。殿下那一座小城，留守兵士能有多少，三千還是五千，哈哈哈……啊！」

使者笑聲戛然而止，因為秦鳳儀劈頭一記大巴掌，直接把他抽到了地上去。

秦鳳儀勃然大怒之後，便是六神無主了。

李釗發現他雙手在微微顫抖，眼神中流露出止不住的驚惶。

李釗命侍衛將那使者拖下去，上前一步，握住秦鳳儀的手，沉聲道：「殿下莫要被小人擾亂心思，殿下細想，倘鳳凰城有事，早該有戰報傳來。如今不過是桂城危矣，桂王派出此等小人動搖軍心罷了。」

秦鳳儀深吸兩口氣，大腦完全不運作了，「可這樣的大事，桂王不至於會說謊吧？」

李釗道：「殿下，我們大軍自鳳凰城出發到桂州，快行軍也要二十日。我說句實在話，便是鳳凰城有什麼，我們也是鞭長莫及。你當穩住心神，拿下桂州。只要拿下桂州，孤懸於外的一支蠻軍有何可懼？何況，鳳凰城以西有南夷城、信州城，皆是大城池，鳳凰城亦有六千名正規守軍、八百名府軍、一千五百名童子軍，難道這麼些人還守不住一座城？」

秦鳳儀急道：「我能不擔心嗎？我媳婦我兒子我閨女都在城裡啊！」

李釗默默地盯著秦鳳儀，秦鳳儀此方想到，他大舅兄的媳婦兒子也在城裡。

秦鳳儀道：「要不，咱們就先回去，過兩月再來打也是一樣的。」

「不行！」李釗厲喝，「如果現在不打下桂州，倘鳳凰城有失，拿什麼來換他們？你現在率軍回去，才是雞飛蛋打！」

趙長史等人也是陸續相勸，大家的媳婦孩子都在鳳凰城，可這不是回去的時機啊。您要是擔憂，派個百人的衛隊回去看一看也就是了。

嚴大姊更是說了一句：「你媳婦武功比我好，城裡又有好幾千名士兵，哪裡就守不住一座城呢？你莫太小瞧她了。」

秦鳳儀便先派了支百人衛隊回鳳凰城打探消息，看是不是鳳凰城遇到兵事，自己則一宿沒睡，第二天命人加緊攻城。那個該死的使者，秦鳳儀就沒讓他回去。

秦鳳儀這回是真急上火了，神火飛鴉都用上。尋常的神火飛鴉一般就是裡面填充火藥，用秦鳳儀的話說，有點像二踢腳，但軍中用的明顯不同，因為神火飛鴉的火藥有限，爆炸威力不大，於是，這裡頭的火藥都是摻了毒的，一旦放出去，毒霧當真能熏倒一片。雖然不是見風就死，聞到毒霧也舒坦不了。

秦鳳儀心軟，覺得這樣做有傷天和，一直沒用，眼下擔心老婆孩子，顧不得許多了。

如此再歷經五日苦戰，終於破開城門，又經一日城中巷戰，方活捉桂王。

秦鳳儀騎馬進城，其實大家很希望秦鳳儀乘王駕進城，只是因是遠道西征，秦鳳儀嫌王駕囉嗦，素來是騎馬的。何況，秦鳳儀現下滿心擔憂妻兒，哪裡關心什麼排場？進城之後，先審問桂王，可是當真有派兵出城。

桂王現為階下囚，態度倒是很好，一副戰戰兢兢、老實巴交的樣子，道：「是我那二弟，慣是魯莽，他率了自己那一支人馬出城，據、據說是去了鳳凰城……」

真個孬貨！

秦鳳儀心裡鄙視這桂王一回，什麼東西啊？

秦鳳儀當下道：「趙長史，你與李賓客、潘將軍、嚴大姊、阿金和阿花族長留守桂城，我帶馮將軍、阿泉族長回援鳳凰城。」

大家都知道秦鳳儀擔心媳婦孩子，且他們亦各有眷屬在鳳凰城，自然沒有意見，結果，秦鳳儀還沒走，鳳凰城那裡先送信來，說是前去的山蠻已悉數剿滅，讓秦鳳儀安心征桂地，不必為鳳凰城的事操心。

秦鳳儀一顆心終於落了地，直拍著胸膛道：「真是嚇死我了！」忙叫那送信的侍衛說一說鳳凰城到底是怎麼回事。

這侍衛年紀尚輕，瞧著不過十幾歲的模樣，卻是生得眉清目秀，說話亦是口齒清晰，當下便將事情娓娓道來。

大夥兒這才知道，大軍出發不過半個月，鳳凰城就迎來山蠻大軍。山蠻大軍出現得的確突然，但也沒有想像得那樣突然，主要是山蠻雖是自小路而來，避過大路，可那說的是桂地，待到南夷這邊，他們認為的機密路線，只是以往他們聯繫各土人山寨的路線罷了。雖說如今土人早下山的下山，種田的種田，山中人少，卻也不是沒人。

李鏡是什麼出身，李家原就是將門，當年景川侯還自陝甘之戰中立過大功，進而把個普通侯爵升為了世襲之爵。秦鳳儀帶大軍一走，李鏡不是個能閒得住的，而且這次征桂州與征信州不同，桂州更遠，李鏡算計著，這一來一去再加上打仗的時間，怎麼也得小半年。

秦鳳儀打仗去了，李鏡第一件事便是加強守門防務，非但是鳳凰城的防務要加強，連帶著南夷城、信州城和各縣鄉，李鏡都命章顏發了統一的通知，其一便是要防備生人襲城，不論是眼生的百姓，還是穿著軍服的兵士，倘有百人以上，便讓他們百米外回話，驗明身分，方可進城。其二便是每日派出斥候巡視周邊，防備敵人突襲。

所以，那種山蠻打到門前，還不知山蠻到來的事，是斷然沒有的。

有百姓先察覺似有人鬼鬼祟祟在山裡活動，就跑來知會了官府。范正是個極穩妥可靠之人，立刻就上稟了章巡撫。章顏派出精銳斥候，查得果真有大軍自山中而來，先命人關了城門，再尋了方悅商量。這兩人雖是文官，卻是文官中的翹楚，誰閒了還沒看過幾本兵書？

方悅道：「還需要世子做主。」

章顏心說，世子才三歲，這明顯是要問世子他媽啊！

世子他媽在哪兒呢？

世子他媽正在軍中看將士操練，自從秦鳳儀一走，李鏡便放飛自我了。先時來南夷，夫妻倆是操心銀子的事，地方太窮，後來大搞走私，銀子的事是不愁了，李鏡又開始生二胎，何況，秦鳳儀在時，這些事也用不著她。夫妻二人，一人主內，一人主外。如今秦鳳儀帶兵打仗去了，李鏡便將府裡的事交給秦太太，她帶著兒子過來看一看軍中將士操練。

待李鏡被侍衛請回王府，方曉得有山蠻祕密潛伏至附近之事。

李鏡見城門已閉，立刻召來幾位將領，令他們先派人分守各城門，然後點起狼煙，放出傳訊信號。南夷城一見這信號，便知是有戰事，迅速緊閉城門，準備戰事。如此南夷再點狼煙，傳予下一站知曉。

接著，李鏡命人開了兵庫。將士們各有刀槍，箭矢、守城的床駑、礌石、磚礌、木礌及盾牌之類的也都拿了出來，供應給將士們。同時，全城戒嚴，以待戰事。

這一戰，相當激烈。

別看人家是山蠻，京城人還時常鄙夷地稱人家為「蠻子」，覺得人家沒文化，事實上，人家的智商丁點兒不差。就先時抓的幾個宗室，人家早打聽出來，不是什麼要緊的人。要說山蠻也是極有智慧的，當初派使前來，人家根本沒想著攏幾個宗室就能脅迫朝廷休戰，故而使者出城不久，這位桂王的親弟弟便率自己的部下出發，便是打偷襲的主意。

人家要搞偷襲，不是沒有理論支持，更不是撞大運。

桂地山蠻有軍師輔佐，非常了解漢人的脾性，知道拿幾個宗室威脅，朝廷迫於顏面也會出戰，所以，這位王弟此舉堪稱高明。

不料，他遇到了一座牢固無比的新城。

城中守軍其實不大好，留下的不能說是老弱病殘，也都是一些上了年紀的兵士。這很正常，因為要西征，帶走的自然是精銳，留守的便多是些老兵。所幸秦鳳儀當政後，對兵士進行了規定，四十以上的早令退役，現下的兵卒都是四十以下的，因此，即便是留下的，雖則年紀大些，倒也不算老邁。

原本章顏和方悅都想著，城中沒有大將，最高軍職是千戶，連個副將都沒有，他倆尋思實在不成，他倆就自個兒上陣，結果，是李鏡自己來的。

李鏡也沒打過仗，她不過是紙上談兵，可話說回來，誰第一次打仗不是紙上談兵？

李鏡先召來諸將，聽他們說一說如何守城。李鏡雖是紙上談兵，卻是個聰明人，她沒幹過守城的差事，但自這些宿將說的方法裡選一個合適的總歸是不成問題的。

再者，李鏡之驍勇，簡直令人驚掉下巴，她立於城牆上，挽強弓，連珠九箭，無一箭落空。章顏心下暗自咋舌，都說殿下懼內，先時他還不大相信，眼下看王妃這一身的功夫，說不得確有其事啊！便是城中擔心的商賈們，也被請到城牆見識王妃這一手超絕箭術，然後都回家該幹嘛幹嘛去了。

戰事有李鏡接手，章顏與方悅只管操心後勤及城內安穩。先時還只是防守，待得幾日，李鏡把防守的這些個門道摸清後，偶爾會下令將士主動出城應戰，殺他個來回。若不是章顏和方悅死命攔著，李鏡都想換上鎧甲，親自下場廝殺了。這兩人是決計不肯讓她涉險的，方悅都說：「妳乾脆先把我倆殺了，不然我們是萬萬不能同意的。」

李鏡也知自己身分不同，倘她真的出戰，怕是山蠻拚卻性命也要將她留下。

李鏡便站在城上，還把童子軍們拉出來歷練一回，讓他們與兵士們輪換著守城。

不得不說，山蠻們的運氣真的不大好。

鳳凰城是新蓋的，建城時秦鳳儀就特別注意城池品質，故而城牆結實得很，實不是一時半會兒能砸開口子的。攻城本身便比守城難上數倍，何況城中守軍比他們想像的要少，原本山蠻認為頂天留下五千守軍，可實際上正規軍便有六千，還有一千五百餘名童子軍和八百名州府輔兵。這些輔兵暫且用不到守城，他們平日裡要維持城中秩序，但正規軍與童子軍們加起來已有七千餘人。七千守兵對萬把山蠻兵，還占得城池之堅，也就是李鏡想用此戰磨一磨童子軍，不然這一戰會結束得更早。

就是這樣拖著，也不過打了二十天。

待山蠻退兵，李鏡留下了一千守兵，餘者全部出城追擊山蠻殘部。

等到這一仗打完，李鏡方令人送信給秦鳳儀，讓他不要擔心。

秦鳳儀聽完侍衛回稟，又看過媳婦親筆寫的信，以及章顏、方悅的聯名奏章，秦鳳儀的一顆心才算安定，喜笑顏開地對眾人道：「白叫我擔心好些天，王妃竟把城守得這樣好。」

眾人亦是大喜，趙長史讚道：「王妃真是將門虎女啊！」

馮潘二位將軍亦道：「不愧是將門出身！」

土人就比較實在，阿金因與李釗共事時間長了，說話便隨意了幾分，「李大人，你家都是姑娘習武，男兒習文嗎？」不得不說，這是所有土人族長心中的疑問。

李大人當然也很好，但是不懂武功。這也不奇怪，漢人是有很多男人不懂武功，可是同為兄妹，王妃武功這麼高，土人便覺得很奇怪。

要不是李釗好涵養，真想噴阿金一臉，心說，就你這樣，還想娶媳婦啊？他決定回頭就跟嚴家兩位兒郎說一番阿金的壞話。李釗面上卻是文雅一笑，「皆因舍妹自幼根骨俱佳，故而家傳功夫父親便傳給舍妹了。我不適合習武，便從文了。」

秦鳳儀還得意洋洋地補一句：「嚴大姊的武功不錯吧？卻也不及我媳婦呢！」

阿金讚嘆：「這麼好？」

「那是！」秦鳳儀對自己的媳婦向來不吝誇獎，「不是我吹牛，當世能及得上我媳婦武功的也沒幾個的！」

秦鳳儀人逢喜事精神爽，將自己的媳婦大大吹捧了一回。確實如此，李鏡守城大功，所以漢人官員們一致忽略了女人賢靜淑德之類的美德要求，畢竟在戰時，一個能守城的王妃比一個只會坐在屋裡繡花的王妃有用多了。

至於各個土人族長，他們越發覺得親王大人果然眼光好，娶來的王妃這般能幹，然後人家給了阿金一個加油的眼神。

於是，阿金的胸脯挺得更高啦！

知道媳婦孩子都安全了，秦鳳儀就不急著班師回鳳凰城了。有了信州城的經驗，桂城的一應收繳安撫之事有條不紊地進行著。桂地的地氣不比鳳凰城暖，但現下也不太冷，先得把戰亡的兵卒火化，抑或挖深坑掩埋。另則，傷患的救治，還有那些受毒傷的山蠻人，雖成俘虜，秦鳳儀如今家宅平安，良心便又回來了，想想很不應該，就令太醫開了解毒方子，統一讓人喝了解毒散。也就是秦鳳儀了，換第二個人，有這善心都不一定有這財力。

秦鳳儀向來注重後勤保障，他的軍中有單獨訓練出的一批軍醫，這些人的醫術粗通，通的還都是外傷，什麼拔箭裹傷之類的，再有便是煎藥熬藥，這都是為了求速成訓練出來的，戰場上卻很是實用。

而且，秦鳳儀與安國的大藥商們有生意往來，他這裡近幾年時常有戰事，大藥商們拿鎮南王當菩薩看，簡直是大買家大財主。其實這年頭對將士兵丁的傷殘保障，全看自身命硬不硬了，便是有軍中大夫，多是為了將領級別準備，尋常士卒受傷，全靠一個熬字。

秦鳳儀是財大氣粗，又不是那等有了錢自己享受的人，他少時早用他爹的銀子奢侈過，這會兒頗有些超凡的意味。再加上南夷人少，有這些兵很不容易，秦鳳儀珍惜得很，故而，想出一切法子加強後勤保障。

為什麼他打仗死的人少？一則是平時訓練用心，二則便是強兵強甲，秦鳳儀為了兵備都能跟工部翻臉，三則便是戰後保障了。秦鳳儀在商賈堆裡滾了許多年，很懂得開源節流的道理，所以極珍惜兵卒，很捨得在軍醫上面投資。這些治傷解毒的藥，哪樣不是銀子錢？

要不然，先時秦鳳儀不能為了銀子把私鹽都販到江西道去。

秦鳳儀這回的收穫，除了活捉桂王及桂地山蠻的若干王公首領外，還活捉了桂王的智囊團，其中一人總算為秦鳳儀解惑那鳳凰紗之謎。

這人瞧著年歲不小，有一頭亂蓬蓬的花白頭髮，臉上似有暗青，細瞅該是久遠的刺青，彷彿半面青斑。秦鳳儀一問鳳凰紗的事，這人都不用逼供，直接答道：「當年裴賢妃送給平側妃的，就是這九色鳳凰紗，怎麼，鎮南王殿下不知道嗎？那柳王妃死得可真是太冤了。」

秦鳳儀心知這人有故意挑撥之嫌，仍是忍不住面色微沉，「不是大紅的鳳凰錦嗎？」

「什麼鳳凰錦，明明是鳳凰紗。」這人聲音沙啞，「九色鳳凰紗向來只供皇后。當年先帝於陝甘罹難，宮中有內侍竊鳳凰紗以獻裴賢妃，裴賢妃將鳳凰紗轉賜平側妃，以示待景恆得帝位，必以后位許平家，平家方為景恆爭帝位。殿下的母親柳王妃，便由此失去后位。」

「多謝你告訴我！」秦鳳儀翻個白眼，擺擺手道：「帶下去吧！」

在這人正常的推斷裡，任誰聽到自己的母親蒙受這樣巨大的不公，間接導致自己由元嫡皇子變為這種不尷不尬的皇子身分，還是皇子裡第一個被封藩的，從此與皇位無緣，這得多恨啊，還不得恨得眼睛裡滴血？

誰知秦鳳儀是個怪人，對他所說的那番話完全沒有反應。

這人急了，怒喝：「你也配當人子？」

「我不配？你配？」秦鳳儀啐一口，拍案罵道：「你也是漢人，投靠了山蠻我還說你有情可原，可在這桂地，漢人生活形同奴隸，你也配當人？還來我這裡使這些下作手段，我看你也就是這種下作東西，以為我稀罕那狗屎皇位，我呸！」

這人做桂王謀士多年，自忖一身的機謀本領，此際卻是叫秦鳳儀罵得臉色鐵青，忍不住怒吼道：「漢人？滿腹機謀、齷齪噁心，哪樣不是漢人？」

「哎喲，你對自己的認知還挺明白的呀！」秦鳳儀無意與這樣的瘋子多說，揮揮手，讓侍衛將人帶下去看管。

當然，秦鳳儀也不是沒有感覺，他在心裡把景安帝臭罵了兩千遍，之後就去處理桂城這些個千頭萬緒的事了。

山蠻也分很多種，桂地山蠻相對於信州山蠻，格外蠻橫些，尤其是上層山蠻，相當的不馴，好在如今為俘虜，秦鳳儀的刀槍所向。

這些人倒也識趣，用秦鳳儀的話說：「都被抓了，再不識趣，那就是欠捶。」

秦鳳儀原本對山蠻是一視同仁的，但桂地山蠻又有不同，沒有哪一地的山蠻會覺得他們比漢人尊貴，桂地山蠻偏生如此，便是最底層的山蠻都認為，他們是比漢人更尊貴的存在。秦鳳儀不能把他們都宰了，但對於山蠻如此的認知，不得不說，心裡不大舒坦。

秦鳳儀問趙長史此事，趙長史道：「他們不過自己這樣想想罷了，井底之蛙，自欺欺人，殿下何須在意？」

秦鳳儀道：「倘一直存有此念，以後怕是反叛之事頗多。」

趙長史笑道：「最底層的山蠻，他們的生活難道就比奴隸更好嗎？再者，這裡的人既然不馴，駐一支強兵便是。一年不馴便治理一年，兩年不馴便治理兩年，何況，這些山蠻又不是真的不識道理，他們先時認為漢人孱弱，方輕視漢人，如今殿下兵破桂城，他們還有什麼可強橫的？再不馴服還可遷至海島，那裡無干大局，隨他們去，不過眼下還未到此地步。」

秦鳳儀點頭，「對，能馴化還是要以馴化為主。」

秦鳳儀這裡處置桂城事務，李邕、方壺和傅浩、桓衡都過來道賀。正趕著秦鳳儀這裡剛分完贓，也不能說分贓，主要是瓜分戰利品啦。當初一個信州城大家便分了不少，此次桂城山蠻百年家底，除了桂王的府庫，還有所有山蠻貴族的私產，秦鳳儀一併抄完了，然後依舊按二八分，秦鳳儀取兩成，其他的按功績大小，也要算上京城留守的軍隊，畢竟他們也殲了一萬山蠻軍。另則如壺城也有一份，糧草運送，皆賴壺城之力。

原本沒有李邕的，不過他來都來了，秦鳳儀自己給他一個大紅包。

李邕雖不知別人得了多少，但他大舅兄得了多少他是知道的。

李邕再三請求秦鳳儀：「殿下，如果再有征戰之事，殿下一定要叫上我啊！我對殿下的忠心，天上的太陽都是知道的！」

方壺亦道：「是啊，我們既歸順殿下，便願意為殿下效力。」

這位殿下委實是個大方人哩！

這郎舅二人原本秦鳳儀來打桂王之事，亦是舉雙手雙腳都贊同的，但是兩人都沒有出兵的打算。李邕是兵少，他那裡青壯才五千，平日還要種田，留下守城守家的，最多能再抽調三千人。方壺倒有萬把兵丁，但方壺精明，他想的是助拳兵將必有折損，怕朝廷也賞賜不了多少，故而傅長史雖是相勸，方壺卻是含糊帶過了。方壺不知道的是，原來秦鳳儀大方若斯，直接分了桂王的府庫。

他這只是幫著轉運糧草的都有一份，何況那些上陣殺敵的了。

每思及此，方壺心中的悔意也只有曾留守鳳凰城的阿泉族長能明白一二。

方壺私下還同傅長史賠了一回禮，「唉，我當早聽傅公的，出兵襄助殿下。」

傅長史揶揄：「吃一塹，長一智。」

方壺有些不好意思，不過他亦是個大方性子，所得的這筆賞賜，此次出力者人人有份，如傅長史、桓衡都有的。

可以說，每次戰後，這是最讓人歡欣的時刻了。

方壺、李邕前來，除了恭賀秦鳳儀征得桂地擒獲桂王外，他們也各有親朋在桂地，此番也是想看看親朋好友的情況。若是還不錯便罷，倘情形不大好，能說情的，他倆還要幫著說一說情。再者，這兩人畢竟也是山蠻，有他倆在，有助於安撫桂地山蠻的情緒。

最終，秦鳳儀決定讓傅浩與馮將軍率兵留守桂州，他便準備班師回鳳凰城了。

這個決議無人不滿，除了方壺。方壺與傅長史相處得很是融洽，而且，當初桂王知曉他歸順朝廷時很是不滿。方壺戰戰兢兢了一段時間，這段時間便是傅長史與秦鳳儀聯繫，讓秦鳳儀先儲糧至壺城，一則以後可供征桂地的軍糧，二則可安方壺之心。

再加上傅浩才學過人，方壺很是敬仰他的才學，故而非常捨不得傅長史。

秦鳳儀笑道：「你那裡樣樣安穩，桂地卻還需要傅長史坐鎮一段時日，放心吧，我另給你派的人也是再穩妥不過的。」

秦鳳儀把譚典儀派給了方壺，協助他治理壺城。譚典儀是秦鳳儀親自挑出來的，留在身邊使喚了小兩年，樣樣合意。秦鳳儀親自與譚典儀細細交代了一番，譚典儀又去傅長史那裡聽他指導過壺城政務的經驗，便到壺城上任去了。

方壺最後沒有取壺城知府之位，雖則秦鳳儀當初說只要他願意，知府之位也可予他。方壺到底是個聰明人，何況他先時不放心，是不放心秦鳳儀的人品，怕秦鳳儀用虛言糊弄他，如今看秦鳳儀大方若斯，待他們與漢人一視同仁，而且以後還有許多要向漢人學習的地方，方壺便主動將知府之位讓了出來。因是主動歸順，他得了朝廷賞了三品將軍之位。

至於邕州，現在說州當真勉強。秦鳳儀把小秀兒的相公老阮坑了來，要秦鳳儀說，老阮做官很不咋地，這都中進士多少年了，因性情耿直，不懂打點，現下還在一個窮縣當縣令。秦鳳儀一看，哎喲，南夷就缺這樣的人，立刻把他搗鼓過來，接手邕州這一攤。

待秦鳳儀忙完桂地之事，率大軍回鳳凰城時已近臘月。這一番出來，前前後後足有五個月之久，但想到封地盡收己手，哪怕現在還是一塊比較窮的封地，秦鳳儀滿懷的激情壯志，仍猶如要迸發出來一般。於是，回城這一路，秦鳳儀詩情如海，足足作了兩百首詩，平均每天便有十首出產。更要命的是，秦鳳儀做了小酸詩後，還特喜歡叫了近臣來品評，把大家品評得一路食慾不振。

李釗為此定下規矩：吃飯不評詩，評詩不吃飯。

秦鳳儀風光大勝返回鳳凰城，他靖平桂地的消息，已隨著八百里加急的快馬快船送至京城，名頭響徹整個西南大地，連帶著一向對朝廷極冷淡的雲貴土司，這回趁著新年將至，非但恭恭敬敬、殷勤百倍地上了新年賀表，還敲鑼打鼓打發使者送了一對祥瑞給景安帝。

這祥瑞來歷頗是不凡，據聞是一對五彩鳳凰鳥。

秦鳳儀聽聞此事，險些一口茶噴滿地。

秦鳳儀這次一出門就是小半年，把大陽給想壞了。大陽已經三歲多，不再是記不得人的小娃娃，他已懂得思念，做夢就夢到了他爹很多次。一聽說他爹要回來，他提前半個月就張羅著做新衣裳，不僅是他做，還要妹妹一起做。連帶著大妞姊、阿壽哥、阿泰哥、大勝弟都張羅起來做新衣裳。阿壽哥、阿泰哥做新衣裳很好理解，他們各自有爹在外，大妞姊的爹就在鳳凰城，為啥也要做新衣裳呢？大陽的回答是：女孩子就要穿得漂漂亮亮的。

秦鳳儀西征告捷，舉城歡騰，更何況李鏡這幾家，故而孩子們要做新衣裳，也由孩子們做去，其實他們先時的衣裳還穿不完呢。大妞還把她剛出生不久的弟弟也算上了，大妞覺得弟弟現下雖醜了些，但以後應該會跟大美一樣，越長越俊，所以大妞說，她只做一身新衣，給她弟做兩身，好讓她弟快點變俊。

大陽非但張羅著大家一道做新衣，還應承屆時老爹們回來，大夥兒一塊去相迎。這可是把阿泰和壽哥兒高興壞了，壽哥兒還道：「咱們也帶大勝去吧？」

大陽豪爽地一口應下，可待出發那日，孩子們早早到了，卻只叫大陽一人上車。大陽頓時急了，指著幾個兄弟姊妹道：「我們一起去！」

內侍官耐心勸道：「殿下，這是您的車駕。」

「去去去，正因是我的，才該是我做主，難不成我的車叫你做主？」大陽馬上就要四歲了，口齒已是伶俐，大妞為他這話拍手叫好：「說得好！」

大陽受到大妞姊的鼓舞，再加上他在家一向像個霸王似的，又是府裡的世子，內侍官不敢阻攔，任大陽招呼大家上車。幾個孩子裡就壽哥兒大些，壽哥兒跟他爹學過一點知識，壽哥兒對內侍官道：「要不，你去問問我姑媽，看我們能不能一起去？」

原本以為大陽都跟姑媽說好了，原來這小子啥都沒說。其實人家大陽是很樸實地認為，車是他家的，城是他家的，他請大夥兒一起去迎各人的爹，這可怎麼啦？

壽哥兒雖小，話卻很在理，既有突發狀況，內侍官連忙跑去問王妃了，大陽則是招呼大家上車坐下，還說：「天兒冷，別在外頭凍著了。大勝和大美最小，先讓他倆上來。」

兩人都是嬤嬤抱上去的。

這兩人一上去，大陽道：「咱們也別傻等，先上車坐著暖和。」

旁邊的嬤嬤侍女聽一群孩子像小大人似的說話，皆是忍俊不禁。

李鏡正與大公主、秦太太、崔氏和駱氏幾人說話，聽到內侍官來稟此事，大公主道：「這怎麼還要一塊去呀？讓大陽去就是了，叫他們回來。」

崔氏也說：「這可不合規矩。」

李鏡向來心寬，笑道：「都是孩子，大陽念叨他爹念叨了得一千兩百回了。我也常聽到阿泰、壽哥兒說起張大哥和大哥。孩子們都愛熱鬧，既然要去，那便一起去吧。」

駱氏柔聲道：「大陽是世子，怎好同乘一車？」

大公主也這樣說，幾個孩子年歲相差無幾，平日裡都在一起玩，可以後各有各的爵位，尤其是這樣的場合，當尊出大陽世子之位來。

李鏡道：「無妨，他們自幼在一處，盼他們往後也如今日這般才好。讓孩子們去吧，別掃孩子們的興，就是妳們，回來也不要念叨他們。小時候的情分最是難得，我跟公主小時候，最初咱們各有各的屋子，後來就在一起睡了。那會兒也有嬤嬤說不合規矩，太后便說無礙，咱們便一直在一處了。」

大公主一笑，倒也釋然了，「也是，孩子們一起長大，與咱們那會兒是一樣的。」

其實他們幾家都是親戚，便是方悅家，雖與秦鳳儀不算親戚，但秦鳳儀少時啟蒙是駱先生教導的，長大後拜師拜的是方閣老，這關係比尋常親戚都要親近三分。再者，孩子還小，故而也都未放在心上。

於是，這一群孩子就坐同一輛車，熱熱鬧鬧地各接各爹了。

大陽在路上還讓大美練習叫了好幾聲爹，大妞都誇大美：「大美的嘴可真巧，這就會叫人了，大勝還一個字都不會說呢！」

阿泰是大美的擁躉，附和道：「大美比大勝要聰明一點。」

壽哥兒道：「我娘說，男孩子就是比女孩子學得慢些。」

大妞立刻舉一反三，「這就是說，女孩子要比男孩子聰明。」

大陽拍大妞姊的馬屁：「嗯，大妞姊就比我聰明。」

大妞得意非常。

壽哥兒看大陽拿自己的智商去拍大妞馬屁的小模樣兒，心說，大陽瞧著怪笨的。

大妞卻是拿糖炒栗子塞到大陽手裡安慰道：「你以後多念書，應該能變聰明點兒。」

大陽一邊吧嗒吧嗒吃著糖炒栗子，一邊點著小腦袋，頭上的金冠都要點掉了。大陽是個臭美的，他因年歲小，一直紮著揪揪頭或包包頭，壽哥兒他們亦是如此，但大陽很完整地繼承了他爹臭美的天性，早就瞅著人家戴冠的眼饞，這回為了來接他爹，特意命人給他做頂小金冠。人家戴冠是用冠束髻，他那兩個小揪揪梳不起髻來，冠上便得紮兩根大紅帶子，帶子繫下巴上，就這樣也不大穩當，時時要防著金冠掉下來。

孩子們奇異的審美，尋常大人真是無法欣賞，但孩子們卻很欣賞，大陽這冠弄得壽哥兒都說好，於是各人回去都要起金冠來。大妞雖沒法帶冠，可很豪氣地讓她娘給她弄了外赤金纍絲的花環扣在頭頂上。大妞今天也沒梳小揪揪，她編了一圈花辮，頭上戴赤金花環，說真的，虧得這是個花的，倘是個素的，不知情的還以為是金箍。

除了最小的大勝與大美的腦袋上光禿禿的，其他幾人皆是一頭的金燦燦。

大夥兒坐著車，一路歡聲笑語，嘰嘰喳喳就出城三十里，迎接大軍凱旋。

大軍昨晚就到了城外，要是趕上一趕，還是可以進城的，但從來沒有凱旋大軍晚間進城的理。即便秦鳳儀歸心似箭，還是被大家攔了下來。李釗怕他偷跑，親自陪他用晚飯，飯後還鼓勵他作幾首小酸詩，秦鳳儀沒好氣道：「我現在滿心都是媳婦孩子，哪有心情作詩？」

「我也想媳婦孩子啊！」李釗道。

秦鳳儀就不好意思再發脾氣了，秦鳳儀道：「大舅兄，你什麼都好，就是觀念有些陳腐。怎麼晚上就不能進城了，回來了就進唄。」

李釗道：「你是什麼時候進城都無所謂，可將士們辛苦大半年，打了這樣的大勝仗。便是百姓們，也要彩棚彩帶、壺漿簞食前來勞軍。將士們需要這樣的榮耀，百姓們也需要這樣的慶賀，你就當是為了大家。」

「唉，所以我才死憋著等在城外啊！」秦鳳儀此情一抒，立刻來了詩意。詩情上湧下，揮筆寫了三首詩，思媳婦、思兒子、思閨女，然後請大舅兄品評。

大舅兄很慶幸吃過飯才鼓勵秦鳳儀作詩，當下強捏著鼻子誇了一回，把秦鳳儀誇樂了，郎舅二人又話了一回家常，才算把這傢伙哄好了。

待得第二日，秦鳳儀早早起床，用過早飯，就向遠處張望，想著他家肥兒子怎麼還不來呢。因天時尚早，遠處除了軍營中有點點光亮外，四周仍是一片黑漆漆的，李釗打個呵欠，說道：「大陽這會兒應該才剛起來。」

秦鳳儀問：「大舅兄，你就不想壽哥兒，不想大勝嗎？」

「我又不是鐵石心腸，豈能不想？」晨風微涼，李釗幫秦鳳儀披上一條厚披風，「今日必能相見的，這可急什麼？」

所幸迎接大軍的隊伍來得不算晚，孩子們也是五更天便起床。旭日東昇，金光鋪地，遠遠傳來一片樂聲，秦鳳儀便曉得肥兒子到了，他恨不得不用肥兒子相迎，自己跑過去，奈何李釗和趙長史一左一右把他那剛邁出去的身子拽回來，小聲道：「別急別急！」

儀仗很快到了，秦鳳儀一見他兒子來到，哪裡忍得住？他如今經常出征，勤加習武，身體倍兒棒，雙臂不知怎地一抖，就把兩個秀才抖到一邊去，歡快地衝了出去，就聽大陽正嚷嚷著道：「都別跟我搶，我要先下去！」

壽哥兒道：「大陽，你是世子，你得最後出去，才能顯出你的分量來。」

「啥分量？我先下我先下！」大陽才不管分量不分量，他很想他爹，結果，他一動，大美急了。大美倒沒有很想她爹，大美早把她爹忘了，她是跟她哥親，見她哥撇下她要往車外跑，急得直喚：「爹……爹……」

秦鳳儀在車外聽到這兩聲「爹」，滿懷的情感頓時傾洩而出，在車外響亮地應了一聲「哎」，然後自車窗伸進一顆大頭，笑出一張如花美面，「閨女，爹在這兒……」

大陽頓時不急著下車了，轉過去就摟住他爹的俊臉，啾啾啾啾啾親了五下，接著甜甜地叫道：「爹，我好想您好想您好想您好想您！」

「爹也好想我大陽好想我大陽好想我大陽！」秦鳳儀一伸手，把肥兒子從車窗裡撈了出來，大陽喜得直叫喚。

大美一見她哥被人撈出去，急得邁著小步子撲過去，大叫：「爹……」

秦鳳儀見閨女呼喚他，連忙過去把閨女也從窗子裡撈出來，結果臉上挨了閨女兩爪子。

大陽忙說他妹：「不能跟爹動手。」

大美見到她哥才放下心，扭著小身子下去，拉住她哥的手，跟她哥站在一起。

車裡的阿泰探出頭，歡呼道：「舅，您也把我這麼抱下去唄！」

「你得說想不想舅舅。」秦鳳儀就愛逗孩子。

「想得很，我還夢到過舅舅！」阿泰大聲道。

秦鳳儀便也把阿泰自車窗裡抱出來，大妞很知道照顧小的，先把大勝遞過去，這才讓舅舅也把她撈出去。最後是壽哥兒，壽哥兒是大孩子了，但也很好讓姑丈這樣撈他，可又有些不好意思，尤其壽哥兒打窗子往外一看，他爹正站他姑丈身邊。

壽哥兒連忙道：「姑丈，我大了，自己下車就是！」

秦鳳儀嘿嘿壞笑，隔窗伸手一抓，抓住了壽哥兒的小身子，把他自窗子裡抱了下來。

壽哥兒心裡怪美的，尤其姑丈還道：「不要理你爹那張黑臉。」

李釗也是許久未見到兒子們，此時見著，哪有不高興的，面色相當和緩。

當時的情景，用方悅的話說，熱鬧得像廟會似的，大家又是打了勝仗回來，那當真是想板著臉都板不起來，特別是有小孩子們在旁攪和，氣氛更是活絡。

大妞把大勝給李釗看，說道：「李伯伯，您看大勝長大很多了吧？」

李釗抱起小兒子，又對著長子招手，壽哥兒便歡歡喜喜地跑過去跟他爹說話了。阿泰自發地找到自己的爹，大陽也在跟他爹訴說著自己的思念。大美比大勝小一個月，卻是很嘴巧地會叫爹了，只是，一叫爹就要看她哥大陽是怎麼回事？

過來迎接大軍的方悅和章顏等人一看，短時間內說不了正事了，便也與趙長史、潘將軍等說起寒暄話來，場面一時熱鬧非凡。待熱鬧過後，方是正式行禮。

秦鳳儀說了幾句官方的場面話，譬如：「本王出征在外，城中諸事勞愛卿們操持，愛卿們辛苦了。」此時，愛卿們便要答說：「臣等分內之事，殿下遠征，方是真正辛勞。」

如此之後，才請秦鳳儀上了王駕，然後秦鳳儀帶著一群孩子們熱熱鬧鬧地回鳳凰城。

回城途中，眾人聽著一車的童聲稚語，不禁想到世子大陽趕年就是四歲了，如李釗、方悅和張盛，這幾人是不必操心的，他們各家孩子早就是同大陽一起長大，但其他各家不禁想著，世子即將啟蒙，屆時伴讀之位不少，遂盤算起各家的適齡兒孫來，尋思著不管如何，都得要塞一個過去。

入城後，大軍受到了百姓的熱烈歡迎。

此次親迎儀式是章顏和方悅兩人搞出來的，秦鳳儀征桂地大捷，也象徵著秦鳳儀平定整個封地。非但是鳳凰城官員，南夷城杜知府也早就過來迎候，連帶著義安、敬州二地知府，同樣早早打聽了秦鳳儀歸來的時日，藉著彙報公務的名頭，一則過來送年禮，二則來向殿下請安道賀。

自入城伊始，二十丈便是一處彩棚，正街兩旁的百姓更是比肩接踵，人山人海，諸士紳早已穿好新衣，候在城門，歡迎凱旋歸來的親王殿下與諸軍將士。

秦鳳儀讓人掀開車簾，百姓們見到親王殿下的真容，歡呼聲四起。大陽如同打了雞血一般，揮著小手同百姓們打招呼。別個孩子沒經過這陣仗，但心裡也是激動的，大陽如何做，他們就如何做，個頂個的美壞了。

待王駕入王府，百姓們仍久久不散。

秦鳳儀讓孩子們先回內宅玩，他在議事廳裡正式召見諸臣屬，見杜知府及義安、敬州三知府都來了，不由笑道：「你們怎麼也來了？」

杜知府笑，「臣聽聞殿下凱旋，過來迎候殿下。」

義安、敬州二知府道：「我們年下要過來述職，正逢殿下凱旋，便過來向殿下請安。」

秦鳳儀笑道：「你們來得巧，既來了便多住兩日，許久未見你們，本王怪想你們的。」

三人聽此言，自然人人歡喜。

秦鳳儀接下來又表彰了留守人員，隨他出征的也辛苦，不過，大家在桂地分過一回「戰功」了，捷報更是已報送朝廷，想來年前朝廷應有另一撥封賞，所以大家皆是神采奕奕。

明日有宴會，秦鳳儀打發眾人回去歇息，就迫不及待跑到內宅看媳婦去了。

大公主幾人還在，秦鳳儀急道：「哎喲，妳們怎麼還在這兒磨咕，男人們都回來啦！」

大公主起身道：「這就要走了，不打擾你們啦！」

秦鳳儀桃花眼一翻，「還打趣起我來啦？張大哥做夢都喊妳的名字，妳就磨蹭吧。還有大嫂子，也別含蓄啊，大舅兄嘴上不說，心裡想妳想得不行。囡囡，咦？囡囡，妳生啦？」

秦鳳儀先是把大公主、崔氏揶揄得臉頰微紅，乍見囡囡肚子平坦，頓時大驚。

李鏡忍下心中的激動，笑道：「這都多少日子了，還能不生？」

秦鳳儀連忙打聽：「生了閨女還是兒子？」

駱氏笑道：「是兒子。」

「好好好！」秦鳳儀連讚三個好字，「明兒帶來給我瞧瞧！」

大妞兒忙道：「舅，現在我弟還不大好看，等他長俊了再給您瞧。」

這話逗得大人們哈哈大笑。

秦鳳儀讓人去知會張盛、李釗和方悅晚走一步，好接了妻兒們回家團聚。

李鏡笑道：「哪裡還用你說，我已令人去通知了。」

大公主道：「他們多半已在外等著，我們就先走了。」

「等外頭遞信兒進來再走不遲。」李鏡留客。

秦鳳儀則是挽著妻子的手道：「趕緊去吧，早在外面等著妳們了，還等什麼？回去好生服侍自家男人啊，我們這一趟可是吃了大辛苦。」他與妻子一道，親自把人送了出去。

大陽跟在他爹身邊，對大妞姊道：「大妞姊，明天我去找妳啊！」

大妞點頭，「好。」

幾個小夥伴各回各家，大陽像隻猴子般竄進他爹懷裡。秦鳳儀抱著肥兒子，就見閨女人美搖搖擺擺地正往外走，一邊走還一邊喊：「爹……」把秦鳳儀喜壞了，又捨不得放開媳婦的手。

李鏡將閨女抱起來，大美見著她哥就高興，咧開長了兩粒小米粒牙的嘴巴笑起來。

夫妻抱著孩子回房，秦太太見小夫妻倆眉宇間的情意，不由一笑，「你們夫妻先說說話，咱們晚上一塊吃飯。」

「好！」秦鳳儀喜孜孜地應了。

送走他娘，秦鳳儀兩隻眼珠子彷彿能冒出絲絲火星來，李鏡被秦鳳儀看得不好意思。秦鳳儀盯著媳婦微紅的雙頰，心裡的烈火呼呼燃燒，燒得渾身都不得勁兒。

秦鳳儀對大陽道：「兒子，你先帶妹妹玩，爹有話同你娘說。」

大陽摟著他爹的脖子不放，「爹，我也有許多話想同爹說。」

秦鳳儀險些被他兒子這話噎死。在外征戰五個月，按理，秦鳳儀這樣的身分，完全沒必要做和尚，但他的經歷不與常人同，頗是潔愛自身，硬生生忍了下來。如今見著媳婦，就如同餓狼見著美食，欲這樣那樣，無奈香噴噴的肥兒子在懷裡扭著非要跟自己說話，小閨女更是在一旁奶聲奶氣地喊：「娘……」

秦鳳儀長嘆一聲，「好吧，咱們先說話。」把李鏡逗得抿嘴直笑。

秦鳳儀招呼道：「媳婦坐邊上。」

李鏡過去坐在丈夫身邊，抱了閨女在膝上。

大陽說的無非是多想他爹的話，但就這樣的思念，大陽便能絮叨半個時辰不重樣，而且還有許多要緊事想跟他爹說。

大陽道：「爹，踏雪生小馬了！爹，您沒回來，我就先給花花取名字了，反正爹您早說過了，以後花花就是我的坐騎啦！」

「哎喲，叫花花呀？」

大陽點頭，「花花可好看了。」

秦鳳儀道：「那一會兒咱們去瞧瞧。」

大陽很高興地應了，又說：「爹，您走了，我每天都去議事廳坐班，每天去軍營巡視。打仗的時候，可忙可忙啦！」

說到打仗，秦鳳儀方想起來，不放心地問媳婦：「沒受傷吧？」

「怎麼可能受傷，我們都在城裡呢！」李鏡道。

大陽說：「我跟娘還帶著大臣們上城牆給將士們鼓勁哩！」

秦鳳儀親兒子一口，讚道：「我兒子真棒！」

大陽笑嘻嘻地道：「還好還好。我主要是還小，要是我像爹您這麼高，就不用娘出馬，我就站城牆上，轟地噴出一口火，就把敵人都燒沒啦。我娘的武功不如爹您，她不會噴火。」一說完這一長串，大陽仰著的小臉上滿滿的都是對父親的仰慕之情。

秦鳳儀越發大言不慚，「那是，要不，我怎麼做爹？」

於是，大陽更欽佩父親了。

大陽跟他爹嘮叨著家裡的事，秦鳳儀洗漱後換了家常衣衫，大陽一直說到吃午飯。

秦鳳儀道：「兒子啊，咱們先吃飯，吃過飯你再繼續跟爹說。」

秦鳳儀吃到家裡的飯，忍不住讚道：「還是家裡的飯好吃。」

李鏡道：「我讓你帶個廚子，你不帶。」她也心疼丈夫，連忙幫丈夫佈菜。

秦鳳儀夾了個焦炸小丸子，邊吃邊道：「在外領兵，焉能帶廚子？不僅不成樣子，風氣也不好。下頭誰家帶不起一兩個廚子呢？倘我開此例，接著就是侍女丫鬟，那還叫打仗嗎？」

李鏡盛碗湯給他，「這是昨兒就叫人煮的靈芝七寶湯，你且嘗嘗。」

秦鳳儀聞到一陣香濃的味道，食指大動，一連喝了兩碗，大呼痛快。

李鏡笑道：「別光喝湯，也吃點菜。」

大陽想要喝，李鏡想著湯裡滋補東西太多，怕小孩子受不住，沒有讓他喝，「這是給大人吃的，等你大了就能吃了。」她給兒子吃的是雞湯。

大陽一副饞樣兒，問：「爹，香不？」

秦鳳儀很喜歡喝的，但他要是說香，兒子就更饞了，便道：「爹在外頭連雞湯都沒得吃，久不食好吃的就覺得香了，其實與雞湯彷彿。」

大陽是個孝順孩子，聞言很心疼他爹，「爹，您多吃些，補一補！」還伸著小手幫他爹佈菜。他現在會用筷子了，只是不熟練，就用勺子舀了兩勺焦炸小丸子給他爹。

大美還是吃著肉湯燉蛋，只是燉蛋沒滋味，便用肉湯拌了給她吃。

秦鳳儀感慨道：「這一輩子值啦！」

李鏡望著兒女和丈夫，不禁彎唇一笑。

用過飯，一家四口躺在床上午睡兼消食聊天，主要還是大陽在嘰哩呱啦。因為早上起得早，大陽不一會兒就睡著了，大美也有午睡的習慣，早早就睡熟了。

秦鳳儀直念佛，「這小子總算是睡了。」

李鏡把兒子的小枕頭擺好，低聲道：「少說這沒良心的話，大陽知道你今兒個回來，昨兒半宿還念叨你呢，今兒又起了一個大早。」

「那是，這可是我兒子！」秦鳳儀得意地說了一句，把兒子的小腦袋平放到枕頭上，蓋好被子，就躡手躡腳地拉著媳婦下床去了。

夫妻倆五個月沒見，自有說不盡的相思纏綿。大陽醒了，不見爹娘，便問嬤嬤。

張嬤嬤是看著他長大的，笑道：「王爺遠路歸來，累得正歇著呢。娘娘在服侍王爺，小殿下幫忙看著小郡主好不好，讓王爺好好歇一歇。」

大陽現在已經很能聽懂大人的話，當下說道：「那我也去照顧我爹。」

爹剛回來，大陽很想跟爹膩在一起。

大陽還道：「張嬤嬤，妳跟周嬤嬤看著大美睡覺，我去服侍爹啦！」

張嬤嬤想要攔，大陽已經跑出去了，幸而外頭有服侍的丫鬟，見著大陽攔了他，就這麼著，秦鳳儀也沒能盡興。李鏡拍他一記，臉頰微紅，「別讓孩子找進來，快起身吧。」

「他們還睡著呢！」

「大陽已過來了。」李鏡是習武之人，頗是耳聰目明。

「啥？」秦鳳儀嚇了一跳，手忙腳亂地跳下床，跑到門口詢問外頭的小丫鬟，小丫鬟回稟道：「小殿下正在外頭玩。」

甭看秦鳳儀不是什麼正常性子，他在兒女面前可有做爹的自覺了，連忙帶著媳婦去浴室沐浴。大陽見他爹頭髮微帶濕氣，他娘臉紅紅的，懵懂地問道：「爹，您跟娘洗澡了嗎？」

秦鳳儀一本正經地應道：「是啊！」

大陽立刻道：「爹，晚上咱倆一起洗吧？」

「好。」秦鳳儀招呼肥兒子在懷裡坐著，父子倆又親香了一回。一整天下來，爹去哪兒大陽都跟著，就是他爹去茅廁，大陽也要跟著一道去撒泡尿。

相較之下，大美就有些冷淡了，這孩子都忘了她爹長什麼樣了，不過她知道喊爹，只是一喊爹就找大陽。秦鳳儀傷心地道：「咱們大美這是忘了我啊！」

李鏡笑，「她才多大？你一走就五個月，能不忘嗎？你守她幾天就好了。」

秦鳳儀點點頭，忙問媳婦：「大美的周歲禮辦了沒？」

「沒，等著你回來一起辦。」

「必要大辦！」

待到晚間，一家人吃團圓飯時，秦太太直說兒子瘦了，秦老爺也是這樣說，還問：「是不是桂地不好打？」

「也不算難打，只是路程遠，大軍出行，還有糧草輜重，走不快，去的時候就走了二十天才到桂城。還要安營紮寨，注意各項防護。」秦鳳儀道：「正經開戰，一個多月就打下來，後來有桂城的安置事宜，我就多待了些日子，好安穩人心，這才回來。」

秦鳳儀問媳婦：「我早想問呢，山蠻來犯時，城裡還好吧？」

「都挺好的，山蠻就是衝著鳳凰城來的，沒在外頭縣裡劫掠，傷著的百姓不多，倒是將士折損了兩千多，傷了三千餘，這會兒也都養得差不多了。有些個重傷或是落下殘疾的，待你什麼時候閒了，想想怎麼安排。」李鏡道。

秦鳳儀點點頭，又道：「我看老章擬的軍功單子上，有大嚴小嚴的名字？」

「不光大嚴小嚴，二弟和三弟也跟著出了不少力氣，爹還一箭射死一個山蠻呢！」

秦鳳儀不可思議地看向秦老爺，「爹，您還會武功啊？」

秦老爺笑咪咪地道：「多年不練，已是不大成了。以前我可是老爺身邊的侍衛，後來娶了你娘，我們一起做了姑娘的陪嫁。說來，我年輕時可是侍衛裡數一數二的俊俏，你娘喜歡我喜歡得，每次見我時都要多看我好幾眼。」

秦太太撇嘴，「你知道我為什麼看你不？那麼些個侍衛，哪個不老實當差，目不斜視。就你眼珠子亂轉不說，人家都是穿統一的侍衛服，你卻在帽沿簪花。你又不是探花，也不知簪哪門子花？我是看你怎地那麼臭美，不是看你俊俏。再說，你俊俏啥啊，一臉的痘痘。」

「誰年輕時不長痘啊？」秦老爺道：「阿鳳少時也長過。」

「阿鳳上火才長一兩顆，哪個似你，一長就長滿臉。」

「爹，您不會那麼早就看上我娘了吧？」秦鳳儀八卦兮兮地問。

大陽也豎著兩隻耳朵聽得津津有味。

秦老爺笑，「是啊，姑娘身邊的侍女都是一水的竹竿，瘦得不行，就你娘生得一臉福相，那臉圓得跟饅頭似的。每次我們當晚班，圍著火爐烤饅頭吃時，我就想到你娘。」

大陽似懂非懂地跟著點頭，「我也喜歡吃烤饅頭片，又焦又酥。」逗得大家哈哈笑。

秦老爺還正經地道：「嗯，這樣隨我。」

大陽得意地晃晃大腦袋。

今日團圓宴，上有高堂，下有兒女，秦鳳儀萬分喜悅，舉杯道：「這一回出去的時間長，今天咱們一家子好不容易團聚，來，咱們乾一杯。」

就是大陽，也有自己的小酒盞，不過裡面放的是小孩子喝的甜酒。說是甜酒，其實就是甜湯，偏生大陽喝完，還一臉嚴肅地用小肥爪捂著額頭道：「爹，我好像喝醉了，怎麼辦？」

秦鳳儀道：「要不，你先去睡吧？」

大陽搖頭，「不行，我還得再喝兩杯。」

秦鳳儀鄭重地道：「還是改喝醒酒湯吧。」

大陽立刻精神抖擻，改口道：「嘿，我又好啦！」

眾人又是一陣樂呵。

秦鳳儀回家後，簡直是身心舒暢，哪怕第二日沒能賴床，早早吃過早飯就被媳婦催著去了議事廳，也是一副饜足模樣。他扛著肥兒子到議事廳後，還賤兮兮地對趙長史與大舅兄使個心照不宣的眼神，這才輕咳兩聲，開始議事。

先是章顏彙報近半年城中的事務，內容繁瑣，像是八月交糧稅，秦鳳儀因在外征戰，便是章顏與桂布政使辦的，中間又經了山蠻來犯，打仗打了一個來月，故而，戰事結束才繼續收稅，桂布政使這會兒還沒從京城回來呢。

另有景安帝萬壽節送禮之事，秦鳳儀不在，便是李鏡做主打發人送去的。然後還有信州知府就任事宜，新就任的信州知府是秦鳳儀的熟人，乃秦鳳儀的同年榜眼陸瑜。

秦鳳儀笑道：「哎喲，我倒不知道是他。」又與范正道：「咱們同年裡，老陸在朝中升遷算是最快的了。」

范正心說，這人眼是瞎的嗎？他現在不一樣是知州，還是鳳凰城的知州哩！而且，鳳凰城不比信州好啊？

不過，范正還是順著秦鳳儀的話說：「是啊，大軍沒經信州城嗎？」

秦鳳儀道：「我這不是急著回來嗎？」

他那會兒是歸心似箭，又不需進城休整，便一路返回鳳凰城。

光說這小半年的政務，而且是揀著大事說，小事一語帶過，便說了大半日。好在秦鳳儀下午設宴，李鏡安排好後打發人通傳，秦鳳儀便帶著男人們吃酒去了，女人們在內殿也是一番熱鬧。大陽他們原該在內殿的，大陽也不反對跟女眷們一起吃飯，但他爹剛回來，他正跟爹熱乎著，連他爹到議事廳都要跟，何況吃酒宴飲呢？

大陽要跟，秦鳳儀便讓兒子跟自己坐。大陽十分有趣，每當他爹與屬臣飲酒，他便似模似樣地端起自己的小酒盞跟著喝甜酒，極是有趣。

這日過後，秦鳳儀給同自己西征的臣下們都放了三天假，同時讓各軍商量著，給士卒們也輪番放上幾日假。將官們有假期不稀罕，士卒們能放假就稀罕了。

秦鳳儀道：「兵士們各有各的賞賜，大家都回家去看看爹娘、妻兒，敘敘人倫之情。」當然，各戰亡將士的撫恤銀兩也要下發，這撫恤銀子是王府單給的，等朝廷賞賜下來，還會再有一份。如今南夷風氣極好，沒人敢碰撫恤銀半分。秦鳳儀當初整飭軍務吏治之時，為撫恤銀案曾連奪數頂烏紗，他也沒殺人，但現在人都不知去哪兒了，所以，撫恤銀向來是無人敢染指的。

還有戰亡兵士家中子女的安排，譬如可到當地官學免費念書之類，而女眷若不改嫁，糧稅可終生免除，子女的糧稅亦可免除至二十歲。

各種戰後的安排頗為寬厚，像秦鳳儀這樣的藩王已是仁慈至極。

幾日後陸瑜過來拜見，同年久未見面，自有一番親熱。秦鳳儀誇陸瑜會做官，這都升知府了。陸瑜還是以往那般圓潤的模樣，笑道：「要不是信州之地，哪裡輪得到我升知府？」

秦鳳儀道：「我們南夷現在也不那麼赤貧了，怎麼，大家還是避之唯恐不及？」

陸瑜微微一笑，「要是人人都搶，怕也輪不到我了。」

秦鳳儀沒想到來南夷任官仍然不熱門，遂道：「雖說三年才三百進士，但我看朝中那些成千上萬的官員，也沒幾個有眼光的。」

「那也不是，我眼光就不錯。」

「這倒是。」

秦鳳儀重高興起來，與陸瑜說起這些年的經歷。陸瑜輾轉做了幾個地方官，秦鳳儀好奇心旺盛，兩人又是舊交，包括信州政務，連敘了三天的話。

陸瑜難免又提及老阮，「我倆一個在信州，一個在邕州，雖離得不近，但也不算遠。」

秦鳳儀道：「他可是不如你，你先時好歹做到了同知，老阮真是個實在人，他是正經二榜進士，這些年卻一直在縣令任上。」

陸瑜笑，「他就是那個實在性子，你把他挖到南夷，真是撿了個大便宜。他雖一直在縣令任上，先時那縣也是西北的一處窮縣，山上土匪還多，但做了兩任縣令，老阮把那地方治理得路不拾遺，夜不閉戶。他要離任時，闔縣百姓還攜老扶幼前去相送，殿下真是好眼光。」

秦鳳儀笑咪咪地道：「我早看老阮是個一心任事的。」望著陸瑜，秦鳳儀又感慨道：「咱們南夷半壁，皆是百廢待興啊！」

陸瑜身為一州之長，不能久留，他參觀了一回鳳凰城，因與方悅也是同年，便參觀了一回織造局、窯場，這才回信州去。

陸瑜剛走，往京城送糧稅的桂布政使就回鳳凰城了。南夷的糧稅，先時都是運糧食到京城，但南夷離京城路遠，運糧不便，秦鳳儀便上摺子請求以後都按當季糧價換算，直接換作稅銀送上，方便又省事。

把糧食換銀子，再押解銀子其實也麻煩，秦鳳儀便令有司在銀號裡換了銀票，到京城再去銀號兌成現銀，上交戶部，所以，這次去京城，桂布政使只帶一隊隨從親衛，頗為省事。

桂布政使回到鳳凰城，得知秦鳳儀已平安歸來，當下大喜，連忙過去請安。秦鳳儀見到他亦甚是歡喜，不免問起京城的情況。

京城倒是知道秦鳳儀征桂地之事，即便秦鳳儀與景安帝的關係不親近，但公歸公，私歸私，他出征前還是留了一封奏章讓人送回京城，告知朝廷一聲。

見著秦鳳儀的奏章，朝中上下大驚，他們還未就人質事件商量出一個結果哩，秦鳳儀竟然直接就要西征了，登時令孩子被俘的那幾家人急得不得了。

他們急，襄陽侯和崔邈更急。這西征打仗，兩人都是有雄心想出些力氣的，結果卻被這事給耽擱了。而見秦鳳儀都出征了，景安帝也不再磨咕，讓秦鳳儀自己看情況行事，當然，還是要以大局為重。

景安帝的回覆，直待桂地戰事結束，才到了秦鳳儀的手裡。無他，襄陽侯、崔邈剛把奏章帶回去，山蠻兵就侵犯鳳凰城，鳳凰城接著就是打仗，一打便打了一個月。待這回覆送到秦鳳儀那裡，桂地已經打下來了。

其實便是提早送去也沒什麼用，景安帝難道會因著幾個遠親就耽擱平桂大事？

倒是南夷的糧稅遲遲未到京城，令景安帝有些掛心。往常糧稅都是八九月送至，此番耽擱到了十月，桂韶方徐徐到來。彼時，京城方知鳳凰城有這麼一場大戰。

不要說景川侯，便是景安帝都是吃驚不小。

這種你去出戰，我來抄你家的戰法，於戰術上並不罕見。

主要是，秦鳳儀的媳婦孩子都在鳳凰城呢，再者，諸多將士要員的家眷亦在鳳凰城，倘鳳凰城有失，對秦鳳儀、南夷，對朝廷，皆是極大的損害。

景安帝到底沉得住氣，見到桂韶還能過來送糧稅，而不是跑來送戰報，便知戰事必然不是慘敗。待桂韶說完王妃帶著大家把進犯的萬名山蠻兵悉數剿滅後，景安帝拊掌大笑，直接讚道：「我兒佳婦！」連帶著在御書房的諸位內閣相臣都對李王妃稱讚不已。

景安帝還對景川侯道：「想當年鳳儀初上京城，找景川你提親，怪道景川你百般考驗他。有此好女，是要對女婿多加考驗。」

景安帝說著又是一陣笑，覺得秦鳳儀的眼光和運道無一不好。那些年在民間長大，整個揚州城也沒有出個侯門貴女，偏生李鏡就去了揚州，還被秦鳳儀相中了。

這是何等的眼光，何等的運道，簡直就是天作姻緣啊！

景安帝把李鏡狠讚一通，景川侯謙虛道：「小女蒲柳之姿，當年只是覺得殿下人品清奇，小女不大堪配罷了。」

景安帝道：「哪裡不般配？他們這是天作之合。」然後賞賜鎮南王妃一堆東西。

景川侯忙道：「過些日子戰報應該就到了，陛下屆時再賞不遲。」

景安帝道：「她一個婦道人家守城不易，這是朕賞兒媳的，到時再說戰報的事。」

便是御前眾人也都覺得，雖然以前鎮南王常被鎮南王妃家暴，但關鍵時候，王妃還真是頂用。家暴啥的，大家很有默契地選擇失憶了。

當天景安帝留親家景川侯於宮中用飯，兩人單獨吃飯時，景安帝這才把今日的喜氣收了收，說道：「鳳儀一向最重妻兒，此次西征，鳳凰城只留六千兵馬，可見桂地不好打。」

景川侯凝眉道：「亦可見殿下必是要一舉成功的。」

「有理。」景安帝一笑，「咱們再如何擔憂，也是遠水解不了近渴，只盼他順利。」

景安帝舉杯，「來，咱們喝一杯，祝他西征順遂！」

景川侯連忙舉杯，恭敬地道：「臣敬陛下。」

至於征西之戰到底順不順利，秦鳳儀的戰報未至，景安帝便知曉了，因為桂韶辦完差事剛回南夷，雲貴土司們一改先時的傲慢，早早地打發了臣屬送來新年賀表與新年賀禮，以及一對吉祥的鳳凰鳥。

景安帝望著窗外十一月的太陽，看一眼下面恭敬的土司臣屬，心中深感舒泰。

桂韶回南夷的路上遇到了雲貴土司的使者，故而得知鳳凰鳥之事，此時與秦鳳儀說了，秦鳳儀險些被茶嗆著，迷信地問桂韶：「鳳凰鳥會騰雲駕霧嗎？」

秦鳳儀聽說雲貴那幫土鱉竟沒見識地去京城獻什麼鳳凰鳥，私下同李鏡憤憤道：「真是土鱉，怎麼也不獻兩隻給我？這幫沒眼力的傢伙！」

李鏡道：「你還真相信世上有鳳凰鳥？」

「那倒不是。老桂說了，那鳥既不會騰雲也不能駕霧，還被人裝在籠子裡，我猜那不是鳳凰，但就是野雞送兩隻來還能煲湯呢！」秦鳳儀吊著眼睛道：「我不是缺兩隻野雞燉湯，我說的是這個事兒！咱們正挨著雲貴，不送禮給我這位現管的，反倒送禮給京城，他們是不是腦子不大好使啊？」他對於雲貴土司竟不知送禮給他，感到非常惱火。

「你急什麼呀？他們因何會對朝廷這般諂媚？」侍女捧進燉好的濃湯，李鏡用調羹攪了攪，遞給丈夫。秦鳳儀端起來吃兩口，就聽妻子繼續道：「以前他們對朝廷可沒這樣恭敬，究其原因，還不是你平了西邊的山蠻？土司們怕了，才會送禮給朝廷。他們既會送給朝廷，難不成還會少了咱們這裡？放心吧，咱們這裡的禮斷然輕不了。」

秦鳳儀假惺惺地說一句：「我對他們並無興趣。」

李鏡斜睨他一眼，秦鳳儀舀一勺湯送到媳婦唇角，媳婦順勢吃了。就見大美不知何時進來，兩隻大眼睛，一會兒看看爹，一會兒看看娘，然後張開小嘴，「啊……」等著投餵。

秦鳳儀餵閨女一勺，跟妻子道：「雲貴有什麼啊，他們那裡倒是產馬，但都是矮腳馬，一點也不威風。其餘的我沒什麼太有興趣的，妳知道我對哪兒有興趣？」

李鏡還真猜不出來了，秦鳳儀道：「天竺。我看過一本書，書上說，天竺那裡到處都是象牙、黃金和珠寶。」

李鏡皺眉思索片刻，道：「要到天竺，必須經過雲南和吐蕃。」

「是啊。」秦鳳儀道：「雲南地處偏僻，依我說，它還不如咱們南夷呢。咱們南夷鄰海，做做海上生意也窮不了，可天竺是好地方。唉，也不知雲南是個什麼境況，若他們早分了這杯羹，怕不會輕易讓出這生意來的。」

李鏡道：「不急，我聽聞吐蕃那裡是喇嘛教的天下，就是大理也頗多佛教信徒。咱們這裡也有高僧，眼下西邊剛平，不好再起戰端，何況咱們與交趾互市也剛開始，一口吃不成個胖子，慢慢先打聽著。」

秦鳳儀道：「嗯，慢慢來吧。」

李鏡道：「還有一件事你得準備著了。」

「什麼事？」

「你忘了？你說打今年起，後半年的茶、酒、絲、瓷四樣的商稅要給朝廷。」

秦鳳儀叫苦道：「剛把死亡兵士的撫恤發下去，這就是一大筆銀錢，過年還得有年下的賞賜，哎喲，虧得自桂王那裡得了一注橫財，不然年都過不起了！」

李鏡道：「我原想著山蠻不大開化，卻原來還真有些積累。」

秦鳳儀道：「先時我也覺得他們多半就一個窮地方。信州那裡雖也有金銀，但不過百萬之數，給底下發一發就沒剩多少。到了桂州，我第一天就知道必然有錢，知道為什麼嗎？」

「怎麼，城牆鍍金啦？」李鏡打趣。

「那倒沒有，我一到那裡，山蠻立刻把那幾個廢物掛牆頭了，我焉能為了他們就與山蠻議和？我火速令人攻城，結果妳猜怎麼著？」秦鳳儀道：「我真是再也想不到了，山蠻竟然把那幾個廢物又拉回去，可見他們未戰心已怯。會怯，就說明為王者無勇武之心。先不說桂王廢物，先說這人，什麼樣的才會軟弱？市井有句話叫光腳不怕穿鞋的。人要是精窮，那就沒什麼好怕的了。妳看，古來最怕死的，想求長生的，多是富人或皇帝。桂王把人拉回去，明擺著是怕將人弄死，然後戰敗後我就此問罪於他。他都軟弱成這樣了，城裡定有金山。果不其然，這回大家都跟著發了一筆小財。」

李鏡道：「咱們只取兩成，是不是太少了？」

「打仗是拿命來拚的，不多讓他們賺些，誰願意出死力氣？」秦鳳儀道：「這一回，士兵們損失也不少。戰時的錢，叫將士們多得些吧。咱們賺的是太平時的銀子，想一想，戰時能有多長時間，多是太平日子居多。」

李鏡一笑，「還是你想的對。」

秦鳳儀拉住她的手香一口，「那是，要不怎麼說妳們婦道人家是頭髮長見識短呢？」

看秦鳳儀那一臉得瑟樣，李鏡強忍著沒表演捏杯子，催促道：「快吃吧，頭髮長見識也長的阿鳳殿下，再不吃，飯菜就涼了。」

秦鳳儀大樂，三兩把羹吃過。

柒之章
土司示好費思量

雲貴土司沒讓秦鳳儀等太久，使者很快就來了，而且送了重禮給秦鳳儀，足足有百匹良駒。秦鳳儀一直不喜矮腳馬，不過那是他做大少爺多年的挑剔，他又不是真的傻。南夷不產馬，故而，馬匹極是珍貴。

秦鳳儀看這些使者雖穿著綢衣，卻不是什麼上等好絲綢，便心中有數了。

接了使者帶來的大理土司的親筆信，因土司名義上是臣服於朝廷的，所以這位楊土司的信頗是客氣，筆筆口稱殿下，恭賀他大破山蠻。

秦鳳儀道：「姓楊？你們土司大人是漢人嗎？」

使者笑道：「是，我們土司與殿下一樣，都是漢人。」

秦鳳儀笑笑，「看來你不是漢人。」

「微臣是白族。」

「一樣，不分彼此。」秦鳳儀擺擺手道：「我們這裡也是種族不同的百姓許多，但我都一視同仁，我們在各方面都一樣的。」

使者道：「是，殿下的仁義之名，在我們大理也是如雷貫耳。」

「少拍我馬屁，就是有名聲，怕也不是仁義之名。你們以前跟桂王常有來往，我把他剿了，你們怕是得罵我呢！」秦鳳儀哈哈一笑。

使者不曉得秦鳳儀是在說笑，還是有這懷疑，但不管哪樣，他是萬不能讓秦鳳儀有所誤會的，使者連忙道：「殿下明鑒，萬萬沒有此事。唉，自從知曉殿下就藩南夷，土司大人早就想打發我等過來向殿下請安，奈何桂王橫在中間，讓我們等盼殿下，若織女盼牛郎，只恨能相望，不能相逢啊！」

這話肉麻得，秦鳳儀都起了一身的雞皮疙瘩。

秦鳳儀眼睛一掃章趙二人，見二人面色不變，心說，果然薑是老的辣啊！

使者繼續道：「聽聞殿下大勝，又逢新春之喜，土司大人特令微臣獻上我們大理的好茶好馬，祝賀殿下千歲千千歲。」

秦鳳儀笑，「本王曉得你們的心意。」又問那使者：「你叫什麼名字？」

使者道：「微臣也取了漢族的名字，因是白族，便姓了白，單名一個雅字。」

「這名字取得好，很是風雅。」秦鳳儀隨口讚一句，「你們土司的心意，本王知道了。有勞他想著，還令你送這些東西來。你頭一回來我們鳳凰城，不妨多住幾日，我也備了些許薄禮，你幫我帶給你們土司大人。」

白雅恭敬行禮，暗鬆一口氣，「是。」

秦鳳儀打發這位使者下去驛館歇著。

秦鳳儀把楊土司的信遞給章趙二人看，他們看了皆道：「這是好事，他們定是懾於殿下威名，故而著使者送來書信與年禮。」

秦鳳儀道：「就這麼著吧。」

趙長史問：「殿下，這回禮該怎麼備？」備回禮是趙長史的責任。

秦鳳儀道：「俗話說，禮尚往來。就照著他們的禮單，把咱們的茶葉、絲綢、瓷器及洋貨備上幾樣，價值相仿即可，不用多給，免得讓他們以為咱們是冤大頭。當然也不能少給，不然倒顯得咱們小氣了。」

趙長史笑，「是，臣明白了。」

見過土司的使者，章趙二人便各去忙了。

秦鳳儀正想回內宅歇一歇，順便跟他媳婦說說這位白雅使者說話如何肉麻的事，就見襄陽侯磨磨蹭蹭地來了。秦鳳儀見襄陽侯一臉便祕的神色，問道：「怎麼了？」

襄陽侯的兒子跟隨西征，雖是沒上戰場，但也沒添什麼麻煩，還能幫著幹些力所能及的瑣事，這便很好了。秦鳳儀對這父子二人觀感不錯，見襄陽侯這神情就知有事。

襄陽侯吞吞吐吐道：「臣實在無能。」

「你怎麼就無能了？」秦鳳儀這還不知哪裡的事呢，他一端茶盞，覺得有些涼，內侍官連忙換上一盞溫熱的茶水。秦鳳儀喝了一口，見襄陽侯還磨蹭著，他最見不得這般磨嘰之人，便道：「要不，你想好了再來？」

襄陽侯連忙道：「是他們那幾人，先時殿下要打發他們回京，他們說身子虛，如今這養得已是大好了，仍是不肯走。」

「為何不走？他們不是各家都有人來接嗎？」

襄陽侯苦著臉道：「殿下啊，現在回京城，他們這輩子就完了。一個個黏上毛比猴兒都精啊，他們哪裡肯走，非要說留下給殿下做牛做馬。」

襄陽侯也是煩了，他雖則腦子靈活，卻也不是爛好人。想到這幾人幹的事，如今又這樣賴皮，哪讓人瞧得上眼？尤其襄陽侯後來可是趕上了鳳凰城保衛戰，還上了城牆，幫著日夜巡視，只怕山巒偷襲。戰事緊張時，他更是做好了，無論如何也要叫王妃帶著小世子做好出逃的準備。好吧，戰事遠未緊張到那一步，但一個真正經歷過戰事的人，與這些見到丁點兒危險，甚至還沒見到危險便中途逃跑的人是不一樣的。就是襄陽侯也是榮養多年，無大本領，可他也瞧不上這幾人。

果然，秦鳳儀也道：「給我做牛馬的人多的是，不差他們幾個。」

襄陽侯道：「可他們死活不走，要怎麼辦？」

「愛走不走，走與不走，我都不會用他們。他們又不是我的屬下，要是死乞白賴地非要買宅子住著，隨他們去好了。」

襄陽侯得了這句話，總算知道怎麼答覆，這才行禮退下。

秦鳳儀與妻子道：「我小時候最慕權貴，覺得人家有權有勢，高高在上。如今看來，真是哪個階層都有好有壞，有成器有不成器的。」

李鏡笑，「不如你見一見他們，把人打發了吧。」

「我見他們做什麼，我可沒什麼好話。難道要我說沒關係，你們先時做的都有情可原？那我得憋屈死啊！」秦鳳儀氣憤地道：「他們還不如先時半路上明明白白與我說不願意跟下去的那些人呢。他們這算什麼？根本是逃兵！」

「我又沒說讓你去說好話，想說什麼就說什麼，把話說開了，絕了他們的念頭，他們自然就會走了。」李鏡道。

秦鳳儀瞇著眼睛問：「是不是有人求情求到妳跟前了？」

李鏡笑，「要是求到了我跟前，我還不得替他們說話啊？」

「嘖！妳得記住妳是誰的媳婦，就是有人求情，妳也得替我說話，站在我這邊！」

「我什麼時候不站你這邊了？」李鏡幫他理理衣襟，「是裴家世子過來我這裡請安，又到大公主那裡請安。他再說什麼，我也不可能應他。再者，我知道你心裡那口氣還沒出完。你心裡想說什麼就說什麼，趁著年前把氣給出了，咱們就該過年了。」

這世上能勸得動秦鳳儀的人不多，李鏡絕對是其中一個。

見媳婦是叫他去出氣的，秦鳳儀很高興地點頭，「那好吧，我去。」

秦鳳儀對那幾人絕無好話，他把人叫齊了，連帶著這幾個的家裡人也喊來。

秦鳳儀茶都未上一盞，直接說道：「不用說什麼客套話，你們的心意我早知道，我與你們直說了，我這裡萬萬不會再用你們！」

秦鳳儀劈頭就來這麼狠辣的一句，接著道：「我當初帶你們南下巡視，就是想看一看你們的為人和性情秉性。到了信州城，走了一批，後來南下每到一個縣都有人離開，這都無妨。吃不了這樣的苦，自是享不了後面的福。你們幾個我原是看好的，但我沒想到你們比他們更不堪。他們不行，人有自知之明，人家坦坦蕩蕩，不行就說不行，可你們，我不過進城談歸順之事，你們便以為我必陷壺城，生怕兩邊開戰，波及爾等，你們遂不告而走。」

「我不用你們的原因有三，第一，如果真的開戰，最安全的地方是大軍所在之處，而不是你們私自逃走便是安全的。第二，哪怕我身陷壺城，反不會輕易開戰，所以對戰的機會不大，所以，你們以為會開戰的推斷是錯的。你們對戰事的判斷，對局勢的判斷，根本是一場糊塗，腦袋一點都沒用。還有，你們懼我出事，私下離開，這要是在戰場上便是逃兵。先時還只是笨些，這一條卻是人品問題。我會用笨人，但我不會用我信不過的人。」

「不要說大事，就是小事，我都不敢交到你們這樣的人手裡。若是要你們守城，倘戰事危急，你們是不是會為了自身安危棄城而去？若是理事，你們是不是會為利益所趨而出賣我？你們要為我做牛做馬，我焉敢要你們這樣的牛馬？」

「我知道你們不走是怕回京城被人譏笑被人不恥被人嘲諷，而且，這樣的事不是一年兩年，只要大家想起來，就會拿出來說笑。可這有什麼法子，這是你們自己做下的孽。」

秦鳳儀俊美的臉上如罩寒霜，言語冷酷至極。

「你們若是男人，就應該回去面對這一切，而不是躲在我這裡，妄圖用什麼在鎮南王這裡將功贖罪的名頭來給自己臉上貼金，因為我這裡不需要你們這樣的人。你們還年輕，今日一步錯，只要能改，以後照樣有大好的人生。說一個人的品格，都說蓋棺論定，你們離蓋棺的時候還早，我只是就現在論現在，以後如何，端看你們如何選擇，但現在不要再妄圖用那些陰詭小道來搏取名聲，那樣只會讓我更看不起你們。你們的悔意更無須向我訴說，本干此生堂堂正正，一往無前，以前如此，以後亦是如此。」

秦鳳儀說完，便端著高冷的架勢起身離去。

當天罵過人之後，秦鳳儀覺得身心舒泰，後來聽說這幾人都陸續離開了南夷，不過，離開前都在他王府門前行過大禮才走。

秦鳳儀聽了也未多留意，因在年下，未多留土司使者。備好回禮後，秦鳳儀便也打發這使者回大理過年。秦鳳儀說得很客氣：「現下回去，還能趕上過年。跟你們土司說，這些是我們南夷的一些土物，若還能入眼，就是我的心意了。」

白雅連忙道：「殿下太客氣了。」他鄭重行大禮告辭，秦鳳儀命趙長史第二日相送。

然後，秦鳳儀就開始準備年前的種種祭禮。因著實在太忙，他竟忘了問一問白雅，他們獻給朝廷的鳳凰鳥到底長啥樣。

年下事情總是分外的多，除了各項政務，最重要的便是冬日祭禮。秦鳳儀是南夷藩王，這是平叛桂地的第一次大祭，秦鳳儀還請了李邕、方壺及信州的李長安參加。

這也是許多山蠻人第一次來鳳凰城，連方壺這樣穩重的青年都為鳳凰城的繁華富庶而覺得眼界大開。李邕望著能容六輛馬車並駕齊驅的寬闊官道，兩旁的清波細柳，更兼亭臺樓閣掩映其間，連連驚嘆，用土話道：「鳳凰大神在上，這真不是神仙住的天宮嗎？」而且，他不是感慨一遍兩遍，他是一會兒就要叨叨一遍，方壺聽得恨不能堵上他的嘴巴。實在是，李邕這沒出息的樣兒，連鳳凰城裡的土人看他們都是一副土鱉得不能再土鱉的神色。

李邕見了秦鳳儀，行完禮還念叨：「殿下，這就是鳳凰城嗎？果然是殿下住的地方啊！殿下您本就俊美得如同神仙一般，就該住這天宮一樣的地方。」

原本鳳凰城已令李邕欣羨，待到親王殿下所居的王府，見到重簷飛角，更是驚嘆。

秦鳳儀笑道：「四年前，這裡的情形與現在的邕州、壺城相近，所以只要你們用心治理，邕州和壺城也會如鳳凰城一般。」

李邕瞪大眼睛，「殿下，原來傳言是真的！」

「什麼傳言？」

「說殿下您會術法，您只要『刷』一下，鳳凰城就變得跟天宮一般了。」

秦鳳儀大笑，「趕明兒我把這術法傳給你。」

「那可說定了啊！」李邕道。

秦鳳儀令他幾人入坐，方道：「這次年下祭天，我想著你們以前也沒參加過，就叫你們過來一道參與。」

一聽說是參加祭天儀式，雖則幾人不大明白漢人的祭天是個什麼儀式，但他們都是信奉鳳凰大神的，而在自己族中的祭禮上，若是請外賓參加，那便是最尊貴的客人。一想到親王殿下特意請他們來參加祭天儀式，幾人心中就是滿滿的激動。

方壺一向靠譜，懇切地道：「殿下好意，我等感激涕零，只是我等不知祭天禮儀，雖來時請教了譚大人，還是得請殿下令禮儀官再教我們一教。」

「這沒問題。」

禮儀什麼的都是小事，秦鳳儀特意叫幾人過來，一則是想要加恩於他們，二則西面剛剛收復，他想趁著年下見見幾人，讓他們到鳳凰城走走看看，順便學習，畢竟山蠻相對於漢人，不論是文化還是技術都是落後的。既得他們歸順，秦鳳儀便要拿出一地藩王的胸懷來。

因為大陽也大了，秦鳳儀就想把兒子帶上，還問兒子：「想跟爹一塊去嗎？」

大陽最愛熱鬧，立刻高聲道：「去！我還去太廟獻過俘，我要跟爹一起祭天！」

大陽抱著他爹的大腿蹭啊蹭的。

秦鳳儀俯身把肥兒子抱起來親兩口，「那就跟爹一道去。」

李鏡覺得丈夫這主意不錯，「那我就把大陽的禮服預備出來了？」

「嗯，妳跟閨女在家，等我們回來吃午飯。」

大美瞅瞅她爹，再瞅瞅她哥，然後在第二天早上他爹他哥起大早要去祭天時，她也早早醒了，拽著她哥的小袍子不放。

大陽說：「妳在家等著，我跟爹中午就回來。」

大美死活不幹，她要跟她哥一起去，而且大美有著她爹遺傳下來的大嗓門，原本李鏡糊弄著大美在屋裡玩，讓父子倆趕緊走，結果大美轉頭不見她爹她哥，哇一聲就哭了起來。

秦鳳儀都抱著大陽走到院子了，聽到閨女大哭，硬是邁不開腿，忍不住轉身折了回去，跟媳婦道：「就帶著大美去吧。」

李鏡道：「她一個女孩子，怎麼能去祭天呢？」

「小孩子懂什麼？再說，我看土人祭鳳凰大神，男女都參加。」

秦鳳儀抱著小閨女，幫閨女輕輕擦去眼淚，看大美一身小紅裙子分外討喜，不由親了閨女兩口。不待李鏡多勸，他就把閨女帶走了。大美因著先時秦鳳儀出門打仗，好幾個月不見她爹，基本上是把她爹忘了的。就是他爹回來，百般對她好，她也更親近她哥她娘。這一回，大美終於覺得她爹是個好人了，抬起還有些濕漉漉的小臉，蹭蹭她爹的臉，咧開嘴笑了。

秦鳳儀笑，「真是爹的好閨女，妳那大嗓門，比妳哥都還大呢！」

大陽在他爹的另一個臂彎裡道：「大美不怎麼哭的，她是想跟咱們去。」

「是啊。」秦鳳儀對兒子道：「到時就讓妹妹跟你一起，你負責看著妹妹，行嗎？」

大陽點頭，「行！」他伸手拉拉妹妹的小手，大美哼唧兩聲，甩開她哥，把臉扎到她爹的頸窩裡。大陽嚷道：「看，她還生氣啦！」

秦鳳儀就左胳膊兒子右胳膊閨女地上了王駕，李釗過來一看，帶大陽倒沒什麼，大陽是秦鳳儀的嫡長子，可這怎麼還帶著大美啊？

李釗問了一句，秦鳳儀道：「大美也想去，就一塊去吧。」

李釗真是服了這個妹夫，「把大美給她娘帶就是，祭天大事，如何能帶女兒家？」

秦鳳儀不愛聽這話，他慣常無禮也要攪三分的，當下叨叨開了，「大舅兄，不是我說你，你怎麼還高低眼啊？女兒家怎麼了，大嫂子還是女的呢！我媳婦也是女的，要不是我媳婦把城守住了，這會兒咱們誰還有心思祭天？你這堂堂傳臚，怎麼還不如土人開明？阿金他們那裡，祭鳳凰大神之禮，向來都有女人參加的，我這是移風易俗啦！」

話到最後，秦鳳儀的思路豁然開通，「對，就是這樣，移風易俗！」

李釗氣壞了，「大美也是我外甥女好不好？我是說，這不合規矩。」

「規矩還不是人定的，以後這就是新規矩了。」秦鳳儀十分灑脫地道：「在咱們南夷，男孩女孩都是一樣的。」

李釗簡直快要被秦鳳儀氣死了。

方悅過來，也想張嘴勸上一勸，秦鳳儀提醒他倆：「你們再囉嗦，吉時可要過了。」

於是，只得先起駕，往南郊而去。

秦鳳儀非帶著他閨女，誰也不能把郡主搶下去，故而，大家雖有意見，可今日祭天，斷不能耽擱。待到了南郊，秦鳳儀整理衣冠，亦有內侍官與嬤嬤幫著大陽和大美整理衣裳。

趙長史與章顏不能當瞎子沒看到，都過來諫了諫。

秦鳳儀道：「嚴大姊不是女的嗎？」

祭天是要帶著麾下文武官一起來的，除了遠在桂地的傅長史沒能過來，主要是桂地剛剛收復，傅浩必要親自坐鎮，但如嚴姑娘，現在已是三品武將，等朝廷的戰功封賞到了，定然還要升官的。秦鳳儀去歲祭天時便在祭天隨行人員中添上了嚴大姊的名字，嚴大姊有戰功於南夷，難道就因為人家是女的，這樣的場合便沒有嚴大姊？

沒這樣的道理！

秦鳳儀一句話就把兩人噎著了，倒是土人們與山蠻都看小郡主很順眼。阿金與李邕雖相識時間短，卻很能說到一處去。

李邕道：「小郡主生得可真好看，與咱們殿下一個模子刻出來似的。」

阿金點頭，「世子和郡主相貌都隨了殿下，以後必是一等一的美人。」

他們完全不覺得郡主參加祭禮有什麼不對，因為在他們各自的族中，母親和姊妹都是很厲害的存在，像李邕，他此次來鳳凰城，城中之事便是託付給他娘，讓他娘跟阮大人商量著來，而且，他們族中祭拜鳳凰大神時，他娘的位置還在他這個族長的前面呢，所以，小郡主參加祭禮是很正常的事。

秦鳳儀一定要帶著閨女，他在南夷反正是一言堂，大家想想，小郡主還小，也就是小孩子好奇罷了，何況都已經到南郊了，祭禮就要開始，只得作罷。

祭天典禮相當莊重，在恢宏的雅樂聲中，秦鳳儀向上蒼祈禱來年的平安與豐收。小孩子其實比大人更能敏銳地感覺到周邊的氣氛，大美哪裡懂什麼祭天，她和她哥，一人跟前一個黃墊子，她哥比她大，懂得一些禮儀了，跪禮之類的，大陽就做得很好。大美則是，有跪禮她就學她哥，撲通一下趴到墊子上。見她哥起來，她便俐落地爬起來，其實也有些模樣，更沒有臣屬想像中的，萬一郡主不懂事哭鬧如何是好。

完全沒有這種突發狀況，要知道，孩子是最擅長模仿大人的。

待祭天典禮結束，秦鳳儀回家很是誇讚了兒子閨女一回，把閨女交給媳婦時還道：「咱們閨女一點都沒哭鬧，可乖可聽話了。」

李鏡點點閨女的小腦門兒，笑道：「這回高興了吧？」

大美懵懵懂懂地晃晃小腦袋，咧嘴露出兩顆米粒牙笑了。

祭天典禮過後，李邕、方壺和李長安又在鳳凰城逗留了五日，還去鳳凰大神的觀宇祭拜了一回。因著新年將近，要回去主持大局，這才告辭離去。

李邕走前還道：「殿下，明年春耕之後，我還想過來向殿下請安。」

秦鳳儀一笑，「想來便來。」

李邕頓時喜得不得了。

他們要回各自的州城，秦鳳儀也沒薄待他們，每人皆按品階有一份厚厚的年節賞賜，另有李鏡託方壺帶給桓衡小夫妻過年的東西。然後，幾人便大車小車地回去了。

路上，李邕悄悄同方壺說：「殿下待咱們真是實心意。先時桂王做老大，過年過節都是咱們給他送禮，回禮也只肯回些雜零狗碎不值錢的。」哪裡像親王殿下，當真是天家氣派。是的，此次來鳳凰城，李邕學會了幾個新名詞。

李邕還道：「哥，明年咱們就把小崽子們送到鳳凰城來念書吧。咱們畢竟不能久待在鳳凰城，我想著叫孩子們來學些學問，長些見識。待咱們老了，他們就能接咱們的官位了。」

這話倒是入了方壺的心，方壺道：「好，過完年就送他們過來。」

「嗯，正好再逛一回鳳凰城。」

李邕喜孜孜的，被方舅兄瞪了一眼，真是的，用得著把心裡的話都說出來嗎？

李長安聽著兩人你一言我一句地拌嘴，笑呵呵地撫著頷下長鬚。

南夷城的年節也快到了，李銳把今年下半年的商稅算出來，另有織造局三成的利潤，連帶著帳冊奏章，還有李鏡準備給景安帝的年禮。秦鳳儀派章顏回京城一趟，一則這回的銀錢數目頗大，二則章顏好幾年沒回去了，趁著這回公幹，讓老章回家看看，秦鳳儀還說：「過完年你再回來。」

章顏笑道：「是。」轉頭又去問李釗、方悅可有什麼要捎帶的。

二人自然有給家裡的書信和年禮，李釗又拜託章顏把兩個弟弟和三妹妹一起帶回京城。原本李欽、李鋒來的時候，說是七八月便回，結果秦鳳儀佳茘節後出征，李釗也隨軍西征，這個時候，兩人不放心一家子女眷，遂留了下來。之後連鳳凰城都經了戰火，二人必要等大哥和大姊夫回城才能放心回京城。這一耽擱，便耽擱到了年下。

李欽不大想回去，不過家裡定也惦記著他們。秦鳳儀大手筆地備了兩船禮物，一船是給岳家的，一船是讓章顏按他的單子給京裡親朋的。其他的東西，便都是李鏡準備了。

秦鳳儀拍拍二小舅子的肩，道：「明年想來便來，姊夫這裡又不是外處。」

李欽道：「我倒是想過來，就是我一走，家裡就只剩阿鋒一個了。」

秦鳳儀壞笑，「教你一個巧宗，明年你把祖母也帶過來，剩下的就是岳父岳母過日子唄，人家還嫌你在家多餘呢！」

李欽道：「姊夫，你又說這怪話了。你現在可是藩王，在外頭可不能這樣啊！」

秦鳳儀翻個白眼，「你越發道學了。」

李欽嘟囔：「我還不是好心。」

「好心好心，晚上我帶你去聽天音姑娘唱曲兒，如何？」

秦鳳儀知道這個二小舅子除了喜歡對弈，還喜聽人唱曲。像今年佳荔節的天音姑娘，秦鳳儀原本中意的是另一位姑娘的歌喉，可二小舅子相中了這位天音姑娘，在他耳邊嘀嘀咕嘀嘀咕了好半日，他只好把天音的玉牌給了這位姑娘。

新天音姑娘選出來，秦鳳儀以為小舅子會多一段風流韻事。雖則秦鳳儀素來規矩，像他這種規矩是因為有「夢中」奇遇，再加上複雜的身世，秦鳳儀難免性情有變，對於這些風流事看淡許多，但小舅子不一樣，在秦鳳儀看來，二十郎當的小子，正值激情勃發的時候。

秦鳳儀也是想帶著小舅子樂一樂，卻見二小舅子肅容道：「姊夫也忒小瞧我了，我豈是貪歡好色之人？」

「就聽個曲兒，算什麼好色啊？」

反正甭管秦鳳儀如何說，李欽是再不能應的。

秦鳳儀回頭還與妻子說：「二小舅子越發古板了，我說帶他聽曲，他都不去。」

李鏡笑道：「這是正經，哪裡是古板了？」

「就聽個曲兒，又不是去幹別的。」

李鏡笑吟吟地問：「哎喲，你還想去幹什麼呀？」

秦鳳儀兩隻耳朵登時一抖，就見媳婦似笑非笑的，連忙拉著媳婦的小手道：「媳婦，我可是對妳忠心耿耿啊！那不是，二小舅子很喜歡聽天音姑娘唱曲嗎？他跟三小舅子來這裡小半年，原本當帶他們玩一玩的，可是，妳說，我一直就沒得閒，如今他們要回京了，我才想要帶他們好好去玩玩。」

李鏡道：「以後時間長著呢，不在這一時。看你這個做大姊夫的，只知道帶小舅子去聽曲兒，你倒是教他一點好的啊！」

「這怎麼不好了？放鬆一下嘛！」秦鳳儀眨眨眼睛，同媳婦道：「我彈琵琶，媳婦妳唱曲兒，咱大陽跳舞，如何？」

李鏡笑，「我可來不了你們這個。」

「來嘛來嘛！」秦鳳儀啥都幹得出來，大陽也很喜歡這種遊戲。大陽喜歡音樂，聽到音樂，他就想扭。非但自己愛扭，大陽還想把自己的神祕舞姿教給妹妹，奈何大美不買帳。大陽感慨，「大美太小了，我說話她都聽不大明白。」

秦鳳儀道：「待妹妹大些再教她。」

「嗯！」大陽用力點頭。

待章顏與兩位小舅子、小姨子走時，秦鳳儀親自相。他原本想送出城的，章顏不好意思勸，萬一他一說，秦鳳儀說是送小舅子呢？好在李欽和李鋒都很懂事，一出王府就不讓秦鳳儀送了，李釗亦道：「我送他們便是。」

秦鳳儀對大陽眨眼睛，大陽立刻跳過去，拉著大舅的手，大聲說道：「我跟著大舅和阿壽哥去送二舅、三舅和小姨。」

秦鳳儀道：「去吧。」

李釗只好帶著大陽，大陽順道送了章巡撫。

大陽送人的那一套話，也不知道跟誰學的，一直把人送到碼頭，揮著小手道：「二舅、三舅、小姨，明年你們還來啊！老章，明年你早點兒回來啊！」

章顏一樂，笑道：「小殿下早些回吧，碼頭風大。」

大陽扯著小嫩嗓兒高喊：「我不怕風大……」

章顏還沒登船，硬是被大陽這大嗓門兒震得耳朵發麻。

章顏讚道：「小殿下這聲音可真洪亮。」

大陽響亮亮地道：「像我爹！」逗得大家一陣笑。

雙方揮別之後，大陽便跟著大舅回去了，路上大舅還檢查了教他背的千字文。李釗看秦鳳儀完全沒有給大陽啟蒙的意思，心裡著急，就先教外甥背千字文了。

所幸大陽非但相貌像他爹，這念書上的靈光上也很像他爹，教過兩遍他就記住了，李大舅頗覺欣慰。

送走章顏和小舅子、小姨子，秦鳳儀就等著過年了。

年前還有一樁大事，便是朝廷對桂地戰事的封賞。

秦鳳儀就藩三年多，便將南夷徹底收復，這絕不是尋常的戰功，何況，此次還有鳳凰城的保衛戰。朝廷對於征桂地之戰也頗為看重，這象徵著自太祖立國伊始便只是名義歸順朝廷的南夷半壁，如今徹底歸順了朝廷。

景安帝對軍功向來是厚賞的，此次戰功封賞亦是不薄，尤其上次征信州將士都賞了，獨未賞秦鳳儀。這回桂地大捷，整個南夷半壁盡皆歸順，景安帝就給秦鳳儀加了封號。原本秦鳳儀的官封是鎮南二字，而今鎮南之後再加一個睿字，以示秦鳳儀尊位。

另外，當時已給過李鏡一撥賞賜，是隨著桂韶回南夷帶回來的。此次又賞李鏡，並且單獨一篇聖旨對李鏡就德行、性情、出身進行了全方位的讚揚。

爹娘都有功，大陽和大美亦跟著沾光。大陽原就是鎮南王世子，沒有封號，以後等著繼承他爹的爵位便是。如今不同了，給大陽封了一個嘉字，以後大陽的官封便是鎮南嘉世子。至於大美，大美先時是有封號的，她的封號是瑞和郡主，現下改封端和郡主。

跟隨秦鳳儀西征與參加鳳凰城保衛戰的，更是人人有賞。

雖則秦鳳儀與景安帝素來不和，但不得不說，有了朝廷的封賞，整個南夷的新年更加熱鬧三分，只是景安帝的來信讓秦鳳儀皺眉，景安帝指明要過來行賞的欽差將桂地一應漢族人犯提走。桂王那一大家子先在秦鳳儀這裡住著，讓秦鳳儀明年獻俘再帶到京城去。

這次是刑部章尚書親自過來的，秦鳳儀還說：「老章前腳走，你後腳就到了。」

章尚書笑道：「路上見著他了，他回京亦要述職的。」

秦鳳儀道：「不就是幾個先太子晉王那裡的舊人嗎？陛下咋還這般鄭重，要你一部尚書親自來提人啊？」

章尚書最得意的兒子都押秦鳳儀這裡了，又要從秦鳳儀這裡提人，私下便對秦鳳儀透露一二，「只怕餘黨作祟，還需提回京慢慢審問。」

既然章尚書這般說，秦鳳儀便讓章尚書把人提走了。

秦鳳儀笑，「若是往日您來，我定得好生招待。如今年下將至，想來您老人家也急著回京交差過年，我就不多留您了。」

章尚書行一禮，秦鳳儀只受半禮，二人未再多言此事，章尚書提了人犯便回京城去了。

秦鳳儀與妻子說：「不過一些舊事，陛下倒是慎重。他都坐江山二十幾年了，不要說幾個餘孽，就是先太子晉王突然從地底下蹦出來，江山依舊得是陛下的。」

李鏡道：「陛下多半是不想旁人多談此事吧。」

秦鳳儀很快將此事拋開，張羅起過年的事來。

這個新年很熱鬧，秦鳳儀得到了自己封地的全部地盤。這話說來，真是一把辛酸淚啊，雖然征信桂之地很威風，但哪個藩王像他似的，給個藩地，一半還被山蠻占著的？想要地盤也行，自己去打吧。

所幸如今總算打下來了，秦鳳儀想到自己這偌大地盤，心裡就很高興。總算地界不小，正好以後兒子一塊，閨女一塊，省得兩個孩子拌嘴。

秦鳳儀心裡的算盤珠子撥得啪啪響，年三十守歲後，還悄悄同媳婦得瑟了一回。

李鏡道：「你這想頭兒倒是不錯。南夷是窮了些，但只要咱們用心治理，以後傳給兒女的時候，定要比現在強些。只是，讓你這一分，我都不敢再生了。這要是再生幾個兒女，可往哪兒放去呢，是不是？」

秦鳳儀一聽媳婦這話，就曉得媳婦是什麼意思了，他立刻閉上眼裝睏，「睡了睡了。」

李鏡看他那副磨磨唧唧的死豬樣，這要不是秦鳳儀生得個好模好樣，百看不厭，李鏡能把他給踢到床底下去。

第二天，大年初一有什麼事啊，秦鳳儀原要睡個懶覺，大陽和大美卻是早早醒了。孩子醒了，大人就沒法再睡了。大美還好，性子沉靜，現在跟爹最好，每天都要跟爹一起睡。大美醒來，也只是乖乖躺著，等著丫鬟來幫她穿衣。大陽可不是這種文靜性子，大陽是跟娘一個被窩的，他娘要起，大陽就跑他爹被窩裡去。

秦鳳儀睡得正香，被人掀了被窩，鑽進來一個暖乎乎的小肉團。大陽的火力旺，睡覺一向脫光光，只是李鏡怕他著涼，讓他穿個兜兜護著肚皮。這會兒大陽一進他爹被窩，就整個人趴到他爹身上。

這年頭的孩子以胖為美，人家都說大胖小子，就是誇孩子有福。秦鳳儀和李鏡完全就是按這個標準養兒子的，關鍵也是小孩子容易生病，孩子養得胖些，底子好，有病容易好。

大陽亦不負爹娘所望，自小就頗是肥壯。秦鳳儀雖不是個單薄人，但也絕對不胖，肚子被肥兒子這麼一壓，就是個死人也得給壓活了。

秦鳳儀被肥兒子壓慣了，對肥兒子的屁屁拍兩下，嘟囔道：「大年初一，不用起早。」

大陽大聲道：「爹，咱們得起床去放小鞭炮呢！」

「再睡一會兒。」秦鳳儀閉著眼睛，大陽就用小手扒他爹的眼皮，秦鳳儀直叫喚，「哎喲哎喲，這是誰家的孩子，他娘管不管啊？」

他娘已是穿好衣裳下床了，道：「你也趕緊起來吧。」

秦鳳儀捉住兒子的小肉爪咬一口，大陽咯咯直笑，邊笑邊喊：「爹……」

大美扯著嗓子跟她哥比聲量：「爹！」聲音中帶著一股奶意，她爹卻是差點被震聾。

秦鳳儀被孩子們鬧騰得哈欠連天地坐起身，有嬤嬤上前幫大美穿衣裳，大陽跟他爹卻是要自己穿的。甭看大陽年紀小，人家很會自己穿衣，雖然穿得不大好，但速度極快，自己穿好還去催他爹，「我去梳頭了，爹，您快點。」

「去吧去吧。」見大陽跳下床去找小圓幫他梳頭，秦鳳儀轉身又躺回被窩裡去了。

大陽的智商是在跟他爹鬥智鬥勇當中訓練出來的，他走了兩步，不放心，悄悄跑回床頭一看，他爹果然又躺下了。大陽嚷了一聲就竄到床上。要不是秦鳳儀機敏，非被大陽一屁股坐扁不可。秦鳳儀一個懶驢打滾，大陽的肥屁股啪地落在被子上。大陽往前一個餓虎撲食，掛在了他爹的脖子上，連聲問：「起不起？起不起？」

「起起起，爹這就起。」秦鳳儀指揮著兒子，「幫爹把褲子拿過來。」

大陽依言照做。

「幫爹把袍子拿過來。」

「幫爹把靴子拿過來。」

……

秦鳳儀打個大哈欠，終於穿好靴子站在地上，他又一伸手，「幫爹把腰帶拿過來。」

大陽早鬼頭鬼腦地跑去叫小圓梳頭了，然後高聲說道：「爹，您叫大美幫您拿，我得趕緊梳頭啦！」反正他爹靴子都穿上了，不會再跑回被窩睡懶覺。就這樣，大陽還不放心地與張嬤嬤道：「嬤嬤妳幫我去瞧著我爹些，他要是再睡回去，立刻過來告訴我。」

秦鳳儀在一邊道：「臭小子，我聽到了啊！」

大陽哼哼兩聲，「爹，您快點，一會兒天亮，放小鞭炮就不好看了。」

大美也說：「小鞭炮小鞭炮。」

秦鳳儀感慨，「這哪是兒女啊，這是我的活祖宗啊！」

李鏡忍笑，斥他一句：「休要胡言亂語。」這也是當爹的人說的話？

秦鳳儀只得趕緊收拾好，帶著兒女去放小鞭炮。這哪裡要他放，分明是大陽想要顯擺。大陽早就會了，根本不用他爹放。他叫人拿來小鞭炮，說道：「爹，我放一個給您看啊！」

秦鳳儀打個呵欠，點點頭。大陽把小鞭炮立放在地上，拿香點著引子，自己避開兩步。就聽啪一聲，小鞭炮響了。大陽仰著小臉，喜孜孜地問他爹：「爹，我放得如何？」

秦鳳儀給兒子鼓勵，豎著大拇指讚道：「放得好！」

大美也學她爹豎手指，只是她不是豎大拇指，豎的是小拳頭，奶聲奶氣地喊：「好！」

大陽道：「那我再給大美放一個。」

然後，大陽給他爹他妹放了一早上的鞭炮，待他爺他奶過來，他又給他爺他奶放了好幾個，一直放到用早飯的時辰。時下規矩，大年初一早飯前要放一掛鞭炮，秦鳳儀因是南夷藩王，他家放的鞭炮是一萬響的。往年都是秦鳳儀放的，今年不同，大陽學會了放小鞭炮，便孝順地拍著小胸脯說：「爹，您跟我爺在屋裡享福吧，這事兒我來辦就成。」

秦鳳儀裝模作樣地道：「兒子啊，我想在邊上看，行不？」

「行！」大陽一聽還有觀眾，頓時更來勁了，很熱情地發出邀請，「爺爺、奶奶、娘，大美，你們都出來看我放吧。」

於是，大家都出去看大陽放鞭炮。放過鞭炮，大陽昂揚著小腦袋，高高興興地跟著家人回屋裡吃餃子。吃餃子前還要拜年，磕頭就免了，作揖便好。

秦老爺和秦太太都是一人給一對大金元寶，秦鳳儀很有他爹娘的風範，出手也是一人一對大金元寶，給的還是實心的金元寶，大陽都有些抱不動了，連忙讓嬤嬤替他拿著，還叮囑一句：「嬤嬤，妳幫我放私庫裡去，帳本上也要記上喔！」

雖然前番因為理財不認真，被他爹沒收了私房，但大陽又重新攢起來了，尤其這回年下賞賜，他祖父給了他許多東西，大陽都擱私庫裡去了。他還替妹妹操了一回心，對照顧妹妹的周嬤嬤道：「嬤嬤，妳也幫大美放私庫裡，帳本子上記清楚。」

兩個嬤嬤都笑著應了。

大家開始吃餃子，大陽很會招呼人了，「三鮮餡的給爺爺放這邊，奶奶愛吃羊肉的。我爹吃魚肉餡兒的，我娘跟我爹一樣。大美，妳牙沒長全，還是吃妳的蛋羹吧，一會兒給妳喝兩碗餃子湯聞個味兒。」

大家俱是忍俊不禁，秦鳳儀笑，「兒子，別光顧我們，你也吃啊！」

「我不急，我是上有老，下有小，你們先吃。」

這話都不曉得大陽從哪裡學來的，秦老爺險些笑噴。

秦鳳儀大笑，「活寶，趕緊坐好，你用筷子夾得住嗎？要不，還是換勺子吧？」

大陽一本正經地道：「爹，今年我就四歲了，已經是大人了。我不用勺子，勺子是小娃娃用的。」說著，瞟他妹一眼。

他妹根本沒理他，大美現在正憋著心氣兒想吃餃子。嬤嬤端來雞蛋羹，大美看都不看一眼，倒是餃子一上桌，立刻指著肥嘟嘟的餃子道：「吃餃子！」

李鏡吩咐周嬤嬤：「把餃子皮夾開，不要讓大美吃皮，她咬不動，吃兩個餃子餡兒。」

大美見自己碗裡放了兩個餃子，這才高興了。

秦鳳儀道：「咱大美話少，話都叫大陽說了。」

大陽自己伸著小手夾餃子，結果，餃子太滑，夾一回掉了，再夾一回又掉了。秦老爺要幫大陽夾，秦鳳儀對他搖搖頭，就見大陽一發狠，拿筷子尖兒一戳，便把餃子挑到碗裡了。

大陽愛吃牛肉大蔥餡兒，一邊吃還不忘說道：「妹妹還小，她還不會說呢！」

大年初一，吃過餃子，秦鳳儀就把孩子們打發出去玩。王府的宴會在年初二，年初一都是各家過各家的年。秦鳳儀是個愛熱鬧的人，但他現在的身分不好出去串門，便叫孩子們出去玩了。李鏡叮囑兒子：「先去大姑姑家，再去舅爺家、趙長史家、舅舅家、大妞姊家。」

「知道啦！」大陽帶著他妹坐車出去，不過半日功夫，一群孩子在大陽的帶領下來了土府，向長輩拜年。秦鳳儀見裡面有兩個眼生的，問道：「這是老趙家的孫子吧？」

大陽驚奇，「爹，您認識二郎和三郎嗎？」

秦鳳儀笑，「不認識，但認識他們的爹，他們長得像父親。」又問：「你們大哥呢？」

趙二郎道：「大哥在家服侍祖父。」

秦鳳儀想著，該是趙大郎年歲大些了，跟這群小不點玩不到一處。

秦鳳儀還想再說兩句，阿泰就趴到地上，嘴裡拉長調子喊：「舅舅新年好！」他是來向他舅拜年的。大家一想，是啊，咱們是來拜年的，於是忽啦啦趴了一地。

秦鳳儀笑咪咪地道：「起來吧。」轉頭命人拿出大紅包，一人一個，裡頭是兩個金元寶。大陽瞇眼一瞧，沒爹給他的大，頓時心裡美滋滋的。

拜完年，收了紅包，大家就跑到園子裡玩。

秦鳳儀望著孩子們的背影，挽住妻子的手，感嘆道：「又一年了。」

李鏡反手回握，看向丈夫的盛世美顏，甜甜地笑道：「是啊，又一年了。」

新年過後，便要再次去京城獻俘了。

去歲頭一次獻俘，秦鳳儀還比較好奇，今歲再獻俘，秦鳳儀都覺得不大新鮮了。不過，這是他的戰功，還是要去京裡顯擺一回的，順便給某些人添些堵。

出了正月，給大陽過完生辰，章顏回到南夷，秦鳳儀就決定起程，早去早回。

這次的獻俘與去歲沒什麼差別，不同的是，去歲大陽不過三歲，如今雖則才四歲，但好像比去歲淘氣了許多。最讓秦鳳儀心煩的是，大陽竟沒忘了景安帝，非但如此，大陽頗為天真，簡直是被景安帝糊弄住了，知道要去京城，就念叨祖父念叨了好多回。每次秦鳳儀聽到就想直接叫大陽閉嘴，無奈他十分寶貝兒子，不捨得對兒子說重話，只好當自己聾了。

大陽的生辰是在南夷過的，排場盛大，而秦鳳儀的生辰是在船上過的，大陽心裡惦記著他爹的生辰，還提前幫他爹準備了生辰禮。大美年紀小，不懂得準備禮物，所以，大禮那份是大陽幫著妹妹準備的。還有壽哥兒和大勝那裡，大陽都跟他們說了：「阿壽哥、大勝，我爹過生辰，你們可都得送禮啊！」

壽哥兒道：「你準備啥了？」

大陽神祕兮兮的，「現在不能說。」

待秦鳳儀生辰時，大陽才把禮物拿出來。大陽年紀雖小，卻很有巧思，他寫了一幅字送給他爹。確切地說，是兩幅。大美那幅，也是大陽代寫的。

大陽還不會用毛筆，他用小手指沾著墨汁寫的，一幅是祝爹長命千歲，另一幅是祝爹吉祥如意。秦鳳儀感動壞了，險些飆出小淚花，一個勁兒誇讚兒子：「我兒真有才！」還對大舅兄道：「看我家大陽沒人教，就自己認得字啦！以前都聽人說無師自通，原以為是假的，如今看來，竟是真的！」

李釗聽得直翻白眼，心說，還不都是我教的！

看秦鳳儀那喜悅勁兒，怕是智商回不來了。

壽哥兒送了秦鳳儀一幅畫，秦鳳儀嚇一跳，直道：「壽哥兒這麼小就會畫畫了？」

壽哥兒道：「姑丈，我還不會拿筆呢！這是用我娘畫眉毛的螺子黛先畫出樣子來，然後再填的顏色！」

秦鳳儀看這畫，畫中人十分威武，三頭六臂會噴火，不由心下一動，誇讚壽哥兒：「嗯，這哪吒畫得很不錯。」

壽哥兒連忙糾正：「這不是哪吒，是姑丈啊！」他指給秦鳳儀看，「這帽子上我還寫了姑丈的名字呢！」

秦鳳儀細細一瞅，果然有歪歪扭扭的兩個字：姑丈。不知道的還以為是帽子上的花紋，秦鳳儀笑著摸摸壽哥兒的頭，「不錯，壽哥兒畫得好。」

壽哥兒不愧是跟大陽一起長大的，他也畫了兩幅，另一幅也是三頭六臂的小人兒，只是穿的衣裳不大一樣，另一幅算是他弟大勝送的。

秦鳳儀很是讚美了壽哥兒的畫作，誇壽哥兒道：「古有吳道子愛畫神仙，我看，以後壽哥兒也會是一代大家啊！」

壽哥兒一副大人樣地擺擺小手道：「畫畫不過小技，姑丈，我以後是要像姑丈這樣，三頭六臂噴大火，這才叫威風。」

秦鳳儀大樂，誇壽哥兒這志向好。

總之，秦鳳儀的生辰，雖是自家人聚聚，倒也過得溫馨。於是，秦鳳儀詩興大發，作了兩首小酸詩。秦鳳儀還邀大舅兄一塊作詩，李釗道：「我詩才不如你，聽你的就好。」

「無人唱和，多沒意思。」

結果，就變成了郎舅二人一起作小酸詩。

秦鳳儀還令人收起來，以後要收錄到他的詩集裡。秦鳳儀同大舅兄道：「過年的時候，我還特意把我的詩集送了一本給岳父，如今這過完年了，不曉得岳父看完沒有？」

說到出詩集之事，李釗真是服了秦鳳儀的臉皮，就那種詩還好意思出版。所幸秦鳳儀財大氣粗，他非要出，內府就操持著給出了。秦鳳儀印的不多，只印了兩百本，近臣一人送一本，還沒多的哩。如西邊的山蠻、南夷城的土人，這些沒文化的，見著親王殿下的詩集，那叫一個敬仰，紛紛覺得親王殿下簡直是文武皆修，很不得了。

秦鳳儀只往京裡送了四本，一本給岳父大人，一本給方閣老，另外兩本，一本送程尚書，一本送駱掌院。

聽秦鳳儀感慨自己的詩集，李釗道：「你那詩集夠厚的，我父親多半得慢慢欣賞。」

「也是。」秦鳳儀望著棋盤，笑咪咪地落下一子，「叫吃。」

李釗陡然從吐槽秦鳳儀小酸詩的情緒中回神，一看竟著了秦鳳儀的道，鬱悶至極，連連嘆道：「以後下棋不說話，說話不下棋。」

秦鳳儀哈哈大笑。

去歲征桂結束，郎舅二人難得有清閒的時候，聽到艙外孩子們嘰嘰喳喳地說話，細聽來是大陽在跟大家說他去年回京的事，以及一路上的風景啥的，還有都吃過什麼好吃的。孩子們的童聲稚語十分可愛，間或有李鏡、崔氏為孩子們請述沿岸行經哪些州縣的故事。

李釗提了一句：「大陽縱是沒到啟蒙的年紀，你也該教他識些字，認兩句詩了。」

秦鳳儀道：「大舅兄，你教壽哥兒時順便教大陽兩句，我教孩子們玩就行了。」

李釗道：「我有空自然會教，你也別閒著，大陽以後要承繼你的基業，得用心教導。」

「知道知道。」秦鳳儀再落一子，「我想著，在鳳凰城辦一所官學，咱們南夷官宦子弟家的孩子，七品以上的都能一起念書，屆時也叫大陽和壽哥兒他們過去。」

李釗有些猶豫，「大陽畢竟是世子，這樣好嗎？」

「先試一試吧，若是不成，也只有在王府找伴讀一起念了。」秦鳳儀道：「我就擔心以後孩子們大了，有了尊卑之心，個頂個地去奉承他，那還不叫人奉承傻了。」

京城裡不現成就有一個這樣的前車之鑑？

秦鳳儀現下就大陽一個兒子，自然要為兒子多思量。

李釗一笑，「大陽像個小人精似的，我看天下人都傻了，他也傻不了。」

秦鳳儀道：「我都說他像個活寶。」

李釗險些把指間棋子抖落，「你別招我笑。」

李釗又道：「皇室的威嚴，一則是無上權威，二則是高高在上。你想叫大陽多接地氣，免得他太單純被人哄騙，但也要注意分寸，倘若太過親民，未免有失世子威儀。」

秦鳳儀點點頭。

上次秦鳳儀獻俘，是禮部盧尚書到碼頭相迎，這回獻俘桂王的意義不同。

太祖當年因南夷乃蠻夷之地，不想多動干戈，故而這幾十年南夷只是名義歸順，而今秦鳳儀就藩南夷，有兩大功績，第一件是招土人下山為順民，第二件便是平叛山蠻，將南夷版圖歸入景氏王朝的版圖之內。

先時朝中一直頗有微詞，那就是鎮南王殿下雖則收復南夷有功，但南夷這地方太窮了，而且這幾年的戰事，雖是打下了信州、桂州，可朝廷的花銷不少。即便南夷打仗是花錢最少的了，朝中仍有人詬病，認為只要南夷太太平平的，連這些花銷也不必有。

當然，這些個沒見識的，早叫景安帝攆出了朝堂。

而真正令朝中上下一句屁話都沒有的，是去歲押解至京的南夷商稅，那還只是半年的商稅。雖然這些銀子轉手就大半變成南夷的軍功賞下去，可再挑剔的御史也被銀子堵了嘴，畢竟戰事是一時的，只要南夷太平，一年又能給朝廷貢多少銀子呢？

所以，這一次不只是盧尚書過來迎接秦鳳儀，而是鄭老尚書帶著百官親迎，甚至郊迎的地點改為了永寧門外。

當然，眾皇子也到了。

秦鳳儀下船後便帶著妻兒換了王駕，後面的一應事宜自有心腹之人接手。到得了永寧門外，秦鳳儀下車，鄭老尚書就帶著百官行禮，恭迎親王殿下回京獻俘。

秦鳳儀不傻，他雖功高，卻不好受這樣的大禮，一推車門就跳了過去，連忙扶起鄭老尚書，說道：「可千萬莫如此，這如何敢當呢？」

鄭老尚書笑道：「殿下平定南夷，功在社稷，臣等理當親迎殿下。」說著對秦鳳儀使個眼色。秦鳳儀知曉鄭老尚書的意思，笑嘻嘻地對大皇子等幾位皇子道：「實在折煞我了。」

大皇子看秦鳳儀那一臉賤笑，別提多扎心了，只是這幾年因著秦鳳儀在南夷折騰出的無數陣仗，大皇子的面上功夫修練得深沉了不少。

大皇子溫和地道：「你難得回來，又是獻俘大事，我們都盼著呢！」

二皇子話少，但看著秦鳳儀的眼睛裡也透出滿滿的喜悅。

三皇子道：「年前就盼著王兄，你可算是回來了。」

一向沒啥存在感的四皇子、五皇子對秦鳳儀竟也十分熱情，王兄長王兄短的，很是說了幾句親熱話。六皇子則笑咪咪地道：「父皇還在宮裡等著王兄呢！」

如今是二月底，天氣不怎麼暖和，大家寒暄幾句，便上車的上車，上馬的上馬。見眾皇子都是騎馬來的，秦鳳儀便也騎著小玉，與眾皇子同行。然後，看著一路上大皇子的僵硬微笑，甭提多舒坦了。

坐在車中的李鏡卻皺眉思量，此次郊迎大禮，委實是太過隆重了些。

秦鳳儀在京城百姓之中向來有聲名，尤其他那名頭，女人們上至八十老嫗下至八歲小閨女，誰不知道神仙公子之俊美呢？至於男人們，誰不知秦探花曲折離奇之身世呢？

想就知道，去歲秦鳳儀那是三年沒回京城，一回來就熱鬧得不得了，何況今日，對他的郊迎大典頗是盛大，便是城中永寧大街上亦是二十丈一座花棚紮了起來，城中百姓更是早早地來到永寧大街看熱鬧。

秦鳳儀對於這種場合是司空見慣，他在南夷威望更隆。太陽亦是覺得，京城百姓們好熱情啊，熱情得他在車裡都不能盡興。

大陽道：「娘，我要出去跟爹一起騎馬。」

李鏡如何不曉得兒子那愛顯擺的性情，原本因丈夫不在京城，李鏡就擔心丈夫在京城的名聲有所下降，如今見這情形倒比自己想像的要好許多，再者，兒子也肩負著李鏡期冀的與景安帝、裴太后搞好關係的大任，何況大陽是長子，長些見識沒什麼不好。

李鏡道：「好，那就跟你爹一起騎馬吧。」

李鏡令馬車暫停，把兒子交給隨車的心腹侍衛，吩咐侍衛把世子交給殿下帶著。

侍衛帶著大陽去了前頭，秦鳳儀見兒子要跟自己一塊騎馬，分外開心，伸手接了兒子坐在身前，問兒子：「是不是在車裡覺得氣悶？」

「是！」大陽大聲說，又跟旁邊的叔伯們打招呼。他天生嗓門大，倒不至於叫叔伯們聽不清楚，大家還都讚了大陽幾句，誇大陽有禮貌。接著，大陽便一心一意揮著小手，跟街道兩旁的百姓們打起招呼來。

三皇子笑道：「原來大陽是為了出來跟百姓們打招呼啊！」

大陽點點頭，認真道：「可不是嗎？三叔，我在南夷的車四周都是垂紗，把紗簾繫起來，就能看到百姓們了。這個車只能通過車窗看，我就出來跟我爹騎馬了。」

大皇子心說，小屁孩就是屁事多！對於大陽這臭顯擺，簡直是一萬隻眼都看不上。

六皇子卻很喜歡大陽，「大陽真有意思。」

秦鳳儀最喜歡聽人誇他兒子，頓時得意起來，「我出去打仗，都是大陽鎮守鳳凰城。」

大陽不愧是他爹的親兒子，得意地挺著小胸脯，奶聲奶氣地說著大人話：「爹，這都是我該做的！」逗得人哈哈一樂。

大陽賣力表現，幾乎搶了他爹的一半風頭，而且，喜歡他爹的多是些大姑娘小媳婦，但大陽不一樣，這樣胖嘟嘟的奶娃娃，根本是中老年婦女的心頭肉。許多街上來看熱鬧的中老年婦女，對大陽的印象好得不得了，直誇小殿下有福相，活潑大方招人疼。

這評價還是很準確的，其間就體現在李鏡帶著兒女去慈恩宮請安時，裴太后一見大陽就稀罕得不行，誇大陽：「這孩子長得更好了。」

大陽仔細盯著裴太后看半日，奇怪道：「我都長這麼高了，曾祖母您怎麼還跟去年時一樣啊，一點兒不帶變的。」因為大陽有個接地氣的爹，大陽說話別提多接地氣了。

裴太后大笑，「曾祖母怎麼沒變？曾祖母都老了。」

「不老，老太太的頭髮都是白的，您哪裡有白頭髮？」大陽頗有自己的判斷標準。相對於大美的文靜，大陽簡直是能言善道的代表。他先把裴太后逗樂了，就跟宮裡的小皇孫們一起去玩了。因為去歲來過，大陽還記得永哥兒，記得三皇子家的小大郎安哥兒，他還給這些堂兄弟們帶了禮物。

大陽是個急脾氣，問他娘：「娘，我給曾祖母的禮物，給兄弟們的禮物，下船了沒？下船了快點兒送過來給我吧。」

李鏡道：「真個急性子。明天咱們還進宮呢，你親自帶給曾祖母，帶給兄弟們就是。」

大陽便對幾個堂兄弟道：「那我明兒再帶給你們。」

永哥兒到底大些，知道關心人，「這不急，這一路過來，你累不累？要不吃點東西？」

大陽道：「不累，不是坐船就是坐車，有什麼累的？我們進城時可熱鬧了，好多百姓來圍觀啊！」這話只是孩子間顯擺的話，叫平皇后和小郡主婆媳姑侄二人聽來，甭提多拉仇恨了。

安哥兒好奇地問：「街上肯定很熱鬧吧？」

「熱鬧極了，人山人海的。」大陽還會用成語了。

孩子們說了一會兒話，大陽就招呼著大家去外頭蹴鞠，又問裴太后：「曾祖母，您這裡有蹴鞠嗎？我們去院子裡蹴鞠。」

裴太后笑，「有，如何沒有？」就是沒有，這一問也就有了。又吩咐老成的嬤嬤侍女們跟出去服侍，裴太后叮囑道：「去花園裡蹴鞠，那裡地軟。別在青石地上踢，太硬了。」

孩子們拉著小奶音應了。

李鏡道：「男孩子就是一刻都閒不住。」

裴太后抱著大美道：「小子就是個小子樣，妳看大美，多乖巧啊！」

平皇后笑道：「大陽這性子更像鎮南王。」

「想來鎮南王小時候就是這般活潑，可真招人喜歡。」裴貴妃笑，「孩子家就是長得快，去歲這時候還沒這麼高呢！」

李鏡道：「是，衣裳總是穿穿就小了。」

「小六那會兒就是這樣，每回裁衣裳我都要叮囑宮人略放大些，不然等衣裳做出來，他個子竄得老高，又不能穿了。」裴貴妃附和。

李鏡笑，「六殿下也是一年一個樣。記得我與相公剛成親時，六殿下那會兒還小小的，休沐時還過去找相公玩。今次一見，都成了大小夥子了，就是太瘦了。」

「叫人操碎了心，光顧著長個子，怎麼補都是個竹竿樣。」裴貴妃說著就是一樂。

平皇后笑道：「如今正是貪長的時候，過兩年就好了。」

四皇子去歲冬天大婚，新娶的四皇子妃已有了身孕，大家難免又多說了幾句大公主的身孕。李鏡笑道：「年前我們還商量著今春來京拜見祖母的事兒，結果正月裡就查出了身孕。大公主說，待生了小閨女，一道帶著孩子來跟祖母請安。」

裴太后道：「這不急，叫她好生養著。」又不禁感慨道：「阿俐也算苦盡甘來了。」

平皇后、裴貴妃都附和了幾句，便說起鳳凰城的戰事。

平皇后道：「我們在京城離得遠，先時也不曉得，等知道的時候，你們那裡仗都打完了。真是叫人擔心，妳一個女人竟去守城，當時得多艱難啊！」

裴貴妃道：「是啊，沒傷著吧？知道你們都無礙，可不問一句就是不能放心。」

李鏡笑道：「主要都是將士拚命，其實沒有說的那麼危險，因要遠征桂地，桂地離鳳凰城路途遠，而且那裡山巒最多，自然要把精兵帶走的，但留下的將士也都是勁卒，極是忠心。城中還有章巡撫等人，我就是帶著大陽去城牆上看一看，不然將士們難免沒有主心骨。何況我自幼習武，較尋常女眷潑辣些。也是多虧了大公主，有事的那些日子，都是她幫著在王府內宅坐鎮，再加上我們鳳凰城是新建的，城牆結實，朝廷給的兵器充足，守城並不難。」

「我早就說鎮南王是個有福的，那孩子眼光好。」裴太后說道：「他少時在民間長大，秦氏夫婦是忠心的，雖不能跟皇室比，我想著他少時也未吃多少苦。待到成人，又有這樣的眼光，相中了阿鏡。民間有句話說，賢妻旺三代，這是鎮南王的福分。」

裴太后看向李鏡的眼神很柔和。

「別人家的太婆婆都是偏心孫子，獨獨皇祖母最是偏疼我們這些孫媳婦。」李鏡道：「我哪裡有皇祖母說的這樣好，就是真的好，也是自小跟著大公主在皇祖母這裡長大，耳濡目染地沾了些皇祖母的仙氣罷了。」

李鏡一向會說話，何況她與裴太后的確是淵源不淺。她自小是大公主的伴讀，與大公主一道在慈恩宮長大，其性情除了天生的因素，必會受裴太后的影響。再者，她與裴太后說不上有什麼仇怨，縱是先前選大皇子妃時李鏡對於裴太后一些作為有些不悅，可依她的性情，她雖好強，委實真不一定看得中大皇子的為人。

而且，李鏡自從相中秦鳳儀的美貌，對秦鳳儀簡直是沒一處不滿意。雖然秦鳳儀身世曲折，但不得不說，拋卻長輩間的恩怨，皇子妃這樣的位置更符合李鏡的才幹。

秦鳳儀的臭脾氣，是再不能與裴太后、景安帝修好的，李鏡卻很有手腕，抱著兒女過來刷好感。此際提起自幼在裴太后這裡長大之事，便是依裴太后之冷心冷情，也不由看李鏡多了幾分順眼。

李鏡非但自己有本事，嫁的秦鳳儀雖然脾氣臭得要命，但架不住秦鳳儀有能耐，要不，裴太后幹嘛這樣厚待李鏡母子？實在是隨著秦鳳儀平定桂州以來，現在只要長眼的都能看出來，秦鳳儀簡直是眾皇子中的第一人。

當然，這樣的話可能有些滿了。

也有人說，眾皇子之中，不就秦鳳儀一人分封了，其他皇子都未分封呢。這話糊弄一下外行人可以，可裴太后這樣的政壇老手，斷然不是自欺欺人的性子。如今李鏡有意親近，裴太后也不傻，自然是祖孫越發融洽。

而在太寧宮陛見的秦鳳儀，在群臣跟前的表現，似乎也較往年越發成熟了，起碼不會對著景安帝歪鼻子斜眼睛了。

好吧，大家對鎮南王的要求就是這麼低。

至少咱們大面上先得過得去，是不是？

秦鳳儀把桂地打下來，便是再不開眼的御史也不敢來撩撥他了。

人就是這樣勢利的動物。

你比他強個一星半點的時候，多的是人恨不得把你拽地上去再踩上一萬隻腳。當你站到山頂的時候，山腳下的人也只剩下仰望的份了。

當然，秦鳳儀還遠未到山頂，但顯然他現在的分量亦不是尋常人可動搖的。

秦鳳儀雖然平叛南夷很有些得意，好在這會兒不是剛打下桂地的時候，畢竟征桂地是去歲的事了，如今不過舊事重提，秦鳳儀早在南夷得意過了，於是，便是朝中多有人奉承他戰功卓著，秦鳳儀面上卻未有什麼得色。

正是這樣穩重自持的表現，落在滿朝的老狐狸眼裡，更添了些許分數。

及至中午，景安帝大設宮宴。

秦鳳儀與大皇子之間依舊冷淡，但他對二皇子、三皇子、六皇子都不錯，這幾個都是他的老相識。另外，愉王、壽王都是宗室長輩，更與秦鳳儀無甚嫌隙，而且，這次秦鳳儀回來還是要住在愉王府的，壽王還把自己的二兒子擱南夷去了呢。

朝中眾臣，除了秦鳳儀不大熟不認識的，六部中他獨與工部不睦，剩下幾部，除了吏部說不上話，可也無私怨，於是，這場宮宴頗是熱鬧和氣，尤其宮宴過半，幾個小皇孫還過來了。景安帝見著孫子更是高興，招呼幾個孩子近前。其實不用他招呼，大陽就帶著人跑過去了。明明胖嘟嘟、圓滾滾的，也不曉得如何那般靈活，繞過酒案，便扎到景安帝懷裡了，大陽仰著一張小胖臉，大眼睛黑白分明，奶聲奶氣又認真地道：「祖父，我可想可想您了，想您想得都吃不下飯了！」

景安帝哈哈大笑，抱起大陽道：「祖父也想你啊！」又招呼永哥兒和安哥兒兩個過來，和氣地問道：「你們不是在慈恩宮用飯嗎？」

永哥兒道：「皇祖父，我們都吃好了。大陽弟弟說，他很久沒見皇祖父了，很想您，我們就一起過來了。」

大陽點頭，「我從去年一直想到今年。」

景安帝令內侍再搬兩把高些的椅子來，給永哥兒和安哥兒圍著御案坐，大陽便坐在了景安帝膝上，時不時跟祖父說悄悄話，把景安帝逗得哈哈大笑。

底下諸臣哪個不是心眼多的，此時不少人暗道：都說鎮南王是個拗脾氣，殊不知人家只是面上拗，卻是有巧法。看小皇孫多受陛下喜愛啊，尤其這位小皇孫可是生來就帶著太祖皇帝的青龍胎記。如此一想，落在大陽與永哥兒身上的目光多了起來。

秦鳳儀根本沒想這許多，他就是覺得這京城風水不大好，原本兒子在南夷多好，跟自己多貼心，一來京城，怎麼就跟這人好上了？哼！

秦鳳儀頗是不滿，卻也無處發去。

愉王還笑咪咪地同他說：「大陽這孩子越發可人疼了。」

要擱往時，有人這樣誇他兒子，秦鳳儀得樂壞，現下他正看肥兒子不順眼，便道：「哪裡招人疼啊，臭小子一個！」

愉王不愛聽這話，「你啊，你就覺得自己是個好的。」

「誒，我說愉爺爺，您可不能叛變啊！」秦鳳儀執壺給老頭兒倒滿了酒，「以往咱倆多好啊，你這也是說變心就變心啊！」

愉王被他逗得一笑，「你這都當爹了，怎麼還沒個穩重勁兒？」

秦鳳儀眨眨那雙大大的桃花眼，「人家現在都誇我有威儀呢！」

愉王又是一樂。

壽王過來湊趣，問秦鳳儀：「我家二郎沒給你添麻煩吧？」

秦鳳儀壞笑，「我那兒正缺苦力呢，王叔您就把弟弟給我送去了。知道的說您是我叔，不知道的得以為您是我的及時雨啊！」

壽王笑，「儘管使喚，他要哪裡做得不好，你該打打，該罵罵。」

「那是，敢做不好，我收拾他！」秦鳳儀一挑眉，哈哈一笑，「剛開始我分他一攤事，他說我把他當騾子使，我一看，這是閒的，便又給他加重一倍的活兒，後來啥話都沒了。」

壽王聽得樂呵，事實上，他二兒子沒少打發人給家裡送信說秦鳳儀簡直就是個扒皮，特會使喚人。壽王心說，你個傻小子，使喚你是器重你！

好在秦鳳儀頗喜歡調理這些不聽話的小子們，原本秦鳳儀對宗室都是要先鍛煉一二，看一看人品再用的，如襄陽侯等，是跟著秦鳳儀巡視，過了一遍篩子，方斟酌著用。如壽王家的二郎，這種後臺不是一般的硬，秦鳳儀不得不給壽王面子，人都過去了，他瞧著差不多，也就給個差使先用著。

所幸人還成，壽王敢把人打發過去，起碼能提得起來。

愉王在一旁心說，我當初還叮囑他送個穩重的去，這叫什麼倒楣孩子啊？這不是叫阿鳳去幫他調理兒子嗎？愉王為此頗有些不滿哩。

待宮宴結束後，諸臣告退，大陽幾人也去玩了，景安帝難免單獨問一問秦鳳儀如今桂地之事的境況。秦鳳儀道：「基本上都穩定了，也有些個山蠻逃入山中，我讓傅長史暫代桂地知府，後面的安撫事宜怕要慢慢來了。」

景安帝欣慰道：「幹得不錯。」

秦鳳儀翻個白眼，「那是我的地盤，我能不盡心？」

景安帝道：「普天之下，莫非王土。率土之濱，莫非王臣。」

秦鳳儀「嘖」一聲，放在膝上的手無意識敲擊兩下，道：「沒別個事，我就先回了。」

景安帝看著秦鳳儀，「我令人收拾好了昭華宮，不如就住宮中吧？」

秦鳳儀起身道：「我回了。」

秦鳳儀依舊是帶著妻兒住在愉親王府，愉王與愉王妃回來得更早些，愉王妃早命廚下備下了醒酒湯和熱水，預備著秦鳳儀他們回來用。

相對的，愉王則有些心不在焉，愉王妃問：「怎麼了？」

愉王打發了屋裡的侍女，輕聲道：「陛下令人收拾了昭華宮。」

愉王妃挑眉，「這是想阿鳳他們住宮裡了吧？」心中不由失落，不過，愉王妃畢竟也是多年王妃，她定一定神道：「我雖盼著阿鳳他們住家裡來，可若是住宮裡也沒什麼不好。」

畢竟秦鳳儀功高顯赫，便是愉王妃這樣的婦道人家，都隱隱覺得局勢有些不同了。而秦鳳儀與景安帝關係不好，更不是什麼祕密。至於秦鳳儀乃藩王，不好再立儲之事，根本沒在愉王妃的考慮範圍內。在愉王妃看來，皇位是皇室的，還不是皇帝說給誰就給誰。

自情感而論，愉王妃是盼著秦鳳儀能更進一步的。

愉王妃問丈夫：「這麼說，阿鳳他們就留在宮裡了？」

「他那個性子，不好說啊！」愉王一嘆，很是為秦鳳儀的性子發愁。

很快愉王就不用愁了，因為秦鳳儀帶著妻兒回來了。

愉王妃叮囑丈夫一句：「你這臉上別帶出情緒來。」

「這我能不曉得？」愉王也樂見秦鳳儀與自己親近，他本身喜歡秦鳳儀，才願意為秦鳳儀操心，偏生秦鳳儀這脾性，可真不像老景家的人。

秦鳳儀過來時，面上看不出什麼，略說幾句話，大陽與大美就被愉王妃留在身邊了。秦鳳儀和李鏡回屋休息，愉王妃聞得到秦鳳儀身上的酒氣，道：「我叫廚下備了醒酒湯，阿鳳你喝一碗，免得一會兒難受。」

秦鳳儀應了，待回屋吃過醒酒湯在床上歇著時，方與妻子說了今天景安帝說的話。

秦鳳儀一向信服妻子的智慧，道：「妳說，他是什麼意思呢？」

秦鳳儀是今日宮宴的主角，酒喝的不少，頰上微紅，連眼角都透著一股灼人的水潤。

李鏡輕聲道：「從公而論，你該說南夷是咱們的封地，而不該說這是咱們的地盤。這天下都是陛下的，陛下的話，原也沒錯。」

「去歲大皇子還說讓咱們換封地呢，妳說，陛下會不會也動了這個念頭？」

「如果陛下有此意，怎麼還會提讓咱們住在宮裡的話呢？」

「我也覺得他不至於如此昏頭。」秦鳳儀道：「就是叫人聽著不大舒坦，難道南夷不是咱們的地盤？他要早說這話，我就不去打桂地了。」

李鏡一笑，摸摸他的臉，「這是怎麼了？這話叫陛下說不是比別人說好嗎？為君有君道，為臣有臣道，你是要留心些，為人必要公私分明才好。」

秦鳳儀抓住媳婦的手，道：「幫我順順氣。」

「怎麼，氣不順啊？」

秦鳳儀哼唧兩聲，李鏡就幫他撫胸，一面安撫一面暗道：「活該，真是頭倔驢！」要擱別人，不必皇帝遞這梯子，自己主動搭個梯子都能下去，偏生自家這個，強得人沒法兒。皇帝都主動讓留宿宮中了，天下能直接拒絕的，多半就這獨一份了。

偏生李鏡在家許多事都能說了算，唯有這事不能提一句「你就應了陛下唄」。她要是這樣說，秦鳳儀的驢脾氣得全面爆發。在這點上，李鏡都不能拗了秦鳳儀去，只得順毛捋了。

李鏡心中為秦鳳儀的倔脾氣發愁時，不少人在為秦鳳儀沒住進昭華宮而慶幸，用大皇子的話說：「他倒還有些自知之明。」

也有許多人為秦鳳儀的選擇感到不解，因為在諸多知曉內情的人看來，這實在是一次絕好機會，實不明白鎮南王為何依舊要住到宮外。

倒是有幾個大佬想的多了，一下子把秦鳳儀想得高深莫測，大佬們想的是，鎮南王殿下怕是自矜身分。果然，鎮南王殿下越發沉穩老練了。

秦鳳儀這次回京，明顯能感覺到一些朝中大佬對他的態度較之先時要親近了些，但也沒有特別親近。總之，是一種既近且遠的狀態，秦鳳儀私下都跟媳婦感慨：「都是老狐狸。」好在秦鳳儀不大理會這些，他雖是有自己的小野心，但他為人處事向來有自己的一套。秦鳳儀很少去跟這些朝中重臣套近乎，他來京城是先辦公事，當然，親戚朋友也要走動。

尤其他岳父那裡，秦鳳儀還心心念念想要問岳父他詩集的讀後感。

景川侯神清氣爽地道：「我剛看沒兩首就被陛下要去了，至今未歸還。」

秦鳳儀聽了那叫一個晦氣，念叨他岳父：「岳父，您也忒好說話了。算了，等我回去再打發人送一本來給您，您可得認真看啊！」

景川侯雖是只看了兩首，卻也知道秦鳳儀的詩大致是個什麼水準，景川侯很誠懇地跟女婿商量：「阿鳳啊，岳父是個粗人，不大會欣賞詩的。」

「無妨，我寫的詩都很簡單，跟白居易似的，老嫗都能理解。」

景川侯見女婿臉皮越發厚實，竟然敢拿自己的小酸詩跟白居易比，景川侯無奈道：「好吧好吧，我本不大愛看詩的。」

「你只要看我的詩，包你肯定愛上。」秦鳳儀大力推薦自己的詩作。

景川侯實在受不了女婿這般熱情，只好被迫應了。

秦鳳儀拉著大舅兄先把獻俘的事辦完，有了去歲的經驗，今歲無非就是再重複一回，便是禮部和兵部也都有經驗了。

不過，今次回京陛見，事事不比去歲順利。

先是景安帝問他南夷金銀礦的事，秦鳳儀心中一跳，繼而一副坦蕩的模樣，「你要去挖就去挖吧，一年能有一萬兩金子出來，我就服了你。」

景安帝笑，「看來你早探查過了。」

「我要說沒有，你也不信啊！」

秦鳳儀去歲獻俘，若是景安帝對左親王再有拷問，知道些金銀礦的事不是什麼難事。想通這一點，秦鳳儀道：「先時我還以為金銀礦就是金山銀山，結果一看都是大石頭。我那裡人太少了，挖礦的事要很多人力，我那裡種田的人都不夠。你要是願意開採，你派人去開採吧，反正那山閒著也是閒著，但別想從我那裡徵民夫，我那裡人手都不夠使呢。」

秦鳳儀表現得頗是光明磊落。

景安帝有些不解了，問秦鳳儀：「聽說你戰後金銀只取兩成，這兩成平一平出征的糧草銀子，你手頭應該不大寬裕才是。」

秦鳳儀豎起眉毛，不高興道：「能不能別總閒著給我算帳？」

景安帝道：「你把桂王的金銀全都瓜分了，我還沒跟你算帳呢！」

「這話真不像一國之君說的。打仗哪裡能不叫將士們得些好處？他們無非就是賺些賣命錢，再不能在這上頭小氣的。」秦鳳儀既然敢分銀子，就不怕人知道，他道：「你也說了，我取那兩成不過是把帳平一平，我又不是自己吃喝享用了。」

若非如此，景安帝也不能這般太太平平地問他這事，景安帝不解的是：「那以後要建設西面，你哪裡來的銀子？那邊可不似鳳凰城的地理位置好。」

秦鳳儀道：「慢慢來唄，也不能一口吃成個胖子。西邊一樣有茶園，還有能開窯燒瓷的地方，再種桑養蠶，授與紡織之技，慢慢的百姓的收成就能好了。倒是修路是個難題，不然憑你多豐富的物產，路難走就運不出去。」

「這倒是。」景安帝跟著幫腔。

秦鳳儀眼珠一轉，瞥「要不，朝廷支援我們南夷個百八十萬兩。」

景安帝端起茶啜一口，「要是別人，我肯定就支援了，你就算了。」

秦鳳儀聽到這話，無端火大，「我可是說正經事的！」

「別人沒你聰明，你腦袋瓜兒好使，自己想個法子弄點銀子吧。」景安帝放下梅子青瓷盞，對著秦鳳儀微微一笑。

秦鳳儀氣得，險些直接翻臉。

景安帝也有些怵秦鳳儀的性子，不再作弄他，正色道：「這也不是打趣你，實話與你說，京城的路還有不少地方該修，戶部一時擠不出銀子來，何況南夷的路？你想想，各地修路都是各地衙門自己想法子，你素來主意多，要是有需要朝廷支援的地方，朝廷一定支持你。」

秦鳳儀翻白眼，原本不打算與景安帝說的，只是這傢伙一向消息靈通，若是不與他說，待他日後知道怕是要唧歪。

秦鳳儀道：「我倒是有個發財的法子。」

景安帝心說，就知道這小子是個有算計的，便道：「說說看。」

「不知道能不能成。」秦鳳儀還拿捏上了。

秦鳳儀越是拿捏，景安帝越是想聽。

景安帝道：「說出來，朕幫你參詳一二。」

「一時半刻不一定能成。」

「快說吧。你這樣的爽快人，怎麼倒磨咕起來了？」

要是別人的主意，景安帝不一定想聽，偏偏秦鳳儀向來主意多，而且，秦鳳儀多自信的人啊，此事竟能叫秦鳳儀都有些拿不準，景安帝就越發想聽聽是什麼事了。

秦鳳儀道：「那什麼，你知道天竺不？」

「自然知道，天竺挨著吐蕃。」

「我聽說天竺是個遍地象牙、珠寶、黃金的好地方。」秦鳳儀道：「要是能打通一條自南夷經雲南、吐蕃，再到天竺的商路，這必是一條黃金之路。」

饒是景安帝也沒想到秦鳳儀的主意竟然打到了天竺去，景安帝道：「雲南的土司倒是個識趣的人，只是吐蕃那裡，他們與雲南的土司來往更多，與蜀中也有些往來。」

秦鳳儀同景安帝打聽，「很少見吐蕃來朝。」

景安帝道：「他們那裡這幾年不太平，忙著換王都來不及。」

「那我先把雲南土司那裡弄弄清楚，再說吐蕃的事吧。這一條商路，倘能打通，就是現成的金山。」秦鳳儀道。

秦鳳儀這話，景安帝還是信服的。

景安帝道：「要是有什麼需要朝廷支援的，只管說來。」

「要銀子也給？」

景安帝笑，「只要你能把這條路打通，要多少給多少。」

秦鳳儀的性子還真不是會伸手要錢的那種，他道：「工部的兵械上供給及時些就是，我必要練一支強兵，方可震懾雲南土司。」

「現下南夷的兵如何？」

「雖可打仗，但離我的要求還有些距離。」秦鳳儀牛氣哄哄地道。

景安帝聽得一笑，「那就繼續努力。」

秦鳳儀一副「這還用你說」的模樣。

秦鳳儀雖不要銀子，但其他方面真不手軟，他道：「明兒我去鴻臚寺找些吐蕃的資料看，你再幫我問問蜀中那裡，看一看吐蕃現下具體如何。」

「成。」景安帝是真心覺得秦鳳儀用得順心。景安帝在京裡，大臣們上摺子之類的，哪怕盡心，也多偏於謹慎，沒有秦鳳儀這種冒險的精神。像秦鳳儀，剛把桂地平了，立刻就能把主意打到天竺去。饒是以景安帝的想像力，也沒想到秦鳳儀眼界這般寬闊。

景安帝忍不住想指點秦鳳儀一二，「雲南的第一大州府便是大理了，大理這些年一直是姓楊的當政，但當地段、白亦是大姓。確切地說，是三家共掌大理。三足是最穩的，如果一家勢微，局勢立刻生變。雲南先時少不了與山蠻多有聯繫，不然他們也不能你剛平了桂地就巴巴地給我這裡來送禮，這也說明他們對自己的實力不大自信。」

秦鳳儀道：「待我回去先試一試他們，總得弄清楚雲南的情況才好合作。」

景安帝頷首，「這事若成了，大利天下，整個南夷跟著受益，所以你要更慎重。」

「還有一件事，」景安帝道：「我看你不論是糧稅還是商稅，都很喜歡用銀號結算。」

「主要是方便。」秦鳳儀道：「我把銀子存到鳳凰城的銀號裡，直接開好銀票，打發人到京城提現，能省下不少人力。」

景安帝道：「我也知曉銀號的便利性，只是你既要用他們，便要把他們調理好了，畢竟銀票是他們開的，你存多少他們開多少。若是有朝一日，不以庫銀為根本開銀票，必然是天下一樁大禍事。」

「這件事我也想過，眼下還無虞，慢慢看吧。現下銀號還只是做有錢人的生意，如果他們把生意做到平民百姓身上，便不能由著他們了，這裡必然要有個大規矩的。」
景安帝沉聲道：「有那一日，銀號必要為朝廷所掌，不然國基不穩，明白嗎？」
景安帝的目光瞬間迸射威壓，秦鳳儀不由自主點了點頭，「我曉得。」
景安帝此方不再多說，轉而與秦鳳儀說起貴地的事，「貴州自古以來也是貧僻之鄉，那裡也多是山民，倘能收拾，你便一塊收拾了吧。」
秦鳳儀對貴地興趣不大，「我們那裡東面還好，鳳凰城、南夷城，再至義安、敬州等地，皆是漢人居多。往西桂信之地，便是山蠻為主了。我想著，遷些漢人過去。」
「你這真是想得挺好，你想遷哪兒的人？」景安帝聽這話都要笑了。
「哪兒都行，我又不挑。」秦鳳儀道：「你剛可說，有什麼難處朝廷都會支援的。」
景安帝道：「行，你去遷吧。只要你有本事，把京城的人遷南夷去，我也沒意見。」
秦鳳儀氣壞了，「這還得有朝廷的諭令吧？我空口白牙，怎麼遷？」
景安帝簡直拿秦鳳儀沒法，這還不如要點銀子省事呢。
景安帝還得跟他講道理，「人家一家子在自己老家住得好好的，親朋故舊都在一起，無緣無故，誰願意遷啊？你做事前得想想民心。你想想，百姓們就是強制遷過去了，心裡能沒有怨氣？再者，一個搞不好，還會偷跑．何苦做這費力不討好的事，是不是？」
「你就沒有叫百姓們心甘情願遷過去的法子？」
「暫時沒有。」
秦鳳儀心說，合著要啥啥沒有，就等著沾好處呢！

秦鳳儀忍不住諷刺道：「您可真會過日子啊！」

「過獎過獎。」景安帝一副心情很不錯的樣子，秦鳳儀瞧著就覺刺眼，便刺了一句：「去歲你特意叫章尚書去我那裡押解人犯，那些是什麼人啊，竟需要堂堂一部尚書出馬。」

景安帝面色轉淡，「這個你就不必操心了。」

秦鳳儀眼睛微微瞇起，「你操那個心做什麼，我看他們無非就是先帝時的一些舊人。這些人能有什麼用？無非是拿些舊事來挑撥，可你這做皇帝都二十幾年了，不要說他們這些個舊人，便是先帝突然活過來，難不成還能搶走皇位？」

景安帝面色微緩，問秦鳳儀：「你就沒審一審他們？」

「都淪落到跟桂王同流合汙了，有什麼可審的？他們一叨叨你們那年頭的事，我就知道他們大概是什麼人。」秦鳳儀道：「不過，你大張旗鼓地專門派個尚書把人提走，我就特後悔沒事先審問一番。」

景安帝問：「想不想知道有什麼祕密？」

「說說看。」

「不告訴你。」

秦鳳儀氣得，出宮前又摔了景安帝的茶盅。

捌之章 擴張版圖細謀劃

秦鳳儀在京城的行蹤一向引人注目，甚至許多人都覺得這位鎮南王委實狡詐了些，譬如平琳在家就說過：「既然拒絕入住昭華宮，幹嘛還一趟趟地進宮與陛下密談？」

「天家父子說話，還要請你旁聽不成？」平郡王諷刺了一句兒子這無腦的話。鎮南王一年回京一趟，倘沒有陛下私下召見，這才稀奇呢。

平琳顧不得老爹話中的不滿，說道：「爹，我聽聞鎮南王去了鴻臚寺。」

平郡王倒有些意外，秦鳳儀去六部不稀奇，鴻臚寺向來不是什麼要緊衙門，秦鳳儀竟然親自去，可見必是有事，而且，得是有關外族邦交之事。

難怪平郡王是聰敏的老臣，他略一想就明白了，「現下南夷靖平，鎮南王到鴻臚寺，為的約莫是雲南土司了。」

「爹，您真是神猜。」平琳直白地拍父親一記馬屁，「鎮南王非但調取雲貴土司的相關文書，還有吐蕃的。爹，您說，吐蕃與南夷隔著雲貴，鎮南王調取吐蕃的文書做什麼？」

秦鳳儀調取雲貴的文書還能理解，但吐蕃離太遠了，而且那地方又高又窮。

平郡王道：「鎮南王雄才大略，從兵法上說，遠交近攻，這也不甚稀奇。」

「爹，您說是不是鎮南王還要攻打雲貴土司？」平琳說來也是將門出身，這些年幹的也是武將職司，對於戰事，還是相當敏感的。

平郡王不大認可兒子的這個推斷，「不大可能，鎮南王並非好戰之人。」

「他還不好戰？」平琳道：「這才就藩四年，大戰便有四五次，小戰更是不計了。當年在京時，便愛打架。爹，這不是我偏頗，如今太平盛世，鎮南王有些窮兵黷武了。」

「你這話說得，桂信之地本就是鎮南王的封地，先時山蠻竊居此地，難不成鎮南王就一直坐視不理？」平郡王眼光卓著，偏偏有這麼個蠢兒子，卻又不能不教導他，不然只怕他會一蠢再蠢。平郡王緩和地道：「你說鎮南王窮兵黷武，我問你，他窮誰的兵了？難道是請求朝廷調兵，還是勞民傷財了？這幾年戰事下來，南夷兵損耗不過七八千人而已，何況，便是糧草都未請朝廷調撥，朝廷無非就是給南夷兵配上的兵械罷了，其他的都是南夷自籌。阿琳，朝中六部，有哪一部因南夷戰事說鎮南王窮兵黷武了？便是御史台都不敢這樣說。」

「爹，我就是不明白，拿鎮南王征桂地來說，好幾萬大軍，這一路人吃馬嚼的，這得多少花費啊？若悉數由南夷自籌糧草，這可不是小數目，南夷得有多少錢？」平琳顯然也細琢磨過南夷戰事的。

平郡王道：「我聽聞鎮南王每餐用膳不過六菜一湯，他但有征戰，向來與將士同食，將士吃什麼，他便吃什麼，連王府的廚子都不帶一個。阿琳，你可能做到？」

平琳道：「倘兒子隨軍，自然也是如此。」

「你呀，就嘴硬吧。」平郡王道：「你在柳枝巷裡剛納了個外室，以為我不知道呢。」

平琳面上一窘，「爹，那不過是個玩意兒罷了。」

「所以，你就別眼紅人家南夷有多少錢了。鎮南王親王之尊，身邊除了王妃，半個姬妾都無，而且，殿下行止從無奢侈，手裡有銀子就用在百姓與將士身上，才有今日大功。」平郡王不吝惜讚美地道。

「聽爹您說的，我都以為您說的不是鎮南王，是聖人啊！」

平郡王臉色一凜，語氣卻是舒緩的，「我這話你興許不愛聽。阿琳，且不論殿下的出身，便是從人品、本領上論，他亦勝你多矣。」

平琳急道：「我自不能與他比，這我早曉得的。」復低聲道：「爹，您不曉得，陛下待鎮南王極厚，遠勝諸皇子。」頓了頓，又道：「我也不只是為了大殿下，可爹您想想，柳王妃之事，縱咱們自知清白，可鎮南王能不怨恨平家嗎？能不怨恨大姊姊嗎？」

平郡王看四兒子一副神祕兮兮又推心置腹的模樣，心中一嘆，淡淡地道：「阿琳，只有你會說這種話，鎮南王絕不會說這種話的。我讀史書，東漢末年，三國分立，魏吳乃是對立之國。魏武帝都會說，生子當如孫仲謀，可見對吳王孫權的欣賞。你乃堂堂男兒，為何總是將眼睛放在這些事情上？」平郡王擺擺手，「去吧，好生想想我的話，想明白是你的福。」

平琳自從挨了他爹的一頓家法，就很怕哪裡不小心把老爺子惹毛，當下不敢多說，小心翼翼地退下去了。

平郡王直嘆氣，人自是有親疏，難道平郡王不盼著大皇子好嗎？可人家鎮南王平定南夷後，又開始關注雲貴、吐蕃了，他們這裡還在琢磨著先時舊事？舊事已然如此，再忌諱又能如何？正經該拿出皇長子的氣派與風度來，而不是糾結於這些個陳年往事。

偏生平郡王這做外公的不好多說，畢竟大皇子是皇帝的長子，凡事自有陛下做主，只是每每看到大皇子心胸不廣，眼光偏狹，他都忍不住嘆氣，想著柳王妃雖過世得早，卻是這樣的有福，有這樣有本事的兒子，還怕沒有日後的尊榮嗎？

但曾經那一段過往，平郡王心中未嘗沒有猶疑。

然而，平郡王何等之人，當今正值盛年，再如何也到不了四兒子那危言聳聽的地步。平郡王有著煩憂，景安帝卻正在含飴弄孫。景安帝一向喜歡大陽，除了大陽很會說甜言蜜語討人喜歡這點外，主要也是大陽不在身邊，不能經常見到，故而，大陽一來京城，景安帝總會抽出時間同大陽玩。

這一日，大陽就說了：「祖父，我聽說您有兩隻鳳凰鳥，是不是真的？」

景安帝問：「你聽誰說祖父有鳳凰鳥的？」大陽還是個孩子，又天性純真，就是要什麼東西，直接便說了，不會問出「是不是真的」這樣的話來。

大陽眼珠一轉，想到他爹的交代，道：「祖父，我能叫我爹陪我一起去看鳳凰鳥嗎？」

景安帝哈哈一笑，頓時明白，「原來是你爹交代的啊！」

天下也只有秦鳳儀有這樣大的好奇心了。

「嗯。」大陽眼看瞞不過去，便實話說了，「我爹可想來看祖父的鳳凰鳥了，他叫我幫他問問祖父，能不能過來看。」

「他怎麼不自己問啊？」

「我爹說，嗯，他說，他臉沒我臉大。」大陽想了想，奶聲奶氣道，逗得景安帝大樂，景安帝笑道：「應該是說，他面子沒你面子大吧？」

「可是，面子不就是臉的意思嗎？」大陽道。

「是，大陽可真聰明。」景安帝笑讚孫子一句。

大陽問：「祖父，那我爹能來看鳳凰鳥嗎？」

「叫他來吧。」景安帝爽快地應道。

大陽見祖父應了，非常高興，景安帝還叮囑大陽：「回去就跟你爹說，是祖父邀請大陽過來看鳳凰鳥，你爹是陪你來的。」景安帝還是很顧及秦鳳儀的面子。

「嗯嗯！」大陽辦好他爹交代的事，晚上回家就跟他爹說了，「祖父請我去看鳳凰鳥，爹，明兒您陪我去啊！」

秦鳳儀還不曉得兒子說露餡兒了，見兒子如此能幹，果然把事情搞定，歡快地抱起兒子親兩口，「我家大陽就是能幹，明兒爹就陪你去看。」

大陽對鳳凰鳥的興趣不大，點點頭，「好吧。」

秦鳳儀則是第二日早早起床，順便把兒子打扮得光鮮亮麗，然後扛著兒子進宮看鳳凰鳥去了。秦鳳儀一向有些孩子性情，不然不會好奇鳳凰鳥好奇這麼些時候，到了京城還要借兒子的嘴進宮看一看鳳凰鳥到底啥樣。

雖然桂韶說了，不是騰雲駕霧的鳳凰樣，但秦鳳儀還想過，如今特別好看，說什麼他也要去雲南弄兩隻自己養，結果，一進珍禽園就見到了景安帝，秦鳳儀那叫一個掃興。

景安帝笑道：「過來，給你看看朕的鳳凰鳥。」

秦鳳儀實在是太好奇了，鳳凰鳥到底長啥樣呢？他只當景安帝不存在，過去看向養在園中的兩隻……五彩雞。

秦鳳儀忍不住嘲笑了景安帝一回，「什麼鳳凰鳥啊，這叫五彩雞，南夷也有，我在南夷巡視封地時還吃過呢！」

大陽立刻問：「爹，好吃不？」

「吊出的湯鮮美極了。」秦鳳儀道。

景安帝說道：「那就拿這兩隻吊了湯給大陽喝吧。」

秦鳳儀還以為景安帝必要羞惱的，景安帝道：「原本雲南土司進上時也沒說這是鳳凰，朕猜著該是山中野味，只是不曉得能不能吃，何況長得不錯，便養起來了。說來，很不比你那一百匹馬實惠。」

「那些都是矮腳馬，不過，聊勝於無。」

珍禽園裡有不少稀罕的鳥類，大陽愛跟景安帝在一處，他有許多不認得的，便嘰嘰喳喳問起祖父，這是什麼鳥，那是什麼鳥。秦鳳儀則去珍禽園旁邊的園子裡看了一回大白，大白養在御園裡，越發油光水滑了，那大肥屁股，跑起來一顫一顫的。

秦鳳儀笑著招呼大白過來，大白似乎還記得秦鳳儀身上的氣味，用頭拱了拱秦鳳儀，秦鳳儀拿乾草餵牠，拍拍牠的脖子，大白便低頭優雅地吃起草來。

大陽回家後跟他娘顯擺，「娘，我今天喝了鳳凰湯。」

他娘看他爹一眼，心說，不知道的還以為你把你爹燉了呢！

李鏡問：「不是去看鳳凰鳥了嗎？」

想到景安帝竟然眼瘸地把兩隻五彩雞養在珍禽園這麼久，秦鳳儀一臉幸災樂禍，抖著腿腳，擺擺手道：「什麼鳳凰鳥啊，就是咱們南夷的五彩雞。那雞生長在山裡，尾羽拖得老長，還五彩斑斕的，其實不如孔雀好看。不過吊湯極鮮，我出巡時吃過，今天大陽也嘗了。」

大陽點頭，「香！」

秦鳳儀摸摸兒子的大頭，「趕明兒咱們回南夷，爹還叫人做給你吃。」

大陽問：「娘，我妹呢？」大陽時常進宮跟景安帝玩，還會到裴太后那裡去，大美則多是跟她娘在一處。

李鏡道：「去你外祖家玩了。」

大陽登時坐不住了，「那我也去外祖家找阿壽哥玩。」

「去吧。」秦鳳儀召來心腹侍衛，送大陽過去。

秦鳳儀與妻子商量回南夷的事。

李鏡道：「我算著，咱們也該回了，只是走之前你再辭一辭方閣老去。」

「我曉得。」秦鳳儀道：「親戚朋友的，都要說一聲。」

秦鳳儀這裡想著回南夷的事，戶部程尚書卻是對開採金銀礦的事很上心，哪怕景安帝說了，那幾處礦藏怕不是什麼富礦。

程尚書道：「蚊子再小也是肉。」

這種民間俚語都用出來了，可見程尚書對此事之熱衷。

程尚書道：「何況，這金銀礦的位置，山蠻們怕是已知曉，倘朝廷不開採，若有些不守規矩的山蠻偷偷開採，豈不養大了他們的心？」

景安帝道：「鎮南王那裡人手不夠，他還想從哪裡遷些人過去，如何能騰出人手來開採金銀礦？」若是別個地盤，不過景安帝一句話的事，但秦鳳儀不同，他要是拒不合作，景安帝也實在拿他沒辦法。

程尚書道：「事在人為。」

景安帝便道：「那這事，朕就交給愛卿了。」

程尚書：……

程尚書找了個時間過去拜訪鎮南王，秦鳳儀一聽說程尚書到了，立刻跟媳婦說：「就說我不在啊！」

李鏡拍他一記，「少來這套，程大人說不得有要緊事。」

「能有什麼要緊事啊？我跟妳說，程尚書就是個錢串子，肯定是為銀子的事來的。」秦鳳儀道：「去歲見他一次，叫我損失上百萬兩，我可不見他了。」

李鏡覺得好笑，「你不見就沒事了？別掩耳盜鈴了，去看看程尚書到底有什麼事。」

「不過是金銀礦的事罷了，我不用去也知道。」秦鳳儀換了個躺姿，改成趴著了，「幫我捏捏肩，捶捶腰。」

李鏡敲了他屁股一記，問他：「金銀礦什麼事？」

「就是先時山蠻占的金銀礦。」秦鳳儀道：「我去瞧過了，要開採可不容易。」

李鏡道：「莫不是陛下有開採的意思？」

「我早說了，朝廷愛採就採唄，反正咱們南夷沒那多餘的閒人。」秦鳳儀道：「不是我說啊，有開採金礦的那事，還不如多做幾趟生意來錢快呢！」

李鏡問：「是不是戶部不大寬裕？」

「戶部何時寬裕過？」秦鳳儀道。

外頭侍女又來問一回，李鏡拍拍丈夫的腰，「程尚書都主動過來了，你就去見見唄。」

「不見不見！」秦鳳儀道：「這做人啊，不能太好說話！」

李鏡實在拿秦鳳儀沒法子，秦鳳儀要是拿定主意，那是神人都勸不過來的，於是，第一次上門，程尚書無功而返，人都沒見著。

京城素來沒有祕密，故而，一時間就傳開了，都曉得戶部程尚書在鎮南王這裡吃了閉門羹。據說還有一回，明明兩人走了個對頭，結果鎮南王一看前頭是程尚書的轎子，當下打馬調頭，跑得遠遠的，根本不見程尚書。

程尚書也非凡人，他再去愉王府就直接窩著不走了。

李鏡見不得秦鳳儀這藏頭縮尾的窩囊相，說道：「你是藩王，他是尚書，有事說事，怕他什麼啊？看你這慫樣！」說完，把秦鳳儀攆去見程尚書。

秦鳳儀也覺得程尚書如此鍥而不捨，他不能再躲著了，不然，傳出去，不知底裡的還以為他做了什麼心虛的事。於是，秦鳳儀打扮一番就去見了程尚書。

秦鳳儀進來時，程尚書正閉目養神，聽到響動，緩緩睜開雙眼，見秦鳳儀終於肯露面，這才起身行了一禮。

秦鳳儀擺擺手，「不必多禮，我真是愁得沒法啊！」

程尚書笑道：「臣就是來為殿下解憂的。」

「您別說這話，我見您就肉疼。」秦鳳儀道：「金銀礦的事我早跟陛下說了，朝廷愛開採就開採，但我們南夷沒有採礦的民夫。我們那裡山高林密，人口稀少，我說讓陛下幫我遷些百姓過去他都不肯，哪裡有人能採礦啊？」

程尚書聽了秦鳳儀這一通抱怨，不好對天家父子之事多言，何況他深知秦鳳儀的性情，倘是他偏著陛下說，秦鳳儀必然會翻臉，這開礦的事就不必再提了。倘是偏著秦鳳儀說，程尚書覺得也不大好，便只說開礦的事。

程尚書道：「不讓殿下白出力，殿下得三，朝廷得七，如何？」

秦鳳儀道：「我是真的興趣不大，朝廷還缺那幾兩銀子不成？」

程尚書嘆道：「每年進項是不少，只是花銀子的地方也多。千頭萬緒的，哪年每年多增一百兩銀子，也能多幹一百兩銀子的事。殿下就當為百姓操勞一回吧，何況，金礦擺在那裡，殿下自然看不上那幾兩銀子，倘有心人知道，偷偷開採，豈不是要再生事端？」

秦鳳儀道：「那您說說，哪裡來的人手？」

程尚書道：「論理，百姓們每年都有四十天徭役。」

「這您甭想，我修橋鋪路都鮮少徵調民夫。」秦鳳儀立刻擺手，「難道我不曉得徵調民夫省錢？只是，百姓們夠苦的了，就少打他們的主意吧。」

程尚書微微欠身，感慨道：「殿下慈悲心腸，臣多有不如。」

「行了，咱們就別說這些漂亮話了。您也知道我們南夷，地方瞧著大，其實山地多，平整的地方少，廣種薄收，難啊！」秦鳳儀嘆道。

「我聽聞殿下軍中皆是健卒。」

「幹嘛，讓將士去開礦？」

「殿下聽我說，在西北，本地百姓也是人口不多，朝廷便想了個屯兵的法子，將士們忙耕種，閒時戍邊，兩不耽擱。」

秦鳳儀又是擺手，「這您別想，就是現在，我麾下將士每日訓練，我都說他們尚欠火候，倘是像您說的，抽了健卒去開礦，以後打仗誰去，這是萬萬不能的。」

在其他地方用的常法到秦鳳儀這裡都不好用，便是程尚書也得說，鎮南王委實不大好說話。程尚書無奈，只得道：「我聽聞殿下城中若有些修路之事，必招百姓為工，支付工錢。不若就仿此法，殿下看可否？」

秦鳳儀一雙狐狸眼微微瞇著，把一張如花似玉的臉湊過去，與程尚書道：「這還算是有些誠意。」然後，又道：「明天等我合約吧。我先說好，這銀子是給招工的百姓的，我一分都不會截留。你們戶部要開礦，總不能白使喚我南夷的百姓，是不是？他們日子過得難啊，全靠天吃飯。我那裡也是難，自從去歲被你敲了一筆，我現在都要喝東南風了。程叔叔啊，您也得體諒我的，是不是？」

「是是是，體諒體諒。」程尚書笑，「殿下是真的一心一意為民做主的。」

其實程尚書和秦鳳儀都非貪鄙之人，不過是各司其職罷了。程尚書想用最小的代價來開礦，秦鳳儀卻是不肯叫治下百姓吃虧。難不成白出力氣，不叫百姓們得些個銀錢？秦鳳儀斷不是那樣的人，程尚書也不會因此就對秦鳳儀有什麼意見，相反的，程尚書很是敬佩秦鳳儀的為人，非如此為民著想，不能收復土人，何況，南夷還有剛馴服的山蠻。
兩人把事情定下來，秦鳳儀打發人送條款去戶部，再令各自屬下進行細緻的商議。把此事定下，程尚書神清氣爽。
秦鳳儀多了三成的金銀礦收入，雖則勉勉強強，不過，聊勝於無了。
秦鳳儀去方家辭行時，方閣老道：「大仗基本上都打完了，剩下的就是治理藩地了。治理地方是個長期的活計，要有耐心，沉得住性子。」
秦鳳儀點頭，「今年該是太平日子，待送夏糧時，我讓阿悅帶著囡囡回京一趟。」
方閣老道：「回不回來，有甚要緊？」
「您老就嘴硬吧，還沒見過大捷吧，長得可嚴肅了。我跟您說，大捷時常板著個小臉，我一見他，就跟見著駱先生似的。」秦鳳儀給方悅家的兒子取小名叫大捷。因秦鳳儀正好打了勝仗，見著方悅家的長子，一高興，就給孩子取了個小名大捷。
秦鳳儀說話風趣，方閣老笑道：「男孩子就得穩重才好。」
「絕對穩重，胎裡帶出來的穩重。」
秦鳳儀又與方閣老說了些對雲南的策略方向性的問題，方閣老見秦鳳儀勢力越發的好，又是師徒二人私下說話，便不藏私地指點了秦鳳儀一回。
「天竺的事暫不要急，你現在首要是先穩住南夷，這是你的根基。穩住南夷後，再收服雲貴。我與你說，這兩地皆是土司主政，若不將他們收服，與吐蕃的交易你是休想做的。不說別個，過路費都能割肉割得你心肝兒疼，所以，這彼此間必有一番較量，你要做好準備，莫因靖平了南夷便有所懈怠。」

秦鳳儀點頭，「師傅的話，我記下了。」

「你現在身邊能人不少，我便是不說，你以後跟雲貴那些土司打交道，也能想得到。只是，人老了，難免囉嗦幾句罷了。」方閣老道。

「哪能啊？您老就是我的指路明燈。」

方閣老一樂，「這些奉承話就算了，你在南夷安安穩穩的，我便放心了。」

不得不說，老狐狸們的看法有著驚人的一致性，秦鳳儀去岳家時，景川侯也是這話：「把藩地治理好，這是你的基業。」

讓秦鳳儀意外的是，景安帝的話也是大同小異。

景安帝道：「危時見捷才，你初到南夷時，南夷境內不大平穩，這短短四年，便能靖平南夷，這是你的本事。以後治理藩地，雖未有如今的轟轟烈烈，卻也更見才幹。」

三皇子、六皇子聽說秦鳳儀要回南夷，有些捨不得。他們幾人原就關係不錯，自從知曉秦鳳儀是皇子後，與他越發親近。

得知秦鳳儀要回南夷，三皇子與六皇子到景安帝那裡道：「一年才回來這一遭，該多住些日子才好，我們兄弟子侄還沒親近夠呢！」

景安帝道：「朕何嘗不想一家人在一處，只是，鳳儀有藩地責任所在，所幸回來也方便。南夷沒他在，朕還真不大放心。」

三皇子道：「我們必要親自送他一程。」

景安帝一笑，「這是你們兄弟間的情分，自然由你們。」

三皇子與六皇子高高興興地應了，他們想的是他們與秦鳳儀的情分，倒是叫大皇子知曉後難免又氣了一回，「真是攀得好高枝兒！」

小郡主勸道：「現下說這個有什麼用，如何就叫他們獨做這好人，殿下不如一道去。」

真是氣悶啊！

一想到秦鳳儀回京就是他帶著眾臣去迎，如今秦鳳儀要滾蛋，還要他親自去不成？

大皇子一想到秦鳳儀便鬧心，委實是嚥不下這口氣。

小郡主道：「殿下想一想，這客人要走，主人相送，原是主人的本分，是不是？」

大皇子冷峻的臉上此方綻出一抹笑意，拍拍妻子的手，「妳說的不錯。」

於是，大皇子直接到御前把送秦鳳儀離京的差事討了來，他話也說得好聽：「鎮南王於國有大功，又是我們的兄弟，他在南夷這些年頗是不易，如今要離京，必要體體面面的才好。我想著，叫上幾位弟弟，我們一起相送。」

景安帝果然十分高興，笑道：「這很好嘛！」又道：「你與鎮南王總不大親近，朕原還擔心你們心裡彆扭著呢！」

大皇子倒沒說那些個兄弟一心，花團錦簇的話，而是面上微微帶了些小尷尬，看向父親的眼神中透著一絲孺慕之情，「雖則有些彆扭，也是骨肉兄弟。何況，兄弟們一年大似一年，如今我們都是做父親的人了，慢慢的總會好的。」

景安帝嘆，「你能這樣想很好。」

接著，大皇子又討了賞賜鎮南王的差事，這也是朝廷慣例，但凡親王要離京時，總會有應有的賞賜，何況景安帝待秦鳳儀一向不同，只有賞賜更豐的。大皇子討這差事，親自到愉王府惺惺作態，虧得秦鳳儀如今頗具城府，不然還真有些忍不住這噁心。

大皇子見秦鳳儀不悅，越發痛快，拉著秦鳳儀，一口一個「阿弟」，親熱得不得了。倘不是愉親王在旁忖度著岔開大皇子的「兄弟情深」，秦鳳儀沒準兒會直接爆發。

秦鳳儀私下道：「這哪裡是送賞，分明是來送噁心。」

李鏡眼神亦是有些幽深，道：「咱們這就要回南夷了，你務必沉住氣。這個時候鬧出來，大家都得說咱們沒理。」

秦鳳儀冷哼，「我能叫他噁心了？」

哪怕秦鳳儀死不承認，卻也著實被大皇子這一套兄友弟恭鬧得大為不快。

好在，他還不至於發作出來。

但是，就這樣，仍令秦鳳儀減了幾分心情。幸虧離別在即，秦鳳儀自己也忙，沒時間多想大皇子帶來的這一通噁心舉動，便到了回南夷的日子。

秦鳳儀攜妻子兒女以及大舅子一家，如同來時的八面威風，走時朝廷亦是諸多賞賜。眾皇子一直送至永寧門外，秦鳳儀辭別大夥兒，準備帶著大部隊回南夷。

大陽在車裡朝叔伯們親熱地揮手，「叔叔伯伯們回去吧，我們明年還來啊！」

一句話，把過來送別作秀的大皇子給噁心壞了。

眼尾掃到大皇子腸胃不適的模樣，秦鳳儀哈哈一笑，深覺一口惡氣叫兒子給出了，心裡好不痛快。秦鳳儀在馬上一拱手，對眾人道：「青山不改，綠水長流，來日再見。」

大陽幫他爹出了一口惡氣，以致於他爹不介意肥兒子一來京城就有叛變的危機了。秦鳳儀把肥兒子拎出來與自己一塊騎馬，父子倆坐在馬上，秦鳳儀摟著肥兒子，一邊為兒子解說路兩旁是什麼樹，田裡種的是稻是麥，其實後面這個還是秦鳳儀到南夷接觸民生才了解的，他小時候做大少爺時也不曉得，故而要把自己淵博的知識傳授給兒子。

秦鳳儀興致上來，還會伸手掐一段柳枝，摘掉枝上柳葉，截去或太粗或太細的兩端，輕輕撫弄，之後做個柳笛出來，一長一短地吹曲子給兒子聽。

大陽要學，秦鳳儀便把柳笛給兒子，聽著兒子鼓起雙頰吹得起勁兒。

大陽這笛子吹得，壽哥兒都不肯在車裡坐了，也要出來騎馬，李釗只好把兒子也抱出來騎馬。壽哥兒想吹柳笛，李釗甭看傳臚出身，侯府嫡長，啥好東西沒見過啊，偏這柳笛兒他就沒玩過。李釗道：「等一會兒爹教你吹笛子吧。」

大陽就說：「舅，笛子不如這個好。」說著，還一長一短又吹了兩聲。然後伸出小手，把自己的柳笛遞給阿壽哥，說道：「阿壽哥，你吹我這個。我看，舅舅肯定不會做，我叫我爹再做一個就是了。」

壽哥兒道：「你吹吧，我爹肯定會做的，是不是，爹？」

壽哥兒一副很有信心地瞧向自己的爹。

結果，李釗真是被這什麼柳笛給難住了。

秦鳳儀嘿嘿怪笑，對壽哥兒道：「這柳笛只有探花會做，你爹是傳臚，是不會的。」

秦鳳儀得瑟地在馬上再折了根柳枝，做了個柳笛給壽哥兒。

壽哥兒高興地接過，「謝謝姑丈。」接著，他學著大陽一長一短吹了起來。

一時間，外頭都是大陽與壽哥兒的柳笛聲。

大美在車裡板著小臉，時不時伸著小肉脖子往車窗外瞅，一會兒就哼一聲，一會兒再哼一聲，越哼越氣憤，最後大美爆發了，大叫道：「我，吹！」

秦鳳儀一瞧，閨女兩眼盯著哥哥們手裡的柳笛兒要噴火了，就知道閨女是聽著哥哥們吹笛不樂意了，連忙又做了一個柳笛給閨女，大美這才不生氣，然後吹了一路。哥哥們都吹累了，她還吹著，直吹到晚上睡覺，秦鳳儀勸閨女：「閨女，妳歇歇吧，明早再吹。」

大美哼唧一聲，「我，吹，好。」意思是她吹得最好。

秦鳳儀點頭，「那一定啊，我家大美最會吹柳笛了。」

大美晃晃腦袋，露出得意的模樣，這才把柳笛交給她爹，準備睡覺。

秦鳳儀摸摸兒子的胖臉，再摸摸閨女的小圓臉，道：「咱們大美真好強啊！」

李鏡笑，「大美今天可羨慕大陽能在外頭跟你一起騎馬了，可惜她太小，不能坐馬背，今天可是鬱悶了一天。」

秦鳳儀笑，「明天妳騎馬帶著大陽，我帶著大美，只坐一會兒無妨的。」

「太麻煩了。」

「不麻煩。明天中午就能上船了，騎馬也沒多少功夫。」秦鳳儀一向很寵孩子，既然閨女這麼想騎馬，那是一定要滿足的。

果然，第二天，秦鳳儀帶著閨女坐馬上，大美非常高興，半日都是歡喜的，上船後還親了她爹兩口，坐在艙裡，捏著柳笛一長一短吹了起來。

壽哥兒、大陽也過來一起吹，還有大勝。說來，大勝這孩子，比大美還要大幾個月，結果，走路說話都不如大美伶俐，連吹柳笛都比不上，崔氏都說：「大勝怎麼學得這麼慢？」

李鏡道：「男孩子是要慢些的，大陽小時候也是這樣。大妞只比大陽大兩個月，大妞說話伶俐的時候，大陽還單字往外蹦呢！」

崔氏道：「看著真著急。」又說：「壽哥兒小時候可不這樣。」

「要不就是天生的慢性子。」李鏡看侄兒們都是很順眼的，「孩子不用急，現在看著慢，以後不見得慢。」

兩人說著話，實在是被孩子們吹的這柳笛聲吵得不行了，李鏡方道：「大陽、壽哥兒，你們帶著弟弟妹妹去找你們爹玩兒去。」

孩子們忽啦啦跑了，就是秦鳳儀這最寵愛孩子們的，也受不了四人聯吹。

李釗乾脆道：「你們都大了，該念些書了。」他決定教孩子們念書。

別看秦鳳儀自小是個不愛學習的，大陽不一樣，李釗一教千字文，大陽嘰哩呱啦就背出來了，李釗讚道：「不錯，先時教的還沒忘。」

大陽臭顯擺道：「舅，我還會背子曰。」他呱啦呱啦又背了一通。

秦鳳儀大驚，「兒子，你咋會背這許多啊？」相對於他少時，他兒子就是個天才啊！

「祖父檢查阿永哥背書時，我學會的。」大陽道：「我還學了好幾首詩。」說著，大陽就扯著小嫩嗓背出來，其中一首還是他爹的小酸詩，他舅連忙道：「最後一首就不用背了。」

秦鳳儀頓時不滿，「大舅兄，你啥意思啊？我的詩多好！」摸摸兒子的大頭，「乖兒子，明兒爹還教你背詩。」

秦鳳儀又道：「壽哥兒會不會背姑丈的詩？」

壽哥兒道：「不會，我會背李太白的詩。」

「來，背給姑丈聽聽。」

壽哥兒有個傳臚爹，他爹又是那種很注重兒女教育的人，故而，甭看壽哥兒小小年紀，早便開蒙了，秦鳳儀這才發現，人家壽哥兒已是一肚子的學問了。

秦鳳儀怪心疼壽哥兒的，私下還問壽哥兒：「累不累啊，學了這許多書。」

壽哥兒道：「不累，都是偶爾學的。」

秦鳳儀怪心疼的，跟媳婦說：「壽哥兒這孩子可真懂事，讀書多累啊，難為他小小年紀就讀了一肚子的學問。」

「世上的事，有哪樣是不累的？做紈絝也累呢！」李鏡笑著揶揄一句，倒了盞溫茶給秦鳳儀，「孩子愛念書，再好不過。」

秦鳳儀道：「我是說，孩子小時候沒必要這麼累。」

李鏡道：「又不是成天拘在家裡念書，偶爾學一點罷了。蒙學有什麼累的，難不成都像你小時候似的，不老實上學。你可別把那一套教給大陽啊，我看咱們大陽很喜歡念書。」

「哎，大陽這一點看起來像大舅兄。」

「外甥像舅嘛，總要有一點像的。」李鏡道：「咱們大陽念書靈光吧？」

「比我當年還靈光。」秦鳳儀道：「教一遍就會。」說著，還有些竊喜，「我覺得，比壽哥兒的記性要更好些。」

李鏡很會調理侄子，沒幾天就把壽哥兒調理得大變樣。原本壽哥兒念書也不慢，只是不比大陽這過耳基本不忘的。李鏡大約是自己聰明，於是，對自家孩子們要求便也高，對壽哥兒道：「把這些念會了，就可以出去玩了。」果然壽哥兒念書的效率大增。

姑嫂說話時，崔氏都說：「妳大哥還說，妳比他更會教。」

李鏡笑道：「念書跟做事一個道理，得給孩子們一個奔頭兒，告訴他們，念會這些就能去玩了，他們自然能集中精力，何況，壽哥兒原就是個乖巧的孩子。」

一路坐船南下，說的多是孩子的事。

倒是行至第三日，遠遠自京城過來一艘快船，上面是景安帝的親衛，過來送了兩筐櫻桃給秦鳳儀。秦鳳儀謝過賞賜，心中覺得奇怪，「好端端的，怎麼送兩筐櫻桃給我啊？」

李釗道：「你素來愛這一口，想是因此，陛下著人送了些給你吃。」

秦鳳儀道：「他可不是這樣的人，你哪回見他送吃的給我了？」

李釗一時也參詳不透，「可這櫻桃也就是個吃食啊！」而且，秦鳳儀現下勢頭正好，景安帝是親爹，總不可能弄個水果謎叫秦鳳儀來猜吧？在李釗看來，景安帝如今更傾向於與秦鳳儀修補父子關係，所以，這櫻桃也就是個吃食罷了。

秦鳳儀對於景安帝的了解卻是更深，景安帝可不是這種人都走了，又大老遠送櫻桃過來的性子，景安帝不是這樣肉麻的人。此人別看面上和煦，性子頗是冷酷，更不屑於惺惺作態之事，不然，這樣的手段，如果景安帝願意用，早前幾年就用了，斷然等不到這會兒。

江山易改，秉性難移。人的性情，是不可能突然改變的。

秦鳳儀與大舅兄商量片刻，也沒商量出個一二三來，秦鳳儀就去找媳婦商量了。

李鏡沉默半晌，道：「說出來，只怕你生氣。」

「只管說就是，不就是兩筐櫻桃嗎？」

李鏡道：「若我沒有猜錯，該是大殿下的主意。」

秦鳳儀險些飆出髒話，瞪眼道：「他是吃錯藥了吧？」

「不是吃錯藥，是蠢人開了竅。」李鏡頗覺惋惜，感慨道：「大皇子自幼受人奉承，性子頗是高傲，故而，與你的不睦都是擺在明面上的，可自咱們離京前，他親自請旨過來行賞，然後又特意討了送咱們的差事，我就覺得他的性子與以往不大相同了。他呀，想是要做個兄友弟恭的模樣出來。」

秦鳳儀繼續瞪眼，「還沒完沒了了？」

「若是他真的開了竅，這就只是個開始。」李鏡嘆道：「畢竟，陛下希冀的儲君，必要是兄友弟恭之人。」

秦鳳儀險些把後槽牙咬碎。

秦鳳儀對於大位還沒拿定主意，但他不傻，他與大皇子的恩怨不是兩個人的事，而是兩代人的事。一旦大皇子上位，秦鳳儀縱是據江南半壁，大皇子也絕不能讓他過痛快日子。

每念及此，秦鳳儀得不得皇位再說，可頭一樣，他是絕不能讓大皇子登上此位的。

結果還真叫李鏡說中了，待到第五日，景安帝又打發人送一套御制新書來，不是給秦鳳儀的，是給大陽的。諸位皇孫都有，這是大陽的一份。

這一下子，秦鳳儀不咬後槽牙了，直接與媳婦道：「他還真學會了裝模作樣啊！」

李鏡道：「添一大敵了。」

秦鳳儀覺得奇怪，「這笨蛋怎麼開的竅啊？」

李鏡道：「你這話說得怪，大殿下身邊未嘗沒有能人。若真是他身邊人勸導之故，倒還好說。倘是他自己開了這竅，他的勢頭怕是要起來了。」

要說這人啊，就怕開竅。

相對於秦鳳儀的不痛快，大皇子這些天簡直如魚得水。

如當年秦鳳儀為了娶上媳婦，被岳父大人逼著開了竅，從此由一個遊手好閒的大紈絝，一躍成為有志青年探花郎。而今的大皇子，就相當於當初開竅的秦鳳儀。

與秦鳳儀是被岳父逼著開竅不同，大皇子是被秦鳳儀給憋屈得開竅。

秦鳳儀的身世沒有暴露之前，大皇子過的是順風順水的皇子生涯，誰曉得秦鳳儀突然爆出這等討厭的身世。

大皇子先時覺得自己很不錯，是他爹的嫡長子，他自己也稱得上文武雙全，卻叫個討厭的秦鳳儀比下去了。大皇子自幼亦有名師教導，他自己也是個好強的人，學問當真不錯，只是，大皇子這個不錯，跟秦鳳儀這種經受過科舉考驗的人來比，他不見得學識不如秦鳳儀，但大皇子也不能親自下場考個探花郎啊！

再說，秦鳳儀的探花是有水分的。

大皇子心中時常這樣吐槽，事實上，這在科舉界不是什麼祕密，由於神奇的血緣作用，當年景安帝一眼就相中了秦鳳儀並點為探花。秦鳳儀的水準，完全搆不到探花的水準，但庶起士散館考試時，秦鳳儀的學問便已是很不錯了，這也是士林公認的。

再說武功，大皇子一直在他爹身邊做學問，外家是大景朝第一武門，對於軍政，大皇子自認為有些了解。可惜，大皇子這種了解，相對於秦鳳儀兩番來京獻俘，就不夠看了。

再加上秦鳳儀他娘才是景安帝元配，以致於出身上竟然也被秦鳳儀壓了一頭，可想而知，大皇子這幾年過的是什麼日子了。

人與人，就怕比。

尤其是，有一個討人嫌的秦鳳儀還不算，弟弟們也漸漸大了，像老三、老六且不提，這兩人反正一直與他關係不大好，如牆頭草老四、老五，在秦鳳儀越發耀眼時，竟然也開始同秦鳳儀示好起來。

大皇子這樣的天之驕子，就在越發惡化的政治環境下，他——開竅了。

先是忍著噁心討了給秦鳳儀行賞的差事，然後發現竟也把秦鳳儀噁心著了，大皇子便覺得心中大暢。雖然送秦鳳儀時又被秦鳳儀家那更討人嫌的胖子給噁心回來，大皇子卻是覺得尋到了改變自身處境的辦法。

宮裡供奉櫻桃，永哥兒提了一句：「可惜大陽弟弟走了，不然他也很喜歡吃櫻桃。」永哥兒一個孩子家，就是隨口一說。大皇子剛要說，看那胖子長得跟豬頭一樣，就是貪吃的緣故。不過，大皇子到底也是跟著朝中大儒一路學聖人之言長這麼大的，縱使心裡厭惡大陽，他身為長輩，不至於說晚輩的不是，特別是這種嫉妒的話。

不過，大皇子心緒一動，便帶著兒子過去跟景安帝說了：「今兒個見著櫻桃，永哥兒還念叨大陽呢，說大陽最愛吃這個。兒子想著，大陽他們不過剛走，不如著快船送些去。他們在船上，總不比咱們在宮裡方便。」

永哥兒還說：「大陽弟弟也愛吃葡萄，愛吃桃子。」

景安帝摸摸永哥兒的頭，笑道：「葡萄和桃子還沒熟，先送些櫻桃去吧。」當下打發人送了兩筐櫻桃去，待永哥兒越發重視。

大皇子嘗到了甜頭，哪怕是忍著噁心，也要裝出對秦鳳儀的關心來。

沒幾天，又送了一回東西。

景安帝自然是願意看到兒孫和睦的，秦鳳儀性子暴烈，想讓秦鳳儀先示好，那是再不能的，但大皇子有心緩和，景安帝樂見其成。

大皇子此舉，亦是受到近臣的認可與鼓勵，便是平郡王也很看好。

大皇子心說，原來對那傢伙好，我便也成了好人，便越發溫良恭儉讓起來。

大皇子是天之驕子，他娘是皇后，外家亦是豪門，自來的供奉一向是極好的，但現下大皇子慢慢減了，他一頓飯也吃不了那滿桌飯菜，想到聽聞秦鳳儀每餐不過六道菜，大皇子也沒減到六道，他覺得這樣直接模仿秦鳳儀怪噁心的，卻也減了些例。大皇子還叮囑妻子和母親，以後的東西只要有他的，便要給秦鳳儀備上一份。只要有他媳婦的，便給秦鳳儀的媳婦備一份，只要有他兒子的，便給秦鳳儀家的豬頭兒子備一份。

不就是做戲嗎？誰不會啊？

而且，哪怕大皇子討厭秦鳳儀討厭得一想到此人便如芒刺在背，人前人後也不肯再說秦鳳儀半句不是了。

這樣一套組合拳打下來，朝中不少臣子對大皇子大為改觀，連平郡王都很是欣慰，深覺大皇子終於明白過來。

人啊，就怕明白。

大皇子在朝中收割無數好評時，秦鳳儀正在與大理來的白使者說話，白使者送了五百匹馬過來，秦鳳儀笑道：「如何送這般厚禮？」

白使者有些尷尬，「我們山野中人，很是嚮往殿下這裡的絲綢、瓷器，還有鳳凰茶。此次過來，土司大人也是想小臣問問殿下，不知以後可否用我們大理的馬，交換這些物品。」

秦鳳儀道：「這有什麼不成的？我們原就是鄰居，本就該互通有無。我聽說，大理是個十分美麗的地方。若是你們那裡的商賈願意過來南夷做生意，只要遵守我們南夷的法度，本王皆會等同視之。」

白使者大喜，恨不得將生意的事與秦鳳儀敲定。

秦鳳儀自不可能親自與白使者談買賣，大理的事情，秦鳳儀讓羅朋去談了。

說來，他這次回南夷還有一樁事，因為漕幫在南夷發展得很不錯，羅朋他爹也時常過來鳳凰城，再加上羅老爺與秦老爺以前都是淮揚城的富商，只是，一人在漕運，一人在鹽課，正因沒有生意競爭，兩人的關係很不錯。

羅老爺自從與兒子關係緩和後，也難免為這個兒子操心，主要是，長子跟鎮南王殿下的關係好，以後要改換門庭說不得就要靠長子了，所以，羅老爺很操心長子的終身大事。看人家鎮南王殿下，年紀比長子還小兩歲，現在都成親四五年，兒女雙全了，兒子卻還打光棍。要說以前，是他待長子有些虧待，如今長子有官職在身，也該考慮終身大事了。

羅老爺也是江湖上有名有姓的人物，自然好面子，可是為了兒子，為了老羅家，羅老爺還真拉下面子跟秦老爺說了一通。

秦老爺也是看著羅朋長大的，想想羅朋也不小了，便跟兒子絮叨了一回。

秦鳳儀一想，是啊，他有兒有女，阿朋哥卻還單著呢。秦鳳儀就開始給羅朋尋思媳婦，跟他媳婦打聽，可有適齡閨秀。

李鏡道：「如何沒有？桂大人家的閨女我看就不錯，只是不曉得桂太太的意思。還有南夷城杜知府家的女孩子，也都是知書達禮的。不過，羅賓客比你還年長些，總要問一問他的意思。他喜歡什麼樣的，你問清楚了，再回來與我說，我包管給他做個好媒。」

秦鳳儀道：「成。」

秦鳳儀這人做事向來不含糊，而且絕不拖沓。

秦鳳儀就直接問羅朋了：「現下別個不敢說，咱們南夷這些個閨秀，阿朋哥你多半也沒見過，我讓媳婦幫你相看，如何？」

羅朋有些不好意思，「也不用這麼急。」

「這怎麼能不急啊？」秦鳳儀道：「你這成天忙，總不能回家沒個暖被窩的人。」

秦鳳儀一向認為美好的生活便是媳婦兒子熱炕頭。

秦鳳儀悄悄與羅朋道：「我媳婦說，桂大人家的千金和杜知府家的閨女都不錯。阿朋哥，你要是樂意，什麼時候相看一下。」

羅朋連連擺手，「我配不得官家千金的！」

「咱們可不是以前了，再說，阿朋哥你現在也是六品官，如何就配不上了？」

羅朋亦是見過大世面之人，並不是什麼靦腆性子，終於一咬牙，道：「我聽說王妃身邊的侍女，二十五就能放出來嫁人了。」

「咦？」秦鳳儀一聽有門兒，「阿朋哥，你是看上誰了？」

羅朋道：「有個特別會炸小丸子的姑娘，叫阿圓，你記不記得？要是人家願意……」

說來，羅朋先時險被他爹利益聯姻戴綠帽，弄出不少心理陰影，以致於一把年紀還光棍著。羅朋是個極聰明極明白的人，他這些年半商半官，看得分明，他家就是這個底子，門庭也就是這樣的門庭。他畢竟是庶出，便是在商賈門第，人家也要問一問正出還是庶出，何況是官宦之家。羅朋不想上趕著娶媳婦，這些年他與女人打交道的時候極少，不過，因著他是單著的，李王妃對他很照顧，時常打發侍女送東西，來的便多是小圓。

羅朋覺得小圓很好，還會做一手好菜，長得也有福氣。

秦鳳儀就是想破頭也沒想到阿朋哥看上小圓了，秦鳳儀道：「小圓做乾炸小丸子是很好吃啦，就是長得有點豐潤。」

秦鳳儀自己是個瘦子，雖然兒女現在都圓潤潤的，可小孩子肯定是圓潤些好看。至於小圓，秦鳳儀覺得有些胖了，他還一心想為阿朋哥說個官宦千金呢。

「女孩子長得像排骨似的有什麼好？豐潤些有福氣。」羅朋道。

其實是秦鳳儀這傢伙挑剔，小圓身為李鏡身邊的兩個管事大侍女之一，即便圓潤些，也不是癡肥的那種，人家是天生小圓臉，再加上比較喜歡烹調，就吃得有些圓潤。說來，小圓這相貌，乃是各家婆婆最喜歡的有福氣媳婦的相貌。

見羅朋樂意得不得了，秦鳳儀道：「那我回去幫你問問。」

羅朋頓時滿臉歡喜，秦鳳儀又八卦道：「你們是怎麼看對眼的啊？」

羅朋正色道：「是我對人家姑娘有意，人家姑娘多半不記得我。」又解釋了一句：「王妃時常打發侍女送東西給我，來的多是阿圓姑娘。」

秦鳳儀道：「那你還不早點跟我說？」

「我聽說王府的侍女二十五就能放出來嫁人了，我是想著，提親的事，等人家姑娘放出來再說也不遲，不然，仗著咱們的關係，倒好似那啥……你幫我問問就成，要是人家姑娘不願意，便、便罷了。」

「放心，一準兒能成的。」相對於羅朋在親事上的沒自信，秦鳳儀簡直就是自信爆棚。

回家他就跟媳婦說了，與媳婦道：「妳私下問問小圓，我看她年紀不小，也該嫁人了。多跟小圓說說阿朋哥的好處，別個不說，阿朋哥絕對潔身自好。」

李鏡倒是很樂意這樁親事，小圓是她的心腹侍女，羅朋與丈夫也是自幼一道長大，李鏡便私下同小圓說了羅朋的情況，又問小圓的意思。小圓的臉紅撲撲的，她們這些姑娘身邊的侍女，到了嫁人的年紀，若是放出去便是自行婚嫁，不然多是嫁給姑爺身邊得用的人，或是府裡的管事。小圓是李鏡的心腹，經常送東西去給羅朋，對羅朋的情況也是有些了解的，知道羅朋是個能幹的人，就是因是庶出，家裡嫡母不大好相與。不過，這一點小圓是不怕的，她家裡是侯府有臉面的管事，她哥就跟在大爺身邊做長隨。她家姑娘現在是王妃，便是羅太太再難相與，小圓也不會懼了她，不就是個漕商家的太太嗎？

小圓要考慮的是羅朋這個人，小圓有些羞答答地道：「我不及姑娘聰明，姑娘看著好，我就願意。就是，得跟我爹娘說一聲。」

李鏡一笑，「這是自然。」

別說，這件親事，便是羅老爺也很樂意，聽說兒子要娶的是王妃身邊有臉面的大侍女，羅老爺立刻拿出銀子讓妻子去置備一份豐厚的聘禮來。

羅老爺是老江湖了，他知道長子的前程就在鎮南王殿下身上，未來的長媳是王妃身邊得力的侍女，這哪怕娶個官宦人家的千金，怕也沒有長媳與王妃的情分。至於侍女不侍女的，商賈人家圖個實在，羅老爺還真不在乎。再者，這年頭還有「寧娶大家婢，不娶小家女」的說法呢。說不得，以後長媳生了兒子，還能給小世子做個伴讀什麼的。

念至此，羅老爺竟焦急起來。無他，小世子都三歲了，他這長孫還沒影兒啊！

如此，羅老爺對長子這樁親事越發上心，恨不得立刻娶了長媳過門才好。

好在秦鳳儀的效率非同一般，羅朋將與大理的合作談下來的時候，秦鳳儀那裡也得了京城小圓爹娘的信兒。如小圓這種自小在姑娘身邊服侍的，親事自是由姑娘做主。秦鳳儀還特意打發人過去問他們一聲，可見對這樁親事的重視，且又有兒子的信件，很是把羅姑爺誇了一通。如此，夫妻二人也沒相一相姑爺就同意了。

李鏡繼而給小圓放了良籍，也不必小圓去別處，就在王府定下了親事。

李鏡聽說過羅太太的名聲，真正見了這人，才曉得羅朋為什麼會喜歡小圓了，羅太太完全就是道地江南女子的身量相貌，天生一副風擺揚柳的身姿，面相看起來也不是和氣人，這就是李鏡為什麼讓小圓在王府訂親的緣由了。

依李鏡的身分，自然不會將羅太太放在眼裡，只是，家事最難說，李鏡必要先震懾住這位羅太太，故而讓人把聘禮送到王府，李鏡還拉著小圓的手，與羅太太道：「小圓自幼伴我長大，我少時在慈恩宮，也是她與小方陪著我，就與我的姊妹一般。」她又指了小圓的兄嫂給羅太太認識。

羅太太早在家裡得了丈夫的叮囑，何況自進了王府，王府的種種威儀，也早已令羅太太大氣不敢喘一下。不過，羅太太當真是個機靈人，誇了小圓幾句，心中知道這個媳婦是不能得罪的，便也越發客氣起來。

她聽聞還有個侍女叫小方，也是在王妃身邊服侍的，便動了心思，回家後同自家老頭子商量：「我聽說王妃身邊還有個體面的侍女叫小方，與咱們大媳婦情同手足，你看，能不能幫咱們四郎說一說。」家裡的二兒子、三兒子都已成親，沒成親的就剩四兒子了。

羅老爺可不敢應承王府的事，他謹慎地道：「待我問一問阿朋吧。咱們又不知人家的底細，何況那是王妃身邊的侍女，豈是咱們看上便能娶進門的？」

羅太太千叮嚀萬囑咐：「明兒個你就問問大郎。」大郎便是羅朋了。

羅太太進王府一趟，頗覺長了不少見識，李鏡的金尊玉貴就不提了，尤其是王妃身邊的侍女，一個個都是比揚州城官宦人家的姑娘出挑，那個小圓更是一臉福相。這麼想著，羅太太難免又酸了酸，暗道，真是好飯不怕晚，這個庶子竟得了這麼樁絕好親事，於是，越發期望起四兒子的親事來，想著必要也給四兒子娶這麼個好媳婦才成。

羅老爺對四兒子的親事倒也上心，他也問兒子了，只是……

羅朋道：「爹，四弟才十四，那位方姑娘如今已是二十三了。」

羅老爺並不在意這個，當初為了攀漕運大臣家的關係，都能叫長子戴綠帽，羅老爺一向是個看重實惠的人，他道：「女大三，抱金磚，九歲也不算很大。」

「就是咱們家願意，您想想，王妃能樂意？」

人家王妃的侍女又不是找不到婆家了，還能兩個侍女都嫁到羅家來？

羅老爺一想，這事不要說王妃樂不樂意，他其實也不大好開口。所幸羅老爺雖則重利，卻也知道見好就收，「既如此，便罷了。」回頭便想藉口搪塞了妻子。

羅太太聽聞王妃不願意，心中頗是鬱悶，想著王妃的眼光不過如此，羅朋只是庶出，她家四郎可是嫡出。無奈，再有不滿，羅太太也是不敢說一個字的，非但如此，還得盡心盡力地為庶長子操持起親事來。

羅朋亦是個會做人的，他早說了，既是從家裡分出來，家業他便一分不沾，全都留給幾個弟弟，而且但凡有機會，也會提攜兄弟。羅家幾個嫡子，也非羅太太這樣想不開，大哥雖不是一個娘生的，總比外人親吧。何況，大哥很照顧他們，於是幾人與羅朋很親近，私下還會勸一勸母親，讓母親待大哥寬厚些。

如此，羅太太為著兒子，倒也很肯用心。

秦鳳儀私下與羅朋說起大理來，秦鳳儀道：「咱們與大理畢竟離得遠，大理不大了解咱們南夷，咱們也不大了解大理。阿朋哥，你記不記得，京城鴻臚寺但有別國使臣到京，必是鴻臚寺去接待的。」

羅朋道：「這自然知曉。」

「我想著，為了加強咱們雙方的了解，還有生意上的往來，倒可讓大理派個官員留駐咱們鳳凰城。」

羅朋道：「若是為了生意，除了他們派人過來，咱們也當派人過去。」

「阿朋哥這話很是。」秦鳳儀微微一笑，「我就是想著人去大理瞧瞧。」

羅朋立刻就明白秦鳳儀的意思了，秦鳳儀是想打發人留駐大理。秦鳳儀又與羅朋大致說了說大理的情形，楊、段、白三家執政，秦鳳儀道：「彼此多些了解總無害處，何況，以後來往多了，必得知根知底才好。」

「成，我去與白使者談此事，他喜歡咱們鳳凰城的茶絲瓷器之物，想來他是願意的。」

在佳荔節前，秦鳳儀便與大理土司定下了互派使臣之事，秦鳳儀這邊定的便是羅朋，當然，要羅朋成親後再去大理，這一去便是使臣留駐大理。大理這邊，則派了白使者留駐鳳凰城，大家就互派使臣之事還有諸多約定。

秦鳳儀自然也有許多機要交代羅朋，同時為羅朋挑選了百名親衛、十名各職司的手下，另則要用的下人之類，便是羅朋與阿圓自己商量著挑選了。

因小圓婚後要與羅朋去大理，李鏡想著，小圓先時是她的侍女，雖則她沒有外待小圓，但說出去難免叫人小看，她乾脆認了小圓做妹妹，還在府裡正式擺了酒水，請了大公主等人參加。李鏡也有一番私房話要交代小圓，去了大理必要拿出使臣太太的氣派，務必不能讓人小瞧，還與小圓道：「羅賓客已是正六品，妳的誥命，相公已經上摺子為妳請封了。」

小圓道：「一般五品官的太太方有誥命，姑娘，我這個是不是不合規矩？」

「妳也說那是一般了，妳這個自然不同。」李鏡笑道：「只是妳這一去，咱們就不能常守在一處了。」

小圓也很不捨她家姑娘，「我原想著一輩子服侍姑娘，與姑娘在一起。」

她們幾個都是自小就挑上來同姑娘做伴的，說是侍女，卻不做什麼粗活，小時候就是姑娘的玩伴。說句心裡話，小圓與李鏡在一起的時間，比跟自家姊妹在一起的時間還長，故而一想到成親後要去大理，她也很捨不得自家姑娘。

李鏡道：「當年相公封藩南夷，咱們剛來南夷那會兒，妳也是知道的，真是個精窮的地界兒，誰能想到南夷有如今呢？妳與羅賓客剛到大理，必然也與當年咱們剛到南夷時相似，怕是比那時更不好打開局面。你們也莫急，只管徐徐圖之，只是，吃了苦受了氣，也不要瞞著忍著，儘管與我說就是。還有，夫妻二人必要同心，要記得，這世上與妳一起白頭的，不是父母更不是兒女，而是妳的丈夫。」

李鏡畢竟是過來人，在夫妻相處上也算頗有心得，小圓又是自己的貼身侍女，如今還認做姊妹，自然要多提點一些。

成親在即，李鏡還是讓小圓去兄嫂那裡團聚了些日子，待迎娶時，再自王府迎娶。

秦鳳儀要為小圓請封誥命，自然要把前因後果與景安帝說一說。

景安帝見秦鳳儀這會兒就想法子派了使臣留駐大理，心裡很是滿意，倒是大皇子有些不解，道：「大理亦是我朝疆域，何須兩地官員如使臣互駐州城？」

景安帝道：「大理雖早已歸順，但一向是土司主政。先時隔著桂信二州，大理與鎮南王來往不多，如今為了交流，也為了兩地商事往來，彼此派出官員，可加強來往。」

大皇子畢竟不笨，略一思量也明白秦鳳儀怕是有意雲南之地了，想著秦鳳儀當真是狼子野心，沒個饜足。當初平桂信二州，好歹那是他的封地，雲南與他毫無瓜葛，怎麼眼下又打上雲南的主意了？

不過，大皇子見父親面露滿意之色，心中忖度，父親畢竟是願意鎮南王能收伏雲南土司的。無他，自親疏論，自然是鎮南王跟朝廷的關係更近。大皇子縱是覺得秦鳳儀的手伸得太長了些，面上仍是一笑。

「鎮南王早便腦筋活絡，也就是他了，能想出這法子來。朝廷以往對雲南土司了解的也不多，如此互派使臣官員，倒可加深對雲南的認識。」

「很是。」景安帝道：「雲貴之地雖則不是什麼富裕的地方，但如南夷一般，南夷先時也是人人謠傳窮得不得了，結果如何？端看何人治理罷了。若雲貴能如南夷這般建設，以後未嘗不是朝廷的一塊膏腴之地。」

大皇子道：「鎮南王畢竟是南夷藩王，此事還是父皇下個特旨，命鎮南王特事特辦，不然怕朝中會有人多嘴了。」

景安帝點點頭，大皇子又笑道：「前些天聽媳婦說得了些什麼好料子要給鎮南王妃和大妹妹，父皇既要派欽差傳旨，兒子就搭趟順風船，捎帶些婦人家的東西過去吧。」

「你這心倒是巧。」

「也許多時間不見大陽了，永哥兒還念著他呢，前兒皇祖母也說起來。小孩子家，一天一個樣。欽差去了，著畫師給大陽畫幅畫像帶回來，也好解父皇與皇祖母的思念之情。」

景安帝看大皇子如此周全，越發歡喜。秦鳳儀所言誥命之事，也一併痛快賞下了。

景安帝的聖旨到達時，佳荔節已經開始了，大陽正跟他爹看歌舞，聽聞祖父打發人送來東西給他，大陽還是很高興的。他還收到了永哥兒的信，大陽已經開始啟蒙，認得幾個字，只是還念不出來，便找他爹給他念了。永哥兒就是說些家常瑣事，以及對大陽的想念，還有安哥兒的一些話，永哥兒也替安哥兒寫了。

大陽收到信後便宣布：「我要回信給阿永哥和安堂兄。」

至於大陽寫信的過程，可以簡短歸結為：半文盲是如何寫信的這個命題。

李鏡和秦鳳儀也都收到了不少東西，欽差還說：「陛下與太后娘娘很是思念小殿下和小郡主，陛下說，讓畫師為兩位小殿下各畫一幅畫，臣帶回京城，一解兩宮相思。」

這話簡直是肉麻得秦鳳儀雞皮疙瘩都起來了，秦鳳儀看了這回的賞賜單子，見不論是平皇后還是小郡主，給他媳婦的東西都比往年多了不少，尤其六月是裴太后的壽辰，秦鳳儀與裴太后關係平平，素來不送壽禮的，但裴太后特別給了他一份壽禮的賞賜。

是的，秦鳳儀不送壽禮，裴太后反賞他東西。

可想而知，這份賞賜會令清流如何詬病秦鳳儀了。

畢竟這是個以孝治天下的時代。

秦鳳儀當真也是歷練出來了，他只是掃了這賞賜單子一眼，並未多言，然後讓阿圓出來領六品安人誥命的旨意。婚前便得了誥命，足見有多麼體面了。

秦鳳儀不耐煩這些瑣碎手段，好在他真是眼光好娶了李鏡。李鏡就按這單子上的東西，備了一份頗是得宜的回禮，當然，這不能說是回禮，給長輩的得說是孝敬，給平輩的便是禮物。大公主自然也有東西獻上，如此，禮單備好，連帶著大陽和大美、阿泰的畫像，一併請欽差帶回了京城。

秦鳳儀每天帶著妻兒去佳荔節賞歌舞，之後又有書畫展，秦鳳儀忙得不可開交，這時外城的招商也要開始了。此際，秦鳳儀又辦了一件有礙名聲的事。

先時說了不少宗室過來南夷，有如襄陽侯這種一心一意跟著秦鳳儀幹的，也有些是為了南夷城外城建設這塊肥肉來的。

秦鳳儀何許人也，他現下銀子還不夠用，焉能叫人在他這裡做二道販子？凡是來託情討差事的，都被秦鳳儀回絕了。正常參加招商的，南夷城的招商不同於尋常只管競價的招商，你想做哪件工程，必要有詳細的計畫書才成。有些宗室只管壓價，覺得他們出的價錢低，秦鳳儀必會把差事給他們做，可你計畫書寫得狗屁不通，秦鳳儀一律黜落。

這些人沒能得了好處，可想而知回京城會怎麼說了。

什麼官商勾結，鎮南王大發商賈之才，收受賄賂的話都出來了。

秦鳳儀根本理都不理，他高高興興地帶著妻兒去參加羅朋的婚宴了，還免費讓兒女給羅朋客串了回滾床的童子童女。這事兒秦鳳儀從小幹到大，他因生得好，在揚州城婚嫁界是出了名的滾床童子，一直到秦鳳儀十二歲，還有人找他呢。還是秦鳳儀覺得自己大了，再幹小娃娃這樣的事頗丟臉，這才翻臉不肯再去。如今自己兒女雙全，秦鳳儀覺得兒女都很不錯，就給兒女舉薦了這差事。

羅老爺榮幸得滿面紅光，秦鳳儀看他那樣兒，著實擔心他會興奮得厥過去。

羅朋新婚半個月後，便帶著妻子與親衛侍從和屬下，大車小車地去了大理。

與此同時，大理的白使臣也到了鳳凰城。

秦鳳儀則令方灝開始組建鳳凰城的另一所官學。

其實現在鳳凰城也有官學，就是招收平民子弟的官府開辦的書院，人稱官學。不過，秦鳳儀令方灝建的是，招收官宦子弟的書院。所有南夷的適齡官宦子弟，皆可過來讀書，尤其是山蠻土人的子弟，很需要接受漢人的文化熏陶。

然而，如傅浩、趙長史、章顏等人，都對這樣的官學有些擔憂，怕官宦子弟與平民子弟之間的分野越來越大，但秦鳳儀說了，山蠻子弟與土人子弟皆入此學念書，這倒也有必要。

為了招生，秦鳳儀還說以後世子也會來就此讀，這一下，多少人恨不得哭著喊著把自家子弟塞過來。

建外城之事與官學之事分派下去後，中秋節前夕，秦鳳儀再頒下一道諭令：他要為世子組建一支親衛軍，而且，這支親衛軍只從土人和山蠻裡挑選勇士，待到世子成年，這支親衛便直接屬於世子掌控。

秦鳳儀的雷霆手段，一道接一道，便是李鏡亦有驚心動魄之感，遑論南夷臣屬。大家以為，依秦鳳儀慵懶的性子，桂信二地已平，往後就要安安穩穩過日子了，不料，他被大皇子刺激得，簡直是要繼續往驚才絕豔的道路上飛奔而去了。

以李鏡為首的南夷眾心腹，全都想去廟裡給大皇子燒兩炷高香，感謝在他的刺激下，秦鳳儀才有這般上進的舉措，根本都不用旁人督促了。

（未完待續）

漾小說 203

龍闕❼

國家圖書館出版品預行編目資料

龍闕/ 石頭與水著. -- 初版. -- 臺北市 :
晴空, 城邦文化出版 : 家庭傳媒城邦分公司發行,
2018.11
冊； 公分. --（漾小說 ; 203）
ISBN 978-986-96855-1-1（第7冊：平裝）

857.7 107008853

原著書名：《龙阙》，由北京晋江原創網絡科技有限公司授權出版。

城邦讀書花園
www.cite.com.tw

作　　　者　石頭與水
封 面 繪 圖　畫　措
責 任 編 輯　施雅棠
國 際 版 權　吳玲瑋　蔡傳宜
行　　　銷　艾青荷　蘇莞婷
業　　　務　李再星　陳玫潾　陳美燕
編 輯 總 監　劉麗真
總　經　理　陳逸瑛
發　行　人　涂玉雲
出　　　版　晴空
城邦文化事業股份有限公司
104台北市中山區民生東路二段141號5樓
電話：（886）2-2500-7696　傳真：（886）2-2500-1967
發　　　行　英屬蓋曼群島商家庭傳媒股份有限公司城邦分公司
104台北市中山區民生東路二段141號2樓
客服服務專線：（886）2-25007718；25007719
24小時傳真專線：（886）2-25001990；25001991
服務時間：週一至週五上午09:00~12:00；下午13:00~17:00
劃撥帳號：19863813；戶名：書虫股份有限公司
讀者服務信箱：service@readingclub.com.tw
晴空部落格　http://blog.yam.com/readsky
香港發行所　城邦（香港）出版集團有限公司
香港灣仔駱克道193號東超商業中心1樓
電話：852-25086231　傳真：852-25789337
E-mail：hkcite@biznetvigator.com
馬新發行所　城邦（馬新）出版集團【Cite (M) Sdn Bhd】
41, Jalan Radin Anum, Bandar Baru Sri Petaling,
57000 Kuala Lumpur, Malaysia.
電話：(603) 9057-8822　傳真：(603) 9057-6622
Email：cite@cite.com.my
美 術 設 計　洸譜創意設計股份有限公司
印　　　刷　沐春行銷創意有限公司
初 版 一 刷　2018年11月01日
定　　　價　320元
I　S　B　N　978-986-96855-1-1